金代中期詞研究

國朝文人之情感意涵及創作心態

陶子珍 著

自序

　　本人多年來，於從事詞學資料之蒐羅與探討論述之過程中，深刻感受到時代之變異，對詞人心態及其詞作內容等，皆有重大之影響，而尤以金、元兩代為甚，因此從2005年迄今，就金、元詞為範疇，持續進行相關議題之研究分析。首先以「金代詞人之創作心態研究」為題，獲得「九十八年度行政院國家科學委員會（科技部）專題研究計畫補助」；次年，則接著以「元代詞人之創作心態研究」一題，獲「九十九年度行政院國家科學委員會（科技部）專題研究計畫補助」。此二項計畫，分別從金元詞發展之時代背景、金元詞人創作心態之流變及金元詞人群體創作心態之建構等方面，進行比較分析，以明瞭金詞與元詞於詞壇之傳播、接受及相互影響之情形；已完成多篇相關論文，陸續發表於各學報。

　　本書研究課題之進行，首要說明金朝中期總體環境發展之相關背景，再剖析其中重要詞人之作品及心理律動，既而掌握詞人個別情感與整體心態之脈絡，層層遞進，由點至面，將微觀分析與宏觀審視結合。詹福瑞於〈大俗小雅：元代文化人心迹追蹤・前言〉曰：「任何作家都生活在特定的時代背景之中。社會現實塑造了作家的心態，並由此形成作家的不同個性和作品的多樣性。」（保定：河北大學出版社，2001年9月，頁1。）是知以探討文人心態做為研究對象，雖已不算創舉，但通過作者之心理視角，去研究一個朝代某個階段詞人之創作特色，應尚屬少見；且綜觀國內外研究成果，還未有針對此論題做全盤性之探究者。因此，擬將本項研究工作視為開端，而後擴展至唐、宋或元、明、清各朝，構築詞學相關

第一章　緒論

　　金代，乃十二世紀初，由完顏阿骨打入主中原，立國稱帝，而後逐步確立王朝之統治體系。夏承燾、張璋編選《金元明清詞選・前言》曰：「按照傳統的分期觀點，金朝並不是嚴格的歷史斷代的標誌。金朝是我國的一個兄弟民族──女真族在北部國土上建立起來的與南宋對峙的區域性政權。」[1]因而此一時期，形成中國文學史上一個特殊環節。蓋綜觀金代文壇，前有全盛宋詞，後有新興元曲，處於兩股強大文學潮流之夾縫中，一般咸認為，「詞」至金朝已難有長足進展。故有視金詞為北宋詞之遺響，或南宋詞之旁支，抑或是宋代文學之附庸者，甚至清・吳衡照《蓮子居詞話》即認為：「金元工於小令套數而詞亡。」[2]然實際上，宋、金詞有顯而易見之不同，況周頤《蕙風詞話》曰：「南人得江山之秀，北人以冰霜為清。」[3]鍾振振〈論金元明清詞〉曰：「金詞與南宋詞雖皆胚胎於北宋，但破䕵之後，卻日見歧變，長成為各具豐姿的植株。」[4]是以在時代環境之遞變下，就整個金代而言，其於政治、社會、經濟、文化等方面，與漢民族所產生之碰撞與融合，莫不牽

[1] 夏承燾、張璋編選，吳無聞等注釋：《金元明清詞選》（北京：人民文學出版社，1997年7月），頁2。
[2] 清・吳衡照撰：《蓮子居詞話》，收入唐圭璋編：《詞話叢編》第3冊（臺北：新文豐出版公司，1988年2月），卷3，頁2461。
[3] 況周頤撰：《蕙風詞話》，收入唐圭璋編：《詞話叢編》第5冊，卷3，頁4456。
[4] 鍾振振撰：〈論金元明清詞〉，收入中央研究院中國文哲研究所編委會主編：《第一屆詞學國際研討會論文集》（臺北：中央研究院中國文哲研究所籌備處，1994年11月），頁270。

序號	時間界定			出處
	第一期（初期）	第二期（中期）	第三期（後期）	
7	金初的四五十年。	世宗（西元1161-1189年在位，年號大定）、章宗（西元1190-1208年在位，年號明昌、承安、太和）時期。	宣宗貞祐2年（西元1214年），金朝南渡黃河，遷都汴京，從此進入衰落期。	丁放《金元明清詩詞理論史》[14]
8	建國初期從熙宗（西元1135-1149年）時始用宋樂起。	世宗大定（西元1161-1190年）和章宗明昌、泰和（西元1190-1209年）期間。	西元1214年，宣宗被逼南渡後。	黃拔荊《中國詞史》上卷[15]
9	初期（西元1115-1161年）。	中期（西元1161-1214年）。	末期（西元1214-1234年）。	陶晉生《宋遼金元史新編》[16]
10	從金朝建國到海陵王末年（西元1115-1160年）。	世宗初年到衛紹王末年，主要是世宗、章宗兩朝，又稱「大定、明昌時期」（西元1161-1213年）。	從金室南渡到金代滅亡。	胡傳志《金代文學研究》[17]
11	從金朝建國到海陵王末年（西元1115-1160年）。	世宗與章宗兩朝，又稱大定、明昌時期（西元1161-1213年）。	從金室南渡到金亡之後（西元1213-1257年）。	張晶《中國古代文學通論·遼金元卷》[18]
12	前期為太宗、熙宗、海陵王三朝（西元1123-1160年，共38年）。	中期為世宗、章宗兩朝（西元1161-1208年，共48年）。	晚期為衛紹王、宣宗、哀宗三朝（西元1209-1234年，共26年）。	陳昭揚〈金代漢族士人的地域分布——以政治參與為中心的考察〉[19]

[14] 丁放著：《金元明清詩詞理論史》（合肥：安徽大學出版社，2001年6月），頁3-5。
[15] 黃拔荊著：《中國詞史》（福州：福建人民出版社，2003年5月），上卷，頁536-537。
[16] 陶晉生著：《宋遼金元史新編》（臺北：稻鄉出版社，2003年10月），頁102-103。
[17] 胡傳志著：《金代文學研究》（合肥：安徽大學出版社，2005年5月），頁5。
[18] 傅璇琮、蔣寅總主編，張晶分卷主編：《中國古代文學通論·遼金元卷》（瀋陽：遼寧人民出版社，2005年5月），頁39。
[19] 陳昭揚撰：〈金代漢族士人的地域分布——以政治參與為中心的考察〉，

序號	時間界定			出處
	第一期（初期）	第二期（中期）	第三期（後期）	
13	金初開國到海陵正隆末。	世宗大定到章宗末年。	衛紹王即位直至金末亡國。	蘭文龍〈漢族文人對金初文學的貢獻及奠基作用〉[20]
14	從太祖建國到海陵王統治時期，歷四朝。	西元1161年世宗即位，到西元1214年金室南渡之前。	貞祐2年（西元1214年）南渡黃河，遷都南京（今河南省開封市），直至西元1234年。	聶立中《金代名士黨懷英研究》[21]

2.四分法

序號	時間界定				出處
	第一期	第二期	第三期	第四期	
1	太祖收國元年至海陵王南侵被弒（西元1115-1160年），共計45年，「借才異代」期。	世宗大定元年至章宗明昌6年（西元1161-1195年），共計34年，「慘澹經營」期。	章宗承安元年至宣宗元光2年（西元1196-1223年），共計27年，「創新建樹」期。	哀宗正大以後至元好問卒年止（西元1224-1257年），共計33年，「全盛大成期」。	鄭靖時《金代文學之研究》[22]
2	太宗、熙宗兩朝。	泪海陵王遷都燕京。	世宗、章宗時期。	衛紹王以降。	鍾振振〈論金元明清詞〉[23]

《漢學研究》第26卷第1期（2008年3月），頁107。

[20] 蘭文龍撰：〈漢族文人對金初文學的貢獻及奠基作用〉，收入牛貴琥、張建偉編：《女真政權下的文學研究》（太原：三晉出版社，2011年10月），頁109。

[21] 聶立中著：《金代名士黨懷英研究》（長春：吉林大學出版社，2012年12月），頁183-185。

[22] 鄭靖時撰：《金代文學之研究》（臺北：政治大學中國文學研究所博士論文，1987年7月），頁120。

[23] 鍾振振撰：〈論金元明清詞〉，頁271-274。

3.五分法

序號	時間界定					出處
	第一期	第二期	第三期	第四期	第五期	
1	自太祖收國初至海陵正隆末（西元1115-1160年），準備時期。	世宗大定（西元1161-1189年），發展時期。	章宗明昌初至泰和末（西元1190-1208年），興盛與轉折時期。	衛紹王大安初至哀宗天興末（西元1209-1234年），復興時期。	金亡至蒙古至元8年改國號為元（西元1234-1271年），總結時期。	詹杭倫《金代文學史》[24]
2	太祖至熙宗時期。	海陵王時期。	大定、明昌時期。	宣宗南渡前後。	金亡前後。	劉鋒燾《金代前期詞研究》[25]

　　綜上所論，以採「三分法」最為普遍，且不論是三期、四期或五期等劃分方法，大抵皆標舉出：太祖「草創建國」、章宗「繁榮興盛」以及宣宗「衰弱南渡」，三個主要轉折之關鍵階段。是以本書以「三分法」為依據，將「金代中期」，界定於世宗大定元年（西元1161年）至衛紹王至寧元年（西元1213年）間，共計53年。

第二節　金代國朝文人之崛起

　　「文人」，通常係指知書能文之讀書人、士人，或從事文學者。而金代「國朝」一語，金·元好問據蕭貢所倡之論，有詳細之辨別：

---

[24] 詹杭倫著：《金代文學史·引言》（臺北：貫雅文化事業公司，1993年5月），頁5-7。

[25] 劉鋒燾著：《金代前期詞研究》（西安：陝西師範大學出版社，1998年5月），頁5。

> 國初文士如宇文大學（虛中）、蔡丞相（松年）、吳深州
> （激）之等，不可不謂之豪傑之士，然皆宋儒，難以國朝文
> 派論之。故斷自正甫（蔡珪）為正傳之宗，黨竹溪（懷英）
> 次之，禮部閑閑公（趙秉文）又次之。自蕭戶部真卿（貢）
> 倡此論，天下迄今無異議云。[26]

金初文士宇文虛中、蔡松年、吳激等人，要皆為宋朝官員因奉使金國，而以知名見留；元好問以「宋儒」視之，有別於蔡珪、黨懷英、趙秉文等，第進士、任臺閣，所謂國朝文派之正傳者。然由上述文人之生卒年析之：[27]

類別	姓名	生年	卒年
國初宋儒	宇文虛中	北宋神宗元豐2年（西元1079年）	金熙宗皇統6年（西元1146年）
	蔡松年	北宋徽宗大觀元年（西元1107年）	金海陵王正隆4年（西元1159年）
	吳激	約北宋哲宗元祐6年（西元1091年）前後	金熙宗皇統2年（西元1142年）
國朝文派	蔡珪	約金太宗天會9年（西元1131年）	金世宗大定14年（西元1174年）
	黨懷英	金太宗天會12年（西元1134年）	金衛紹王大安3年（西元1211年）
	趙秉文	金海陵王正隆4年（西元1159年）	金哀宗天興元年（西元1232年）

---

[26] 金・元好問撰：《中州集詩人小傳・蔡太常珪》，見姚奠中主編，李正民增訂：《元好問全集》下冊，（太原：山西古籍出版社，2004年1月），卷41，頁848。

[27] 表格羅列金・元好問撰：《中州集詩人小傳・蔡太常珪》中所提到之文士生卒，以王慶生著：《金代文學家年譜》上冊（南京：鳳凰出版社，2005年3月），頁1-40、頁43-83、頁179-211、頁247-303、頁389-395；及繆鉞撰：《元遺山年譜彙纂》（上、中、下），收入於姚奠中主編，李正民增訂：《元好問全集》下冊，卷57-59，頁1339-1488之所載為據。

類別	姓名	生年	卒年
國朝文派	蕭貢	金海陵王正隆3年（西元1158年）	金宣宗元光2年（西元1223年）
	元好問	金章宗明昌元年（西元1190年）	元憲宗7年（西元1257年）

　　「國初宋儒」諸家，以蔡松年之卒年最晚，在金海陵王正隆4年（西元1159年），而「國朝文派」中，則以蔡珪之生年為最早，其於海陵王天德3年（西元1151年）已進士及第，時年約二十一歲。是知海陵王朝（西元1149年～），為前代宋儒凋零，後代金朝文士初露鋒芒、承前啟後之轉變階段。

　　蓋基本上，「國朝文派」於金代中期始嶄露頭角，其形成之因，就當時之國家局勢、社會風氣及文人心態之演進發展探討，可歸納為以下幾點：

壹、宋金和議

　　金國建立後，為穩固新政權，乃大肆征戰，攻遼襲宋；金太宗天會3年（西元1125年）遼滅，天會5年（西元1127年）北宋亦亡。後海陵王完顏亮登基，欲一統天下，更積極發動南侵，並「自將三十二總管兵伐宋」[28]；然久經動蕩，人心厭戰，反抗四起。《金史・世宗本紀上》載：

> 海陵南伐，天下騷動。是時，籍契丹部人丁壯為兵，部人不願行，以告使者，使者燥合畏海陵不以告，部人遂反。[29]

---

[28] 元・脫脫等撰：〈海陵本紀〉，《金史》第1冊（北京：中華書局，2005年4月），卷5，頁115。

[29] 元・脫脫等撰：〈世宗本紀上〉，《金史》第1冊，卷6，頁122。

又《金史‧海陵本紀》載：

> （正隆六年九月）庚寅，大名府賊王九據城叛，眾至數萬，
> 所至盜賊蜂起，大者連城邑，小者保山澤，或以十數騎張旗
> 幟而行，官軍莫敢近。[30]

　　此際金朝到處戰禍紛擾，東京留守曹國公烏祿，乃伺機起兵
舉事，即位於遼陽（今遼寧省遼陽縣），改元大定，史稱「金世
宗」。蓋世宗久典外郡，「明禍亂之故，知吏治之得失。」[31]故汲
取經驗教訓，於大定5年（西元1165年）和南宋議和，免去雙方累
年爭戰之苦，所謂：「南北講好，與民休息」[32]也。同時亦使本朝
有重新整頓、改革國家制度之機會，而世宗施政之特點，表現在統
治思想與文化教育方面之革新。何俊哲《金朝史》曰：

> 在世宗統治中，又以儒家學說雜以女真傳統觀念作為統治
> 思想，即是把漢族的封建傳統的統治思想和女真族的傳統
> 觀念結合起來，這是金世宗統治的又一特點。……所以在
> 他統治之時，以漢族的儒家所推崇的堯、舜為榜樣，以臻
> 於治。……世宗在統治中多次宣傳「仁」、「愛」，鼓吹
> 「孝」、「德」，這都是用儒家思想統治的反映。[33]

---

[30] 元‧脫脫等撰：〈海陵本紀〉，《金史》第1冊，卷5，頁115。
[31] 元‧脫脫等撰：〈世宗本紀下〉，《金史》第1冊，卷8，頁203。
[32] 同前註。
[33] 何俊哲等著：《金朝史》（北京：中國社會科學出版社，1992年8月），頁277。

夫世宗崇奉儒學，以「仁、愛、孝、德」為教育之本，將漢族文化深耕厚植於全國上下，此一舉措為國朝文派之崛起，奠立良好根基。

貳、開科選賢

　　科舉，為文人們進入政壇之主要途徑，國家亦藉以網羅優秀知識分子。金初女真無文字，太宗天會元年（西元1123年），「時以急欲得漢士以撫輯新附」[34]，始行科舉，以待非常之士。《金史·文藝列傳上》載：

> 金初未有文字。世祖以來漸立條教。太祖既興，得遼舊人用之，使介往復，其言已文。太宗繼統，乃行選舉之法，及伐宋，取汴經籍圖，宋士多歸之。熙宗款謁先聖，北面如弟子禮。世宗、章宗之世，儒風丕變，庠序日盛，士繇科第位至宰輔者接踵。當時儒者雖無專門名家之學，然而朝廷典策、鄰國書命，粲然有可觀者矣。金用武得國，無以異於遼，而一代制作能自樹立唐、宋之間，有非遼世所及，以文而不以武也。[35]

　　金朝自世宗後，偃武修文，科舉取士甚眾，往往文優則取，毋限人數，然金宣宗興定2年（西元1218年），御史中丞把胡魯嘗言：「國家數路取人，惟進士之選最為崇重，不求備數，惟務得賢。」[36]蓋泛而不濫，實欲盡得天下之賢而用之。是以有金一代，

[34] 元·脫脫等撰：〈選舉志一·總敘〉，《金史》第4冊，卷51，頁1134。
[35] 元·脫脫等撰：〈文藝列傳上〉，《金史》第8冊，卷124，頁2713。
[36] 元·脫脫等撰：〈選舉志一〉，《金史》第4冊，卷51，頁1139。

因科舉之選，培育出大批本土俊彥，如：王寂、趙可、劉仲尹等，為海陵王時期進士；王庭筠、趙秉文等，則為世宗時期進士。人才輩出，不僅使國家文化水準與創作格調全面提升，更為文學發展帶來繁榮進步，呈現嶄新氣象。劉達科〈金朝科舉與文學〉一文曰：

> 金朝的科舉制度對文學有著重要影響。其作用主要表現在以下幾個方面：提高了作家隊伍的整體素質，影響了整個文壇的基本體貌，促使一朝文風的形成和轉變。[37]

故「開科取士」，無疑是供給金代中期國朝文派成長茁壯之重要養料，其雖不屬文學創作之某種流派或風格派別，但卻在金代文學發展之歷程中，高揭大纛，獨樹一格。

參、認同心理

國朝文人之所以能夠受到注目，成為金朝中期文壇之主流代表，除當時國家政策與社會制度之因素外，文人自身心理層面之改觀演繹，更有著深刻之影響。張晶《中國古代文學通論·遼金元卷》曰：

> 「國朝文派」的深處，有很濃的社會文化心理因素。任何時代的文學，總是在一定時代一定社會環境中激發產生的。社會文化心理成為文學與社會生活之間不可忽視的中介。[38]

---

[37] 劉達科撰：〈金朝科舉與文學·摘要〉，《社會科學輯刊》2007年第3期，頁245。

[38] 傅璇琮、蔣寅主編，張晶分卷主編：《中國古代文學通論·遼金元卷》（瀋陽：遼寧人民出版社，2005年5月），頁421。

又胡傳志《宋金文學的交融與演進》曰：

> 國朝文派概念之所以得以成立，主要是其國家屬性，一種相
> 對於「宋儒」而存在的政治屬性。這種政治屬性符合金代文
> 壇實際，不僅這批文人身份（分）上已經屬於金王朝，而且
> 感情上也歸屬於金王朝。[39]

是知蕭貢、元好問所標舉之「國朝文派」，應指──生於金、長於
金、卒於金，在金立國後之中原區域，飽吸金源北地文化乳汁，而
擁有較高門第，秉受良好教育，兼擅詩詞文章之文人系統。夫此批
文人，對金朝之感情乃與生俱來，具有明確效忠金廷政權之國家觀
念；不僅視金朝為「故國」，且內心已自覺產生認同金王朝為華夏
正統之聖朝意識。故國朝文派，至此可謂開花結果，蓬勃興盛。

　　國朝本體文人，在「宋金和議」、「開科選賢」、「認同心
理」之國家、社會、個人等三方互相融合、滲透中崛起，突破起
初「借才異代」之發展局限，為金代中期之文學活動，注入源頭活
水，產生新氛圍，進而發揮主導作用。

第三節　「情感意涵」之生發及
「創作心態」之構成

　　創作，是文人們表達情緒變化與記錄心理活動之特殊過程。
《荀子・解蔽篇》曰：「心者，形之君也，而神明之主也。」[40]

---

[39] 胡傳志著：《宋金文學的交融與演進》（北京：北京大學出版社，2013年3
月），頁66。

[40] 清・王先謙著：《荀子集解》（臺北：藝文印書館，1977年2月），卷15，

唐・孔穎達《禮記・大學疏》曰：「揔包萬慮，謂之為心；情所意念，謂之為意。」[41]然此「心」，何以為「神明之主」？何以能「揔包萬慮」？而此「意」，又如何被情所牽繫？主要可從兩方面探究之：

壹、「情感意涵」之生發

常言道：「人是感情的動物。」因而「情感」之於人，可說是一與生俱來之本能，往往內蘊於心，而體現於外；其之生發，精妙隱微，須深體意涵，方能洞悉精髓：

一、心理體認

《禮記・禮運》曰：「何謂人情？喜、怒、哀、懼、愛、惡、欲，七者弗學而能。」[42]人之情感，天之性也，乃創作主體內在原始之心理活動。惟「人心之動，物使之然也。」[43]而「物」之所以能打動人心，在於心理感知之作用。晉・陸機〈文賦〉曰：

> 遵四時以歎逝，瞻萬物而思紛。悲落葉於勁秋，喜柔條於芳春。[44]

又梁・鍾嶸《詩品・序》曰：

頁8。

[41] 漢・鄭玄注，唐・孔穎達等正義：《禮記正義》，收入清・阮元校刻：《十三經注疏》第5冊（臺中：藍燈文化事業公司，出版年不詳），卷60，頁4。

[42] 同前註，卷22，頁4。

[43] 同前註，卷37，頁1。

[44] 晉・陸機撰，金濤聲點校：〈文賦并序〉，《陸機集》（北京：中華書局，1982年1月），卷1，頁1。

> 至於楚臣去境，漢妾辭宮；或骨橫朔野，或魂逐飛蓬；或負
> 戈外戍，殺氣雄邊；塞客衣單，孀閨淚盡；文士有解佩出
> 朝，一去忘反；女有揚蛾入寵，再盼傾國：凡斯種種，感蕩
> 心靈，非陳詩何以展其義，非長歌何以騁其情？[45]

故不論四時物候，抑或人事遭遇，皆是啟動人們心理感受機制之樞
紐，藉以產生各種意念思維，凝集不同之情緒狀態，所謂：「情動
於中」[46]者也；其心理體驗之內容與自我認知之過程，使創作主體
蓄積豐富充沛之情感能量，自然而然引發創作衝動。

二、感覺反應

　　梁・劉勰《文心雕龍・明詩》曰：「人稟七情，應物斯感，感
物吟志，莫非自然。」[47]人情「應物」而感於物，是以「感物」，
乃創作主體對「物」之凝神觀照與親身體驗；而「吟志」，則為
個人內在感覺之揣摩和反應。《詩經・大序》以「言語」、「嗟
嘆」、「詠歌」、「手舞」、「足蹈」等層層遞進之外顯方式，[48]
來反映人們經由意識官能體察客觀事物，所產生認識與理解之心理
歷程。宋・楊萬里〈答建康府大軍庫監門徐達書〉曰：

---

[45] 梁・鍾嶸撰：〈詩品序〉，見呂德申著：《鍾嶸《詩品》校釋》（北京：
　　 北京大學出版社，2000年10月），頁17。

[46] 漢・毛亨傳，漢・鄭玄箋，唐・孔穎達等正義：《毛詩正義・大序》，收
　　 入清・阮元校刻：《十三經注疏》第2冊，卷1-1，頁5。

[47] 梁・劉勰著，王更生注譯：《文心雕龍讀本》上篇（臺北：文史哲出版
　　 社，1985年3月），卷2，頁83。

[48] 《毛詩正義・大序》曰：「情動於中，而形於言；言之不足，故嗟嘆之；
　　 嗟嘆之不足，故永歌之；永歌之不足，不知手之舞之，足之蹈之也。」收
　　 入清・阮元校刻：《十三經注疏》第2冊，卷1-1，頁5。

> 我初無意於作是詩，而是物是事適然觸乎我，我之意亦適然
> 感乎是物是事，觸焉，感焉，而是詩出焉。[49]

文人內心因應外物而有所感悟，自覺興起喟嘆情懷，以相應之行為舉措及深沉之理性思維，釋放情感經驗，領會情意內涵，而藉精鍊之語文藝術，具體實踐創作意圖。

蓋「情感意涵」是進行創作活動之基石，亦是文人們吟詠情志之指標。洪子誠《作家姿態與自我意識》一書曰：

> 人的感情（如托爾斯泰在論述時所提到的焦急、生氣、憂鬱、痛苦、害怕、歡樂、失望、昂奮等等）不僅是文學創作所描寫的對象的重要組成部分，是作家創作過程的驅動力量，而且也是作家對自己的產品的預期效果。創作過程中的感知、體驗、想像與藝術形式的創造等，也無不為感情活動所伴隨，並不斷由它所催化，所激活。文學創作對人自身和外在世界所達到的理悟與認知，無不以感情為基礎，並以人的豐富、生動的感情活動作為理悟與認知的中介。[50]

故「情感意涵」之生發，為傳動人類精神信念之主導力量，不僅概括個體潛在獨特之思想情緒，賦予作品生生不息之生命與靈魂，更締造文學永恆不朽之價值。

---

[49] 宋・楊萬里撰，楊長孺編：《誠齋集》，收入《文淵閣四庫全書電子版》【內聯網版】（香港：迪志文化出版公司，2007年），卷67，頁6。

[50] 洪子誠著：《作家姿態與自我意識》（北京：北京大學出版社，2010年1月），頁23-24。

壹、專書部分

目前詞學界對金詞之研究，往往多與元詞，甚或宋詞及明、清詩詞並論，可略分為以下幾種類別：[54]

一、鑒賞類

選擇名篇，予以解釋評析，有：

> 王步高主編《金元明清詞鑒賞辭典》（南京：南京大學出版社，1989年4月）。
>
> 唐圭璋、鍾振振編《金元明清詞鑒賞辭典》（上海：江蘇古籍出版社，1989年5月）。
>
> 嚴迪昌編選《金元明清詞精選》（南京：江蘇古籍出版社，1995年9月）。
>
> 夏承燾、張璋編選《金元明清詞選》（北京：人民文學出版社，1997年7月）。
>
> 施議對主編，陶然編纂《金元詞一百首》（長沙：岳麓書社，2010年1月）。

二、詞史類

依時代先後，闡述詞壇嬗變之跡，有：

> 張子良著《金元詞述評》（臺北：華正書局，1979年7月）。
>
> 黃兆漢著《金元詞史》（臺北：臺灣學生書局，1992年12月）。

---

[54] 以下所列舉之書目、論文，皆依出版時間之先後排列。

陶然著《金元詞通論》（上海：上海古籍出版社，2001年7
月）。

三、詞評類

探討作家詞學思想，建立理論批評基礎，有：

劉鋒燾著《宋金詞論稿》（北京：中國社會科學出版社，
2002年4月）。

趙維江著《金元詞論稿》（北京：中國社會科學出版社，
2000年2月）。

丁放著《金元明清詩詞理論史》（合肥：安徽大學出版社，
2001年6月）。

丁放著《金元詞學研究》（北京：中國社會科學出版社，
2002年5月）。

間或有專論金詞者，乃探討個別詞家或闡述金初詞人，解析
詞作；或注意金詞發展流變與詞人群體的論述；或著力於政治、
民族、宗教、對外交往等外部因素與金代詞壇的關係。相關之論
著有：

劉鋒燾著《金代前期詞研究》（西安：陝西師範大學出版
社，1998年5月）。

趙永源著《遺山詞研究》（上海：上海古籍出版社，2007年
12月）。

李藝著《金代詞人群體研究》（北京：首都師範大學出版
社，2008年6月）。

　　李靜著《金詞生成史研究》（北京：中國社會科學出版社，
　　　　2010年9月）。

　　而其他專論金代或金代文人者，則多屬綜論性質，相關之論
著有：

　　詹杭倫著《金代文學史》（臺北：貫雅文化事業公司，1993
　　　　年5月）。
　　周惠泉著《金代文學研究》（臺北：文津出版社，2000年4
　　　　月）。
　　胡傳志著《金代文學研究》（合肥：安徽大學出版社，2000
　　　　年5月）。
　　牛貴琥、張建偉編《女真政權下的文學研究》（太原：三晉
　　　　出版社，2011年10月）。
　　轟立中著《金代名士黨懷英研究》（長春：吉林大學出版
　　　　社，2012年12月）。

　　以上著作，內容概括各家文人經歷、師從、生平、思想之探
究，及詩、詞、散文、書法等各類作品之評析。然皆未以「金代中
期詞」為專論，且對詞作內容之探討，亦不免稍嫌簡略。
　　此外，有關文人心態之研究方面，相對而言，則受到學界較多
注意，有：

　　麼書儀著《元代文人心態》（北京：文化藝術出版社，2001
　　　　年1月）。
　　梁歸智、周月亮著《大俗小雅：元代文化人心迹追蹤》（保

定：河北大學出版社，2001年9月）。

徐子方著《挑戰與抉擇：元代文人心態史》（石家莊：河北
教育出版社，2001年11月）。

周明初著《晚明士人心態及文學個案》（北京：東方出版
社，1997年8月）。

夏咸淳著《情與理的碰撞：明代士林心史》（保定：河北大
學出版社，2001年11月）。

韓進廉著《無奈的追尋：清代文人心理透視》（保定：河北
大學出版社，2001年9月）。

陳維昭著《帶血的挽歌：清代文人心態史》（石家莊：河北
教育出版社，2001年11月）。

可見自宋以後，學者所論範圍多涉及元代、明代及清代，惟對
金代文人心路歷程之探討，付諸闕如。

貳、博碩士論文部分

近年來詞學界已開始關注「金詞」之研究，有多本學位論文
問世：

一、臺灣地區

梁文櫻撰《蔡松年詞研究》（高雄：國立高雄師範大學國文
教學碩士班論文，2004年6月）。

鄭琇文撰《金元詠梅詞研究》（臺南：國立成功大學中國文
學研究所碩士論文，2005年6月）。

柯正容撰《金詞「吳蔡體」研究》（臺南：國立成功大學中
國文學研究所碩士論文，2006年7月）。

蔡欣容撰《金末元初稷山段氏二妙詞研究》（臺南：國立成
　　功大學中國文學研究所碩士論文，2007年7月）。

楊詔閑撰《元好問亡國後詞作研究》（高雄：國立高雄師範
　　大學國文學系碩士論文，2008年6月）。

蕭豐庭撰《元好問及其《遺山樂府》研究》（臺南：國立臺
　　南大國語文學系碩士論文，2008年7月）。

廖婉茹撰《金代中葉大定、明昌年間（1161-1196）文士詞
　　研究》（臺北：國立政治大學中國文學系碩士論文，
　　2011年7月）。

二、大陸地區

胡仙梅撰《金代大定、明昌詞研究》（廣州：暨南大學碩士
　　學位論文，2005年6月）。

王定勇撰《金詞研究》（揚州：揚州大學博士學位論文，
　　2006年5月）。

張增吉撰《金代女真詞人研究》（蘭州：蘭州大學碩士學位
　　論文，2006年5月）。

邵鴻雁傳《金遺民詞研究》（長春：吉林大學碩士學位論
　　文，2007年8月）。

于東新撰《多民族文化背景下的金代詞人群體研究》（保
　　定：河北大學博士學位論文，2010年6月）。

段亞婷撰《李俊民及其詞作研究》（臨汾：山西師範大學碩
　　士學位論文，2013年7月）。

　　從研究「金詞」之角度而言，這是可喜之現象，惟學者們於探
討作品內容主題及藝術形式之餘，鮮少針對詞人之創作心態作系統

之分析，故對金詞之探討，應進行更全面之論述。

參、學術期刊部分

　　就目前蒐羅可得之期刊而言，除針對吳激、蔡松年、元好問等個別詞家或些許詞作名篇外，少有專門論述金詞者；而對於文人心理之探討方面，則多從心態史學之角度評析，偏向心理學與史學之研究法。惟僅：

　　　　金啟華撰〈金詞論綱〉（收入夏承燾等主編：《詞學》第4
　　　　　　輯，上海：華東師範大學出版社，1986年8月）。

　　　　張倉禮撰〈金代詞人群體的組成〉（《東北師大學報》1987
　　　　　　年第4期）。

　　　　鄭靖時撰〈「金源一代坡仙」──趙秉文〉（《興大中文學
　　　　　　報》第4期，1991年1月）。

　　　　劉澤撰〈忙裡偷閒喝一杯──〈雨中花慢・代州南樓〉中的
　　　　　　趙可心態〉（《名作欣賞》1995年第5期）。

　　　　辛一江撰〈論金詞風格的成因〉（《昆明師專學報》1995年
　　　　　　9月）。

　　　　寧宗一撰〈關注古代作家的心態研究〉（《文學遺產》1997
　　　　　　年第5期）。

　　　　張晶撰〈乾坤清氣得來難：試論金詞的發展與詞史價值〉
　　　　　　（《學術月刊》1996年第5期）。

　　　　王昊撰〈論金詞北派風格之成因〉（《洛陽師範學院學報》
　　　　　　2001年第6期）。

　　　　王曉驪撰〈滄桑感和避世心交織出的心靈悲吟：元末明初詞
　　　　　　人心態研究〉（《中國韻文學刊》2002年第2期）。

李文澤撰〈深衷大馬歌悲風──金代詩詞文學創作論略〉
（《四川大學學報》2002年第4期）。

李藝撰〈談金代詞人的群體劃分〉（《語文學刊》2004年第
6期）。

包根弟撰〈王庭筠詞初探〉（《輔仁國文學報》增刊，2006
年1月）。

李藝撰〈金代的俳諧詞人趙可〉（《文史知識》2007年第1
期）。

王定勇撰〈論金源詞人王寂〉（《民族文學研究》2009年第
3期）。

李楠撰〈論金代王寂詞的藝術特質〉（《集寧師專學報》第
31卷第1期，2009年3月）。

胡傳志撰〈金代「國朝文派」的性質及其內涵新探〉（《江
蘇大學學報》第11卷第2期，2009年3月）。

于東新撰〈關於金代大定、明昌詞風的文化考察〉（《齊魯
學刊》2010年第4期）。

武勇撰〈漢文化影響下的金大定、明昌詞〉（《安慶師範學
院學報》第30卷第5期，2011年5月）。

李淑岩撰〈仕與隱的徘徊矛盾──金中期漢族文士的創作心
理〉（《名作欣賞》2012年第26期）。

　　以上等篇是與本書論題較為相關之研究，但或礙於篇幅限制，
對於金代中期詞人作品之情感意涵及創作心理之掌握，仍乏整體宏
觀之討論。

第五節　金代中期詞研究之方法與目的

本書內容以「文人詞之情感意涵及創作心態」為探討課題，並劃定「金代中期」為討論範圍，而執行此研究課題之具體方法與主要目的，如下：

壹、具體方法

對於此課題之研究，本書擬單純就時代變遷與詞作本身著手，將悉體文人自我情懷與興會雅意之涵泳作為立論基礎；以透視詞家個人命運與心靈歷程之走向為導引，進而探索群體共有之心態結構。

一、金代相關文史資料之彙整輯錄

自研讀元・脫脫等撰《金史》（北京：中華書局，2005年4月）、清・李有棠撰《金史紀事本末》（北京：中華書局，1980年8月）及南宋・宇文懋昭撰，崔文印校證《大金國志校證》（北京：中華書局，1986年7月）入手，並上推至元・脫脫等撰《宋史》（北京：中華書局，1977年11月）、明・陳邦瞻等撰《宋史紀事本末》（臺北：鼎文書局，1978年3月）等史籍相關資料，以明瞭金代之政治、社會、地理、經濟、文化等特殊背景。同時兼顧現代學者之研究成果，如：[55]

何俊哲等著《金朝史》（北京：中國社會科學出版社，1992年8月）。

---

[55] 以下所列舉之書目，茲依出版時間之先後排列。

李桂芝著《遼金簡史》（福州：福建人民出版社，2000年9月）。

李羨林等編《遼金元文學研究》（北京：北京出版社，2001年12月）。

黃拔荊著《中國詞史》上、下卷（福州：福建人民出版社，2003年5月）。

陶晉生著《宋遼金元史新編》（臺北：稻鄉出版社，2003年10月）。

陶晉生著《女真史論》（臺北：稻鄉出版社，2003年11月）。

劉明今著《遼金元文學史案》（上海：上海古籍出版社，2004年11月）。

都興智著《遼金史研究》（北京：人民出版社，2004年12月）。

傅璇琮等編《中國古代文學通論‧遼金元卷》（瀋陽：遼寧人民出版社，2005年5月）。

李錫厚等著《遼西夏金史研究》（福州：福建人民出版社，2005年6月）。

朱瑞熙等著《宋遼西夏金社會生活史》（北京：中國社會科學出版社，2005年8月）。

王德朋著《金代漢族士人研究》（北京：中國社會科學出版社，2006年2月）。

葉坦、蔣松岩著《宋遼夏金元文化史》（上海：東方出版中心，2007年5月）。

蘭婷著《金代教育研究》（長春：吉林大學出版社，2010年1月）。

牛貴琥著《金代文學編年史》上、下冊（合肥：安徽大學出
　　版社，2011年3月）。

王慶生編著《金代文學編年史》上、下冊（北京：中華書
　　局，2013年3月）等。

　　由此掌握學者們通過各種外部因素之關係，綜論時代發展之趨
向，以揭示不同環境下文學之形式特徵與內在思想演進之邏輯，使
能全面完整地反映有金一代之總體情況。

二、金代詞人、詞作之檢視與評述

　　本書以唐圭璋編《全金元詞・金詞》（北京：中華書局，2000
年10月）為底本，並參考趙萬里《校輯宋金元人詞》（臺北：台聯
國風出版社，1972年3月）、張朝範〈全金元詞校讀〉（《文獻》
1996年第3期）及金代重要詞人之詞集等，以正詞牌、格律、字句
與誤收等問題。並按以下原則，揀選生於金、長於金，甚至卒於金
之金代中期本土文人：

（一）金熙宗皇統2年（西元1142年）後出生，至金世宗大定元年
　　　（西元1161年），未滿20歲之士子。[56]

（二）金章宗明昌5年（西元1194年）前出生，至金衛紹王至寧元
　　　年（西元1213年），已滿20歲之士子。

---

[56] 陳昭揚《征服王朝下的士人──金代漢族士人的政治、社會、文化論析》
　　曰：「大致可以推斷在金代，大部分士人約在16歲至20歲之間首次參試。」
　　（國立清華大學歷史研究所博士論文，2007年6月，頁56。）又黃文吉《宋
　　南渡詞人》曰：「因為我國習慣一向以弱冠為成年，認定他對事物的看法
　　已趨成熟，有行為能力，……對過去事物記憶猶新，感情當較為濃厚。」
　　（臺北：臺灣學生書局，1985年5月，頁6。）據此，本書乃以一般文士是否
　　年滿20歲，作為判別標準。

（三）於金世宗大定元年（西元1161年）至金衛紹王至寧元年（西
　　　元1213年）前後，曾中舉選或被授予官職者。

　　以上擇選範圍涵括各族文士，不以漢族士人為限；惟「女真」
一族，為金代政權統治者，與一般士人之身分、地位及待遇殊異，
當另以專文探析，故本書不將完顏皇族詞人納入討論範圍。茲就唐
圭璋編《全金元詞・金詞》所錄，將符合上述條件之一者，詞人、
詞數及擇選依據，表列如次：

【表1】

詞人[57]	詞數	擇選依據[58]
鄭子聃	1	海陵王正隆2年（西元1157年）狀元，累官吏部侍郎，卒於世宗大定20年（西元1180年）。
耶律履	3	章宗時參知政事。
元德明	1	生於海陵王正隆元年（西元1156年）。
蔡珪	1	世宗大定中，由禮部郎中，封真定縣男，除濰州刺史，卒於世宗大定14年（西元1174年）。
趙可	11	海陵王貞元2年（西元1154年）進士，仕至翰林直學士。
王寂	36[59]	海陵王天德3年（西元1151年）進士，歷官中都路轉運使，章宗明昌中卒。
鄧千江	1	金國初，張六太尉鎮西邊，獻樂章〈望海潮〉。
任詢	1	海陵王正隆2年（西元1157年）進士，歷省掾大名總幕，益都都司判官，北京鹽使課殿，降泰州節廳，致仕，世宗大定中卒，年七十。
馮子翼	1	海陵王正隆2年（西元1157年）進士，以同知臨海軍節度使致仕。

---

[57] 詞人編排，以唐圭璋《全金元詞・金詞》中所列之先後為序。

[58] 依唐圭璋《全金元詞・金詞》中，著於詞人姓氏下之「小傳」內容為據。惟
詞人生年、卒年或登第年等資料不詳者，則另參考其他史籍資料以茲判別。

[59] 《四庫全書・拙軒集》卷四所錄王寂詞，有37闋，較唐圭璋編《全金元詞・
金詞》多〈古漁父詞〉（一聲欸乃破蒼煙）及〈好事近〉（玉帝掌書仙）
等2闋；惟〈古漁父詞〉應為七言律詩，故王寂詞實有36闋。（見金・王寂
撰：《拙軒集》，收入《文淵閣四庫全書電子版》【內聯網版】，香港：
迪志文化出版公司，2007年，卷4，頁1、4。）

詞人	詞數	擇選依據
李晏	6[60]	章宗明昌元年（西元1190年）為禮部尚書。
劉仲尹	11	海陵王正隆2年（西元1157年）進士，歷官潞州節度副使，召為都水監丞。
劉迎	4	世宗大定13年（西元1173年），以薦對策第一，明年登進士。
黨懷英	5	世宗大定10年（西元1170年）進士。
王庭筠	12	世宗大定16年（西元1176年）進士。
王磵	1	章宗明昌中，授鹿邑主簿，後致仕。
趙秉文	12[61]	世宗大定25年（西元1185年）進士。
胥鼎	1	世宗大定28年（西元1188年）進士。
許古	2	章宗明昌5年（西元1194年）進士。
張檝	1	章宗明昌5年（西元1194年）狀元。
馮延登	1	章宗承安2年（西元1197年）進士。
辛愿	1	哀宗正大末，歿洛下。[62]
李獻能	3	生於章宗明昌2年（西元1192年）。
李天翼	1	宣宗貞祐2年（西元1214年）進士。
王渥	1	生於世宗大定26年（西元1186年）。
景覃	3	世宗大定初，三赴廉試，後因病不就舉。
高憲	2	章宗泰和3年（西元1203年）登進士乙科。
王予可	3	麻九疇（西元1182-1232年）、張轂與之游最狎。[63]
王特起	5	章宗泰和3年（西元1203年）登進士甲科。

---

[60] 唐圭璋《全金元詞・金詞》中，原收錄李晏詞4闋；然於書後唐棣棣、盧德宏〈《全金元詞》訂補附記・補詞〉中，則另增補2闋：〈賀新郎〉（蘇子秋七月）及〈賀新郎〉（十月臨皐暮）等。其生平資料，亦參酌所錄。（見唐圭璋編：《全金元詞》，北京：中華書局，2000年10月，下冊，頁1338-1339。）

[61] 唐圭璋編《全金元詞・金詞》中，原收錄趙秉文詞10闋；然於書後唐棣棣、盧德宏〈《全金元詞》訂補附記・補詞〉中，則另增補2闋：〈水龍吟〉（半生浮宦京華）及〈水龍吟〉（燕秦草木知名）等。（見唐圭璋編：《全金元詞》，下冊，頁1342。）

[62] 元・脫脫等撰：〈辛愿傳〉，《金史》第8冊（北京：中華書局，2005年4月），卷127，頁2753。

[63] 同前註，頁2754。

詞人	詞數	擇選依據
孟宗獻	1	世宗大定3年（西元1163年）鄉府省御四試皆第一。
趙元	3	名士無不與游，屏山（李純甫，西元1177-1223年）常賦〈愚軒〉。（趙元自號愚軒居士）[64]
折元禮	1	章宗明昌5年（西元1194年）兩科擢第。
劉昂	1	章宗承安間進士。
32人	137	

　　蓋據唐圭璋編《全金元詞‧金詞》所錄，金代詞人凡71位，詞3610闋。[65]然從中去除女真皇族完顏璹（9闋）、歌妓梁梅（1闋）及趙擽等道士15人（2760闋）[66]之作；屬一般文士則僅有54人，詞840闋。且按【表1】統計可知，金代中期之國朝文人，共有32位，詞作137闋；其詞家人數於金源一代文士中，約占59%，達半數以上；而詞作數量雖僅占金代文人詞之16%，不若宋、金之際與金、元易代間詞人之創作數量，但此階段文人詞家倍增，在金代詞壇發展之過程中，應是值得關注之現象。

　　夫綜觀金代中期國朝文士32人中，約有二分之一存詞僅1闋者，如鄭子聃等16位，可見當時文人雖多有涉獵，但並未專力於

---

[64] 陳衍撰：《金詩紀事》（臺北：鼎文書局，1971年9月），卷10，頁7。

[65] 唐圭璋《全金元詞‧重印說明》載：「《全金元詞》……共收錄金元兩代二百八十二位詞人，七千二百九十三首詞作。其中，金七十人，三千五百七十二首；元二百一十二人，三千七百二十一首。」（上冊，頁1。）然據唐圭璋編《全金元詞‧金詞》所錄統計，金代詞人除無名氏外，實有71人，詞3605闋；又另據唐棣棣、盧德宏〈《全金元詞》訂補附記‧補詞〉，增補李晏詞2闋，趙秉文詞2闋，以及《四庫全書‧拙軒集》卷四所錄，王寂詞多1闋，故共計3610闋。

[66] 唐圭璋編《全金元詞‧金詞》所錄之道士詞，有：趙擽（2闋）、山主（24闋）、王喆（676闋）、馬鈺（881闋）、孫不二（2闋）、譚處端（156闋）、郝大通（2闋）、劉處玄（65闋）、王處一（95闋）、邱處機（152闋）、王丹桂（146闋）、侯善淵（259闋）、王吉昌（168闋）、劉志淵（56闋）、長筌子（76闋）等；共15人，詞2760闋。

詞。惟當中出現趙可、王寂、劉仲尹、王庭筠及趙秉文等5人，詞
作皆在10闋以上，共82闋，約占金代中期文人詞之60%；且趙可等
5人，於金代中期朝堂都據有一席之地，重要性實不容小覷，而此
對金代中期詞壇言，亦自有不同意義。

　　故本書即擬以金代中期存詞10闋以上之趙可、王寂、劉仲尹、
王庭筠及趙秉文等5位國朝文人詞為研究對象，除因趙可等5人於金
代中期詞壇各領風騷外，亦考量詞家若存世詞作過少，恐難從作品
中探知其情感意涵或創作心態。王兆鵬《唐宋詞史論》曰：「傑出
的大詞人，要求有相當的作品數量。存詞過少，難以呈現豐富博大
的藝術境界，其歷史地位就不可能太高。」[67]是以為能使研究工作
之進行，能做出較正確之分析辨識，乃訂定存詞數量。

　　此外，目前學界以金代之歷史、文學、詞作或詞人作為研究
之對象，國內外已累積不少成果，可作為本書重要參考之文獻，
有考述金代作家之生平、交游及行踪者，為王慶生著《金代文學家
年譜》上、下冊（南京：鳳凰出版社，2005年3月）；而針對金代
詞人、詞作，「紀其事、評其作」者，為鍾陵編著《金元詞紀事會
評》（合肥：黃山書社，1995年12月）；又梳理、歸納出金詞研究
之脈絡者，為崔海正主編，劉靜、劉磊著《金元詞研究史稿》（濟
南：齊魯書社，2006年8月）等。然除以上所述，更擬廣蒐方志、
類書、詞評及各家之年譜、文集、詩集等，以求精審。

三、闡釋社會與個人之心理思想

　　於目前科際整合之多元化時代，擬以現代心理學、心態史學之
相關研究，作為本書解析詞人創作心態之基礎理論，如：[68]

---

[67] 王兆鵬著：《唐宋詞史論》（北京：人民文學出版社，2000年1月），頁97。
[68] 以下所列舉之書目，茲依出版時間之先後排列。

吳思敬著《心理詩學》（北京：首都師範大學出版社，1996
　　年10月）。

周冠生著《東方心理學》（上海：上海文化出版社，2003年
　　11月）。

鄭全全著《社會認知心理學》（杭州：浙江教育出版社，
　　2008年2月）。

錢谷融、魯樞元主編《文學心理學》（上海：華東師範大學
　　出版社，2008年4月）。

汪鳳炎著《中國心理學思想史》（上海：上海教育出版社，
　　2008年12月）。

王先霈著《文藝心理學讀本》（武漢：華中師範大學出版
　　社，2009年8月）。

王俊秀著《社會心態理論：一種宏觀社會心理學範式》（北
　　京：社會科學文獻出版社，2014年5月）等。

然絕非是將現代研究方法全盤挪置，或生搬硬套西方之學說體系，
而是藉此擴展領域，使深化認知理解之思維，進而掌握整體變化之
規律。

貳、主要目的

　　金代中期，出現成長、生活於金源本土之國朝文人，此等由金
朝培養出之文士，體現詞學創作之不同面貌。楊忠謙《政權對立與
文化融合——金代中期詩壇研究・緒論》曰：「金代中期（世宗、
章宗時期）……第一是文人心態的轉變階段；第二是國朝文派的創
立階段；第三是金代文學創作的成熟階段。它在社會背景、文化政
策、作家心態、創作題材等諸方面，都與金代前期（即借才異代時

代）和衞紹王當政以後皆有很大的不同。」[69]故本書即擬從整理分析金代中期重要詞人作品著手，探索金代中期詞人內心生活之多樣的、變化的情態，期能掌握此特殊環境中，詞人之心路歷程與群體命運，進而建構金代中期詞人創作心態之脈絡，使中國詞史之拼圖得以更加完整。

惟本書課題，何以專就「詞」而論文人之情感意涵與創作心態？蔣哲倫等著《中國詩學史‧詞學卷》曰：「詞，作為一種後起的文學樣式，從一開始便與創作者的日常生活聯繫在一起。……它所關注的……是人真實的情感世界，而且這種關注在整個詞學發展歷程中始終未曾改變。儘管，較之詩，詞所描述的情感更為私密化。但隨著詞人社會生活環境的改變以及詞學觀念的演進，詞的表現範圍逐漸擴大，家國盛衰、政局更迭、仕宦進退等社會內容一一入詞。」[70]故透過「詞」，不僅可反映當時社會之生活情況，亦能了解詞人之內心情感與思想意識，進而作為探討詞人創作心態之真實依據。

基此，更希冀以本書所研討之課題當作發端，進一步上溯唐、宋，下逮元、明、清各朝，將詞家獨特之情感心理與時代群體共同之心態，相互聯繫，以具體展現文人之精神內涵，並勾勒「歷代詞人創作心態流變圖」，完成系列性之研究工作。

---

[69] 楊忠謙著：《政權對立與文化融合——金代中期詩壇研究》（北京：人民出版社，2010年8月），頁1-2。

[70] 蔣哲倫等著《中國詩學史‧詞學卷》（廈門：鷺江出版社，2002年9月），頁3。

第二章　金代中期詞發展之背景

　　金代以武為尚，雖滅遼攻宋取得政權，惟文化落後，風俗鄙陋，致前期文壇憑恃「借才異代」，方初奠根基。後逢世宗、章宗朝，「文治既洽，教育亦至，名氏之舊與鄉里之彥，率由科舉之選。」[1]促使金代政績至中期臻於高峰，並為有金一代注入新血，帶來生機；而其政治制度、社會生活及文化環境之改異、變化與不同，亦是影響文學創作風氣盛衰起伏之重要因素，同時更彰顯出金代中期詞發展之特殊背景。

第一節　政治制度之改異

　　金之立國，從太祖完顏阿骨打稱帝，至世宗完顏雍即位，共歷四朝；數十年間，朝野局勢由民族紛擾、窮兵黷武，而漸趨和平穩定。夫為順應形勢需求，金代中期政治制度之整頓改革，乃於不停之更易遞換中進行。

壹、自居正統之國家觀

　　女真作為少數民族入主中原之統治者，雖贏得軍事地位之優勢，然政權初立，仍難免遭受中國傳統儒家「華夷」觀念之束縛；不僅被漢族文人視為「夷狄」，且「於夷狄中最微且賤者也」[2]，

---

[1]　金・元好問撰：〈內相文獻楊公神道碑銘〉見姚奠中主編，李正民增訂：《元好問全集》上冊（太原：山西古籍出版社，2004年1月），卷18，頁420。

[2]　明・楊循吉撰：《金小史》，收入《叢書集成續編》第276冊（臺北：新文

而將之擯除於「中國正統」外。宋德金〈金源文化的歷史地位〉一文曰：

> 由於華、夏、漢族發源於中原，因而古時稱「中國」、中華、中州等，而把中國以外的民族和地區稱作夷、戎、狄、蠻。華夷之別成了區分正統與僭偽的重要依據之一。……金初太祖、太宗時期，稱宋為「中國」，金朝自為正統的觀念尚不明顯，到熙宗、海陵時期，這一觀念有了新的發展。[3]

據史載，海陵王完顏亮即對所謂「華夷之別」，頗為不滿：「一日，讀《晉書》至〈苻堅傳〉，廢卷失聲而嘆曰：『雄偉如此，秉史筆者不以正統本紀歸之，列傳第之，悲夫！』……朕每讀《魯論》，至於『夷狄雖有君，不如諸夏之亡也。』朕且惡之，豈非渠以南北之區分、同類之比周，而貴彼賤我也。」[4]且明白昭示：「自古帝王混一天下，然後可為正統。」[5]因而力主攻伐，採取「消滅南宋，掃蕩全國」之政治手段，欲以君臨天下之勢，造功業之實，為金朝正名，表彰女真統治中原之合法性。

　　金代中期，爭取「華夏正統」之地位，仍是主流意識，世宗完顏雍強調：「我國家紹遼、宋主，據天下之正。」[6]然其與海陵前朝最大之不同，在於以「文」而不以「武」之政治主張，講求禮

豐出版公司，1989年7月），卷1，頁1。
[3] 宋德金撰：〈金源文化的歷史地位〉，《學理論》2008年第6期，頁70。
[4] 宋・張棣撰：《正隆事迹記》，收入《四庫全書存目叢書》史部第45冊（臺南：莊嚴文化事業公司，1996年8月），頁1。
[5] 元・脫脫等撰：〈耨盌溫敦思忠傳〉，《金史》第6冊（北京：中華書局，2005年4月），卷84，頁1883。
[6] 元・脫脫等撰：〈禮志一〉，《金史》第3冊，卷28，頁694。

法、實行仁德，尤以「漢化」為標志，消融「夷狄」之蠻邦色彩，「將自己的政權納入華夏正統傳承序列之中，與漢文化接軌。」[7]明昌二年（西元1191年），章宗更明令「禁稱本朝人及本朝言語為『蕃』，違者杖之。」[8]劉揚忠〈論金代文學中所表現的「中國」意識和華夏正統觀念〉一文亦曰：

> 世宗、章宗二朝，漢化的完成和「文治」盛世的出現，使得華夏正統意識空前高漲，甚至出現了自居華夏正統而視南宋為「蠻」、「夷」的極端思想。[9]

　　蓋經過金源數代帝王對華夏正統觀之推動與努力，女真政權誠普遍獲得文人儒士之支持與認同，「奉其正朔」，已然成為共同整體之國家意識，進而奠定金王朝於中國歷史上之政治地位。

貳、不循資歷之用人法

　　金代科舉，始設於太宗完顏晟天會元年（西元1123年），皆因襲遼、宋之制，「初無定數，亦無定期。」[10]海陵王天德、貞元年間，完顏亮則「定貢舉程試條理格法」[11]，增殿試之制，更定試期，限制取士人數。

7　趙永春撰：〈試論金人的「中國觀」〉，《中國邊疆史地研究》2009年第4期，頁10。
8　元・脫脫等撰：〈章宗本紀一〉，《金史》第1冊，卷9，頁218。
9　劉揚忠撰：〈論金代文學中所表現的「中國」意識和華夏正統觀念・摘要〉，《吉林大學社會科學學報》第45卷第5期，2005年9月，頁80。
10　元・脫脫等撰：〈選舉志一〉，《金史》第4冊，卷51，頁1134。
11　同前註，頁1135。

　　金朝官制，文武選吏部統之；文散官則進士為優，武散官則軍功為優，「皆循資，有陞降定式而不可越。」[12]《金史‧選舉志二》載：「凡官資以三十月為考，職事官每任以三十月為滿，羣牧使及管課官以三周歲為滿，防禦使以四十月、三品以上官則以五十月、轉運則以六十月為滿。」[13]夫世宗即位，舉賢至急，凡合格則取：「自大定二十五年以前，詞賦進士不過五百人，二十八年以不限人數，取至五百八十六人。」[14]並謂今用人之法甚弊，若「但驗資考，其中縱有忠勤廉潔者，無路而進。」[15]因此乃告諭宰臣，當釋材能，革除弊政；並以海陵王但憑己欲，徇私升擢，不辨人才優劣為戒，強調：

> 用人之道，當自其壯年心力精強時用之，若拘以資格，則往往至於耄老，此不思之甚也。阿魯罕使其早用，朝廷必得補助之力，惜其已衰老矣。凡有可用之材，汝等宜早思之。[16]

後章宗完顏璟，承繼前朝，亦持相同主張：「今之用人，太拘資歷。循資之法，起於唐代，如此何以得人？」[17]

　　故金代中期，在世宗、章宗倡導「不限資級」，以待「非常之士」之選官制度下，為朝廷廣開一條薦舉人才之管道，不僅給予知識分子莫大之激勵與為國貢獻之機會，亦使帝王政權統治發揮最大之效能，國家地位得以鞏固。

---

[12] 元‧脫脫等撰：〈選舉志二〉，《金史》第4冊，卷52，頁1157。
[13] 同前註，頁1158。
[14] 元‧脫脫等撰：〈選舉志一〉，《金史》第4冊，卷51，頁1138。
[15] 元‧脫脫等撰：〈選舉志四〉，《金史》第4冊，卷54，頁1194。
[16] 元‧脫脫等撰：〈世宗本紀下〉，《金史》第1冊，卷8，頁201。
[17] 元‧脫脫等撰：〈章宗本紀一〉，《金史》第1冊，卷9，頁212。

第二節　社會生活之變化

　　創建金代王朝之女真一族，早期活動於長白山和黑龍江流域；本以部落組織為主要之社會形態，後因入主中原，受多元民族文化之薰染與影響，致生活秩序改變，重建產生新的社會結構。王德朋《金代漢族士人研究》曰：「女真族和漢族是金代兩個最主要的民族，前者在統治地位上占絕對優勢，後者在文化和人口數量上占絕對優勢，這兩個民族之間長期互相影響、雙向互動的結果，一方面是女真文化吸收了漢文化中的一些優秀元素，從而加快了女真漢化的進程；另一方面則是漢人在社會生活中深受女真人的影響，從而使自己的生活方式出現了與以往不同的新特點。」[18]故擬從以下兩方面，探討金代中期社會之生活特性與人民之生活情形：

壹、勸課農桑，休息斯民

　　大金帝國於西元1114年，由女真族領袖完顏阿骨打對遼宣戰，揭開攻伐序幕；而直至金世宗大定4年（西元1164年）與南宋孝宗達成「隆興和議」，方偃息干戈，結束長達50年之戰爭紛擾。夫世宗嘗言：前代之君，其失天下，在於不知民間疾苦，不知稼穡艱難者甚多。[19]因而為穩定連年征戰之政局，乃著力發展農業生產，以整頓經濟來恢復秩序。《金史·世宗本紀上》曰：

---

[18] 王德朋著：《金代漢族士人研究》（北京：中國社會科學出版社，2006年2月），頁190-191。

[19] 元·脫脫等撰：〈世宗本紀下〉，《金史》第1冊（北京：中華書局，2005年4月），卷8，頁192。

（大定二年二月庚子）招諭盜賊或避賊及避徭役在他所者，
並令歸業，及時農種，無問罪名輕重，並與原免。……詔降
蕭玉、敬嗣暉、許霖等官，放歸田里。[20]

又何俊哲等著《金朝史》曰：

世宗除復原海陵南侵軍隊，及復員部分與南宋作戰軍隊以保
證農村農業生產外，又千方百計地減輕人民的徭役負擔，以
促使農民有充裕的時間從事農業生產。[21]

　　蓋歷經戰火洗禮後，世宗採取諸多改善與振興農業生產之措
施，並嚴格禁絕：踩踐禾稼、伐桑棗為薪蒭之及侵耕圍獵等傷害、
破壞或妨礙農功之行為。且章宗於承安2年（西元1197年）亦曾
「遣戶部郎中上官瑜往西京并沿邊，勸舉軍民耕種。」[22]又「猛安
謀克戶若有不務栽植桑果者，則以事怠慢輕重罪科之。」[23]一連串
推動農業之勸耕政策，使金代中期之社會環境安定富足：「時和歲
豐，民物阜庶，鳴雞吠犬，煙火萬里，有成康、漢文景之風。」[24]
百姓因而得以休養生息，安居樂業。惟此農村經濟之生活型態與女
真初興，女直之人「無市井城郭，逐水草為居，以射獵為業。」[25]

---

[20] 元・脫脫等撰：〈世宗本紀上〉，《金史》第1冊，卷6，頁126。

[21] 何俊哲等著：《金朝史》（北京：中國社會科學出版社，1992年8月），頁
284。

[22] 元・脫脫等撰：〈食貨志二〉，《金史》第4冊，卷47，頁1051。

[23] 同前註，頁1050。

[24] 元・王磐撰：〈大定治績序〉，見元・蘇天爵編：《元文類》，收入《文
淵閣四庫全書電子版》【內聯網版】（香港：迪志文化出版公司，2007
年），卷32，頁11-12。

[25] 明・宋濂等撰：〈地理志二〉，《元史》第5冊（北京：中華書局，2005年4

原始落後之游牧經濟生活方式相較，已然發生本質上之變化。

貳、商業繁榮，娛樂興盛

金代中葉，統治者停息兵戎之國家政策，使天下治平；而擴田護稼之經濟主張，則讓四民安居。任蕾〈金世宗完顏雍發展農業生產之管見〉一文曰：

> 完顏雍把農業作為安邦興國之本，……農業不僅是封建社會經濟的基礎也是當時的主導產業，其他諸如手工業、商業及社會百業都是為農業服務或在農業基礎上發展起來的。[26]

因此當農業生產穩定發展，糧食產量增加之餘，不但使人口迅速成長，且逐步帶動商業經濟之活絡。聶立申《金代名士黨懷英研究》亦曰：「隨著農業恢復，手工業的繁榮，金朝的商業也日益發展起來。其不僅表現在商業規模大、商品種類多、對外貿易發達，而且最重要的是城市的繁榮。」[27]

金熙宗皇統2年（西元1142年），許宋人之請，於宋、金交界設置「榷場」[28]，通南北行商之貨；雖海陵王時曾因伐宋罷之，然世宗復置，且與西夏、高麗皆有貿易往來。是以商賈輻輳於榷場，陸海百貨齊全，買賣頻繁，交易金額乃為數可觀。《金史・食貨志

月），卷59，頁1400。
[26] 任蕾撰：〈金世宗完顏雍發展農業生產之管見〉，《博物館研究》2000年第2期，頁20。
[27] 聶立申著：《金代名士黨懷英研究》（長春：吉林大學出版社，2012年12月），頁38。
[28] 元・脫脫等撰《金史》卷五十〈食貨志五〉載：「榷場，與敵國互市之所也，皆設場官，嚴厲禁，廣屋宇以通二國之貨，歲之所獲亦大有助於經用焉。」第4冊，頁1113。

五》曰：

> 泗州場，大定間，歲獲五萬三千四百六十七貫，承安元年，
> 增為十萬七千八百九十三貫六百五十三文。所須雜物，泗
> 州場歲供進新茶千胯、荔支五百斤、圓眼五百斤、金橘六千
> 斤、橄欖五百斤、芭蕉乾三百簡、蘇木千斤、溫柑七千簡、
> 橘子八千簡、沙糖三百斤、生薑六百斤、梔子九十稱、犀象
> 丹砂之類不與焉。……秦州西子城場，大定間，歲獲三萬三
> 千六百五十六貫，承安元年，歲獲十二萬二千九十九貫。[29]

　　夫城市經濟發達，物質生活水準提升，乃刺激廣大市民階層娛
樂消費之需求。金代上京（今黑龍江省哈爾濱市阿城區）茶館、酒
樓、小販、店鋪林立，街衢門肆則流行歌舞伎藝之表演活動。韓世
明《遼金生活掠影》曰：

> 金代上到皇帝，下到士農工商，都喜歡喝茶，……在城市裡
> 茶坊很多，……飲茶是遼宋金時期社會時尚之一。……女
> 真人喜歡喝酒，市場的需求量很大。……除了鹽、茶專賣之
> 外，上京還應有與平民生活有關飲食、娛樂場所，以及供應
> 皇室、貴族奢侈消費酒家店鋪等。[30]

然於一片熱鬧繁華之景象中，市井風俗不免沾染奢靡氣息：「（金
世宗大定十二年九月）壬申，帝曰：『近時民俗，多尚奢侈，纔遇

---

[29] 元・脫脫等撰：〈食貨志五〉，《金史》第4冊，卷50，頁1114-1115。
[30] 韓世明編著：《遼金生活掠影》（瀋陽：瀋陽出版社，2002年4月），頁
　　292。

豐年，稍遂從容，則華飾門戶，鮮麗衣服，促婚嫁，厚裝奩，惟恐奢華之不至，甚非所宜。』」[31]蓋太平歲久，國無徵徭，「明昌以後，朝野無事，侈靡成風，喜歌詩。」[32]人民生活競趨豪奢享樂，再不復見金代開國時期之淳厚儉樸。

第三節　文化環境之不同

張晶《遼金元詩歌史論》曰：「民族文化傳統從來都是歷史性的流遷過程，……這種流遷，其總體趨勢，是對先進的文化元素的吸收、融合。」[33]夫金代文化之內涵，具有漢、女真、契丹、渤海等多民族之特質，而以中原傳統文化為價值取向，故其文化形態之發展基礎，主要有二：

壹、吸納中原禮儀法度

金初，草創建國，鄙陋無文，不知紀年，邦無城郭，星散而居，民浴於河，放牧於野，處於原始社會之階段。宋・徐夢莘《三朝北盟會編》曰：

> 蓋金人初起，阿古達之徒為君也，尼堪之徒為臣也，名有君臣之稱，禮嚴尊卑之別，樂則同享，財則同用；至于舍屋、車馬、衣服、飲食之類，俱無異焉。金主所獨享惟一殿，名

[31] 清・畢沅編著：《續資治通鑑》（上海：上海古籍出版社，1990年6月），卷143，頁787下。
[32] 元・楊奐撰：〈跋趙太常擬試賦薰後〉，見元・蘇天爵編：《元文類》，收入《文淵閣四庫全書電子版》【內聯網版】，卷38，頁11。
[33] 張晶著：《遼金元詩歌史論》（長春：吉林教育出版社，2006年5月），頁57。

　　蓋綜上所述，可知金代中葉之文化環境，是以漢族儒家禮義教化為治國根基，而同時保有女真國俗，兼具本土民族精神。

貳、提倡三教合一思想

　　女真人之信仰，複雜而多元，其崇拜天地自然，敬奉神靈萬物，信仰薩滿教、佛教及道教等。惟此特殊自由之文化環境，當有其形成之社會背景與流行因素。楊軍《宋元三教融合與道教發展研究》曰：

> 宋金之時的民族矛盾與階級矛盾使統治者感到巨大的壓力。金滅北宋之後，金統治者為了緩和矛盾，進行了一系列的政治改革，采納漢制、利用漢文化治世。至金世宗朝，金朝政權已經相對穩定，但國內的階級矛盾和民族矛盾仍很尖銳，統治者需要利用儒佛道作為統治人民的工具，所以振興三教文化、融會三教是當時穩定統治、安定人心的需要。[44]

　　金代三教：儒教，以尊崇孔子為代表，乃經世方略之中心思想及最高指導原則，旨在治國；佛教，以供奉釋迦牟尼為代表，乃教人自因克果，遷善遠惡之方，旨在正心；道教，以推重老子為代表，乃順應自然，講求返樸歸真，清虛以自守，旨在養生。其三者之關連，劉達科《佛禪與金朝文學》曰：

> 儒、佛、道之間經過長期的碰撞磨合、相激相融和彼此適應、兼容，在理論層面與核心部位都達到了高度的趨同和融

---

[44] 楊軍著：《宋元三教融合與道教發展研究》（成都：巴蜀書社，2009年11月），頁175。

契。[45]

是知「三教歸一」，「治國」、「正心」、「養生」為金代中葉之主流思潮，其將原有之宗教信仰予以深化，提升至平等層級；而不同之認知意識，則迫使人們必須採取不一樣之生活態度，去重新面對生命之意義與人生價值，進而影響整體文化之發展趨勢。

---

[45] 劉達科著：《佛禪與金朝文學》（鎮江：江蘇大學出版社，2010年12月），頁38。

第三章　金海陵王時期進士

陳衍《金詩紀事・凡例》曰：「金代詩人，多出科舉。」[1]而於金海陵王時期中進士第者，大抵皆活躍於世宗大定至章宗明昌之際，有：王寂、趙可、劉仲尹等3人可為代表。

第一節　大定、明昌文苑之冠：王寂

詞人王寂，係金代中葉世宗大定至章宗明昌（西元1161-1195年）時期之傑出文學家。《四庫全書總目提要・拙軒集》載：「寂詩境清刻鑱露，有戛戛獨造之風，古文亦博大疏暢，在大定、明昌間，卓然不愧為作者。」[2]然《金史》無傳，金・元好問《中州集》錄其詩僅7首，而《中州樂府》未收其詞；惟清・朱孝臧《彊邨叢書》收聚珍版《拙軒集》本，錄有王寂《拙軒集》一卷，35闋，今唐圭璋《全金元詞》據以輯入。另《四庫全書・拙軒集》卷四所錄王寂詞，則有37闋，較《彊邨叢書》本多〈古漁父詞〉（一聲欸乃破蒼煙）及〈好事近〉（玉帝掌書仙）等2闋；[3]惟〈古漁父詞〉應為七言律詩，[4]而王寂詞乃實有36闋，綜觀金代中期詞壇，

---

[1]　陳衍撰：《金詩紀事》（臺北：鼎文書局，1971年9月），頁1。

[2]　清・永瑢、紀昀等撰：《四庫全書總目提要》第4冊（臺北：臺灣商務印書館，1983年10月），卷166，頁2。

[3]　金・王寂撰：《拙軒集》，收入《文淵閣四庫全書電子版》【內聯網版】（香港：迪志文化出版公司，2007），卷4，頁1、4。

[4]　薛瑞兆、郭明志編纂：《全金詩》第1冊（天津：南開大學出版社，1995年11月），將之輯入（卷31，頁404），詩後「校記」曰：「此首從聚珍本補。」故此首應為《四庫全書》誤收。

先君天資渾厚，胸次洞然，與人無秋毫隱。自其壯歲，聲聞藹然，謂「青雲立可致」，無何跋躓，反墮冗調中，顧尋常出其下者，踵相躡臺省矣；人以為必不能平，先君處之怡然自得。性嗜書卷，未嘗去手，有詩百篇，平淡簡古，如其為人。[8]

　　良好之家庭教育與儒家禮法之習染，為王寂開啟仕宦之途。金太宗皇統6年（西元1146年），寂隨父在平山（今河北省平山縣）令，初就舉選。金海陵王天德3年（西元1151年），寂二十四歲，中進士，不赴選。至金海陵王正隆2年（西元1157年），方赴吏部選，得官遼東。後金世宗大定4年（西元1164年），王寂為山西太原府祁縣令，其父則自歸德府判官致仕。王寂〈先君行狀〉曰：

　　（先君）中年以來，世味嚼蠟，因自號「退翁」。喜竺乾學，從香林比丘，悟柔傳出世法。歲晚，飯疏衣褐，翛然如僧，過故山泉石佳處，杖屨終日，徜徉乎其間，如是者十有四年。[9]

　　夫王礎夙植善根，奉佛謹慎，又日誦《金剛經》不廢。且王寂堂叔淵公，亦精研佛理，「早年並曾祝髮，寂以不得一見為恨。」[10]後王寂為「追念考妣去世久矣，……乃啟誠心手書金銀字

---

[8] 金・王寂撰：〈先君行狀〉，《拙軒集》，卷6，頁10-11。

[9] 同前註，頁11。

[10] 金・王寂《遼東行部志》曰：「淵公者，蓋予祖父之孽子也。早年祝髮，聽天親馬鳴大論幾三十年，所往攜鈔疏不下兩牛腰。一日頓悟向上路，遂語諸僧友曰：『佛法無多子，元不在言語文字。』乃以平生所業，束置高閣。自是遍歷叢林，求正法眼藏，又數十年。今已罷參矣。但不得一見為恨。」收入《叢書集成續編》第226冊（臺北：新文豐出版公司，1989年7月），頁3-4。

《金剛經》，受持讀誦，……歡喜奉行，成就第一稀有之法。」[11]
故王寂得通經文，喜游佛寺，結交方外，參究禪機，其思想基礎之
養成，受家庭背景與生活環境之影響甚深。

二、洪災被黜，遇赦釋罪

王寂三十歲自赴吏部選後，於金世宗大定2年（西元1162年）
至大定26年（西元1186年）間，輾轉調任。《四庫全書總目提要‧
拙軒集》載：

> 寂自登第後，於世宗大定二年為太原祁縣令，十五年嘗奉使
> 往白霫治獄，十七年以父艱歸，明年起復真定少尹兼河北西
> 路兵馬副都總管，遷通州刺史兼知軍事，又遷中都副留守。[12]

蓋二十五年來，王寂播遷各地，雖備嘗奔波遷徙之艱辛，然宦
途尚可謂平順。但其五十九歲，金世宗大定26年（西元1186年）任
戶部侍郎時，卻遭遇不僅是在仕途上，亦是其生命中之重大打擊。
《金史‧河渠志》載：

> （大定）二十六年八月，（黃）河決衛州堤，壞其城。上命
> 戶部侍郎王寂、都水少監王汝嘉馳傳措畫備禦。而寂視被災
> 之民不為拯救，乃專集眾以網魚取官物為事，民甚怒嫉。上
> 聞而惡之。既而，河勢泛濫及大名。上於是遣戶部尚書劉瑋
> 往行工部事，從宜規畫，黜寂為蔡州防禦使。[13]

---

[11] 金‧王寂撰：〈書金剛經後〉，《拙軒集》，卷6，頁5-6。
[12] 清‧永瑢、紀昀等撰：《四庫全書總目提要》第4冊，卷166，頁1。
[13] 元‧脫脫等撰：〈河渠志〉，《金史》第3冊（北京：中華書局，2005年4

　　王寂對於自己此次被貶，歸因為「媒蘗」，內心有諸多不平。[14]然事實之真相究竟為何，權且不論；惟可確知，洪水暴漲，河移故道，汪肆大水，已遠超過當時朝廷之救災能力。金世宗大定27年（西元1187年），因「皇太孫受冊」，王寂獲寬赦，次年由蔡州（今河南省汝南縣）移守沃州（今河北省石家莊市）[15]。世宗大定29（西元1189年），王寂以六十二歲高齡，授提點遼東路刑獄，駐遼陽（今遼寧省遼陽縣）。後章宗即位，王寂於明昌初被召還，明昌2年（西元1191年），遷中都路都轉運使。明昌5年（西元1194年）卒，諡文肅。

　　王寂一生活躍於金朝之鼎盛期，金熙宗皇統5年（西元1145年），十八歲，婚娶信校尉張孝端女，妻張氏「性敏而靜，恭執婦道，閨門肅然，言動有法。」[16]惟夫人早卒，後又續娶，名氏不詳。有子三人：欽哉、直哉、鄰哉，俱為能吏；一女昭余，適左國公孫茂。實世代顯宦，德業深厚矣。[17]

月），卷27，頁672。

[14] 周惠泉〈金代文學家王寂生平仕歷考〉曰：「王寂生平仕歷中另一個比較重要的疑難之點，是由戶部侍郎任上出守蔡州的原因。此事涉及到對作家立身大節的評價問題，不可不辨。……（王寂）〈夢賜帶笏上表稱謝，覺而思之，得其五六，因補其遺忘云〉一文，不僅坦誠地剖析了自己的內心世界，而且對於羅織罪名、以假亂真之徒更是作了具體揭露：……其中『群言交構，擠臣於不測之淵』是對自己外貶原因的正面敘述；而『嗟當途之見嫉』之句則說明媒蘗人罪者主要是位在自己之上的當權者。……這些文字明白無誤地告訴我們，詩人貶離京都都是由於遭受了不白之冤。而陷人於罪者何人？據有關史料推測，王寂的頂頭上司、戶部尚書劉瑋很可能是一個主要人物。」頁36-37。

[15] 王慶生著《金代文學家年譜》曰：「趙郡即趙州，金時為沃州。王寂使遼前一年『竊食趙郡』，即為沃州守。沃州倚郭平棘，在真定府之南，故曰『當南北之衝』。」上冊，頁162。

[16] 金·王寂撰：〈清河張氏夫人墓誌銘〉，《拙軒集》，卷6，頁12-13。

[17] 以上有關王寂生平之撰述，參元·脫脫等撰《金史》；清·永瑢、紀昀等撰《四庫全書總目提要》；姚奠中主編，李正民增訂《元好問全集》；王

貳、王寂詞所流露之情感意涵

明昌初，王寂於提點遼東路刑獄任上，以使事出按部封，一路有詩記其巡察轄境之行程，作《遼東行部志》及《鴨江行部志》。另著有《北遷錄》、《拙軒集》諸書，其中紀行體雜著《北遷錄》，今已失傳；而《拙軒集》原本久佚，清代四庫館臣自《永樂大典》輯出，編為六卷，包括：賦、詩、詞、表、牒、記、序、帖啟、書後、行狀、墓誌銘、哀詞等各類作品。《四庫全書總目提要・拙軒集》曰：「獨寂是編，幸於沉埋晦蝕之餘，復顯於世。……謹次第裒綴，釐為六卷，俾讀者攬其崖略，猶得以考見金源文獻之遺，是亦可為寶貴矣。」[18]故王寂作品，各體具存，可以得其什七矣，為多湮沒無存之金代文學，留下珍貴之資產。而其中王寂對於詞之創作，數量上雖不及詩，但於題材內容和風格意境之講求，則表現出士大夫之襟抱，及細膩多情之內心世界，獨特突出。茲闡述如下：

一、酒暈朝霞笑臉開——宴飲酬唱之歡喜

吳在慶《唐代文士的生活心態與文學》曰：「集會宴游本是文明社會人們常有的生活內容，它是人們進行交往，交流感情的一種常見的重要方式。而且越是處於社會上層的人們，這種活動也就越是頻繁，越具有政治的、文化的、經濟的作用與意義。」[19]王寂出入官場，不免應酬往來，參加集會宴饗，招貴客、引高賢，因而多

慶生著《金代文學家年譜》；牛貴琥著《金代文學編年史》；王慶生編著《金代文學編年史》及周惠泉著《金代文學研究》等。

[18] 清・永瑢、紀昀等撰：《四庫全書總目提要》第4冊，卷166，頁2。

[19] 吳在慶著：《唐代文士的生活心態與文學》（合肥：黃山書社，2006年9月），頁118。

相互贈答、娛情賦詠之舉，是以作品內容，除有風流詞客之恣意縱情外，亦可見官家熱鬧歡宴之場面。主要可分為兩類：

（一）詩樂湊興

　　醇酒、美人、清歌、曼舞，於聚會筵席中，在在使人心醉神迷。詞云：

〈鷓鴣天〉

　　千頃玻璨錦繡堆。弄妝人對影徘徊。香熏水麝芳姿瘦，酒暈朝霞笑臉開。　　嬌倚扇，醉翻杯。莫隨雲雨下陽臺。平生老子風流慣，消得冰魂入夢來。[20]

　　上片開頭，謂美酒佳釀不斷傾入玻璃酒杯，首句之「千」字、「堆」字，乃極言賓筵「錦繡」盛況，而弄妝美人對影起舞，舉手投足間，散發誘人香氣，更顯妖嬈丰姿，酒後紅暈臉龐，綻放迷人笑靨。下片則寫美人醉酒翻杯，嬌倚門扇之態，詞人用楚襄王游高唐，夢巫山神女薦枕席事，[21]歌詠男女幽會之歡愛，豔懷無限；但卻以「莫隨」二字，逆轉情境，是勸告佳人，亦是自我調侃，謂己灑脫曠浪，放逸成性，當能消得「冰魂」來入夢。黃兆漢《金元詞史》曰：「元老之詞，風流蘊藉，清麗纏綿，甚得《花間》之風

---

[20] 以下所引王寂詞，皆據唐圭璋編：《全金元詞‧金詞》上冊（北京：中華書局，2000年10月），頁31-37。未免冗贅，故不逐一標註。

　　此外，唐圭璋《全金元詞‧金詞》未收《四庫全書‧拙軒集》卷四所錄：〈好事近〉（玉帝掌書仙），此詞亦納入討論範圍，另註。

[21] 見戰國楚‧宋玉撰：〈高唐賦‧序〉，收入梁‧昭明太子蕭統輯，唐‧李善注：《文選》（臺北；藝文印書館，1983年6月），卷19，頁2。

神。」[22]

　　文人士子們宴飲享樂，於酒筵中甚而還能欣賞到歌者精彩絕妙之演出。王寂有詞贈歌女：

<h3 style="text-align:center">〈感皇恩〉有贈</h3>

寶髻綰雙螺，靨金羅抹。紅袖珍珠臂韝（韝）币。十三絃上，小小剝（剝）蔥銀甲。陽關三疊徧、花十八。　　鴈行歷歷，鶯聲恰恰。洗盡歌腔舊嘔啞。坐中狂客，不覺琉璃杯滑。纏頭莫惜與、金釵插。

　　此詞開篇即描寫歌女之穿著打扮：盤繞成結之特殊髮式，金線繡花之華麗服裝，連衣著飾物亦精緻講究。韓世明《遼金生活掠影》曰：「女真人建國之初，『風俗淳儉，居家惟衣布衣』。而隨著金代社會的發展，社會風氣大變，……有些顯貴之家，婢妾居然『衣縷金繡如宮人』。」[23]此以妝飾體樣相誇，令人賞心悅目。繼而女子纖指撥絃，銀甲彈箏，〈陽關曲〉、〈花十八〉，曲調動聽；清亮歌喉，婉轉新聲，更加優美悅耳。顯是經過正規之音樂訓練，侑酒高歌以佐歡，帶動宴會熱鬧之氣氛。最後王寂則用坐中狂客，因凝神傾聽，致手裡琉璃杯滑而「不覺」之失態，凸顯歌女表演一鳴驚人，技藝超凡，使人如癡如醉之情狀。是以狂客們在聽樂賞曲，盡情歡樂之餘，當然就不惜纏頭之贈與。

　　夫游宴中之珠歌翠舞能助興，然集會裡之吟詠酬和，則更添交往酬酢之歡暢，如：

---

[22] 黃兆漢著：《金元詞史》（臺北：臺灣學生書局，1992年12月），頁97。
[23] 韓世明編著：《遼金生活掠影》（瀋陽：瀋陽出版社，2002年4月），頁275-276。

〈水調歌頭〉上南京留守

聖世賢公子，符節鎮名邦。褰帷一見豐表，無語已心降。永
日風流高會，佳夕文字清歡，香霧溼蘭釭。四座皆豪逸，一
飲百空缸。　　指呼間，談笑裏，鎮淮江。平安千里烽燧，
臥聽報雲窗。高帝無憂西顧，姬公累接東征，勳業世無雙。
行捧紫泥詔，歸擁碧油幢。

　　金初稱北宋故都開封府（今河南省開封市）為汴京，海陵王
貞元元年（西元1153年）改稱南京。[24]而王寂除此闋外，另有〈上
南京留守完顏公〉詩二首，[25]據《金史・宗尹傳》曰：「宗尹，本
名阿里罕。以宗室子充護衛，改牌印祗候，授世襲謀克，為右衛將
軍。……大定二年，……宋陷汝州，……宗尹遣萬戶孛术魯定方、
完顏阿喝懶、夾谷清臣、烏古論三合、渠雛訛只將騎四千往攻之，
遂復取汝州。除大名尹，副統如故。頃之，為河南統軍使，遷元帥
左都監，除南京留守。」[26]故此詞應是獻給當時留駐南京之地方長
官完顏宗尹。王寂盛贊主人公之品德、功勛，甚至儀表，皆令人心
折，而座上賓客亦自不同凡響，朝游夜宴，並以詩文表達清雅恬適
之樂；上片末句則以「一飲百空缸」作結，承前啟後，其中「百」
字，道出此次聚會規模之大；而「空」字，乃彰顯出與會嘉賓之曠
放豪情。下片則接續此種雄勁不羈之氣勢，謂主人公安定四海，威
震八方，指揮若定，頗有三國周郎「談笑間，強虜灰飛煙滅。」[27]

---

[24] 元・脫脫等撰《金史》卷六〈海陵本紀〉曰：「貞元元年……三月……乙
卯，以遷都詔中外。改元貞元。改燕京為中都，府曰大興，汴京為南京，
中京為北京。」第1冊，頁100。

[25] 金・王寂撰：《拙軒集》，卷2，頁16。

[26] 元・脫脫等撰：《金史》第5冊，卷73，頁1674。

[27] 宋・蘇軾撰：〈念奴嬌〉（大江東去），收入唐圭璋編：《全宋詞》第1冊

之瀟灑從容，使遠在千里之人們，得以「臥聽」報平安。而後詞人又以漢高祖劉邦燒絕棧道，項王以此無西憂漢心；[28]及周公東進，歷時三年，天下臻於大治[29]等二事，歌頌主人公戰績彪炳，卓越出眾，而「紫泥詔」、「碧油幢」之烜赫，冠絕當代，無有能出其右者，令人稱羨。

此外，王寂另有以文字為戲之作，如〈菩薩蠻・回文題扇圖〉：

> 碧空寒露松枝滴。滴枝松露寒空碧。山遠抱溪灣。灣溪抱遠山。　　竹疏橫岸曲。曲岸橫疏竹。寒鷺宿平灘。灘平宿鷺寒。

一幅自然景物寫真圖，閒雅清幽，詞人以茲消遣娛樂，逞才炫奇以爭巧，賞畫、賞詩亦賞心，快然適意。

（二）節慶賀壽

王寂將宴會飲樂，配合節令、壽誕歡愉之氛圍，藉闔家之團聚，開瓊筵、飛羽觴，展現豪門世族之氣派，以及繁華富麗之景象。詞云：

> 〈轉調踏莎行〉元旦
> 爆竹庭前，樹桃門右。香湯□浴罷、五更後。高燒銀燭，瑞煙噴金獸。萱堂次第了，相為壽。　　改歲宜新，應時納

（北京：中華書局，1988年3月），頁282。

[28] 見漢・司馬遷撰：〈留侯世家〉，《史記》第6冊（北京：中華書局，1963年6月），卷55，頁2039。

[29] 見漢・司馬遷撰：〈魯周公世家〉，《史記》第5冊，卷33，頁1515-1518。

〈酒泉子〉夫人生朝

禊飲連宵，簾捲曉風香鴨噴，兒孫羅拜捧金荷。沸笙歌。

　　赤霜袍軟髻嵯峨。名在仙班應不老，人閒歲月儘飛梭。

奈（奈）君何。

〈漁家傲〉夫人生朝

前日河梁修禊罷。閒庭未拆秋千架。萱草堂深飛壽斝。香滿

把。綵衣蘭玉森如畫。　　海上麻姑親命駕。玄霜乞得宜春

夏。快約伯鸞冠早掛。筠窗下。團欒共說無生話。

　　壽詞中洋溢子孫賢孝、兒孫滿堂之興旺，金花誥命、羽飾儀仗
之榮顯，笙歌鼎沸、歡聲笑語之熱鬧，以及連宵暢飲、壽斝交飛之
開懷；並祝禱人不老，壽千年，永享天倫團聚共話之美好，充滿家
庭親情之和樂溫馨。顯然詞人將生朝慶會，視為人間盛事。

　　由以上詞作，可見當時酒筵聚會之興況，表演歌者之裝扮，以
及年節慶賀之習俗等，王寂藉此呈現出金代社會仕宦之家生活型態
之縮影。

二、天涯南去更無州──羈旅行役之苦楚

　　王寂之任官生涯，調動頻仍，使其身心乏頓，感慨無窮，乃藉
詞抒發仕途奔波之勞苦，與飄泊天涯之無奈。如〈南鄉子〉詞：

　　綽約玉為肌。宮額嬌黃淺更宜。京洛風塵無遠韻，心期。只
有多情驛使知。　　翠羽翦春衣。林下風神固亦奇。辛苦半
生誰掛齒，顰眉。似怨東君著子遲。

　　此闋，作者前有序言：「大定甲辰，馳驛過通州，賢守開東閣，出樂府，縹緲人作累累駐雲新聲，明眸皓齒，非妖歌嫚舞欺兒童者可比。怪其服色與嚕等伍，或言占籍未久，不得峻陟上游。問之，云青其姓，小字梅兒，因感其事，擬其姓名，戲作長短句，以明日黃花蝶也愁歌之。」是知其寫作緣由。金世宗大定24年（甲辰，西元1184年），王寂年五十七，時任中都副留守，乘驛馬經通州（今北京市通州區），遇歌妓青梅兒；除贊賞其風姿綽約，技藝高超外，更為其「不得峻陟上游」抱屈，而言「辛苦半生誰掛齒」，語多同情，然一句「只有多情驛使知」，則頗有同病相憐之意。王寂以歌妓之身世遭遇自比，訴說感嘆，惟心期難遂，亦僅能顰眉蹙額，怨怪東君之虧待。又如：

<h3>〈漁家傲〉瑞香</h3>

巖秀不隨桃李伴。國香未許幽蘭換。小睡最宜醒鼻觀。檐月轉。紫雲娘擁青羅扇。　　半世廬山清夢斷。天涯邂逅春風面。茗椀不來羞自薦。空戀戀。野芹炙背誰能獻。

　　詞人藉瑞香花之特出秀美，香味濃郁，卻與其天涯邂逅之詠嘆，寄託遷臣逐客有志難伸，又羞於自薦之內心糾葛，只能空自依戀，而無人了解。

　　夫古人有言：「每逢佳節倍思親。」[36]不同之節日，對重視傳統習俗之中國人來說，有其不同之生活價值與生命意義。王寂勞生汨沒，薄宦飄零，身處他鄉，當面對時序節令與物候景觀之更替時，誠難掩心中感傷。詞云：

---

[36] 唐・王維撰：〈九月九日憶山東兄弟〉，收入清・聖祖敕編：《全唐詩》第4冊（北京：中華書局，1978年8月），卷128，頁1306。

〈望月婆羅門〉元夕

小寒料峭，一番春意換年芳。蛾兒雪柳風光。閒盡星橋鐵
鎖，平地瀉銀潢。記當時行樂，年少如狂。　　宦游異鄉。
對節物、只堪傷。冷落譙樓淡月，燕寢餘香。快呼伯雅，要
洗我、窮愁九曲腸。休更問、勳業行藏。

　　詞之上片，描寫元宵佳節燈火燦爛，游人如織之熱鬧與歡樂。
然作者以「換年芳」、「記當時」二語，牽引出下片客游四方、離
鄉背井之零落與孤寂，所謂「獨有宦遊人，偏驚物候新。」[37]「一
生能見幾元夕，況是東西南北人。」[38]而譙樓之「淡月」，燕寢之
「餘香」，蕭條冷清，與元宵夜之繁華盛麗，形成強烈鮮明之對
比，促使詞人生發今昔盛衰之嘆，百感交集，唯有借酒澆愁罷了。
至於「勳業行藏」，王寂雖道「休更問」，故作曠達超脫，卻更顯
愁苦憂傷，嘗言：「自笑區區成底事，天涯流落淚沾巾。」[39]是知
其悲矣。

　　然對王寂而言，羈旅游宦之困頓，流落遷播之辛酸，身雖累，
心雖苦，或猶可堪；惟以近六十之高齡，蒙冤遭貶蔡州，才教人難
以承受。詞云：

〈一翦梅〉蔡州作

懸瓠城高百尺樓。荒煙村落，疏雨汀洲。天涯南去更無州。
坐看兒童，蠻語吳（吳）謳。　　過盡賓鴻過盡秋。歸期杳

---

[37] 唐・杜審言撰：〈和晉陵陸丞早春遊望〉，收入清・聖祖敕編：《全唐
　　詩》第3冊，卷62，頁733。（案：一作韋應物詩。）
[38] 金・王寂撰：〈元夕有感〉，《拙軒集》，卷2，頁15。
[39] 同前註，頁16。

杳，歸計悠悠。闌干凭徧不勝愁。汝水多情，卻解東流。

　　詞人登高遙望，荒煙疏雨，滿目淒涼。其身居異地，「坐看兒童」，顯現孤單寂寞之處境；而遠謫天涯邊陲，「蠻語吳謳」，則道出心中無可奈何之苦楚。王寂於金世宗大定26年（丙午，西元1186年）仲冬，出守汝南，[40]初到蔡州已有春意；[41]如今征鴻過盡，秋容已老，秋去冬又來，但仍歸計無著，還是「身在淮西天盡頭」[42]，故僅能「夢尋薊北山深處」[43]。儘管昔人嘗言：「獨自莫憑欄」[44]，詞人於此卻偏要「闌干凭徧」，致愁緒滿懷，有苦難言，唯有東流之江水知曉，而流水之「多情」，亦正反襯當朝者之「無情」也。

　　王寂謫居蔡州近兩年，隨物候推移，時光流逝，不免觸目傷心，因而乃借景抒情以寄意。〈水調歌頭〉云：

　　岸柳飄疏翠，籬菊減幽香。蝶愁蜂嬾無賴，冷落過重陽。應為百花開盡，天公著意留與，尤物殿秋光。霽月炯疏影，晨露浥紅妝。　　奈（奈）無情，風共雨，送新霜。嫁晚還驚衰早，容易度年芳。祇恐韶顏難駐，擬倩丹青寫照，誰喚劍南昌。我亦傷流落，老淚不成行。

[40] 金・王寂〈三友軒記〉：「大定歲丙午冬仲月，予繇侍從出守汝南，既視事之明年，即州之北，得敗屋數楹。」《拙軒集》，卷5，頁9。
[41] 金・王寂〈初到蔡下已有春意〉：「向辭北闕猶飛雪，及到南州便得春。」《拙軒集》，卷2，頁5。
[42] 金・王寂撰：〈思歸〉，《拙軒集》，卷2，頁6。
[43] 同前註。
[44] 南唐・李煜撰：〈浪淘沙〉（簾外雨潺潺），收入曾昭岷等編著：《全唐五代詞》上冊（北京：中華書局，1999年12月），正編卷3，頁765。

　　此詞小序曰：「戊申季秋月十有九日，賞芙蓉於汝南佑德觀，酒酣，為賦明月幾時有，蓋暮年游宦之情不能已也。」是知作者於金世宗大定28年（戊申，西元1188年）農曆九月，尚在蔡州，其出游賞花，但見柳疏、花減、蝶愁、蜂嬾之蕭瑟淒清，而唯有芙蓉尤物，於季秋時節豔麗綻放，一枝獨秀於百花開盡後；此雖為天公特意看承，但仍無法逃避風雨吹打和霜雪侵襲。詞人顯然欲借芙蓉花表彰自我，憐花憐己，亦為自身受責貶黜，發出不平之鳴。下片王寂則化用蘇軾〈王伯敭所藏趙昌花四首・芙蓉〉：「淒涼似貧女，嫁晚驚衰早，誰寫少年容，樵人劍南老。」[45]詩意，謂芙蓉花晚開卻衰早，年芳逝去之快，令人心驚。蓋王寂此時，或許已知曉將移守沃州，[46]因此深恐年華似芙蓉之早衰，空度時光，致壯志難酬。嘗言：「去歲宮花插滿頭，玉堦端笏覿珠旒。如今淪落江淮上，始覺衰殘兩鬢秋。」[47]故明知韶顏非久，卻擬以丹青寫容，試圖留駐青春，自我安慰。惟「誰喚」二字，則使其不得不面對現實之殘酷，而暮年游宦之憔悴滄桑，窮途失意，只能化為斑斑淚痕。

　　王寂晚年負屈唧冤，雖傷流落，惟僅以「歸期杳杳」、「老淚不成行」等淡然之筆，娓娓傾訴滿腹愁怨，不言「恨」而「恨」自見，令人尤感楚切悲痛。

---

[45] 宋・蘇軾撰：〈王伯敭所藏趙昌花四首・芙蓉〉，收入傅璇琮等主編：《全宋詩》第14冊（北京：北京大學出版社，1991年7月-1998年12月），卷808，頁9360。

[46] 元・脫脫等撰《金史》卷八〈世宗本紀下〉載：「（大定27年，西元1187年）三月，辛亥（初九），皇太孫受冊，赦。」第1冊，頁197。
又王慶生《金代文學家年譜》第三卷〈王寂〉載：「大定二十七年（1187，丁未），六十一歲。……遇赦釋罪。……大定二十八年（1188，戊申），六十二歲。是秋在蔡州，移守沃州。」上冊，頁160-161。
按：王寂於大定28年秋，雖然尚在蔡州，但於大定27年，即已因皇太孫受冊，被赦釋罪，故其作此詞時，或許知曉將移守沃州。

[47] 金・王寂撰：〈萬春節宴罷述懷〉，《拙軒集》，卷3，頁11-12。

三、一曲未終腸已斷──分離相思之悲痛

王寂之仕宦生活，大抵可謂四處奔忙，行役天涯；短短一生中，已不知幾番面對酒筵尊前之辭別相送，亦數不清有多少次在更殘漏盡時，對過往追憶想念，因而每每於聚散離合之際，自有悲哀。王寂將此種情懷，訴諸詞作，主要可分為兩類：

（一）感時傷別

所謂「悲莫悲兮生別離」[48]，游子他去，拋捨歡愛，臨別依依，憂傷難禁。詞云：

〈採桑子〉用司馬才叔韻

西風吹破揚州夢，歇雨收雲。密約深論。羅帶香囊取次分。

冷煙衰草長亭路，消黯離魂。羞對芳尊。剛道啼痕是酒痕。

又

馬蹄如水朝天去，冷落朝雲。心事休論。蘸甲從他酒百分。

不須更聽陽關徹，消盡冰魂。惆悵離尊。衣上餘香臂上痕。

清秋侵晨，好夢乍醒，即於長亭送別，而羅帶香囊之密約深期，已教人黯然魂銷，那堪再聽陽關古曲；且詞人以風「破」、雨「歇」、雲「收」等凋零衰敗之意象，予人冷落蕭條之感。是以酒

---

[48] 漢·劉向輯：《楚辭·九歌·少司命》，見傅錫壬註譯：《新譯楚辭讀本》（臺北：三民書局，1987年12月），卷2，頁68。

烈表達好夢難尋之愁緒，和命運無法自主之苦恨。

（二）思人傷懷

　　休道離別苦，相思更苦，所謂分離後之想念，方是身心煎熬之始。王寂代女子立言，將別後之牽掛凝戀，寫得婉轉多情。詞云：

〈點絳唇〉閨思

　　疏雨池塘，一番雨過香成陣。海榴紅褪。燕語低相問。
　　冰簟紗幮，玉骨涼生潤。沈烟（沉煙）噴。日長人困。枕破斜紅暈。

　　疏雨香陣、榴花紅褪、燕鳥低語等自然情景，與「冰簟」、「紗幮」、「沉煙」等閨中器物相映襯，凸顯日長人困之寂寥。然空閨獨守，即使枕破紅暈，相思之苦悶亦難排遣。又如：

〈菩薩蠻〉春閨

　　回文錦字殷勤織。歸鴻點破晴空碧。上盡最高樓。闌干曲曲愁。　　黃昏猶竚立。何處砧聲急。強欲醉烏程。醒時月滿庭。

　　詞人以東晉・竇滔妻蘇蕙，織錦為迴文旋圖詩，寄給被流放之丈夫表達思念事，[58]喻閨中女子之情意深重。其登高倚欄，百轉迴腸，無畏佇立傷神，卻但見歸鴻，故「強欲」借酒澆愁，逃避現

版》【內聯網版】，頁5-6。
[58] 見唐・房玄齡等撰：〈列女・竇滔妻蘇氏傳〉，《晉書》第8冊（北京：中華書局，1974年11月），卷96，頁2523。

實。本以為一醉能解千愁，惟當醉後清醒，又見庭前「月滿」，再次加深其獨行、獨飲之傷悲；而遠處急切之「砧聲」，則更添心中悲涼。

夫「生離」，固然使人傷懷，但「死別」，則教人痛徹心扉。王寂一生飄泊，與家人聚少離多，而當重來之際，往往無復舊時容顏，甚或已天人永隔，昔日種種，只能空自嘆息，徒留永無法彌補之遺憾。詞云：

〈大江東去〉弔舍弟

> 長堤千里，過睢陽、隱約江山如故。憶昔斑衣為壽日，伯仲塤箎歌舞。博勝香囊，笑爭瓜葛，膝上王文度。西城南浦，月明扶醉歸路。　　重來華髮蒼顏，故人應怪我，平生羇（羈）旅。仲也風流今已矣，俯仰人間今古。閼伯層臺，六王雙廟，盡是經行處。感時懷舊，一襟清淚如雨。

王寂兄弟三人，寂居首，而此闋為憑弔二弟王寀（字元輔，道號曲全子）之作。王寀卒於金世宗大定20年（西元1180年），[59] 約四十四歲，兄弟感情篤厚。王寂〈曲全子詩集序〉曰：「曲全子，予之母弟也。少穎悟，天資孝友。以予有十年之長，兒時嘗受經於予，故事予猶師也。性坦率，與人畧無崖岸。……當是時，吾二親康健，歲時上壽，斑衣羅拜，里人榮之，指以為慶門。故勝

---

[59] 據王慶生《金代文學家年譜》第三卷〈王寂〉載：「本集卷六〈曲全子詩集序〉：『大定己酉，予被命提點遼東等路刑獄，事閱再歲，……偶於稠人中得故人李仲佐，握臂道舊，且復謂余曰："元輔不幸，今十年矣。"』己酉大定二十九年，『再歲』為明昌元年，前推十年，乃大定二十年，為其弟卒年。」上冊，頁158。

其堂曰：『雙橘』。一時名卿大夫士爭相歌詠其事。」[60]故詞之上片，王寂追憶昔日家人共聚一堂之歡樂情景，並以東晉尚書令王述之子王坦之（字文度），深受父親喜愛，長大居官後還家省親，父親仍將其抱置膝上事；[61]喻指二弟戲綵娛親，甚得父母愛憐，而歌舞笑語，一家和樂。下片則轉回現實情境，王寂謂二弟「應怪我，平生羈旅。」字裡行間，充滿自責之傷悲，〈曲全子詩集序〉曰：「（曲全子）自爾薦罹憂患，生寡食眾，貧不能生。兄弟狼狽，餬口於四方。渠亦僶俛赴調，得監亳州酤，意愈不樂。自是日飲，無何，似與世相忘者。未幾疾作，竟不起。」[62]對二弟之疏於關懷與照顧，王寂內心有無盡之悔恨，如今宦途歸來，卻已華髮蒼顏，陰陽兩隔。故嘗言：「才猷事業未一試，歎恨若人沉九原。」[63]而「闕伯層臺」、「六王雙廟」等處，則為王寂行程中所經之地，與上片之「江山如故」，前後呼應，強調物是人非之哀痛，「誰為臨風歌九辨，睢陽高處與招魂。」[64]不禁使人感時懷舊，欷歔流涕，觸景傷情，致淚灑衣衫。

　　王寂此藉「揚州一夢」、「佳人寫真」、「回文錦書」等風流浪漫之情事，微顯闡幽，揭露內心纏綿難解之相思，以及「塤箎相和」之手足深情。

四、而今笑看浮生破——淡然無求之灑脫

　　王寂此一天涯倦客，於嘗盡仕途坎坷與人世悲歡後，以自身深

---

[60] 金・王寂撰：〈曲全子詩集序〉，《拙軒集》，卷6，頁2-3。

[61] 見唐・房玄齡等撰：〈王湛傳・承子述〉，《晉書》第7冊，卷75，頁1961-1963。

[62] 金・王寂撰：〈曲全子詩集序〉，《拙軒集》，卷6，頁3。

[63] 金・王寂撰：〈哭二舍弟〉，《拙軒集》，卷3，頁5。

[64] 同前註，頁6。

刻之生命體驗，希冀獲得解脫，提高自我人生境界，乃萌生歸隱之思。詞云：

〈驀山溪〉退食感懷

山城塊坐，空弔朋儕影。撾鼓放衙休，悄無人、日長門靜。折腰五斗，所得不償勞，松暗老，菊都荒，誰為開三徑。

　　及瓜不代，歸計渾無定。羈（羇）客奈（奈）愁何，儘消除、詩魔酒聖。兒童蠻語，生怕閩（閩）黃楊，爭左角，夢南柯，萬事從今省。[65]

　　此詞上闋，王寂反用晉・陶潛「不為五斗米折腰」事，[66]謂己「折腰五斗」卻「所得不償勞」；而羈客山城，「悄無人、日長門靜」、「空弔朋儕影」之冷清孤寂，使人身心交瘁，更增添思歸愁緒。但「及瓜不代」、「歸計無定」，又能奈何，只有寄情詩、酒，聊以解憂。惟人生就怕境遇困厄，時運不濟，然對於萬事，從現在起，已豁然醒悟：蝸角爭競是浮虛，[67]名利得失為幻夢。[68]詞人於此強調己之所「省」，並嗟嘆松老、菊荒，而與上片末句「誰為開三徑」，相互呼應，顯現砠思返鄉歸里之隱逸心情。再如〈鷓

---

[65] 據王慶生《金代文學家年譜》載：王寂此詞成於方山。時金世宗大定5年（乙酉，西元1165年），寂38歲。（上冊，第3卷，頁155。）惟「方山」，屬河東北路石州，今山西省方山縣，為黃河以北地區；而王寂此詞中，卻有「兒童蠻語」句。「蠻語」，一般指南方少數民族的語言。且王寂另首〈一翦梅・蔡州作〉亦有：「坐看兒童，蠻語吳謳。」句，故此闋〈驀山溪・退食感懷〉寫作時間，或與之相近，似不應為王寂任方山令時所作。

[66] 見唐・房玄齡等撰：〈隱逸・陶潛傳〉，《晉書》第8冊，卷94，頁2461。

[67] 見晉・郭象註：《莊子・雜篇・則陽》（臺北：藝文印書館，1983年6月），卷8，頁25。

[68] 唐・李公佐撰：〈南柯太守傳〉，見王夢鷗校釋：《唐人小說校釋》下冊（臺北：正中書局，1988年11月），頁171-199。

鷓天〉詞：

> 秋後亭皋木葉稀。霜前關塞鴈南歸。曉雲散去山腰瘦，宿雨
> 來時水面肥。　　吾老矣，久忘機。沙鷗相對不驚飛。柳溪
> 父老應憐我，荒卻溪南舊釣磯。

　　木葉稀、鴈南歸之秋景，勾起詞人衰老之嘆，然即因「吾老
矣」，方能消除機巧之心，所謂「吾衰久矣百念冷」[69]。而後王寂
又以昔海上之人，從鷗鳥游，鷗鳥之至者，百住而不止事；[70]喻己
忘身物外，與世無爭。惟浮沉宦海，閒情拋擲已久，乃謂人應憐
我，但實為自憐，表露甘於澹泊、安閒自適之高遠懷抱。又如：

〈人月圓〉再過真定贈蔡特夫

> 錦標彩鷁追行樂，管領鎮陽春。而今重到，鶯花應笑，老眼
> 黃塵。　　憑君問舍彤丘側，準擬乞閒身。北潭漲雨，西樓
> 橫月，藜杖綸巾。

　　此為王寂於通州刺史任上，以朝命催租河朔（泛指黃河以北
地區），再過真定（今河北省正定縣），寫給好友蔡璋（字特夫或
特甫）之詞，或應作於金世宗大定22年（西元1182年）。[71]蔡璋，

---

[69] 金・王寂撰：〈兒子以詩酒送文伯起，既而復繼三詩，予喜其用韻頗工，
為和五首〉之五，《拙軒集》，卷3，頁16。

[70] 見周・列禦寇撰：〈黃帝〉，《列子》，收入《文淵閣四庫全書電子版》
【內聯網版】，卷2，頁13。

[71] 據王慶生《金代文學家年譜》第三卷〈王寂〉載：「大定二十二年（1182，
壬寅），五十六歲。……母張氏卒，丁憂。……起復，受命催租於河朔，
踪迹至於汴京。作〈贈日者李子明序〉。……卷四有〈人月圓・再過真定
贈蔡特夫〉等詩詞，……此數詩或成於同時。」上冊，頁158-159。

為蔡松年之子，蔡珪之弟，河北真定人，金海陵王正隆年間（1-5年，西元1156-1160年）第進士，號稱文章家。而王寂於金世宗大定17年（西元1177年），五十歲，丁父憂，次年起復真定少尹，兼河北西路兵馬副都總管，曾第一次到真定；然四年後重過，想起家在此地之昔日好友，以及過去一同游玩戲樂之美好時光。然如今卻為俗務羈絆，老眼全昏，不禁羨慕起好友徜徉山林、求田問舍之愜意生活；故也擬乞得閒身，好無拘無束，安享「殘年藜杖與綸巾，八尺庭中時弄影。」[72]之自在從容。由此可知，詞人對離職閒居、恬淡度日之嚮往和期待。

　　夫天地浩渺，人處其間，縱觀回顧，漫漫悠悠，窮通豐約，世情難料，當不由興發命運無常之嘆。詞云：

〈醉落魄〉歎世

百年旋磨。等閒事莫教眉鎖。功名畫餅相謾我。冷暖人情，都在這些箇。　　璠瑜不怕經三火。蓮花未信淤泥涴。而今笑看浮生破。禪榻茶煙，隨分與他過。

　　此闋上片，詞人直指「功名」為「畫餅」，當然這是在其與之「百年旋磨」，並飽經「冷暖人情」後，方有之體悟與喟嘆。下片詞人則以「璠瑜」美玉，經火三日夜而色不變；及蓮花皎皎，不受塵泥沾染；比喻自我性情之堅貞，與人格之高潔。即使功名未遂，仍應笑看浮生，何須再為「等閒事」眉頭深鎖；而凡事種種，更無須再作強求，展現自信豁達之神采。又如：

---

[72] 宋‧陳與義撰：〈玉樓春〉（山人本合居巖嶺），收入唐圭璋編：《全宋詞》，第2冊，頁1069。

色彩增濃，掩蓋了喜慶的色彩。有時還往往因為看透世事而淡化為一種知足常樂、聽天由命的思想。」[75]因此詞人以豐富之人生體驗，曉悟榮枯成敗皆為一場游戲，遂覺不如歸去，且應把握餘生強健之時，莫要辜負不畏寒冷之傲骨菊花，[76]以及美酒浮香之重陽好時節、好天氣。寧過「經卷」、「藥鑪」簡單平實之生活，也不願執迷於追求名利之浮華虛榮中；能夠夫婦相敬，有兒女承歡，已心滿意足。王寂於賀夫人生朝詞，即嘗言：「快約伯鸞冠早掛。筠窗下。團欒共說無生話。」[77]故祈盼「歲歲今朝，對花沉醉。」和前文「辟寒金翦碎，漉螘浮香」相互呼應，顯示出與世無爭、恬靜寡欲之閒逸情懷。

　　王寂以陶潛不願折腰之氣節，列子鷗鳥忘機之真淳，凸顯出與眾不同之心性，尤其「自壽」一詞，體例特殊，別具匠意巧思。

參、王寂詞所體現之創作心態

　　一切文學藝術之創作，為人情感活動之表現，而情感之生成，來自於個人生命之體驗，然在個人體驗之過程中，則凝結成創作者獨特之心理狀態。王先霈《文藝心理學讀本》曰：「文藝創作心理過程是心與物交互作用的過程，是心與物互相對立、互相滲透、互相轉化、互相融合，組成錯綜多變的心理運動。」[78]王寂一生之經歷、處境，衝擊著內心世界，使精神、思維亦有不同之變化；而從

---

[75] 牛海蓉著：《元初宋金遺民詞人研究》（北京：中國社會科學出版社，2007年2月），頁255-256。
[76] 宋・蘇軾〈次韻子由所居六詠〉其一：「堂後種秋菊，碎金收辟寒。」收入傅璇琮等主編：《全宋詩》第14冊，卷823，頁9535。
[77] 金・王寂撰：〈漁家傲・夫人生朝〉（前日河梁修禊罷）。
[78] 王先霈著：《文藝心理學讀本》（武漢：華中師範大學出版社，2009年8月），頁104。

其詞作之情感反應與自我認知中，可明其心理構成之特殊性。茲探
討如下：

一、國勢承平：聖朝自豪之感

金朝，為中國古代北方少數民族「女真」，所建立之政權。陶
晉生《宋遼金元史新編》曰：「女真人從建立金朝到推翻北宋，不
過十三年（1115-1127）。在他們統治下的土地日益擴張，人口也
急劇增加。」[79] 又曰；「金世宗即位以後，致力於內安百姓，外禦
宋人的工作。他既能平息華北的危局，穩定政權，又能討平契丹的
叛亂和抵禦南宋的北伐。」[80] 王寂恭逢盛世，主要即活躍於金世宗
在位之大定時期，對於能夠身為「赫赫金源帝子家」[81] 之臣民，王
寂深感驕傲，且滿懷崇敬之心：

> 滿眼兒孫，大國金花誥。（〈點絳脣〉（阿母瑤池））
> 聖世賢公子，符節鎮名邦。（〈水調歌頭〉（聖世賢公子））

王寂詞中對金朝稱「大國」，對當代稱「聖世」，顯見對金朝
擁護愛戴之心理。從其出生成長、學習教育，至入朝為官，王寂人
生每一階段，皆在金朝之統治期間，故其內心深處，無有宋金易代
文人的「故國之思」，更無金元易代文人的「亡國之恨」，可謂典
型受金源文化滋養，在本朝土壤上茁壯之士子。胡傳志《金代文學
研究》曰：

---

[79] 陶晉生著：《宋遼金元史新編》（臺北：稻鄉出版社，2003年10月），頁
159。
[80] 同前註，頁164。
[81] 金・王寂撰：〈上南京留守完顏公〉二首之二，《拙軒集》，卷2，頁16。

他（王寂）沒有蔡珪那樣的家世，少了一層對宋的感情牽掛及對金的潛在怨恨，因此，他不僅沒有寄身異族的屈辱感，而且還自覺地稱時為「盛朝」，以「盛朝」臣民自居。[82]

因此王寂對金朝抗遼建國，認為是：「今日歸皇化，居民自樂生。」[83]而在替高麗使者送行時，則曰：「萬里朝天禮告成」[84]、「為贊忠嘉事聖朝」[85]。流露出一種吾皇德化，自恃、自高之自豪心態，更進而漠視僅一水相隔之南宋朝廷：

> 天涯南去更無州。坐看兒童，蠻語吳謳。（〈一翦梅〉（懸瓠城高百尺樓））
> 看氣壓群雄，虹飛千尺。……威行蠻貊。（〈瑞鶴仙〉（轅門初射戟））

王寂完全以金朝為中心，奉金朝為華夏正統王朝，乃將金朝領土以外地區，皆視之為蠻夷荒野，可見其根深蒂固之「上國」思維，及強烈之「聖朝」意識。

二、流連風月：玩世冶游之習

自古以來，文人士子們相與往還，每多聚會，或笑談以忘憂，或賞玩以娛情。朱瑞熙等著《宋遼西夏金社會生活史》曰：「隨著

---

[82] 胡傳志著：《金代文學研究》（合肥：安徽大學出版社，2005年5月），頁168。
[83] 金・王寂撰：〈予因念經行之路尚隱約有荒墟故壘，皆當時屯兵力戰暴骸流血之地，於今為樂國久矣。弔亡懷古，亦詩人不能忘情也，因賦一詩〉，收入薛瑞兆、郭明志編纂：《全金詩》第1冊，卷33，頁418。
[84] 金・王寂撰：〈別高麗大使〉二首之一，《拙軒集》，卷2，頁8。
[85] 金・王寂撰：〈別高麗大使〉二首之二，《拙軒集》，卷2，頁8。

社會的發展，人們的社會交往越來越多，社會交往的功效也日益為人們所重視。」[86]因此重交游、耽游樂，成為一時風尚。王寂身逢時和歲豐之年代，與民熙物阜之社會，又以世家子弟之背景，往往流連風月，養成「金釵賞酒春無價，銀燭呼盧夜不眠。」[87]與「尋春不惜錦障泥，歸醉且無官長罵。」[88]之玩世態度與冶游習性：

> 新聲皓齒。惱損蘇州狂刺史。一斛驪珠。許我尊前醉也無。（〈減字木蘭花〉（湖山明秀））
>
> 嬌倚扇，醉翻杯。莫隨雲雨下陽臺。平生老子風流慣，消得冰魂入夢來。（〈鷓鴣天〉（千頃玻璨錦繡堆））
>
> 鴈行歷歷，鶯聲恰恰。洗盡歌腔舊嘔啞。坐中狂客，不覺琉璃杯滑。纏頭莫惜與、金釵插。（〈感皇恩〉（寶髻綰雙螺））
>
> 少陵詞客多情，當年曾爛賞，湖州風月。（〈大江東去〉（破瓜年紀））
>
> 元相名姝，謝家尤物，縹緲真仙格。朝來酒惡，可人一笑冰釋。（〈大江東去〉（芳姿蕙態））

　　大抵金代之達官貴族，一般皆蓄家內藝人，廣置歌兒舞女，聊佐清歡。影響所及，使社會大眾，亦普遍存有追歡逐樂之心理。

---

[86] 朱瑞熙等著：《宋遼西夏金社會生活史》（北京：中國社會科學出版社，2005年8月），頁202。

[87] 金・王寂撰：〈天德辛未，家君守官白霫，僕是歲登上第，交遊飲博皆一時豪俊，于今二十六年矣。適以審刑復來，留數日。故人高晦之以舊見訪，問當時所與游者，往往鬼錄。高本富家，今貧甚；僕向最年少，今老矣。感歎久之，為賦詩以自遣〉，《拙軒集》，卷2，頁7-8。

[88] 金・王寂撰：〈謝王仲章惠淮馬〉，《拙軒集》，卷1，頁21。

志《金代文學研究》曰：

> 被貶蔡州時，他（王寂）一方面……似乎心灰意冷，一方面
> 又忠於職守，勤政為民，……如他自己所說，即使蒙冤貶
> 官，也要「無愧汝陽人」。[96]

　　故王寂於蔡州任上，體恤百姓，為民祈雨樂山廟以解旱；去
國五年後召還，雖屆耳順之年，仍愷切陳言於君，謂己：「老氣未
除，猶足擊姦賊之齒。」[97]拳拳志士心，未嘗消歇，時刻縈懷：

> 茗椀不來羞自薦。空戀戀。野芹炙背誰能獻。（〈漁家傲〉
> （巖秀不隨桃李伴〉）
>
> 應為百花開盡，天公著意留與，尤物殿秋光。（〈水調歌
> 頭〉（岸柳飄疏翠〉）

　　夫公忠體國，安民恤眾，是王寂居官任職所奉行之準則，亦是
對自我人生目標之追求與肯定。然在社會現實之矛盾、衝突中，其
雖覺挫折，但始終沒有放棄對理想之執著與堅持，體現傳統儒教之
精神和積極用世之心態。

四、遭貶遠謫：抑鬱不平之氣

　　王寂仕途並非一帆風順，平步青雲，自為官初始，即遷轉無
定。茲將其曾任職務，表列如次：[98]

---

[96] 胡傳志著：《金代文學研究》，頁170。
[97] 金・王寂撰：〈謝帶笏表〉，《拙軒集》，卷5，頁1。
[98] 以下表列資料，參王慶生著：《金代文學家年譜》，上冊，第3卷，頁154-164。

時間	職務	備註
海陵王正隆2年（西元1157年）30歲	赴吏部選，得官遼東。	
世宗大定2年（西元1162年）35歲	祁縣令。	祁縣，今山西省祁縣。
世宗大定5年（西元1165年）38歲	方山令。	方山，今山西省方山縣。
世宗大定10年（西元1170年）43歲	入朝為諫官。	
世宗大定12年（西元1172年）45歲	大理評事，按囚於泰安。	泰安，今山東省泰安縣。
世宗大定14年（西元1174年）47歲	平州觀察判官。	平州，今河北省盧龍縣。
世宗大定17年（西元1177年）50歲	遼東路轉運司同知，駐咸平府。	咸平府，今遼寧省鐵嶺縣東北。
世宗大定18年（西元1178年）51歲	真定少尹，兼河北西路兵馬副都總管。	真定，今河北省正定縣。
世宗大定19年（西元1179年）52歲	通州刺史。	通州，今北京市通州區。
世宗大定23年（西元1183年）56歲	中都副留守。	
世宗大定26年（西元1186年）59歲	戶部侍郎。貶蔡州防禦使。	蔡州，今河南省汝南縣。
世宗大定28年（西元1188年）61歲	沃州守。	沃州，今河北省石家莊市。
世宗大定29年（西元1189年）62歲	提點遼東路刑獄，駐遼陽。	遼陽，今遼寧省遼陽縣。
章宗明昌2年（西元1191年）64歲	中都路都轉運使，攝禮部尚書。	

　　是知王寂一生從政為官，歷三十餘年，然所任多為職等不高之地方官吏，且長約四年，短則一年不到，及轉調他處，遍至山西、山東、河北、河南、浙江、遼寧等地，遠行千里。故心中難免有：「辛苦半生誰掛齒，嚬眉。似怨東君著子遲。」[99]之慍懟，與「快

---

[99] 金・王寂撰：〈南鄉子〉（綽約玉為肌）。

呼伯雅，要洗我、窮愁九曲腸。休更問、勳業行藏。」[100]之失落，以及「重來華髮蒼顏，故人應怪我，平生覊旅。」[101]之悲愴。

惟其中世宗大定26年（西元1186年），被黜謫蔡州，王寂自認蒙受不白之冤：「平生自信不謀伸，媒孽那知巧亂真。」[102]義憤控訴奸佞小人陷人於罪：「群言交搆，擠臣於不測之淵。」[103]「爾輩何傷吾道在」，[104]並一再強調：「此心惟有彼蒼知」[105]、「暗有鬼神應可鑒」[106]。但君恩寡、世情薄、冤難伸，因此心懷不平：「璠瑜不怕經三火。蓮花未信淤泥涴。」[107]流露鬱悶沮喪之情緒：

> 春事成空。懊惱東風。綠盡疏陰落盡紅。（〈採桑子〉（十年塵土湖州夢））
>
> 荒煙村落，疏雨汀洲。……歸期杳杳，歸計悠悠。闌干憑徧不勝愁。（〈一翦梅〉（懸瓠城高百尺樓））
>
> 宦萍此身。歎別後、迹俱陳。（〈望月婆羅門〉（笑談尊俎））
>
> 宦游異鄉。對節物、只堪傷。（〈望月婆羅門〉（小寒料峭））
>
> 折腰五斗，所得不償勞，……及瓜不代，歸計渾無定。覊客奈愁何，……兒童蠻語，生怕閩黃楊。（〈驀山溪〉（山城

---

[100] 金・王寂撰：〈望月婆羅門〉（小寒料峭）。

[101] 金・王寂撰：〈大江東去〉（長堤千里）。

[102] 金・王寂撰：〈丁未肆眚〉，《拙軒集》，卷2，頁11。

[103] 金・王寂撰：〈夢賜帶笏上表稱謝，覺而思之，得其五六，因補其遺忘云〉，《拙軒集》，卷5，頁1-2。

[104] 金・王寂撰：〈日暮倚杖水邊〉，《拙軒集》，卷2，頁8。

[105] 同前註。

[106] 金・王寂撰：〈丁未肆眚〉，《拙軒集》，卷2，頁11。

[107] 金・王寂撰：〈醉落魄〉（百年旋磨）。

塊坐））

奈無情，風共雨，送新霜。嫁晚還驚衰早，容易度年
芳。……我亦傷流落，老淚不成行。（〈水調歌頭〉（岸柳
飄疏翠））

　　游宦羈旅之落寞，貶謫罷黜之憤悒，兩相交纏、糾結，衝撞
王寂靈魂深處，使其內心遭受沉重打擊，難以平靜，嘗言：「平
生拙宦失捷徑，蘭蕙當門為誰馥。文章既不一錢直，五經安用窗前
讀。」[108]因而當人生失去追求目標，自我生命之價值亦不復存在，
故需尋求心靈撫慰、釋放壓抑，藉由情感之宣泄，盡吐胸中晦悶之
氣，喚醒潛在力量，達到心理平衡。

五、飽閱人間：隱居避世之思

　　錢谷融、魯樞元《文學心理學》曰：「每個人隨著年齡的逐
漸增長，隨著他介入社會的機會和機率的相應增長，以及充當的
社會角色的不斷豐富，──一句話，隨著他見的『世面』越來越
廣泛，各種各樣的體驗也不期而至。」[109]王寂，一個典型之儒家士
子，初入仕途，有著「甘焚就溺捐微軀」[110]之積極入世精神，但三
十餘年來，「冷煙衰草長亭路，消黯離魂。」[111]一直長期忍受著奔
波流離之辛苦，而有「千古蒙莊倘有靈，須知曳尾非常計。」[112]之
喟嘆，並體悟官場險惡，所謂：「江湖佳處多網罟，側足恐為人

---

[108] 金・王寂撰：〈客中戲用龍溪借書韻〉，《拙軒集》，卷1，頁13。
[109] 錢谷融、魯樞元主編：《文學心理學》（上海：華東師範大學出版社，2008
　　年4月），頁91。
[110] 金・王寂撰：〈題中隱軒〉，《拙軒集》，卷1，頁22。
[111] 金・王寂撰：〈採桑子〉（西風吹破揚州夢）。
[112] 金・王寂撰：〈輟中斃龜〉，《拙軒集》，卷1，頁15。

所制。」[113]故當其受誣遭貶，就更加心灰意冷，對人生之意義和價值，產生否定與懷疑心理：

> 有酒須當痛飲。百歲黃粱一枕。（〈昭君怨〉（一曲清江環碧））
>
> 功名畫餅相謾我。冷暖人情，都在這些簡。（〈醉落魄〉（百年旋磨））
>
> 天地一浮萍，人生如寄。畫餅功名竟何益。百年渾醉，三萬六千而已。過了一日也、無一日。（〈感皇恩〉（天地一浮萍））
>
> 爭左角，夢南柯，萬事從今省。（〈驀山溪〉（山城塊坐））
>
> 俗事何時了，便可束置之高閣。笑半紙功名，何物被人拘縛。（〈紅袖扶〉（風拂冰簷））

王寂自幼即承襲來自父親、堂叔對於佛法禪理之愛好，亦受當代社會崇奉道教風氣之浸染，因此當其在坎坷仕途中徬徨掙扎，冀望得到解脫之際，乃試圖藉佛、道思想之涵泳，獲得精神之提升與心靈自由：

> 而今笑看浮生破。禪榻茶煙，隨分與他過。（〈醉落魄〉（百年旋磨））
>
> 快約伯鸞冠早掛。筠窗下。團欒共說無生話。（〈漁家傲〉（前日河梁修禊罷））
>
> 憑君問舍彤丘側，準擬乞閒身。北潭漲雨，西樓橫月，藜杖

---

[113] 同前註。

綸巾。（〈人月圓〉（錦標彩鷁追行樂））

吾老矣，久忘機。沙鷗相對不驚飛。（〈鷓鴣天〉（秋後亭
皋木葉稀））

磨衲簪纓等遊戲。趁餘生強健，好賦歸歟，收拾簡、經卷藥
鑪活計。（〈洞仙歌〉（先生老矣））

　　洪子誠《作家姿態與自我意識》曰：「在經歷了許多磨難、社
會人生閱歷豐富之後，人的心境會發生許多改變。會修正青年時期
的天真，但也可能因此而失去熱情；走向深沉，走向穩重，走向淡
泊、超脫，也會走向衰老和遲暮。」[114]王寂顯然已「久厭濁世薰腥
臊」[115]，振臂一舉，亟亟有辭官歸隱之心，但終究未能脫離官場，
推究原由，恐是因貧而仕：「舍官就養誠所願，百口煎熬食不足。
逆行倒置坐迂闊，相負此生惟此腹。」[116]或許王寂迫於生活之無
奈，徘徊於入世與出世兩難之間，而唐朝文人白居易之「中隱」模
式，卻使其找到依歸，進一步確立處世安身之態度：

我則願師白樂天，終身袞袞留司官。伏臘粗給憂患少，妻孥
飽煖身心安。況有民社可行道，隨分歌酒陶餘懽。經邦論道
不我責，除書破賊非吾干。折腰束帶莫恥五斗粟，猶勝元載
胡椒八百斛。……況知富貴不可求，僥求縱得終身憂。不如
中隱軒中，日日醉倒不省萬事休。[117]

---

[114]洪子誠著：《作家姿態與自我意識》（北京：北京大學出版社，2010年1
月），頁96。
[115]金‧王寂撰：〈上周仲山少尹壽〉，《拙軒集》，卷1，頁17。
[116]金‧王寂撰：〈客中戲用龍溪借書韻〉，《拙軒集》，卷1，頁13。
[117]金‧王寂撰：〈題中隱軒〉，《拙軒集》，卷1，頁22-23。

　　夫官閒事少憂患少，王寂以擺落塵俗之避世心態，重新省思生活，實現自我理想，完成人生目標，為個人生命歷程，寫下燦爛一頁。

肆、小結

　　王寂出生官宦世家，書香門第，良好之政壇背景與人際脈絡，似乎未對其功名事業、權勢爵位帶來太大幫助，但多樣之生活體驗與豐富之人生閱歷，則使其心靈深處，刻畫下歡樂、苦楚、悲痛以及灑脫之情感印記；綜觀其一生，可謂年少縱游，丁壯羈宦，老年乞閒。而「陶陶乎釋身世之羈縛，浩浩乎謝功名之機陷。」[118]是王寂超凡脫俗之處世態度，其以儒家之躬身實踐，道家之安時處順，以及佛家之虛空無礙，融通三教思想，追求精神昇華。許鶴〈王寂生平與思想考辨〉一文曰：

> 王寂在政治態度上時刻以儒家的倫理道德規範來要求自己，終其一生都未曾放棄過報國、事君、愛民的理想。但王寂的思想又十分複雜，受佛、道的浸染也較深。⋯⋯佛、道思想的浸染，使他在執著地追求報國、事君、愛民的理想時，又熱衷於隱退恬淡的快樂之道。⋯⋯他執著於現實，但又對現實政治保持著心靈的距離；他熱衷於官場，但又對官場紛爭採取一份超脫的態度。⋯⋯這是一種知足保和、閒適自安的生活態度，⋯⋯是他後來遭貶遠謫時一劑很有效的療傷藥，更是他處逆境而能自安、遭憂患而能泰然的強大精神支柱。[119]

---

[118] 金・王寂撰：〈嚴蔓聚奇賦〉，《拙軒集》，卷1，頁2。

[119] 許鶴撰：〈王寂生平與思想考辨〉，《阜陽師範學院學報》2011年第3期，頁119-120。

是以從王寂現存36闋詞中，可知隨外在境遇之改變，詞人內在之創作心理，亦自有不同之活動狀況。茲以圖示：

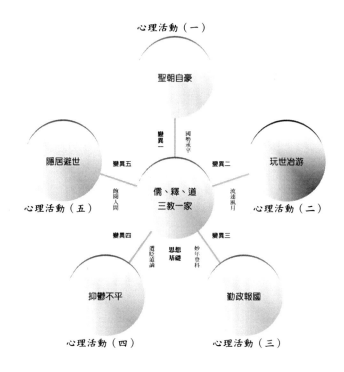

　　王寂以「儒、釋、道」三教一家之思想為基礎，於客觀環境中獲得意向變異之信息，通過心理活動之反應，彼此誘發、觸激，並追索心路歷程之演繹軌跡，形成繁複之心態結構，進而發揮創作之整體效應。清・英和《金文最・序》贊譽：「王寂為大定、明昌文苑之冠。」[120]又胡傳志《金代文學研究》曰：「王寂是金代中期唯一有別集傳世之詩人，深入研究他，將有助於我們認識金源盛

---

[120]清・英和撰：〈金文最序〉，見清・張金吾輯：《金文最》，收入《續修四庫全書》第1654冊（上海：上海古籍出版社，2002年3月），頁1。

世。」[121]而其詞作益有殊卓之聲，為金代中期詞壇開拓出繽紛多采之局面。

第二節　博學高才，卓犖不羈：趙可

　　金代詞人趙可為世宗大定時期（西元1161-1189年）之著名詞家，金・元好問《中州樂府》錄其詞10闋；金・劉祁《歸潛志》中，則另錄1闋（失調名：「席屋上戲書」）。近人周泳先《唐宋金元詞鉤沉》將之輯為《玉峰散人詞》一卷；又唐圭璋《全金元詞》亦據以收錄，故現存趙可詞凡11闋。周泳先《唐宋金元詞鉤沉》〈總目・玉峰散人詞〉後記曰：「《歸潛志》七云：『獻之少輕俊，文章健捷，尤工樂章，有《玉峰閒情集》行於世。』《中州集》選可詩僅三數首，而錄樂府多至十首，又稱可風流有文采，詩樂府皆傳於世，知可固以樂府見長也。」[122]因此析其詞作，當能明瞭趙可情意之生發及創作心境之軌跡，進而具體掌握金代中期詞壇發展之特色。

壹、趙可生平概述

　　趙可，字獻之，號玉峰散人，澤州高平（今山西省高平市）人，金海陵王貞元2年（西元1154年）進士。生卒年不詳，史傳典籍皆無明確記載，惟若以一般二十至三十歲間登進士推之，趙可約當生於金太宗天會年間（西元1123-1134年）；而關於卒年，據趙可所作詩文中能判斷創作時間者查考，最晚曾作〈劉瑋墓志〉，尚書右丞劉瑋卒於金章宗明昌4年（西元1193年）6月，故知趙可最早

[121] 胡傳志著：《金代文學研究》，頁15。
[122] 周泳先編：《唐宋金元詞鉤沉》上冊（上海：商務印書館，1937年），頁11。

當卒於此年之後，[123]春秋七十上下矣。

　　趙可曾官山西太原，金世宗大定25年（西元1185年）為翰林修撰，繼遷翰林待制，並奉敕撰〈大金得勝陀頌〉[124]碑文（此石今仍在吉林扶餘縣石碑崴子）；大定27年（西元1187年）為高麗（即朝鮮）生日使；金章宗時擢為翰林直學士，仕至翰林學士知制誥。趙可一生屢以文字遇知人主，凡三：

　　第一次，為金海陵王完顏亮關注，金・劉祁《歸潛志》載：

　　　　趙翰林可獻之少時赴舉，及御簾試〈王業艱難〉賦，程文畢，於席屋上戲書小詞云：「趙可可，肚裏文章可可。三場捱了兩場過，只有這番解火。恰如合眼跳黃河，知他是過也不過。試官道王業艱難，好交你知我。」時海陵庶人親御文明殿，望見之，使左右趣錄以來，有旨諭考官：「此人中否當奏之。」已而中選，不然亦有異恩矣。[125]

　　第二次，為金世宗完顏雍賞識，金・劉祁《歸潛志》載：

　　　　（趙可）後仕世宗朝，為翰林脩撰。因夜覽〈太宗神射

---

[123] 楊忠謙《政權對立與文化融合──金代中期詩壇研究》曰：「關於趙可的生卒年月，史籍沒有明確記載。關於卒年，當代學者王慶生先生認為在明昌元年前後，不確。李心傳《建炎以來繫年要錄》卷一百五十八考異中，記有趙可曾為劉瑋作過墓銘。據《金史》卷九十五劉瑋本傳，劉瑋卒於明昌四年六月。則趙可顯然卒於明昌四年之後。」（北京：人民出版社，2010年8月，頁323。）以上楊氏所論，對趙可之卒年考辨甚詳，茲從其說。

[124] 清・長順等修，清・李桂林等纂：《吉林通志》第47冊（臺北：國家圖書館藏，清光緒17年（1891）刊本），卷120，頁1-3，錄有全文。

[125] 金・劉祁撰：《歸潛志》（北京：中華書局，1997年12月），卷10，頁116-117。

碑〉，反覆數四，明日，會世宗親饗廟，立碑下，召學士院
官讀之，適有可在，音吐鴻暢如宿習然，世宗異之。數日，
遷待制。[126]

第三次，為金章宗完顏璟拔擢，金・劉祁《歸潛志》載：

（世宗朝）及冊章宗為皇太孫，適可當筆，有云：「念天下
大器可不正其本歟？而世嫡皇孫所謂無以易者。」人皆稱
之。後章宗即位，偶問向者冊文誰為之？左右以可對，即擢
直學士。[127]

趙可蒙君王眷顧，文運奇特，《金史》為之傳曰：「天德、
貞元間，有聲場屋，後入翰林，一時詔誥多出其手，流輩服其典
雅。」[128]有《玉峰散人集》（或曰《玉峰閑情集》）行於世，是
集或於南宋光宗、寧宗時（約金章宗明昌、承安時期，西元1190-
1200年）傳入南宋，[129]惟現多已散佚不聞，留存無幾。[130]

---

[126]同前註，頁117。
[127]同前註。
[128]元・脫脫等撰：〈趙可傳〉，《金史》第8冊（北京：中華書局，2005年4月），卷125，頁2719-2720。
[129]楊忠謙《政權對立與文化融合──金代中期詩壇研究》曰：「從李心傳《建炎以來繫年要錄》一書所引用的趙可文集來看，趙可的文學創作活動從大定初直到章宗明昌年間，趙可文集成書時在明昌或稍後，時值南宋孝宗、光宗朝。……李心傳《建炎以來繫年要錄》成書在孝宗後期到光宗、寧宗時，趙可文集或在此時傳入南宋。」頁325。
[130]以上有關趙可生平之撰述，參元・脫脫等撰《金史》；金・劉祁撰《歸潛志》；姚奠中主編，李正民增訂《元好問全集》；王慶生著《金代文學家年譜》；伊葆力編《金代書畫家史料匯編》；楊忠謙著《政權對立與文化融合──金代中期詩壇研究》；牛貴琥著《金代文學編年史》及王慶生編著《金代文學編年史》等。

貳、趙可詞所流露之情感意涵

趙可詞現雖僅存11闋，然其中有情懷之寄託、情緒之抒發以及情感之表達，甚具代表性，而於金代中期詞壇亦頗能自立一格，故擬由以下幾方面析之：

一、不堪獨倚危闌──思古幽情

詞人趙可，從金海陵王貞元2年（西元1154年）起入仕金朝，當時金主完顏亮自即位後，除旋遷都燕京（中都，今河北省北平市），並開始積極策劃南征，急欲伐宋統一全國，致人心浮動。李桂芝《遼金簡史》曰：

> 完顏亮……他急功近利，在主客觀條件尚不成熟的情況下，不去鞏固既得的政治成果，充實國力，發展生產，而是在連續大興土木之後，動員全國人力、物力，大舉南征。結果前方受阻於長江，後方遭到農牧民的反抗，東京又發生了宗室的政變，在進退失據的情況下被殺身亡。[131]

蓋受到「當時帝王意欲一統天下的勃勃雄心以及由此而造成的時代氛圍」[132]之影響，趙可必然多所感觸，有詞云：

〈雨中花慢〉 代州南樓

雲朔南陲，全趙幕府，河山襟帶名藩。有朱樓縹緲，千雉迴

---

[131] 李桂芝著：《遼金簡史》（福州：福建人民出版社，2000年9月），頁232。
[132] 劉鋒燾著：《宋金詞論稿》（北京：中國社會科學出版社，2002年4月），頁335。

旋。雲度飛狐絕險，天圍紫塞高寒。弔興亡遺迹，咫尺西
陵，烟（煙）樹蒼然。　　時移事改，極目傷心，不堪獨倚
危闌。惟是年年飛雁，霜雪知還。樓上四時長好，人生一世
誰閒。故人有酒，一尊高興，不減東山。[133]

　　代州，位於雲中、朔方二郡之南陲，為戰國時趙地，設有將帥
府署，今山西省北部皆其地。據《欽定大清一統志》載：「雁門障
其西北，滹沱經於東南，外繞群山，中開平壤。」[134]乃知「代州四
處屏障，山川環繞，如襟似帶，形勢雄險，自古即為地方重鎮，軍
事要地。而城南門樓，富麗華美，高遠隱約，周圍城牆迤邐延綿，
盤旋曲折；又有浮雲飄過峭拔險要之飛狐關隘，廣大天際亦籠罩著
凌空高聳且地處嚴寒之長城邊塞；另州西近處之陵地，有南北朝魏
拓跋猗盧及五代唐李克用等前人之墳塚。」[135]然現皆已林煙繚繞，
一片蒼茫，是以詞人登臨觀覽，百感交集，不禁追懷歷史世事之興
亡變遷。

　　趙可此詞，上片描繪景物，下片則轉寫心情，一句「時移事
改」，道出詞人極目傷心之由與獨倚危闌不堪之因。夫盛時不再，
逝者難追，趙可以飛雁年年於霜雪來臨前後，往返於南北之自然定
律，反襯人事之多變無常，難以捉摸。而南樓之上，四季皆有美
好風光，然人終一生之競逐，有誰真能清閒，如我今日一般登樓賞
景；「誰閒」二字，凸顯出世人爭名奪利之心。因此詞人高呼，得
與老友暢飲開懷，實不亞於晉朝謝安隱居東山，放情丘壑，攜妓游

---

[133] 以下所引趙可詞，皆據唐圭璋編：《全金元詞・金詞》上冊（北京：中華
　　書局，2000年10月），頁30-31。未免冗贅，故不逐一標註。
[134] 清・和珅等奉敕撰：《欽定大清一統志》，收入《文淵閣四庫全書電子
　　版》【內聯網版】（香港：迪志文化出版公司，2007年），卷114，頁3-4。
[135] 同前註，頁21。

賞之樂。[136]趙可緬懷史跡，弔古傷感，除發思古之幽情，更展現士大夫之壯懷逸氣。

二、二年塵暗小鴛鴦──兒女離情

趙可晚年奉使高麗，《金史・世宗本紀下》載：「（大定27年，西元1187年）十二月庚午，以翰林待制趙可為高麗生日使。」[137]次年二月使還，臨別作〈望海潮〉以贈館妓，詞云：

> 雲垂餘髮，霞拖廣袂，人間自有飛瓊。三館俊游，百衙高選，翩翩老阮才名。銀漢會雙星。尚相看脈脈，似隔盈盈。醉玉添春，夢雲同夜惜卿卿。　　離觴草草同傾。記靈犀舊曲，曉枕餘醒。海外九州，郵亭一別，此生未卜他生。江上數峰青。悵斷雲殘雨，不見高城。二月遼陽芳草，千里路旁情。

題序謂：「發高麗作」，金・劉祁《歸潛志》曰：「高麗故事，上國使來，館中有侍妓。」[138]故上片開頭，詞人即以飄垂如雲之鬢髮及豔麗輕柔之衣著，形容館中侍妓之美好動人，並將之比喻為古神話中西王母之侍女許飛瓊，能彈善舞。[139]後則謂己身居要職，得意官場，才華絕世，亦非等閒；夫趙可於自誇之炫耀中，已然對女子傾心，並期待得到特殊之尊重與對待，甚至崇拜；而在

---

[136] 見唐・房玄齡等撰：〈謝安傳〉，《晉書》第7冊（北京：中華書局，1974年11月），卷79，頁2072。

[137] 元・脫脫等撰：〈世宗本紀下〉，《金史》第1冊，卷8，頁199。

[138] 金・劉祁撰：《歸潛志》，卷10，頁117。

[139] 見漢・班固撰：《漢武帝內傳》，收入《文淵閣四庫全書電子版》【內聯網版】，卷114，頁4。

「脈脈」、「盈盈」間，滋生出若有似無之情愫，當酒後醉倒則更添春色，因此乃藉楚襄王游高唐，夢巫山神女故事，[140]表彼此之歡愛。惟縱使兩心相悅，亦終難長相廝守，是以詞之下片，則寫依依不捨之離情，其帳飲無緒，然卻記初見舊曲，殘醉雖還未醒，但趙可內心清楚知道，今朝一別，恐是永遠，他生未卜，此生已休，千里之外，「高城已不見，況復城中人。」[141]曲終人散後，只有江上數峰青，而歸途遼陽，芳草處處，令人傷情。據說趙可歸來不久即下世，人以為「此生未卜他生」之讖云。[142]

　　趙可詞不僅敘寫與高麗館妓分離之苦楚，尚見其別後相思之情意及懷人黯然之心傷，有詞云：

〈浣溪沙〉

攪轉鑪熏自換香。錦衾收拾卻（卻）遮藏。二年塵暗小鴛鴦。　　落木蕭蕭風似雨，疏櫺皎皎月如霜。此時此夜最淒涼。

又

火冷熏鑪香漸消。更闌撥火更重燒。愁心心字兩俱焦。　　半世清狂無限事，一窗風月可憐宵。燈殘花落夢無聊。

---

[140] 見戰國楚・宋玉撰：〈高唐賦・序〉，收入梁・昭明太子蕭統輯，唐・李善注：《文選》（臺北：藝文印書館，1983年6月），卷19，頁2。

[141] 唐・歐陽詹撰：〈初發太原，途中寄太原所思〉，收入清・聖祖敕編：《全唐詩》第11冊（北京：中華書局，1979年8月），卷349，頁3903。

[142] 金・劉祁撰：《歸潛志》，卷10，頁117。

又王慶生《金代文學家年譜》第三卷〈趙可〉曰：「大定二十七年，為高麗生日使，作〈望海潮〉詞。……按，『歸而下世』不確。」上冊（南京：鳳凰出版社，2005年3月），頁117-118。

前一闋，詞人藉由女子轉鑪換香、收拾錦衾之舉，表現等待盼望之殷切與失落；而「卻遮藏」一語，顯然不欲讓人窺知心事，但錦衾上之「小鴛鴦」，則毫無保留揭露女子內心最深之傷痛，即使已塵暗二年，仍是癡情不悔。所謂「多情自古傷離別。更那堪、冷落清秋節。」[143]是以面對落葉蕭蕭，月映窗櫺之情景，不禁令人感嘆：「相思相見知何日，此時此夜難為情。」[144]

後一闋，詞人則言己於更深夜殘，火將冷、香漸消之際，重新撥旺鑪火，企圖給予自我一絲安慰；夫鑪火能夠再燃，但愁於心中之煎熬，沒法消解，只有兩敗俱傷。趙可大半生放逸不羈，歷事無限，然能觸動其「愁心」者，是令其眷戀之「一窗風月」，是使人難以忘懷之「可憐宵」；惟現燈盡滅、花皆落，逝者已矣，而來者於夢中亦無從尋覓。

三、倚窗閒看六花飛──適性閒情

悠閒生活與閒雅氣息之呈現，為趙可詞最主要之創作主體，故大致將其歸納為三類：

（一）詠物賞景

<蕎山溪> 賦崇福荷花，崇福在太原晉溪

雲房西下，天共滄波遠。走馬記狂游，正芙蕖、平鋪鏡面。浮空闌檻，招我倒芳尊，看花醉，把花歸，扶路清香滿。

---

[143] 宋・柳永撰：〈雨霖鈴〉（寒蟬淒切），收入唐圭璋編：《全宋詞》第1冊（北京：中華書局，1988年3月），頁21。

[144] 唐・李白撰：〈三五七言〉，收入清・聖祖敕編：《全唐詩》第6冊，卷184，頁1878。

　　　　水楓舊曲，應逐歌塵散。時節又新涼，料開徧、橫湖
　　　清淺。冰姿好在，莫道總無情，殘月下，曉風前，有恨何
　　　人見。

　　此記詞人昔日走馬狂游，賞荷飲酒之情景：雲靄低垂，碧波連
天，荷花盛開滿佈湖面，喝美酒、看好花，沿路更有清香伴隨，何
等爛漫，令人陶醉。而如今時節已新涼，但尚記水楓舊曲，亦難忘
荷花淡雅之姿，一「料」字，則明白點出其「留連時有限，纏綣意
難終。」[145]之心思。故莫說無情，曉風殘月下，此「恨」誰知；然
雖曰「恨」，卻蘊涵詞人縱情自適之意。又〈好事近〉一詞：

　　密雪聽窗知，午醉晚來初覺。人與膽缾梅蕊，共此時蕭索。
　　　　倚窗閒看六花飛，風輕止還作。篋裏有詩誰會，滿疏籬
　　寒雀。

　　趙可此詞，乃描寫午間醉酒初醒所感：耳聽窗外密雪輕飄，鼻
嗅缾中梅蕊幽香，使周遭沁滲淒清寧靜之氣息。下片詞人則由「聽
窗」至「倚窗」，由原本想像之虛景到具體實物之顯現，其眼見雪
花將墜又起，將悠然之雅興於「閒看」中表露無遺；是以落雪繽紛
下之疏籬、寒雀，篋裏亦有無窮詩意，惟無人理會，此番風情只有
自知，表現詞人安閒逸樂之情懷。

---

[145] 唐・元稹撰：〈會真詩三十韻〉，收入清・聖祖敕編：《全唐詩》第12冊，
　　卷422，頁4644。

（二）游春踏青

〈鷓鴣天〉

金絡閒穿御路楊。青旗遥（遠）認醉中香。可人自有迎門笑，下馬何妨索酒嘗。　　春正好，日初長。一尊容我駐風光。歸來想像行雲處，薄雨霏霏洒（灑）面涼。

大街上詞人騎馬閒穿，然正因為「閒」，才能遙認青旗、喜見可人，乃至下馬飲酒。而春好日長，美酒一杯，風光無限，惟當興盡歸來，仍教人戀戀不捨；趙可此用巫山神女，且為朝雲，暮為行雨典，[146]以不避細雨，任其飄灑，滿面清涼作結，充滿適情率性之閒趣。又另一闋〈鷓鴣天〉詞云：

十頃平波溢岸清。草香沙煖水雲晴。輕衫短帽垂楊裏，楚潤相看別有情。　　揮彩筆，倒銀缾。花枝照眼句還成。老來漸減金釵興，回施春光與後生。

趙可此詞為「集句詞」，上片首句出自唐・李商隱〈病中早訪招國李十將軍，遇挈家遊曲江〉：「十頃平波溢岸清」[147]句，謂廣大平坦、一望無垠之湖面，水量豐盈，滿溢池岸。次句出自唐・白居易〈寒食江畔〉：「草香沙暖水雲晴」[148]句，言天空晴朗、芳

---

[146] 見戰國楚・宋玉撰：〈高唐賦・序〉，收入梁・昭明太子蕭統輯，唐・李善注：《文選》，卷19，頁2。
[147] 唐・李商隱撰：〈病中早訪招國李十將軍，遇挈家遊曲江〉，收入清・聖祖敕編：《全唐詩》第16冊，卷540，頁6203。
[148] 唐・白居易撰：〈寒食江畔〉，收入清・聖祖敕編：《全唐詩》第13冊，卷439，頁4889。

草清香、沙土輕暖、水雲相接之美好情景，令人心曠神怡。第三句宋・王安石集句詞：〈菩薩蠻〉（數家茅屋閑臨水）中，有相似之字句：「單衫短帽垂楊裏」[149]，惟趙可改「單衫」為「輕衫」，更顯自在輕鬆而不受拘束。上片末句則出自唐・鄭合〈及第後宿平康里詩〉：「楚潤相看別有情」[150]句，以唐朝名妓楚兒（字潤娘），代指美女，顯現彼此青睞，兩相愛慕之綺情，令人豔羨。

　　過片兩句，「揮彩筆，倒銀缾」，唐・李白〈當塗趙炎少府粉圖山水歌〉有：「名公繹思揮彩筆」[151]句，又宋・蘇軾〈人日獵城南，會者十人，以身輕一鳥過槍急萬人呼為韻，得鳥字〉詩，有：「馬上倒銀瓶」[152]句，詞人藉此言己飲酒賦詩，揮動五彩生花妙筆。接著下片第三句出自唐・杜甫〈酬郭十五受判官〉：「花枝照眼句還成」[153]，謂詞人沒想到美人當前，自己竟坐懷不亂，並且還能勉強成詩。第四句出自宋・蘇軾〈夜飲次韵（韻）畢推官〉：「老來漸減金釵興」[154]，此句則在解釋花枝照眼下之所以「句還成」，乃是因為「老來」，因為「興減」，且詞人又特別強調「金釵」二字，故知其由。最後末句則出自宋・黃庭堅〈病來十日不舉

[149] 宋・王安石撰：〈菩薩蠻〉（數家茅屋閑臨水），收入唐圭璋編：《全宋詞》第1冊，頁205。

[150] 唐・鄭合撰：〈及第後宿平康里詩〉，收入清・聖祖敕編：《全唐詩》第19冊，卷667，頁7636。

[151] 唐・李白撰：〈當塗趙炎少府粉圖山水歌〉，收入清・聖祖敕編：《全唐詩》第5冊，卷167，頁1724。

[152] 宋・蘇軾撰：〈人日獵城南，會者十人，以身輕一鳥過槍急萬人呼為韻，得鳥字〉，收入傅璇琮等主編：《全宋詩》第14冊（北京：北京大學出版社，1991年7月-1998年12月），卷801，頁9274。

[153] 唐・杜甫撰：〈酬郭十五受判官〉，收入清・聖祖敕編：《全唐詩》第7冊，卷233，頁2579。

[154] 宋・蘇軾撰：〈夜飲次韵（韻）畢推官〉，收入傅璇琮等主編：《全宋詩》第14冊，卷799，頁9251。

酒〉二首之一：「回施青春與後生」[155]句，趙可易「青春」二字為
「春光」，蓋其所欲回施予年輕後輩者，不單是恣意任真之青春歲
月，尚有春天動人之風光景致；全詞洋溢悠然閒雅之生活氣息，更
展現詞人開朗豁達之襟懷。

（三）對酒感時

〈鳳棲梧〉

> 霜樹重重青嶂小。高棟飛雲，正在霜林杪。九日黃花纔過
> 了。一尊聊慰秋容老。　　翠色有無眉淡掃。身在西山，郤
> （卻）愛東山好。流水極天橫晚照。酒闌望斷西河道。

　　此詞上片開頭即呈現秋霜滿林掩映青山，高棟、樹梢層層飛雲
之景象；趙可〈雲興館曉起〉詩亦云：「一夜山雲飛作雪，要誇千
樹玉嶙峋。」[156]而重陽方過，菊花已謝，詞人唯有持酒一尊，聊慰
老去秋容。下片首句「翠色有無眉淡掃」則呼應上片第一句之「青
嶂小」，在翠色淡漠中，詞人乃言：「身在西山，卻愛東山好。」
東山，據史載晉朝謝安早年曾辭官歸隱會稽（在今浙江省紹興縣東
南）之東山，徜徉林壑，漁弋山水，每每游賞，必以妓從。[157]「西
山」，或即指詞人眼前所在之秋老冷清處；或相對於「東山」而
言，借指朝廷官場；抑或趙可為澤州高平（今山西省高平市）人，
故此之西山，乃指今山西省永濟縣南之首陽山，相傳伯夷、叔齊隱

---

[155]宋・黃庭堅撰：〈病來十日不舉酒〉，收入傅璇琮等主編：《全宋詩》第17
　　冊，卷996，頁11429。
[156]收入薛瑞兆、郭明志編纂：《全金詩》第1冊（天津：南開大學出版社，
　　1995年11月），卷37，頁489。
[157]見唐・房玄齡等撰：〈謝安傳〉，《晉書》第7冊，卷79，頁2072。

居於此,採薇以食,[158]而喻指其歸鄉避世生活之清寒寂寥。因此,不論是現在之處地,或是身居廟堂,或是同樣隱居山林,顯然東山生活之好遠勝西山,是知詞人之所愛。[159]蓋此應為趙可醉酒傷感之自我調侃,當夕陽西下,在落日餘暉中,極目遠眺,縱情於天地山水間。夏承燾、張璋編選,吳無聞等注釋《金元明清詞選》評趙可此詞曰:「這首詞描繪秋山晚景,青嶂、霜林、斜陽、流水點綴其間。高樓眺望,有咫尺千里之勢。」[160]

此外,趙可詞作尚有整闋皆化用「太白詩語」,而借以抒發酒後心聲者:

〈卜算子〉譜太白詩語

　　明月在青天,借問今時幾。但見宵從海上來,不覺雲間墜。

　　　　流水古今人,共看皆如此。惟願當歌對酒時,長照金尊裏。

趙可此譜唐・李白〈把酒問月〉詩入詞:「青天有月來幾時,我今停杯一問之。人攀明月不可得,月行卻與人相隨。皎如飛鏡臨丹闕,綠煙滅盡清輝發。但見宵從海上來,寧知曉向雲間沒。白兔擣

---

[158] 見漢・司馬遷撰:〈伯夷列傳〉,《史記》第7冊(北京:中華書局,1963年6月),卷61,頁2123。

晉・陸機〈演連珠〉之四十八:「是以吞縱之強,不能反蹈海之志;漂鹵之威,不能降西山之節。」見晉・陸機撰,金濤聲點校:《陸機集》(北京:中華書局,1982年1月),卷8,頁100。

[159] 李藝《金代詞人群體研究》曰:「『西山』即指現在北京的西山,……可以從字面上來通俗地理解為『這山望著那山高』的意思,有一種調笑的味道在裡面。」(北京:首都師範大學出版社,2008年6月),頁124。

[160] 夏承燾、張璋編選,吳無聞等注釋:《金元明清詞選》(北京:人民文學出版社,1997年7月),頁20。

藥秋復春，嫦娥孤棲與誰鄰。今人不見古時月，今月曾經照古人。古人今人若流水，共看明月皆如此。唯願當歌對酒時，月光長照金樽裡。」[161]

上片詞人以明月高掛，而借問今夕何夕之癡語，表達心馳神往之企慕；然只見海上宵來而月升，但不覺間就已隱沒雲中，日日反覆，循環不已。故下片詞人則由感而發，謂人於古今時間之流中不斷更迭，惟月卻亙古長存，今人所見，即為曾照古人之清輝，當是「海上生明月，天涯共此時。」[162]詞人以「月」綰合古今，超越了時空之隔閡，亦擺脫生命之局限。故最後乃祈願，人之一生於對酒當歌之時，若能得明月伴隨，長照金尊，即心滿意足，夫復何求矣！表現出及時行樂之瀟灑，以及多情自賞之風流，頗得李白飄逸浪漫之神采。

四、只有這番解火──諧趣風情

趙可少時，於金海陵王貞元2年（西元1154年）赴舉，交卷後，其在席屋上題詞一闋：

□□□席屋上戲書

趙可可。肚裏文章可可。三場捱了兩場過。只有這番解火。

恰如合眼跳黃河。知他是過也不過。試官道、王業艱難，好交你知我。

---

[161] 唐・李白撰：〈把酒問月〉，收入清・聖祖敕編：《全唐詩》第5冊，卷179，頁1827。

[162] 唐・張九齡撰：〈望月懷遠〉，收入清・聖祖敕編：《全唐詩》第2冊，卷48，頁591。

此詞失調名，為趙可「戲書」，故全詞多詼諧謔語，是一闋俳諧
詞，劉揚忠《唐宋詞流派史》曰：

> 俳諧詞是一種以游戲調笑面目出現的專門表現詼諧、幽默情
> 感的作品。這種作品，雖然充滿戲謔取笑的言辭，但並非一
> 味為了「取笑」而已，它們常常有「寄興」，有「深意」，
> 是詞人「熱心為之」的藝術產品。[163]

　　蓋趙可詞中，上片道出參加考試景況：「肚裏文章可可」，看
似謙虛，實則自負；又一「捱」字，雖有煎熬之意，然「只有這番
解火」，則展現十足之信心。下片乃抒發詞人考後之心情：「知他
是過也不過」，方寸間流竄一種難以掌握之不確定感，如「合眼
跳黃河」，惟於擔憂中，卻仍自恃甚高：「好交你知我」。趙可
以通俗文字、輕鬆口吻，呈現考場另類風情與趣味，亦見其率直之
可愛。

參、趙可詞所體現之創作心態

　　趙可行止儒雅，性情風流，所作詩文亦每獲君王垂青。吳思敬
《心理詩學》曰：「詩歌要通過以自我為中心的內心世界的小宇宙
的揭示來達到與客觀世界的大宇宙的交融，它所傳達的是最個性化
的體驗。」[164]因此藉由對趙可詞情感意涵之探析，即能窺知其創作
之心態，茲歸納如下：

---

[163] 劉揚忠著：《唐宋詞流派史》（福州：福建人民出版社，1999年3月），頁
293-294。

[164] 吳思敬著：《心理詩學》（北京：首都師範大學出版社，1996年10月），頁
322。

一、自得：承平盛世之安樂

　　趙可歷仕海陵王、世宗、章宗諸朝，其人生最主要之階段，當是處於政治清明、社會安定、文化興革之世宗時代。《金史・世宗本紀下》贊曰：

> 蓋自太祖以來，海內用兵，寧歲無幾。重以海陵無道，賦役繁興，盜賊滿野，兵甲並起，萬姓盼盼，國內騷然。……世宗久典外郡，明禍亂之故，知吏治之得失。即位五載，而南北講好，與民休息。於是躬節儉，崇孝弟，信賞罰，重農桑，慎守令之選，嚴廉察之責，……孳孳為治，夜以繼日，可謂得為君之道矣。當此之時，群臣守職，上下相安，家給人足，倉廩有餘，……號稱「小堯舜」。[165]

　　隨著戰爭混亂局面之結束，金朝至此政權穩定，經濟繁榮，官員盡心效忠，百姓生活富足，進入強盛時期；而詞人趙可，受到如此社會環境氣息之薰染，心境則廓大恢宏，心理世界亦快活得意：

> 有朱樓縹緲，千雉迴旋。雲度飛孤絕險，天圍紫塞高寒。……故人有酒，一尊高興，不減東山。（〈雨中花慢〉（雲朔南陲））
> 正芙蕖、平舖鏡面。浮空闌檻，招我倒芳尊，看花醉，把花歸，扶路清香滿。（〈驀山溪〉（雲房西下））
> 密雪聽窗知，午醉晚來初覺。……倚窗閒看六花飛，風輕止

---

[165] 元・脫脫等撰：〈世宗本紀下〉，《金史》第1冊，卷8，頁203-204。

> 還作。（〈好事近〉（密雪聽窗知））
> 尚相看脈脈，似隔盈盈。醉玉添春，夢雲同夜惜卿卿。
> （〈望海潮〉（雲垂餘髮））
> 春正好，日初長。一尊容我駐風光。（〈鷓鴣天〉（金絡閑
> 穿御路楊））
> 十頃平波溢岸清。草香沙煖水雲晴。輕衫短帽垂楊裏，楚潤
> 相看別有情。（〈鷓鴣天〉（十頃平波溢岸清））

　　自得，是一種優雅吟唱，是發自內心深處，輕鬆愉悅之精神狀態，在隨物詠歌，見景抒懷中，使人得以恢復心緒之恬逸，牽引歡樂之情感，並帶動和諧之力量，進而洞悉事物形態之真諦。劉澤〈忙裡偷閑喝一杯──〈雨中花慢・代州南樓〉中的趙可心態〉一文曰：

> 看來他（趙可）所追求的生存方式和人生情趣，既非厭世遠
> 世的山林隱逸，更非玩世混世的酒色淫樂，而是清醒用世，
> 勤於職事，勞中尋逸，忙裡偷閑，拜會知己，微飲雅談，以
> 排除人世煩惱。這是詞人登臨代州南樓，仰觀風去（云），
> 俯察地理，追憶歷史，品評人生中流淌出的心潮軌迹，是他
> 處在所謂「小堯舜」般的金朝盛世的人生選擇，可以說也是
> 盛世為官的一種典型心境。[166]

　　故詞人由山河之壯麗遼闊，投射出承平時代之昂揚氣勢；惟在歷史長河之興亡遞變中，雖無法避免「時移事改」[167]，但如今仍

---

[166] 劉澤撰：〈忙裡偷閑喝一杯──〈雨中花慢・代州南樓〉中的趙可心態〉，
　　《名作欣賞》1995年第5期，頁77、99。
[167] 金・趙可撰：〈雨中花慢〉（雲朔南陲）。

「四時長好」[168]，展現出對國家前途之樂觀及身為子民「一尊高
興，不減東山。」[169]之自得心態。此外，詞人於詠荷、觀雪等玩賞
態度中，亦見其高情雅趣。李靜《金詞生成史研究》曰：「一般來
說，咏物之作通常是文人雅集和逞才使藝的一種最好的題材，因
此，咏物詞的勃興一定程度地體現了時代的穩定、繁榮以及文人們
生活的閑適。」[170]蓋詞人因賦情寫物而「倚窗閒看六花飛」[171]，盡
飲美酒中「一尊容我駐風光」[172]，乃至花間醉倒後「夢雲同夜惜卿
卿」[173]，灑脫隨性，心無罣礙，為其追求寫意人生之生活態度，反
映出內心滿足之快感與名士風流自賞之心態。

二、自許：為官求仕之通達

趙可一生沐浴皇恩，文運佳絕，官運亨通，且從未遭逢降職貶
官之挫折，仕途順遂，而其所任官職，如今尚能查考者，主要為：

朝代	官　　職
世宗	奉政大夫充翰林修撰同知制誥兼太常博士驍騎尉賜緋魚袋臣[174]
	翰林待制[175]

---

[168]同前註。
[169]同前註。
[170]李靜著：《金詞生成史研究》（北京：中國社會科學出版社，2010年9月），頁99。
[171]金・趙可撰：〈好事近〉（密雪聽窗知）。
[172]金・趙可撰：〈鷓鴣天〉（金絡閒穿御路楊）。
[173]金・趙可撰：〈望海潮〉（雲垂餘髮）。
[174]清・長順等修，清・李桂林等纂《吉林通志》卷一百二十〈金石志〉：「《大金得勝陀頌》，奉政大夫充翰林修撰同知制誥兼太常博士驍騎尉賜緋魚袋臣趙可奉敕譔文，……大定二十五年七月二十八日立石。」第47冊，頁1-3。
[175]元・脫脫等撰《金史》卷八〈世宗本紀下〉：「（大定27年，西元1187年）十二月庚午，以翰林待制趙可為高麗生日使。」第1冊，頁119。

朝代	官　　　職
章宗	翰林學士知制誥[176]

　　趙可身居館閣，專掌誥命、史冊、文牘等繕寫之事，官秩雖不甚高，惟「學士」一職，已是詞臣之榮銜，並獲賜緋魚袋，另又奉派出使高麗，李靜《金詞生成史研究》曰：

> 交聘使的派遣中一個值得重視的問題是使節的選擇。因為使節的選派事關國體，事關國家的名譽與聲望，使節的一言一行都關係到國家的形象，所以交聘的雙方都對使節的選擇持慎重而又嚴格的態度。……「文臣擇有出身才望學問人」，……具有一定的文化素質。[177]

顯見君王對趙可託付日重，禮遇益親。因此詞人心中難免志得意滿，在有意無意間競能逞才，流露出自戀之心態：

> 三館俊游，百衙高選，翩翩老阮才名。（〈望海潮〉（雲垂餘髮））
> 揮彩筆，倒銀缾。花枝照眼句還成。（〈鷓鴣天〉（十頃平波溢岸清））

　　趙可於應考之初，在交卷後，還要刻意留下一首戲作，即是潛意識中，一種強大自我表現欲望之呈現，希冀得到他人關注，曾

---

[176] 清・儲大文等編纂《山西通志》卷一百七十三〈陵墓二・高平縣〉：「翰林學士知制誥趙可墓，在魏牀東。」收入《文淵閣四庫全書電子版》【內聯網版】，頁33。
[177] 李靜著：《金詞生成史研究》，頁153-154。

言：「趙可、可。肚裏文章可可。」[178]乃是對自我肯定之態度；又謂：「試官道、王業艱難，好交你知我。」[179]「天下英雄操與君，老奸豈是一流人。乘時不作池中物，得士能令鼎足均。」[180]則表現出對功名之極度熱衷，事後驗證，趙可如願得到金海陵王之特別注意；而後進入官場，當金世宗告饗宗廟之日，其早已於前一夜熟讀〈太宗神射碑〉，精準把握每次得以展示自己才華之機會，使世宗另眼相待；又當其面對高麗美女時，誇口說出自己俊游於三館，並從百官中千挑萬選奉派出使，才名直逼古人，是何等自負，不可一世，春風得意裡，滿心而發之作是自許之驕傲。顯然詞人於精神上自我感覺良好，在強烈自我之欣賞、認同及陶醉中，獲得高度之滿足與喜悅。

三、自覺：過往經歷之反思

當國泰民安，詞人趙可長時間沉湎於盛朝之繁華，享受社會和諧以及安定生活之際，其心靈在歲月之淬煉下，藉由回憶之省思，對過往人生經歷有深刻之體驗與感觸，而於腦海中所積澱之往事印痕，亦是抹不去之記憶：

（一）在生活方面

> 弔興亡遺迹，咫尺西陵，煙樹蒼然。……樓上四時長好，人生一世誰閒。（〈雨中花慢〉（雲朔南陲））

---

[178] 金・趙可撰：失調名（趙可）。

[179] 同前註。

[180] 金・趙可撰：〈謁先主廟〉，收入薛瑞兆、郭明志編纂：《全金詩》第1冊，卷37，頁489。

可能只想真誠地表現自己，實際上卻往往應合了社會生活的
呼喚。[183]

故趙可現存之11闋詞，除為個人情感之傾訴及自我生活之感悟
外，亦陶鎔社會現實之意涵，以致使創作過程之心理活動，呈現不
同狀態而別具特色，茲以圖示：

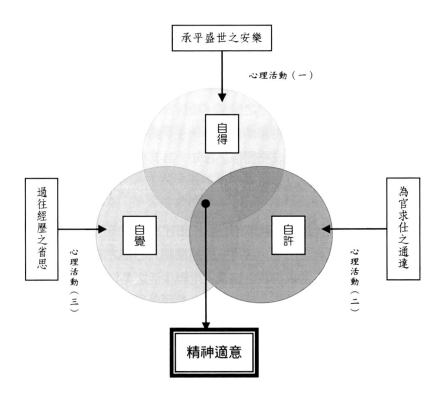

[183]吳思敬著：《心理詩學》，頁39。

　　詞人不同之心理變化，構成豐富之生命內涵，彼此牽繫，相互
滲透、交融，進而超越客觀環境之限制，達到主觀精神之適意。趙
可為金代推動文化政策下，所孕育出之詞人，《金史・趙可傳》贊
其：「博學高才，卓犖不羈。」[184]因此，趙可不應只是俳諧詞受到
詞壇高度重視，其對金代中期詞學發展之影響，亦不容小覷。

第三節　竭來塵世笑春風：劉仲尹

　　金代詞人劉仲尹為世宗大定至章宗明昌之際（西元1161-1195
年）知名詞家，金・元好問《中州樂府》選存其詞11闋，唐圭璋據
以輯入《全金元詞》。吳梅《詞學通論》曰：「按《中州樂府》錄
龍山作十一首，而《詞綜》僅選其二。遺山選擇至嚴，此十一首，
無一草草，不知竹垞如何去取也。」[185]是知現存劉仲尹詞，乃經過
同朝選家嚴格汰選，盛行於當世，並受後代學者肯定，非粗率之
作，[186]實不可等閒視之。故析其作品內容之情意與創作之心境，當
可體現金代中期詞壇之發展形勢。

壹、劉仲尹生平概述

　　劉仲尹，字致君，號龍山，遼陽蓋州（今遼寧省蓋州市）人，
後徙沃州（今河北省石家莊市趙縣）。金海陵王正隆2年（西元1157

---

[184] 元・脫脫等撰：〈趙可傳〉，《金史》第8冊，卷125，頁2719。
[185] 吳梅著：《詞學通論》（臺北：臺灣商務印書館，1988年4月），頁117。
　　　清・朱彝尊（號竹垞）《詞綜》所輯劉仲尹詞為：〈浣溪沙〉（繡館人人
　　　倦踏青）及〈琴調相思引〉（靧欲眠時日已曛）等二闋。
[186] 李藝《金代詞人群體研究》曰：「在大定明昌年間的詞人中……，劉仲
　　　尹的〈鷓鴣天〉、〈浣溪沙〉等等，可以說這類詞作在當時是相當盛行
　　　的。」（北京：首都師範大學出版社，2008年6月），頁117-118。

年）進士，金‧元好問《續夷堅志》卷三〈劉致君見異人〉曰：
「龍山劉仲尹致君，年二十。『不貴異物民乃足』榜擢第。釋褐贊
皇尉。」[187]是知其二十歲及第授官，推之生年則應在金熙宗天眷元年
（西元1138年）。仲尹「家世豪侈，而能折節讀書」[188]，有詩云：

> 日日南軒學蠹魚，隱中獨愛隱於書。兒癡婦笑謀生拙，不道
> 從來與世疎。[189]

又外孫李獻能（字欽叔），嘗言仲尹所遇奇人異事。金‧元好問
《續夷堅志》卷三〈劉致君見異人〉載：

> （劉仲尹致君）一日巡捕，早至山寺中，見壁上有詩云：
> 「長梢疊葉正颼颼，枕底寒聲為客留。野鶴不來山月墮，獨
> 眠滋味五更秋。」問僧誰所題？言：「一客年可六十許，衣
> 著丰神奇異，昨夜寄宿，今旦題詩而去。墨尚未乾，去未遠
> 也。」致君分遣弓兵蹤迹之。少焉，兵來報：「客在山中大
> 樹下待君。」致君載酒往，見客前揖，客亦與之抗禮。問姓
> 名，不答，指酒索飲。致君見其談吐灑落，知其異人。以平
> 生經傳疑事質之，酬對詳盡，得所未聞。客亦謂致君為可與
> 語。舉杯引滿，引及從者。日將夕，致君與吏卒皆大醉。及

---

[187] 金‧元好問撰：《續夷堅志》，收入姚奠中主編，李正民增訂：《元好問
全集》下冊（太原：山西古籍出版社，2004年1月），卷50，頁1183。

[188] 金‧元好問撰：《中州集詩人小傳‧劉龍山仲尹》，收入姚奠中主編，李正
民增訂：《元好問全集》下冊，卷41，頁860。

[189] 金‧劉仲尹撰：〈自理〉，見金‧元好問編：《中州集》，收入《文淵閣
四庫全書電子版》【內聯網版】（香港：迪志文化出版公司，2007年），卷
3，頁3。

醒，失客所在。致君此後詩學大進。[190]

　　此事不辨真偽，惟仲尹能詩則無有疑，詩、樂府俱蘊藉，其〈墨梅〉、〈梅影〉二詩，尤為人稱重，[191]金‧元好問《中州集》錄其詩28首。另於金世宗大定5年（西元1165年）曾撰〈開元寺修圓照塔記〉，有《龍山集》，今佚。仕以潞州節度副使召為都水監丞，終管義軍節度副使，卒年不詳，女嫁與河中李彥實為妻。[192]

貳、劉仲尹詞所流露之情感意涵

　　李藝《金代詞人群體研究》曰：「金代初期戰爭給北方經濟生產帶來很大破壞，……經過了幾十年戰亂，人們愈益感覺到了生命的珍貴與生活的難得，再加之最高統治者這樣的提倡與喜愛，於是乎在北宋之世風行百年不衰的綺豔詞風又重新席卷而來，風靡於世，文人詞客們制作出了相當數量的這一類詞作，寫女性女音的綺豔婉媚之詞相當常見。《中州樂府》中選有相當數量的豔情詞，可看出當時詞壇確有豔詞復熾的態勢。」[193]而劉仲尹詞11闋，皆為小令，全屬短調，作者於詞中多有委婉寄意之表達，傾吐「閨思」、「閒散」之心聲。茲就仲尹詞之特色，分為「閨情」、「閒情」兩

---

[190] 金‧元好問撰：《續夷堅志》，收入姚奠中主編，李正民增訂：《元好問全集》下冊，卷50，頁1183-1184。

[191] 金‧劉祁《歸潛志》曰：「劉仲尹致君，……能詩，學江西諸公。其〈墨梅〉詩云：『高髻長眉滿漢宮，君王圖上按春風。龍沙萬里王家女，不著黃金買畫工。』為人所傳。又有〈梅影〉詩云：『王（五）換嚴更三唱難，小樓天淡月平西。風簾不著闌干角，瞥見傷春背面啼。』」（北京：中華書局，1997年12月），卷4，頁31。

[192] 以上有關劉仲尹生平之撰述，參金‧劉祁撰《歸潛志》；吳梅著《詞學通論》；姚奠中主編，李正民增訂《元好問全集》；王慶生著《金代文學家年譜》；牛貴琥著《金代文學編年史》及王慶生編著《金代文學編年史》等。

[193] 李藝著：《金代詞人群體研究》，頁127-128。

部分探討之：

一、閨情

　　閨情，本是婦女思所愛之情，訴諸詞，則多為柔媚綺豔之作。惟當時詞壇雖有「豔詞復熾」之態勢，然歷代詞風幾經遞變，風格頓殊，氣韻迥別，不僅另闢蹊徑，亦別開生面。李靜《金詞生成史研究》曰：

> 金代中期勃興的閨情詞在題材上因襲了花間詞，但是已經遠遠不同於花間詞的風調。……金代中期詞人們的閨情詞作已經超越了代女子立言的創作範式，而能夠更多地展露寫作者真實的內心情懷，即能夠以第一人稱的視角來進行詞的創作，抒寫自己真實的情志。[194]

綜觀劉仲尹閨情詞作，不失婉約本色，而豐富之情意與細膩之心思，則予人感受深刻。

（一）斷腸今古夕陽中——觸物傷感

　　不同時序景物之轉換，多種物象情懷之投射，為閨中無名愁緒之起始，劉仲尹詞中亦見感物應情之作，如：

〈鷓鴣天〉

　　樓宇沈沈（沉沉）翠幾重。轆轤亭下落梧桐。川光帶晚虹垂雨，樹影涵秋鵲喚風。　　人不見，思何窮。斷腸今古夕陽

---

[194] 李靜著：《金詞生成史研究》（北京：中國社會科學出版社，2010年9月），頁91。

中。碧雲猶作山頭恨，一片西飛一片東。[195]

　　此詞「雅麗婉約」[196]，上片描寫翠幕層疊，屋宇深邃，轆轤汲
水亭下梧桐葉落，散發出幽深隱微之氣息；而向晚時分乍雨忽晴，
虹彩映襯著波光水色，秋風吹起，樹影搖動，鵲鳥啼鳴，則更顯煙
雨蕭索之淒清。其氛圍是：「一種色彩迷離的蒼涼，一種心意波蕩
的空濛，一種呼之欲出的抑鬱之氣。」[197]然勾起詞人傷懷之原由，
乃是對「人」之思念，並從山頭碧雲「一片西」、「一片東」，愈
分愈遠之狀態，惹動內心之離愁別緒，惟相見難期，晚景落寞，詞
人因「不見」而生「恨」，終至「腸斷」，無有窮盡。李靜《金詞
生成史研究》曰：「劉仲尹的〈鷓鴣天〉……轆轤與梧桐，川光與
樹影，沒有旖旎的閨閣景象，有的卻是蕭疏，甚至有幾分蒼勁的景
物，已經完全區別於花間風味。」[198]
　　劉仲尹寄閨情於靜觀詠嘆之中，以多重物象作為創作主體，交
織出情感之律動，別有韻致。如：

〈南歌子〉

榴破猩肌血，萱開鳳尾黃。舊閒風簟雪肌涼。一枕濃香。魂
夢到巫陽。　　雲紵描搖（瑤）草，蓮顋洗玉漿。碧梧深院
小藤牀。此意一江春水正難量。

---

[195] 以下所引劉仲尹詞，皆據唐圭璋編：《全金元詞‧金詞》上冊（北京：中
華書局，2000年10月），頁39-41。未免冗贅，故不逐一標註。
[196] 黃兆漢著：《金元詞史》（臺北：臺灣學生書局，1992年12月），頁103。
[197] 何永康撰：〈劉仲尹〈鷓鴣天〉（樓宇沈沈翠幾重）賞析〉，見唐圭璋主編：
《金元明清詞鑒賞辭典》（上海：江蘇古籍出版社，1989年5月），頁54。
[198] 李靜著：《金詞生成史研究》，頁92-93。

　　榴破鮮紅，萱開豔黃，一「破」、一「開」，色彩繽紛絢爛，牽動精魂，撩起綺麗夢境；而「風簟」與「雪肌」、「雲絎」與「瑤草」、「蓮頰」與「玉漿」等，「皆是關情處」[199]，然卻隱於碧梧深院之中，潛藏在其內心深處。最後詞人通過「小藤牀」之眼前景象，呼應「一枕濃香」，並藉一江春水，比喻追憶過往之曾經；惟江水固難量，而好夢亦難再尋。又〈謁金門〉詞：

　　　簾半窣。四座綠圍紅簇。歌盡玉臺連夜燭。歡緣仍恨促。
　　　　休唱蓮舟新曲。煙水畫船搖（搖）綠。腸斷鴛鴦三十六。
　　　紫蒲相對浴。

　　簾帷半掩，花團錦簇，連更徹夜，笙歌鼎沸，詞人周遭儼然一幅熱鬧縱情之歡樂景象；但上片末句一「恨」字，乃將整個意境全盤翻轉；後綴「促」字，則更加快美好時光之流逝。而下片仲尹觸景傷懷，言與所歡相別斷腸，眼前卻有眾多鴛鴦於紫蒲成雙成對浴水嬉戲，使孤單自己望之心碎，致不願再唱新曲，顯現執著情懷。終乃乘船飄搖，浮蕩於霧靄迷離中，與蒲草、蘆葦空自相對，心物交融之餘，更見悲情。

（二）明月朱扉幾斷魂──相思惆悵

　　所謂「多情自古傷離別」[200]，向來是閨情詞之基調，劉仲尹追懷舊事，情思悠遠，將癡心怨離之苦，寫得真切動人。如：

---

[199] 宋・史可堂撰：〈驀山溪〉（危闌看見），收入唐圭璋編：《全宋詞》第4冊（北京：中華書局，1988年3月），頁2862。
[200] 宋・柳永撰：〈雨霖鈴〉（寒蟬淒切），收入唐圭璋編：《全宋詞》第1冊，頁21。

〈鷓鴣天〉

騎鶴峰前第一人。不應著意怨王孫。當時豔（豔）態題詩
處，好在香痕與淚痕。　　　調雁柱，引蛾顰。綠窗絃索合箏
（箏）篸。砌臺歌舞陽春後，明月朱扉幾斷魂。

夏承燾、張璋編選，吳無聞等注釋《金元明清詞選・金詞》
劉仲尹〈鷓鴣天〉（騎鶴峰前第一人）題解曰：「這是對已經幻滅
的綺夢的回憶，是為一個歌女而發的。」[201]開頭首句，詞人借周靈
王太子王子喬乘白鶴駐於緱氏山巔，數日而去之典，[202]形容女子超
塵絕俗之美好，並謂其在讓人傾心，無限向慕後，卻又悄然離開，
實為不該；語含怨怪，但難捨癡情，僅記當時之「好」：豔態、
題詩，往事歷歷，而如今乃空餘「香痕」伴「淚痕」。下片則以
女子彈撥箏絃之樣態，表達詞人對其一舉手、一投足、一顰眉之
記憶，細緻深刻。楊柏嶺《唐宋詞審美文化闡釋》曰：「那些瀰漫
在詞人心靈的瞬間遺痕，形象地揭示著詞人對情感永恆的生命感
悟。」[203]因此當曲終人散後，緣雖已盡，情卻難了，詞人仍沉湎於
一往情深之哀傷中，無法自拔。劉仲尹尚有一闋類似之作：

〈鷓鴣天〉

璧月池南翦木棲。六朝宮袖窄中宜。新聲謾巧蛾顰黛，纖指
移篸雁著絲。　　　朱戶小，畫簾低。細香輕夢隔涪溪。西風

---

[201] 夏承燾、張璋編選，吳無聞等注釋：《金元明清詞選》（北京：人民文學
出版社，1997年7月），頁24。

[202] 見漢・劉向撰：〈王子喬〉，《列仙傳》，收入《文淵閣四庫全書電子
版》【內聯網版】，卷上，頁13-14。

[203] 楊柏嶺著：《唐宋詞審美文化闡釋》（合肥：黃山書社，2007年3月），頁
45。

只道悲秋瘦，卻是西風未得知。

　　詞中女子萬木而棲，衣著合宜，沒有豪奢之居室，亦無豔麗之妝扮，生活自然樸實，心思則簡單純真；只見其纖指撥絃，本欲排憂遣懷，怎料卻惹動情思。而下片之朱戶、畫簾，一「小」、一「低」與「細」香、「輕」夢相互呼應，將之阻隔於煙水之外，時空迷茫，相思難了；惟即因香之「細」、夢之「輕」，故憔悴為伊，而無人知曉，致瘦減容光，亦只道悲秋。李靜《金詞生成史研究》曰：「從況周頤所舉劉仲尹兩首〈鷓鴣天〉（按：（騎鶴峰前第一人）、（璧月池南萬木棲））來看，花間詞的綺豔之態幾乎在劉詞中已經不見了蹤迹，而為一種清疏、澹蕩的意象所代替。」[204]

二、閒情

　　閒情，是一種自在閒散之心情，一種無所憂慮之精神現象。王定勇《金詞研究》曰：「樂天有云：閑居之樂，『實本之於省分知足，濟之以家給身閑，文之以觴咏弦歌，飾之以山水風月。』出於這樣的背景，龍山詞的內容幾乎全為吟咏煙霞、流連風月，充滿閑適之音、安恬之氣。」[205]故仲尹詞除上述閨情之作外，閒暇心境之自適滿足，亦是其情感抒發之主要內涵。

（一）輕花吹壟麥初勻──田園逸趣

　　自然風物之幽美，田園景色之清新，蓄積平靜和諧之氣息，蘊

---

[204] 李靜著：《金詞生成史研究》，頁90。
[205] 王定勇撰：《金詞研究》（揚州：揚州大學博士學位論文，2006年5月），頁81。

涵人們對生活怡悅之美好願望。劉仲尹以切身真實之體驗：「細蕾
初看柳麥肥，春風得得遶窗扉」[206]，寫出對淳樸農村生活之熱愛，
有詞云：

〈琴調相思引〉原誤作〈攤破浣溪沙〉，茲據《詞律》改

蠶欲眠時日已曛。柔桑葉大綠團雲。羅敷猶小，陌上看行
人。　　翠實低條梅弄色，輕花吹壠麥初勻。鳴鳩聲裏，過
盡太平村。

農家種桑養蠶，葉大蠶肥；一「大」字，寫出桑之精神。[207]而
田野小路，行人往來其間，更有青春年少之採桑姑娘。清‧許昂
霄《詞綜偶評‧金詞》：「〈琴調相思引〉劉仲尹羅敷二句，翻用
〈陌上桑〉古辭。」[208]仲尹藉歌詠羅敷，[209]呈現生氣勃勃，恣意浪
漫之天然情態。而當日暮黃昏，人們陶醉於翠實、梅色、輕花、麥
壠之顧盼中，耳聞鳴鳩之悅耳啼聲，構築成一幅閒適太平、恬淡優
美之田園圖畫，令人心曠神怡。張子良《金元詞述評》謂此詞：

---

[206] 金‧劉仲尹撰：〈窗外梅蕾〉二首之二，見金‧元好問編：《中州集》，
卷3，頁5。

[207] 況周頤《蕙風詞話》卷三〈劉仲尹詞〉：「清矯學作小令，未能入格。幡
帛《中州樂府》，得劉仲尹『柔桑葉大綠團雲』句，謂余曰只一『大』
字，寫出桑之精神，有它字以易之否。斯語其庶幾乎。略知用字之法。」
收入唐圭璋編：《詞話叢編》第5冊（臺北：新文豐出版公司，1988年2
月），頁4457。

[208] 清‧許昂霄撰：《詞綜偶評》，收入唐圭璋編：《詞話叢編》第2冊，頁
1569。

[209] 漢樂府歌辭〈陌上桑〉：「羅敷憙蠶桑，採桑城南隅。……行者見羅敷，
下擔捋髭鬚；少年見羅敷，脫帽著帩頭。耕者忘其犁，鋤者忘其鋤。……秦
氏有好女，自名為羅敷。……二十尚不足，十五頗有餘。」收入宋‧郭茂倩
編：《樂府詩集》第2冊（北京：中華書局，1998年11月），卷28，頁410。

「聲情俊逸，神致悠然，殊不讓六朝陌上采桑之歌，唐人田園詠讚諸作專美於前矣。」[210]

（二）三吳清興入淋浪——飲酒歡愉

　　人生行樂，不可無酒，舉凡民俗節日、祭祀慶典或集會宴樂等，皆離不開「酒」之感染力。仲尹攜酒而游，曾為賞牡丹「三月揚州載酒車」[211]，於閒適生活中，縱情享受酣醉之痛快。〈鷓鴣天〉一詞即云：

> 滿樹西風鎖建章。官黃未裹貢前霜。誰能載酒陪花使，終日尋香過苑牆。　　修月客，弄雲娘。三吳（吳）清興入淋浪。草堂人病風流減，自洗銅鉼煮蜜嘗。

　　風起樹搖，將宮廷園林掩閉於清秋之中，一「鎖」字，則凸顯內外分別；苑裡黃花未經霜欺，尚兀自開放，而有誰能夠帶酒尋花，甚至不惜越過牆圍。詞人灑脫放逸，邀月、約雲，游賞長江下游三吳一帶，於天地之間，盡情酣飲，暢快淋漓。所謂：「太平也，且歡娛，不惜金尊頻倒。」[212]惟其雖醉後病酒，韻致頓減，但煮蜜嘗甘，又不失閒情。

（三）笑拈金罍下醁醽——風流雅興

　　楊柏嶺《唐宋詞審美文化闡釋》曰：「閑游的玩樂不是喪志，

---

[210] 張子良著：《金元詞述評》（臺北：華正書局，1979年7月），頁47。
[211] 金・劉仲尹撰：〈西溪牡丹〉，見金・元好問編：《中州集》，卷3，頁3。
[212] 宋・蔡挺撰：〈喜遷鶯〉（霜天清曉），收入唐圭璋編：《全宋詞》第1冊，頁197。

而是光彩奪目的風流。」[213]仲尹藉賞玩「春風」、「春山」等情景，領會「春情」、「春事」之美妙，於安閒生活中，釋放享樂情懷，有〈浣溪沙〉詞四闋：

貼體宮羅試袂衣。冰藍嬌淺染東池。春風一把瘦腰支。　　戲鏤寶鈿呈翡翠，笑拈金翦下酴醿。最宜京兆畫新眉。

此詞近乎「側豔之作」[214]，詞人贊頌女子身姿輕盈，因袂衣貼體、春風攬腰而知瘦，並著力描寫其刻意精心之打扮：服飾色彩輕柔淡雅，頭飾釵環富貴華麗。而從「戲鏤」、「笑拈」之舉動中，知其心閒意適之愉悅；最後詞人借用漢‧京兆尹張敞為婦畫眉甚美之典，[215]愈見風雅之情味。又詞云：

萬疊（疊）春山一寸心。章臺西去柳陰陰。藍橋特為好花尋。　　別後魚封煙漲闊，夢回鸞翼海雲深。情知頓著有如今。

詞人直率吐露多情韻事，即使春山萬疊、柳樹陰陰，仍難掩一片真心，然如今人去、書闊、夢亦深，怎不教人相思。是以詞人尋花，藉唐‧裴航遇仙女雲英處之藍橋，[216]表現特殊浪漫之風情。又詞云：

[213] 楊柏嶺著：《唐宋詞審美文化闡釋》，頁122。
[214] 黃兆漢著：《金元詞史》，頁103。
[215] 見漢‧班固撰：〈張敞傳〉，《漢書》第10冊（北京：中華書局，1964年11月），卷76，頁3222。
[216] 見宋‧李昉等編：〈裴航〉，《太平廣記》，收入《文淵閣四庫全書電子版》【內聯網版】，卷50，頁7-11。

耗費資財甚巨。百姓久困轉輸，不勝疲敝。帑藏匱乏，又加
賦於民。諸路簽軍、括馬，更使天下擾攘，民不聊生。自正
隆三年始，各族人民的反抗鬥爭風起雲湧，遍布全國，「大
者連城邑，小者保山澤」，強烈震撼著金朝的統治。[222]

　　劉仲尹為金海陵王正隆2年（西元1157年）進士，是知其步入
仕途，正值兵甲並起，國內騷然之際；惟所任皆地方官吏，職位不
高，亦因之有接觸社會、體察民情之機會，並親身感受從熙宗至海
陵王二十餘年來之動蕩紛擾，是以不免滋生厭惡倦怠、消極躲避之
心理：

一枕濃香。魂夢到巫陽。（〈南歌子〉（榴破猩肌血））
鳴鳩聲裏，過盡太平村。（〈琴調相思引〉（蠶欲眠時日已
曛））
繡館人人倦踏青。粉垣深處簸錢聲。（〈浣溪沙〉（繡館人
人倦踏青））
歌盡玉臺連夜燭。歡緣仍恨促。（〈謁金門〉（簾半窣））

　　劉仲尹身處於連年征戰、矛盾衝突之環境，面臨「草堂人病」
之生活困境，雖有憤怨、有不滿，卻選擇逃避於「夢」中，以「人
倦踏青」、「擲錢戲樂」、「徹夜笙歌」之消極方式，對抗生存
之無奈。嘗言：「閉門人客少，書籍遶床堆。」[223]「愛買僻書人笑
古，痛憎俗事自知清。」[224]亦即期許自己得以安然逃離亂世之漩

---

[222] 李桂芝著：《遼金簡史》（福州：福建人民出版社，2000年9月），頁230。
[223] 金‧劉仲尹撰：〈秋盡〉，見金‧元好問編：《中州集》，卷3，頁3。
[224] 金‧劉仲尹撰：〈別墅〉二首之一，見金‧元好問編：《中州集》，卷3，

流。麼書儀《元代文人心態》曰：「人有著對於生命的留戀和趨利避害的本性，特別是在動亂之中，會表現得更加強烈。」[225]

海陵無道，用兵海內，使民間百姓：「老無留養之丁，幼無顧復之愛，顛危愁困，待盡朝夕。」[226]幾無寧歲，是以仲尹原本試圖以遠離現實來自我救贖，但社會存在之醜惡現象與巨大之生活壓力，即使已強作忍耐，亦難獲得心境上之超脫。瑞士・榮格（Jung，C.G.1875-1961）《心理學與文學》（Psychology and Literature）曰：

> 每一個原始意象中都有著人類精神和人類命運的一塊碎片，都有著在我們祖先的歷史中重複了無數次的歡樂和悲哀的一點殘餘，……它就像心理中的一道深深開鑿過的河床。[227]

又王先霈《文藝心理學讀本》曰：

> 心境不是由某一個現存性刺激引起，而是由一種或多種痕迹性刺激引起的。某個或某些刺激對主體產生了強大而深刻的作用，當主體脫離了與刺激物的直接接觸，甚至當主體將這些刺激遺忘之後，它們所引起的情緒狀態卻繼續保留下來。[228]

頁5。

[225] 麼書儀著：《元代文人心態》（北京：文化藝術出版社，2001年1月），頁10。

[226] 元・脫脫等撰：〈世宗本紀下〉，《金史》第1冊（北京：中華書局，2005年4月），卷8，頁203。

[227] 瑞士・卡爾・古斯塔夫・榮格著，馮川、蘇克譯：《心理學與文學》（南京：譯林出版社，2011年9月），頁85。

[228] 王先霈著：《文藝心理學讀本》，頁146。

故劉仲尹此時之心境，除「我欲禪居淨餘習，湖灘枕石看游魚。」[229]消極逃避之情緒外，更泛化出「歡緣仍恨促」之眷戀心態及寄望未來能有「過盡太平村」之美好歲月。李藝《金代詞人群體研究》曰：「只有從飽經戰亂中走過來的人，才會更加珍惜這種田園牧歌式的鄉村生活，這種淳樸的民風。」[230]

二、社會生活之安定：追求享樂

金主完顏亮被殺身亡後，其從弟完顏雍繼位為世宗，世宗在位27年，改革官制，整飭吏治，並扭轉政局，從而擴大統治基礎與範圍，乃金朝之全盛時期。李桂芝《遼金簡史》曰：

> 世宗完顏雍，……他吸取完顏亮失敗的教訓，注意緩和社會矛盾，安定秩序，發展生產，鞏固統治。……調整了與南宋的關係，結束了與南宋的戰爭，確定了金與南宋對峙的政治格局。[231]

戰火熄滅後，國家不再有征戰、殺戮，「南北講好，與民休息。」[232]人民因此得以安居樂業。而劉仲尹亦浸沐於升平盛世之氛圍中，不禁釋放出盡情享受世俗歡樂生活之思維：

> 誰能載酒陪花使，終日尋香過苑牆。修月客，弄雲娘。三吳清興入淋浪。（〈鷓鴣天〉（滿樹西風鎖建章））

---

[229] 金‧劉仲尹傳：〈西溪牡丹〉，見金‧元好問編：《中州集》，卷3，頁3。
[230] 李藝著：《金代詞人群體研究》，頁115。
[231] 李桂芝著：《遼金簡史》，頁232-233。
[232] 元‧脫脫等撰：〈世宗本紀下〉，《金史》第1冊，卷8，頁203。

調雁柱，引蛾顰。綠窗絃索合箏篥。（〈鷓鴣天〉（騎鶴峰
前第一人））

新聲麼巧蛾顰黛，纖指移箏雁著絲。（〈鷓鴣天〉（璧月池
南剪木樓））

戲鏤寶鈿呈翡翠，笑拈金翦下酴醿。最宜京兆畫新眉。
（〈浣溪沙〉（貼體宮羅試袂衣））

章臺西去柳陰陰。藍橋特為好花尋。（〈浣溪沙〉（萬疊春
山一寸心））

　　楊忠謙《政權對立與文化融合──金代中期詩壇研究》曰：
「金代大定後期至明昌間，詩壇受以黃庭堅為代表的江西詩派的影
響是深刻而廣泛的。金代這段時期社會承平、經濟繁榮，而這又與
江西詩派產生的社會背景相似。穩定的社會背景會促進各種文學藝
術的發展，文人士大夫也往往會表現出『雅化』的審美情趣。」[233]
顯然劉仲尹受當時創作風氣之影響，於「快樂」之心情狀態下，
以歌酒娛情，以賞花尋樂，更以畫眉為戲；雖然此應與其豪侈之
家世，不無關係，但亦是一種自在安閒心理之體現。唐·白居易
〈序洛詩〉曰：「理安之世少，離亂之時多。……予嘗云：『治
世之音安以樂，閒居之詩泰以適。』苟非理世，安得閒居？」[234]因
此「這種太平心理的玩心突出表現為一種人間性、世俗化的享樂
情懷。」[235]惟仲尹追求享樂之心態，乃以政局穩定、社會祥和為基
點，是對太平治世之感動，而藉享受歡娛來表達生命之感受。魯樞

---

[233] 楊忠謙著：《政權對立與文化融合──金代中期詩壇研究》（北京：人民
　　出版社，2010年8月）頁253。
[234] 唐·白居易：〈序洛詩〉，《白氏長慶集》，收入《文淵閣四庫全書電子
　　版》【內聯網版】，卷70，頁12-13。
[235] 楊柏嶺著：《唐宋詞審美文化闡釋》，頁122。

『詩樂府俱有蘊藉，參涪翁而得法者也。』蒙則以謂學涪翁而意境
稍變者也。嘗以林木佳勝比之。涪翁信能鬱蒼聳秀，其不甚經意
處，亦復老幹枒枿，第無醜枝，斯其所以為涪翁耳。龍山蒼秀，庶
幾近似。設令為枒枿，必不逮遠甚。或帶煙月而益韻，託雨露而成
潤，意境可以稍變，然而烏可等量齊觀也。」[242]因而仲尹詞雖有不
及黃庭堅（號涪翁）之處，但仍另創意境，自有獨特風格，頗受矚
目，為研究金代詞學發展不可忽略之重要環節。

---

[242] 況周頤撰：《蕙風詞話》，收入唐圭璋編：《詞話叢編》第5冊，卷3，頁
4457。

第四章　　金世宗時期進士

　　劉達科〈金朝科舉與文學〉一文曰：「科舉對國朝文派的產生具有重要意義。國朝文派各個時期的領袖人物都是科舉出身。」[1] 而於金世宗大定時期中進士第者，有：王庭筠、趙秉文等2人為代表，其以卓著之文學表現，立足於章宗明昌、承安時期之詞壇。

第一節　　遼海東南天一柱：王庭筠

　　金代詞人王庭筠為世宗大定至章宗承安時期（西元1161-1200年）之重要詞家，金・元好問《中州樂府》收錄其詞12闋，唐圭璋《全金元詞》據以輯入，[2]無有專集。況周頤《蕙風詞話》曰：「金源人詞伉爽清疏，自成格調。惟王黃華（按：王庭筠號）小令，間涉幽峭之筆，綿邈之音。」[3]是知王庭筠詞雖留存不多，但

---

[1] 劉達科撰：〈金朝科舉與文學〉，《社會科學輯刊》2007年第3期，頁247。

[2] 金・元好問編《中州樂府》（收入《叢書集成續編》第205冊，臺北：新文豐出版公司，1989年7月），載王庭筠詞12闋。
金・王庭筠撰，金毓黻輯錄《黃華集》（收入《叢書集成續編》第133冊，臺北：新文豐出版公司，1989年7月），卷3，載王庭筠詞13闋。
據唐圭璋編《全金元詞・金詞》「王庭筠」詞後按語曰：「靜齋《至正直記》卷一，有王黃華翰墨。有『釣魚船上謝三郎』一首，據元・吳師道《敬鄉錄》卷一云，此乃宋・俞紫芝〈訴衷情〉詞，當為王庭筠所書，並非其自作。《全金詩》誤作王詞，《遼海叢書》輯《黃華集》，亦誤作王詞。」（上冊，北京：中華書局，2000年10月，頁44。）是知王詞現應僅存12闋。

[3] 況周頤撰：《蕙風詞話》，收入唐圭璋編：《詞話叢編》第5冊（臺北：新文豐出版公司，1988年2月），卷3，頁4460。

與眾不同，故擬析其詞作，以探究其於金代特殊文化背景下之思想
情感及創作心態，進而窺知其人、其詞之特色。

壹、王庭筠生平概述

　　王庭筠，字子端，號黃華山主、黃華真逸、黃華老人，又號
雪溪翁，遼東[4]蓋州熊岳（今遼寧省蓋平縣熊岳城）人。生於金海
陵王正隆元年（西元1156年），金章宗泰和2年（西元1202年）卒
於京師（燕京，今河北省北平市），年四十七。[5]其少負重名，博

---

[4] 元・脫脫等撰《金史》卷一百二十六〈王庭筠傳〉校勘記「王庭筠字子端
　　遼東人」項下載：「『遼』原作『河』。按本書卷一二八〈王政傳〉，
　　『王政，辰州熊岳人也』，『子遵古』，遵古即庭筠之父。辰州熊岳縣屬
　　東京路，見本書卷二四〈地理志〉。自當稱『遼東』。今據改。」第8冊（北
　　京：中華書局，2005年4月），頁2743-2744。
[5] 關於王庭筠之生年，主要有二說：
　（1）生於金海陵王天德3年（西元1151年），享年五十有二。
　　　金・王庭筠撰、金毓黻輯錄《黃華集》卷八〈年譜〉曰：「按先生卒
　　　於章宗泰和二年，元氏〈墓碑〉（按：元好問撰〈王黃華墓碑〉）
　　　與《金史》本傳皆同；惟〈墓碑〉作卒年五十有二，《中州集》、
　　　《金史》本傳，皆作年四十七，茲從〈墓碑〉，則先生之生應在是年
　　　（按：金海陵王天德3年辛未，西元1151年）。」頁1。
　　　又曰：「《中州集》撰成於宋理宗淳祐九年己酉（按：西元1249年），
　　　……先生〈墓碑〉則撰於理宗寶祐元年癸丑即元憲宗三年（按：西元1253
　　　年），……《中州集》蓋據所聞書之，故謂年四十有七；〈墓碑〉則據
　　　其子萬慶面請書之，故謂春秋五十有二。一則有撰述先後之分，一則有
　　　傳聞面詢之異，自以得於其子及撰述在後者為得實。」頁11。
　（2）生於金海陵王正隆元年（西元1156年），享年四十有七。
　　　馬赫〈王庭筠生年及其〈大江東去〉詞的寫作年代〉曰：「細加推
　　　敲，就不難發現，〈墓碑〉原是一篇矛盾之處甚多的文字。……如
　　　〈墓碑〉明言作於『癸丑夏六月』，時為蒙古蒙哥汗三年（1253），
　　　距庭筠之卒已五十一春。而同文中又記『萬慶為言先公之歿四十餘
　　　年』，自相牴牾。至於所謂『家牒』記太原王烈為庭筠三十二代祖的
　　　說法，流傳甚廣，信者極眾。而據其所敘世次排列，則王烈至庭筠已
　　　遞傳三十六世。又如其中說黃華『春秋五十有二』一語，與該文『弱
　　　冠推大定十六年甲科』的說法也是矛盾的。大定十六年為公元1176

學工詩，兼擅書法、繪畫，尤善畫山水竹石，有〈幽竹枯槎圖〉傳世，卓絕一時，為「金源一代文學之彥」[6]，金・元好問曾譽之曰：「遼海東南天一柱，胸中誰比玉嵥嶸。」[7]故僅就所見文獻，對王庭筠之生平經歷略加考述：

一、尊寵醇厚之家世門風──崇奉儒學

王庭筠三十二代祖烈，太原祁（今山西省祁縣）人，避漢末之亂，徙居遼東。十九世祖文林，仕高麗為西部將。十二世祖樂德，居渤海（今山東省濱縣），以孝聞。九世祖繼遠，仕遼為翰林學士，因遷家遼陽（今遼寧省遼陽縣）。曾祖永壽，於遼天祚帝天慶中，遷蓋州之熊岳縣，遂占籍焉。祖父政，事金朝，《金史・王政傳》曰：

年，如庭筠享年五十二而生於天德三年，時已二十六歲，將近而立之年而去行冠禮之期已遠。反之，若庭筠生於貞元四年（按：金海陵王於該年2月，改元『正隆』），舉進士時年方二十一，恰屬『弱冠』。由此推斷，《金史》和《中州集》說庭筠享年四十七，卒於泰和二年，生於貞元四年，就應屬合理而可信。」《文史》第28輯，（1987年3月），頁264。

又王慶生《金代文學家年譜》第四卷〈王庭筠〉曰：「《金史》編著時，除《中州集》及人物〈墓銘〉，尚有本人別集，《金實錄》、《登科記》、《屏山故人外傳》等可以參考，《金史》用《中州集》而棄〈墓碑〉不用，應別有據。」上冊（南京：鳳凰出版社，2005年3月），頁218。

按：金・元好問〈王黃華墓碑〉所傳內容，確有矛盾之處，故本文對於王庭筠享年四十七歲說，定其生年為金海陵王正隆元年（西元1156年）。

[6] 金毓黻撰：〈黃華集敘目〉，見金・王庭筠撰，金毓黻輯錄：《黃華集》，頁1。

[7] 金・元好問撰：〈王子端內翰山水同屏山賦二詩〉之一，見姚奠中主編，李正民增訂：《元好問全集》上冊（太原：山西古籍出版社，2004年1月），卷11，頁279。

> 金兵伐宋，滑州降，留政為安撫史。……政從數騎入州。是
> 時，民多以饑為盜，坐繫。政皆釋之，發倉廩以賑貧乏，於
> 是州民皆悅，不復叛。傍郡聞之，亦多降者。[8]

政之處世材略，深受各方肯定，以循良著聞；後又兼掌軍資，嚴明自守，無錙銖之失。金太宗天會6年（西元1128年），授左監門將軍，歷安州刺史、檀州軍州事、戶吏房主事；太宗天會13年（西元1135年）正月，太宗崩，政以檢校右散騎常侍為高麗報哀使；金熙宗天眷元年（西元1138年），遷保靜軍節度使，致仕卒，年六十六。

庭筠之父遵古，字元仲，號東海散人；金海陵王正隆5年（西元1160年）進士，金世宗大定13年（西元1173年），官汾州觀察判官，入為太子司經，復出為同知博州防禦使事。金毓黻〈黃華山主王庭筠傳〉曰：

> 遵古……文行兼備，潛心伊洛之學，其言行皆可紀述。……
> 其為政能緣飾以儒雅，北方稱為遼東夫子。[9]

又王遵古〈廟學碑陰〉曰：

> 若夫教化流行，風俗移易，人識廉隅，國興仁讓，然後語其
> 成功，不負數君子之志，僕亦以此仰望後來者焉。[10]

---

[8] 元・脫脫等撰：〈王政傳〉，《金史》第8冊，卷128，頁2760-2761。

[9] 金毓黻撰：〈黃華山主王庭筠傳〉，見金・王庭筠撰，金毓黻輯錄：《黃華集》，附錄，頁2。

[10] 金・王遵古撰：〈廟學碑陰〉，收入閻鳳梧主編：《全遼金文》中冊（太原：山西古籍出版社，2002年8月），頁1744

顯見遵古注重道德修養，學行俱優，世人敬之。金章宗承安2年
（西元1197年）6月，自澄州刺史為翰林直學士秩中大夫，未幾
卒。遵古娶太師南陽郡王張浩女，生子四，庭筠則其第三子。[11]

庭筠外祖張浩，字浩然，遼陽渤海人，甚受朝廷倚重；金海陵
王貞元元年（西元1153年），拜尚書右丞相兼侍中，封潞王，並賜
其子汝霖進士及第；後金世宗即位，俄拜太師、尚書令，封南陽郡
王。金毓黻於〈黃華山主王庭筠傳〉後論曰：

> 金代大定明昌之世，遼陽張浩一門最為貴顯，父子先後執
> 政，昆弟子姓咸膺金紫，而庭筠之父遵古，以浩壻入侍東
> 宮，浡升翰林直學士，庭筠亦以外家之故，數入翰林。[12]

是知王庭筠出生於書香門第，家世雄厚盛偉，不僅遠祖為渤海貴
族，簪纓不絕；外家亦位極人臣，尊榮顯赫。蓋王氏之門，以孝悌
良善傳承家風，且文采風流，映照一世。因此庭筠家學基礎堅實，
父親潛心「伊洛之學」，推崇儒家學術，而自幼涵泳其中，並接受
「宋代理學」之習染薰陶，對其人品器識之鍛鍊、創作思想之培育
及文學素質之養成，自是有深遠之影響。

二、坎坷多挫之仕宦經歷──被劾、入獄

王庭筠少時聰穎，七歲學詩，十一歲賦全題，讀書五行俱下，

---

[11] 金・王庭筠撰，金毓黻輯錄《黃華集》卷七〈雜記〉曰：「按《佩文齋書
畫譜》三十六引解縉〈書學傳授〉云：『庭筠，南宮之甥，其書法傳子澹
游及張天錫。』……南宮謂米元章（按：米芾字），黃華乃張浩之外孫，
張汝霖之甥，此謂南宮之甥，殊誤。」頁5。

[12] 金毓黻撰：〈黃華山主王庭筠傳〉，見金・王庭筠撰，金毓黻輯錄：《黃
華集》，附錄，頁4-5。

日記五千餘言。《金史‧王庭筠傳》曰：「稍長，涿郡王翛一見，期以國士。」[13]金世宗大定16年（西元1176年），庭筠甲科釋褐，登進士第，初授承事郎；世宗大定18年（西元1178年），調恩州（今山東省恩縣）軍事判官，「臨政即有能官之譽」。[14]而後再調館陶（今山東省館陶縣）主簿，然於任上，並不稱心。李宗慬《新編王庭筠年譜》註曰：

> 黃華之調館陶主簿是不昇反降，俸祿遞減。……黃華臨政有能官之譽，又計獲鄒四，開釋無辜受牽連的千餘人。但金法嚴密，晚金時尤「以深文傅致為能吏，以慘酷辦事為長才。」而「風紀之臣失糾皆決，考滿，校其受決多寡以為殿最」。……可以了解黃華仕恩州後，以寬仁為政，但在考校官吏以治罪受決多寡來判斷的制度下，黃華不升反降，僅調任館陶主簿。[15]

---

[13] 元‧脫脫等撰：〈王庭筠傳〉，《金史》第8冊，卷126，頁2730-2731。

[14] 金‧元好問撰：〈王黃華墓碑〉，見姚奠中主編，李正民增訂：《元好問全集》上冊，卷16，頁393。

金‧王庭筠撰，金毓黻輯錄《黃華集》附錄〈黃華山主王庭筠傳〉曰：「郡民鄒四者，謀為不軌，事覺，逮捕千餘人，中朝遣大理司直王仲翰治其獄，而四獨竄匿不能得。庭筠以計獲四，分別註誤，坐預謀者僅十二人，人稱其平恕。」頁2。

另李宗慬《新編王庭筠年譜》註曰：「〈世宗本紀〉大定廿一年有『潤（三）月己卯，恩州民鄒明等亂言伏誅』的記載。既同在恩州，同為鄒姓，同為叛亂，應即是《金史》〈文藝傳〉與〈黃華墓碑〉所說的『郡民鄒四者，謀為不軌』，而接敘黃華治獄，計獲鄒四云云。大定廿一年潤三月黃華既任恩州，則其始調恩州不得早於大定十八年。因為《金史》卷五十二〈選舉志二〉云：『職事官單任以卅月為滿。』大定廿一年三月倒推三十個月應是十八年九月。」（臺北：秀威資訊科技公司，2006年7月），頁62。

[15] 李宗慬著：《新編王庭筠年譜》，頁64-65。

又金・元好問〈王黃華墓碑〉曰：

> 公早有重名，天下士夫想聞風采，謂當一日九遷，乃今碌碌
> 常選，限于賢愚同滯之域。簿書期會，隨俗俯仰，殊不自
> 聊。秩甫滿，單車徑去。卜居隆慮（按：隆慮山在今河南省
> 安陽縣西），周覽山川。[16]

　　夫庭筠於恩州任上秩滿去官，應在世宗大定20年（西元1180
年）左右，或言其因於館陶任上被劾，乃棄官入山，韜光養晦，
讀書黃華山寺，並以自號；山居前後十年，「得悉力經史，務為
無所不窺，旁及釋老家，尤所精詣。學益博，志節益高，而名益
重。」[17]至金章宗明昌元年（西元1190年），方復召試館職，中
選。然御史臺言庭筠在館陶嘗犯贓罪，不當以館閣處之，遂罷。[18]
而是年十二月，章宗與宰執語及學士，嘆其乏材，參政完顏守貞薦
之，乃召為書畫局都監。金章宗承安元年（西元1196年），則坐趙
秉文上書事，《金史・趙秉文傳》曰：

---

[16] 金・元好問撰：〈王黃華墓碑〉，見姚奠中主編，李正民增訂：《元好問
全集》上冊，卷16，頁394。
[17] 同前註。
[18] 金・王庭筠撰，金毓黻輯錄《黃華集》卷八〈年譜〉曰：「按《金史》本
傳，御史臺言庭筠在館陶嘗犯贓罪，不當以館閣處之。此先生去職之由
也，元〈碑〉謂：『秩甫滿，單車徑去。』為賢者諱，例應如是。又按元
〈碑〉謂先生前後山居十年，明昌元年再出，據此推算則先生之去官入
山，當在是年（按：金世宗大定20年，西元1180年）。」頁4。
又曰：「《金史》以先生卜居彰德事（按：即買田隆慮，讀書黃華山寺。
彰德，今河南省安陽縣），繫於明昌元年召試館職之後，此或被罷之後，
仍返故山，非於是年始卜居於此也，元〈碑〉及《中州集》敘述甚明，茲
從之。」頁4。
按：「秩甫滿，單車徑去。」應指庭筠於恩州任滿，後雖又任館陶主簿一
職，或在位不久，旋即因被劾去官，遂諱言之。

> 趙秉文……上書論宰相胥持國當罷，宗室守貞可大用。章宗
> 召問，言頗差異，於是命知大興府事內族賷等鞫之。秉文初
> 不肯言，詰其僕，歷數交游者，秉文乃曰：「初欲上言，嘗
> 與修撰王庭筠、御史周昂、省令史潘豹、鄭贊道、高坦等私
> 議。」庭筠等皆下獄，決罰有差。[19]

於是章宗有旨，庭筠坐舉秉文，因削一官，杖六十，解職。章宗承安二年（西元1197年），降授鄭州（今河南省鄭縣）防禦判官；是年春，庭筠則繼丁內外艱，哀毀骨立，幾至不起。章宗承安四年（西元1199年），起復應奉翰林文字。章宗泰和元年（西元1201年），復翰林修撰，扈從秋山，應制賦詩，至三十餘首，上嘉之。翌年逝，春秋四十有七，章宗賜詩追悼。[20]

貳、王庭筠詞所流露之情感意涵

王庭筠去世後，金章宗曾詔求其「生平詩文，藏之祕閣。」[21]著有《藂辨》十卷、《王翰林文集》四十卷傳世，惟現悉亡佚；今人金毓黻則重輯《黃華集》，凡八卷。而庭筠之作品，除詩、文外，共存詞12闋，要皆為抒發胸臆，寄興幽遠之作，茲從以下幾方面析之：

[19] 元・脫脫等撰：〈趙秉文傳〉，《金史》第7冊，卷110，頁2426。
[20] 以上有關王庭筠生平之撰述，參元・脫脫等撰《金史》；金・劉祁撰《歸潛志》；金・王庭筠撰，金毓黻輯錄《黃華集》；姚奠中主編，李正民增訂《元好問全集》；王慶生著《金代文學家年譜》；李宗慬著《新編王庭筠年譜》；伊葆力編《金代書畫家史料匯編》；牛貴琥著《金代文學編年史》及王慶生編著《金代文學編年史》等。
[21] 金毓黻撰：〈黃華山主王庭筠傳〉，見金・王庭筠撰，金毓黻輯錄：《黃華集》，附錄，頁3。

一、南去北來人老矣──宦游思歸之嘆息

　　王庭筠自弱冠及第,即投身官場,顛沛於仕途,輾轉數年,難免興懷鄉之情,離人之悲。有詞云:

〈鳳棲梧〉

　　衰柳疏疏苔滿地。十二闌干,故國三千里。南去北來人老矣。短亭依舊殘陽裏。　　紫蟹黃柑真解事。似倩西風,勸我歸歟未。王粲登臨寥落際。雁飛不斷天連水。[22]

　　王庭筠以稀疏衰柳、滿地青苔之景象,抒發客居哀愁與孤寂落寞之處境;所謂「十二闌干」、「故國三千里」,乃進一步表達對故園鄉土之眷戀情懷。樂府歌辭〈西洲曲〉:「……憶郎郎不至,仰首望飛鴻。鴻飛滿西洲,望郎上青樓。樓高望不見,盡日欄干頭。欄干十二曲,垂手明如玉。……南風知我意,吹夢到西洲。」[23]詞人以「十二闌干」句,抒寫羈宦寂寞,思念親人之愁緒;而又以唐・張祜〈宮詞〉中,被禁錮不得自由之宮女形象──「故國三千里,深宮二十年。」[24]借喻己身離鄉背井,長期不得返回家園之遭遇。而終一生競逐,奔波飄泊,唯有送別之短亭依舊,自己卻南去北來遠行千里,物是人非,欲歸不能;人似殘陽已老,心則更加淒苦,而現似乎只有故鄉之紫蟹佳餚,黃柑美酒,方能一

---

[22] 以下所引王庭筠詞,皆據唐圭璋編:《全金元詞・金詞》上冊(北京:中華書局,2000年10月),頁43-44。未免冗贅,故不逐一標註。

[23] 宋・郭茂倩編:《樂府詩集》第3冊(北京:中華書局,1998年11月),卷72,頁1027。

[24] 唐・張祜撰:〈宮詞〉二首之一,收入清・聖祖敕編:《全唐詩》第15冊(北京:中華書局,1979年8月),卷511,頁5834。

解鄉愁，南朝宋‧何法盛〈晉中興書〉曰：「（畢）卓嘗謂人曰：『右手持酒卮，左手持蟹螯，拍浮酒船中，便足了一生。』」[25]然自己何時才能歸家持蟹把酒，聊慰羈旅辛酸。且西風勸歸，更教人不堪，唯有登高倚樓望遠以抒懷；詞人以東漢王粲至荊州依劉表卻不為所重，乃失意懷歸，登當陽城樓眺望傷嘆而作賦之寥落，[26]澆自我胸中不得志而思故土之塊壘。庭筠之苦衷，除思家戀鄉外，尚鬱積獲罪、杖責、免職等不如意之憂悁。其寥落之傷懷，思歸之悲苦及懷才不遇之懊喪，較之王粲，已然過之。顯見庭筠旅居懷鄉，絕非僅是單純如晉朝張翰，見秋風起而思故鄉「蓴羹鱸鱠」之美味，遂興歸隱故里之念，[27]應有更深層之潛在內涵。嘗言：「半生客裏無窮恨，告訴梅花說到明。」[28]實可謂感慨萬千。最後詞人則以「雁飛不斷」、「天水相連」，寓情於景，再次強化斷腸之人流落天涯之悵恨。

王庭筠仕途坎坷，長期宦游他鄉，思歸之苦楚，隨時光流逝，年紀老大，而愈轉愈深，其〈水調歌頭〉云：

> 秋風禿林葉，卻與鬢生華。十年長短亭裏，落日冷邊笳。飛雁白雲千里，況是登山臨水，無賴客思家。獨鶴歸何晚，已後滿林鴉。　望蓬山，雲海闊，浩無涯。安期玉舄何處，

[25] 南朝宋‧何法盛撰：〈晉中興書〉，見唐‧歐陽詢等奉敕撰：《藝文類聚》，收入《文淵閣四庫全書電子版》【內聯網版】（香港：迪志文化出版公司，2007年），卷48，頁26。

[26] 見晉‧陳壽撰：〈王粲傳〉，《三國志》第3冊（北京：中華書局，1964年10月），卷21，頁597-598。

[27] 南朝宋‧劉義慶撰：〈識鑒〉第七，見徐震堮著：《世說新語校箋》（臺北：文史哲出版社，1985年7月），卷中，頁217。

[28] 金‧王庭筠撰：〈法具〉詩佚句，見金‧王庭筠撰，金毓黻輯錄：《黃華集》，卷2，頁11。

袖有棗如瓜。一笑那知許事，且看尊前故態，耳熱眼生花。
肝肺出芒角，漱墨作枯槎。

　　林葉禿、鬢髮白、邊笳冷，是王庭筠十年更迭，羈宦飄泊歲月
之心情寫照，然於此秋日黃昏，雁飛千里，詞人登山臨水，但見鴉
滿林，鶴未還；庭筠此借古代傳說中，丁令威離家學道，千年後乃
化鶴返回遼東故里之典[29]自況，言「獨鶴晚歸」，流露出心中無限
之歸思、感慨及孤高之襟懷。下半闋，詞人更用秦始皇與漢武帝遣
使尋訪仙人安期生而未得之典，[30]謂歸家之途，出世之願，如蓬山
難至，僅能遠眺滄海，望眼欲穿，終不可及。因此思歸「許事」，
只能向尊前尋求慰藉，當耳熱眼花之時，以「一笑」應之，故作瀟
灑，卻更顯淒楚；而詞人內心之「芒角」，曾懷抱之壯志與理想，
至此已成「枯槎」，蘇軾詩云：「空腸得酒芒角出，肝肺槎牙生
竹石。」[31]使人頓生世事興衰，禍福無憑，榮辱難料，人生滄桑之
感，唯有作畫自嘆，徒留遺恨矣！

二、客愁楓葉秋江隔——懷人孤寂之愁怨

　　王庭筠詞於摹寫征人傷別之餘，更深體閨中思婦因遠人未歸而
難遣愁悶之怨尤，其〈謁金門〉云：

---

[29] 見晉・陶潛撰：《搜神後記》，收入《文淵閣四庫全書電子版》【內聯網
　　版】，卷1，頁1。

[30] 見漢・劉向撰：〈安期先生〉，《列仙傳》，收入《文淵閣四庫全書電子
　　版》【內聯網版】，卷上，頁14。
　　以及見漢・司馬遷撰：〈孝武本紀〉，《史記》第2冊（北京：中華書局，
　　1963年6月），卷12，頁455。

[31] 宋・蘇軾撰：〈郭祥正家，醉畫竹石壁上，郭作詩為謝，且遺二古銅
　　劍〉，收入傅璇琮等主編：《全宋詩》第14冊（北京：北京大學出版社，
　　1991年7月-1998年12月），卷806，頁9342。

雙喜鵲。幾報歸期渾錯。儘做舊愁都忘卻。新愁何處著。
　　瘦雪一痕牆角。青子已妝殘萼。不道枝頭無可落。東
風猶作惡。

　　古時民間傳說鵲能報喜，故閨中女子，眼見鵲鳥成雙，耳聽喜
鵲叫聲，以為吉兆，行人將歸；但「渾錯」一語，卻將女子由滿懷
雀躍、歡欣之期待，推入憂愁、失望之深淵。詞人雖說舊愁「都忘
卻」，但教人如何能忘；雖說新愁「何處著」，卻已然深植於心。
是以在「幾報歸期」之後，女子心中之愁思愈轉愈深而化成怨；謂
己就像生長於僻冷牆角之寒梅，孤芳幽潔，枝頭花蕊早已飄零殆
盡，只有青青梅子妝點殘萼，但東風毫不憐惜，依舊無情摧折。
「牆角」，喻現實環境之冷落；「一痕」，則象寂寞無依之孤零；
夏承燾、張璋編選，吳無聞等注釋：《金元明清詞選・金詞》王庭
筠〈謁金門〉（雙喜鵲）題解曰：「『儘做』句，退一步設想，愈
見盼望之切。春殘花盡而風猶不止，惜花即所以自惜。」[32]因此庭
筠藉抒寫閨中女子之愁怨，吐露癡心自憐及自傷孤寂之情懷。
　　此外，當庭筠面對送行離別之時與思人懷遠之際，亦藉詞表達
內心之苦悶悲傷，如：

〈菩薩蠻〉回文
斷腸人恨餘香換。換香餘恨人腸斷。塵暗鎖窗春。春窗鎖暗
塵。　　小花檐月曉。曉月檐花小。屏掩半山青。青山半
掩屏。

---

[32] 夏承燾、張璋編選，吳無聞等注釋：《金元明清詞選》（北京：人民文學
出版社，1997年7月），頁30。

又

客愁楓葉秋江隔。隔江秋葉楓愁客。行遠望高城。城高望遠
行。　　故人新恨苦。苦恨新人故。斜日晚啼鴉。鴉啼晚
日斜。

又

白雲孤映遥（遙）山碧。碧山遥（遙）映孤雲白。樓倚一天
秋。秋天一倚樓。　　斷腸隨雁斷。斷雁隨腸斷。來雁與書
回。回書與雁來。

　　以上回文詞，雖謂為游戲之作，但詞人於字裡行間亦傾訴出塵
暗鎖窗之斷腸、送客遠行之哀愁以及雁來書回之孤單等深情感懷。
故庭筠回思過往，歷歷情景，猶教人不堪，其〈烏夜啼〉云：

　　淡煙疏雨新秋。不禁愁。記得青簾江上、酒家樓。　　人不
　　住，花無語，水空流。只有一雙檣燕、肯相留。

　　是知令詞人不禁的，是愁，是人去樓空之傷感；「青簾江上、
酒家樓」，是記憶中之美好，而「人不住，花無語，水空流。」則
是現實之淒清，「不」、「無」、「空」三字，更予人沉痛之打
擊，這殘酷之事實，要人如何承受。然此刻能夠溫暖詞人心靈者，
僅有一對「肯相留」之檣燕；詞人似得一絲安慰，但卻更顯心中之
孤獨哀淒，並難掩其鬱結傷悲之愁情。

三、夢覺烏啼殘月落——閒適幽居之蕭散

　　王庭筠21歲舉進士，23歲即調升館陶主簿，頗有政績，奈何遭

誣，被劾罷職，乃蟄居彰德，買田隆慮山，讀書於黃華山寺。而庭筠之所以卜居山間，隱而不出，乃是遭劾卸職，非所自願；但時間之久，一晃十年，則應是出乎其預料，然於漫漫歲月之煎熬中，詞人卻表現出超然世外之態度，有詞云：

〈清平樂〉賦杏花

今年春早。到處花開了。只有此枝春恰到。月底輕顰淺笑。
　　　風流全似梅花。承當疏影橫斜。夢想雙溪南北，竹籬茅舍人家。

今歲春早，花已皆開，唯有此枝杏花方吐蕊初綻，詞人以一「恰」字，說明無心之巧合；而杏花於月下綻放之姿，一「顰」一「笑」間，雖曰「輕」、「淺」，惟「疏影橫斜」，風韻不減於嚴冬裡故自盛開之梅花。庭筠此以宋代王君卿謂林和靖〈梅花詩〉：「疏影橫斜水清淺，暗香浮動月黃昏。」為詠杏與桃李皆可用，而東坡曰：「可則可，只是杏花不敢承當」事，[33]反言杏花可「承當」，顯見詞人不為世俗所囿及愛好生活之襟懷；而雙溪、竹籬、茅舍，更有著濃厚之山居氣息，充滿閒適自得之逸趣，為詞人夢想之追求。

蓋庭筠召禍後之心情，雖萌生恬退曠達之思，而有：「人生見說功名好，不博南樓半日閒。」[34]之悠哉，然隱於心底深處者，尚見煙雨蕭索、秋冷悲涼之淒迷：

---

[33] 宋・王直方撰，郭信和、蔣凡點校：〈林逋詠梅〉，《王直方詩話》，收入吳文治主編：《宋詩話全編》第2冊（南京：江蘇古籍出版社，1998年12月），頁1147。

[34] 金・王庭筠撰：〈登林慮南樓〉二首之一，見金・王庭筠撰，金毓黻輯錄：《黃華集》，卷2，頁6。

〈謁金門〉賦玉簪

秋蕭索。燈火新涼簾幕。翠被不禁臨曉薄。南樓聞畫角。

想見玉壺冰萼。一夜西風開卻。夢覺烏啼殘月落。幽
香無處著。

詞人於「初曉生寒翠被薄」之觸覺及「南樓哀淒畫角聲」之
聽覺中，平添內心無限之秋意濃愁。張晶《遼金元詩歌史論》一書
曰：「詩人（王黃華）往往在高朗明淨的審美境界中投射深沉的人
生感慨，在看似蕭散恬澹的詩句裡，透射出心靈世界孤獨幽黯的折
光。」[35]是以當月落烏啼，好夢驚覺時，一夜西風已開卻玉壺冰萼，
繁華落盡，盛時不在，而花香無著，此心何寄？庭筠此詞藉吟詠玉
簪花寄託意興，抒發幽居閒散，無所聊賴之心情。又〈訴衷情〉：

夜涼清露滴梧桐。庭樹又西風。熏籠舊香猶在，曉帳煖芙
蓉。　　雲淡薄，月朦朧。小簾櫳。江湖殘夢，半在南樓，
畫角聲中。

西風起，秋夜涼，熏籠舊香為芙蓉曉帳帶來一絲暖意。一
「舊」字，代表時間之沉積，對於人生過往，詞人看似已雲淡風
輕；但「猶」、「殘」、「半」三字，仍泄漏了詞人內心無法抹滅
之企盼與惆悵。

四、有夢不到長安──無端召禍之落寞

庭筠久閒山林，甫獲任用，本欲有所作為，施展抱負，惟好景

---

[35] 張晶著：《遼金元詩歌史論》（長春：吉林教育出版社，2006年5月），頁
106。

不長，不到五年時間，庭筠旋即遭逢較先前被誣更為殘酷之災禍。金・劉祁《歸潛志》載：「趙公（秉文）……大安中，出刺寧夏，屏山以詩送之，有云：『明昌黨事起，實夫子為根。黃華文章伯，抱恨入九原。槃槃周大夫，不得早調元。株逮及見紲，公獨擁朱轓。』」[36]因此庭筠必然內心難平，悒鬱不忿，有詞云：

〈**大江東去**〉癸巳暮冬小雪，家集作

> 山堂晚色，滿疏籬寒雀，煙橫高樹。小雪輕盈如解舞，故故穿簾入戶。掃地燒香，團欒一笑，不道因風絮。冰澌生硯，問誰先得佳句。　　有夢不到長安，此心安穩，只有歸耕去。試問雪溪無恙否，十里洪園佳處。修竹林邊，寒梅樹底，準擬全家住。柴門新月，小橋誰掃歸路。

此詞記年「癸巳」（金世宗大定13年，西元1173年），或應為「丁巳」（金章宗承安2年，西元1197年）之誤，[37]當是作於庭筠

---

[36] 金・劉祁撰：《歸潛志》，卷10，頁112。

[37] 王庭筠此詞非作於「癸巳」，有二說：
  （1）「癸巳」為「癸卯」（金世宗大定23年，西元1183年）之誤。
    王慶生《金代文學家年譜》第四卷〈王庭筠〉曰：「《中州樂府》錄庭筠〈大江東去〉詞，題曰：『癸巳冬小雪，家集作。』癸巳乃大定十三年。……則詞成於歸隱之初，決不在癸巳。或癸巳乃癸卯之誤。本年庭筠已歸隱，時尚未久。」上冊，頁226。
  （2）「癸巳」為「丁巳」（金章宗承安2年，西元1197年）之誤。
    馬赫〈王庭筠生年及其〈大江東去〉詞的寫作年代〉曰：「至於〈大江東去〉一詞，《中州樂府》記為『癸巳暮冬』之作，亦誤。癸巳為金大定十三年（1173），庭筠年方十八，尚未步入仕途，何能有『只有歸耕去』之語。揣度詞意，……此詞只能作為為官而又受挫之後。……所以，筆者推斷，〈大江東去〉應作於承安二年（1197），即庭筠被杖責解職南歸之後，而尚未重出為官之前，歲在丁巳。『癸巳』，當為『丁巳』之誤，時間相去二十有四年。」頁264。

薦趙秉文入翰林，因秉文上書論宰相胥持國當罷，乃受牽連，獲
罪入獄，後被責南歸之際。起首數句，庭筠即以「疏籬」、「寒
雀」、「煙橫」、「高樹」及「雪舞」等意象，烘托所居山堂之深
幽冷寂；而「掃地燒香」、「磨硯賦詩」，則是體現山居歲月與家
人團聚歡樂之閒情；庭筠於此櫽括東晉謝安與子姪賞雪吟詩之典
入詞，謝公問：「白雪紛紛何所似？」兄女曰：「未若柳絮因風
起。」[38]庭筠則謂：「不道因風絮。」顯有相互比擬之意。夫隱居
生活雖然悠閒適興，但如何即能就此「安穩」度過？馬赫〈王庭筠
生年及其〈大江東去〉詞的寫作年代〉一文曰：

> 所謂「有夢不到長安，此心安穩」，「試問雪溪無恙否，十
> 里淇園佳處。……準擬全家住」，全是失意於仕途之餘而身
> 處山林的自我解嘲。……庭筠此次受責，是因為秉文上書受
> 罰時曾供言庭筠及周昂諸人相與私議其事，因之株連成獄。
> 這種無辜被逐出朝廷的打擊，對已經身到「長安」且六年忠
> 心耿耿的庭筠來說，自然遠比第一次未入館閣即被罷職時更
> 為痛苦。待他回到黃華山中，素常「旁及釋、老」（〈王黃
> 華墓碑〉）所受的出世思想的影嚮（響）與身遭廢置的遭遇
> 交結到一起，又自然不免因追思宦海人世的險惡，而產生出
> 視「長安」為畏途，只有歸耕才得安穩的棄世之意。[39]

是知「歸耕去」、「全家住」，乃詞人「有夢不到長安」，

按：馬赫一文對王庭筠〈大江東去〉（山堂晚色）詞意內容，解析甚詳，
故依其說。
[38] 南朝宋・劉義慶撰：〈言語〉第二，見徐震堮著：《世說新語校箋》，卷
上，頁72。
[39] 馬赫撰：〈王庭筠生年及其〈大江東去〉詞的寫作年代〉，頁264。

　　首二句，即以「瓊枝」、「瑤月」、「黃金闕」等華麗壯觀之物象起始，歌頌宮廷富貴綺靡之氣派；而後則以宮女之妝點打扮及歌舞搖扇之婀娜風姿，凸顯當朝宴樂歡慶、熱鬧繁華之盛景；且天顏不隔，舉世承平，惟願歲歲年年皆能如仙境般之燦爛美好。明・宋濂〈題王庭筠秋山應制詩藁〉曰：「金源之制，每歲以正月如春水，九月幸秋山。……河東王庭筠，以翰林修撰扈從左右，應制賦詩三十餘篇，甚被獎眷。蓋自大定以來，累洽重熙，文物聲名，可擬漢唐，故其一時君臣遇合，天施地受，雨露無際，緣物引興，浹於太和，此乃金極盛之時。」[45]然一般咸認應制之詞缺少真切情感，而此詞雖是庭筠應王命而作，句中亦難免冠冕堂皇之語，但應是本諸對君王之崇敬及愛國之精神而作。馬赫〈略論金代遼東詩人王庭筠〉一文曰：

　　　　庭筠在受挫於仕途之前的三十餘年歲月中，既生活於承金源王室恩澤的封建貴冑之家，又正當「南北講好，與民休息」而「上下相安，家給人足」的大定鼎盛之世；「林深不見人家住，道上唯聞打麥聲」的麥季豐收的安定景象，固然並不盡是子虛烏有的誇飾杜撰，以「一色生紅三十里，際山多少石榴花」的鮮明色調來表現某種「滿意於現實」的「歡快」，也不過是作者寄希望於包括他自己的家族在內的金源王朝能得長治久安的感情的自然流露，並不能僅僅據此將（就）將作者判為形式主義。[46]

[45] 明・宋濂撰：〈題王庭筠秋山應制詩藁〉，見金・王庭筠撰，金毓黻輯錄：《黃華集》，卷6，頁8。

[46] 馬赫撰：〈略論金代遼東詩人王庭筠〉，《社會科學輯刊》1987年第5期，頁97。

　　因此詞人祈願金代國祚能永續長存，家國富足安樂，實非虛偽逢迎，乃自身情感之真誠表達。

參、王庭筠詞所體現之創作心態

　　詞人王庭筠之人生過程，隨生活時空之不同及外界事件、信息之刺激，內在心境必然產生強烈之轉化，其〈香林館記〉曰：「人之思出於心，心為俗物所敗則亂，故治心者，先去其敗之之物然後安，既安而思，則思之精。」[47]因此就庭筠所填詞作分析，可窺探其創作心理之特徵，主要有四：

一、感慨辛酸：心中理想之落空

　　王庭筠出身望族，祖輩、外家於有金一代，皆承王室恩澤，為朝廷所重；而其於世宗朝進士及第，正當金代政治、社會、經濟及文化之極盛時期，才大名重，氣概恢廓，儼有「事君、治身、治家、治民」[48]之經世鴻志，且為政本諸「馭民寬，馭吏嚴，橋梁修，學校舉，野無廢田，庭無留訟。」[49]之原則。是以初入仕途，即積極作為，恩州任內，平冤弭亂，熱切追求心中自我主觀願望之實現。庭筠一生有兩次入朝為官之機會：一為登進士第之初，另一則是山居十年後再度受召。茲將其曾任官職，表列如次：

---

[47] 金・王庭筠撰：〈香林館記〉，見金・王庭筠撰，金毓黻輯錄：《黃華集》，卷1，頁6。
[48] 同前註。
[49] 同前註。

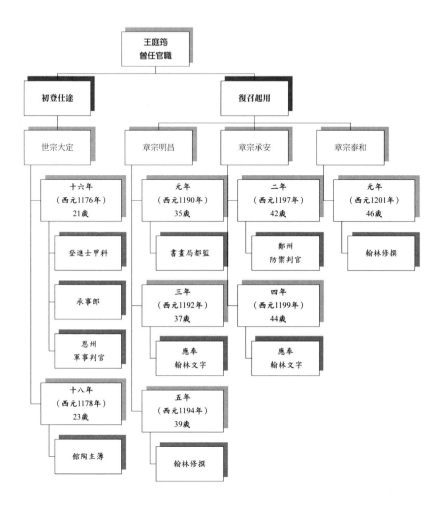

　　蓋庭筠所任之職，如：承事郎、軍事判官、防禦判官及主簿
等，均屬低級階位，無甚輕重之佐官；後雖得入翰林，任文字、修
撰等職，要皆為以文學技藝供奉內廷，受差遣之侍從陪臣，與政治
之關係甚微。楊果〈金代翰林與政治〉一文曰：

與前代相比，金代翰林在政治上的作用始終是比較有限的。……金人對於翰林學士院更多地是強調它的「清要」一面。……學士院被稱為「冷局」，入院被視作「投閒置散」。……在政治上，女真君主主要是利用翰林，而非倚靠。……唐宋翰林學士院號稱「儲才之地」，金朝君主也用它來安置各族知識分子，但止儲於院中，並不重用。金代翰林的主要用途，更多地轉向文字撰述方面。……翰林的用途重文詞，遠政治，這種格局的奠定，正是金代。[50]

王庭筠初仕為官，天下士夫謂當「一日九遷」[51]，對其前景頗為看好；而庭筠亦自認仕履生涯，應可春風得意，怎料卻滯困於庸碌俗吏，風塵奔走，隨俗俯仰，故不自聊。夫庭筠先祖榮達，家聲隆盛，是其擁有之優勢與驕傲，但亦是心中無形之壓力與負擔，家門世冑皆躋高位，自己個人卻沉下僚；因此當成就聲譽強烈之渴望，遭遇阻礙，不能滿足時，詞人潛在之心理思維──「治國安民」，同時受到刺激衝撞而失衡，心理狀態必然生變，相對引發出「感慨辛酸」之痛苦情緒：

（一）秋景愁客

衰柳疏疏苔滿地。（〈鳳棲梧〉（衰柳疏疏苔滿地））
客愁楓葉秋江隔。隔江秋葉楓愁客。（〈菩薩蠻〉（客愁楓葉秋江隔））

---

[50] 楊果撰：〈金代翰林與政治〉，《北方文物》1994年第4期，頁69-70。
[51] 金‧元好問撰：〈王黃華墓碑〉，見姚奠中主編，李正民增訂：《元好問全集》上冊，卷16，頁394。

樓倚一天秋。秋天一倚樓。（〈菩薩蠻〉（白雲孤映遙山碧））

淡煙疏雨新秋。不禁愁。（〈烏夜啼〉（淡煙疏雨新秋））

　　詞人借景抒情，以秋天蕭條冷清之自然景象，抒發內心對自我處境失望沮喪之心情；而於「秋景」、「愁客」相互照應下，投射出庭筠對現實不滿之心理特徵。

（二）鬢華人老

南去北來人老矣。短亭依舊殘陽裏。（〈鳳棲梧〉（衰柳疏疏苔滿地））

故人新恨苦。苦恨新人故。（〈菩薩蠻〉（客愁楓葉秋江隔））

秋風禿林葉，卻與鬢生華。十年長短亭裏，落日冷邊笳。（〈水調歌頭〉（秋風禿林葉））

　　詞人之所以嘆老，是因現實生活與理想期望之間，無法取得平衡，盡日奔波，終是一場窮忙，而庭筠不甘「平生豪橫氣，未老半消磨」[52]，然又無力改變，惟於心中平添酸楚。

（三）懷鄉思歸

十二闌干，故國三千里。……紫蟹黃柑真解事。似倩西風，

---

[52] 宋・劉子翬撰：〈出郊〉，收入傅璇琮等主編：《全宋詩》第34冊，卷1918，頁21410-21411。

勸我歸歟未。王粲登臨寥落際。雁飛不斷天連水。（〈鳳棲梧〉（衰柳疏疏苔滿地））

來雁與書回。回書與雁來。（〈菩薩蠻〉（白雲孤映遙山碧））

飛雁白雲千里，況是登山臨水，無賴客思家。獨鶴歸何晚，已後滿林鴉。（〈水調歌頭〉（秋風禿林葉））

金代大定、明昌時期之詞人，已無金初宋儒遺民濃厚之思鄉情結，故庭筠歸鄉之愁思，則是因個性特質及生活經驗而產生之特殊心態；詞人顯然是由於仕途失意、生不遇時而自傷寥落等深層心理因素相互交織下，借言歸來發洩不得志之苦悶心理。

二、安時處順：面對困頓之豁然

王庭筠為官幾二十載，曾兩次遭罷黜：一為任館陶主簿，或言秩滿去官；然據史傳載，以其嘗犯贓罪，被劾免職，方為罷官之由也。另一則為受趙秉文連累，獲罪落職。查庭筠「坐趙秉文上書事」，本是無端遭災；惟又何以會貪贓受罰？稽考史料，並無清楚說明，然抽繹庭筠詞中所表露之心境，以及金章宗曾謂宰執曰：「聞文士多妒庭筠者，不論其文顧以行止為訾。大抵讀書人多口頰，或相黨。」[53] 其或有遭人誣害之可能，「不道枝頭無可落，東風猶作惡。」[54] 蓋庭筠有口難言，對諸多種種，實不知從何說起，僅能「春窗鎖暗塵」[55]，作無聲之控訴。金・李純甫〈子端山水同裕之賦〉曰：「遼鶴歸來萬事空，人間無地著詩翁。只留海岳樓中

---

[53] 元・脫脫等撰：〈王庭筠傳〉，《金史》第8冊，卷126，頁2731。
[54] 金・王庭筠撰：〈謁金門〉（雙喜鵲）。
[55] 金・王庭筠撰：〈菩薩蠻〉（斷腸人恨餘香換）。

　　庭筠儘管已久閒山林，儘管長期浸淫於釋老學說中，但心靈深處，仍無法割捨對金源王朝之眷戀，非是奢望高官厚祿，而是難以擺脫傳統儒士致君澤民之理想，故雖「身在江海」卻「心存魏闕」，所謂：

> 江湖殘夢，半在南樓，畫角聲中。（〈訴衷情〉（夜涼清露滴梧桐））
> 今年春早。到處花開了。只有此枝春恰到。月底輕顰淺笑。（〈清平樂〉（今年春早））
> 東風扇影低還。紅雲不隔天顏。。（〈清平樂〉（瓊枝瑤月））

　　詞人冀望朝廷眷顧而著急焦悶之心情，溢於言表，致有「猛拍闌干問興廢，野花啼鳥不譍人。」[65]之激昂與無奈。馬赫〈略論金代遼東詩人王庭筠〉一文曰：「那樣憤呼於孤寂之中，揮手『猛拍』該是包含著作者對人世興廢功過的幾多痛苦的思索？」[66]又曰：「儘管他在身處『回首觚稜雲氣隔』的困境中仍不忘『六年侍從小臣心』，流露了一種對完顏王室的『恩多責薄』綣戀不移的情緒。」[67]庭筠主觀內在之深切期待與達成目的之行為間，產生矛盾，而於創作過程中，出現焦慮心理；然矛盾愈大，焦慮之程度亦愈深。

　　庭筠沉淪數載，於殷殷至盼下，終獲朝廷垂青，金章宗明昌元年（西元1190年）十二月，乃受召為書畫局都監；繼又於明昌三

---

[65] 金‧王庭筠撰：〈叢臺絕句〉，見金‧王庭筠撰，金毓黻輯錄：《黃華集》，卷2，頁11。
[66] 馬赫撰：〈略論金代遼東詩人王庭筠〉，頁98。
[67] 同前註。

年（西元1192年），改應奉翰林文字；明昌五年（西元1194年），遷翰林修撰。實可謂「風流全似梅花，承當疏影橫斜。」[68]庭筠以「杏花」自比，是借此以明志，更是對自我之肯定，將一位年近不惑之謫官，亟欲建功立業，使殘夢得續之心情，表露無遺。

四、自怨傷嘆：世態人情之體悟

學士趙秉文，初由外官為王庭筠薦舉而入翰林，後因上書論事，言頗差異，忤上意而獲罪，乃攀扯庭筠，致削官入獄。夫庭筠胸襟豁達，好提掖後進，且待人親切寬容，謙恭和善。金・元好問〈王黃華墓碑〉曰：

> 公儀觀秀偉，善談笑，俯仰可觀。外視若簡貴，人初不敢與之接。一見之後，和氣津津，溢于顏間，殷勤慰藉，如恐不及，少有可取，極口稱道。他日雖百負之，亦不恨也。[69]

然當自我所認知之處世態度和個人經驗，於生活中出現變數，且相互牴牾時，心理過程之轉折，將發生明顯之變化：

> 斷腸人恨餘香換，換香餘恨人腸斷。（〈菩薩蠻〉（斷腸人恨餘香換））
> 儘做舊愁都忘卻。新愁何處著。（〈謁金門〉（雙喜鵲））
> 肝肺出芒角，漱墨作枯槎。（〈水調歌頭〉（秋風禿林葉））

---

[68] 金・王庭筠撰：〈清平樂〉（今年春早）。
[69] 金・元好問撰：〈王黃華墓碑〉，見姚奠中主編，李正民增訂：《元好問全集》上冊，卷16，頁394-395。

　　庭筠遭友攀誣，無辜受害，使其對世態人情之體悟甚深；雖謂之「百負亦不恨也」，但真正面對殘酷事實之打擊，有幾人能無動於衷，怎不教人為之斷腸，不禁與忘憂萱草「相對清淚雨」[70]。其內心沉痛，情緒低落，可是卻無怨怪責備他人之語；惟憂憤難忘，實可傷嗟，最後庭筠乃自笑迂遠疏闊，而於〈獄中見燕〉詩曰：「笑我迂疏觸禍機，嗟君底事入圜扉。落花吹濕東風雨，何處茅簷不可飛。」[71]謂己一生高潔清廉，如今卻落得身陷圄圇之下場，「人不住，花無語，水空流。」[72]在現實挫折中領會人事之無情，因此於「幽香無處著」[73]之情境裡，庭筠心靈更感到灰心失望，心中不免壓抑著哀怨悲傷，充滿孤獨消沉之意識與善惡情智之糾結，乃借詞宣洩鬱塞憂悶之情懷。

肆、小結

　　綜觀王庭筠之人生經歷，可謂浮沉宦海，雖文才閎富，然卻仕履偃蹇；為官之初，即被誣去職，亦使日後之進用遭受阻礙，至隱居山林，長達十年，迥不如意，後雖復用，但卻遭人嫉妒排擠，又受株連，削秩下獄；起落之間，坎坷不平，其情感之積累、心境之轉變及創作之思維，自當與眾不同，獨具特色。馬赫〈略論金代遼東詩人王庭筠〉一文曰：

　　　他（王庭筠）既受「潛心伊洛之學」的父親的教誨，不免接

---

[70] 金・王庭筠撰：〈獄中賦萱〉，見金・王庭筠撰，金毓黻輯錄：《黃華集》，卷2，頁1。
[71] 金・王庭筠撰：〈獄中見燕〉，見金・王庭筠撰，金毓黻輯錄：《黃華集》，卷2，頁2。
[72] 金・王庭筠撰：〈烏夜啼〉（淡煙疏雨新秋）。
[73] 金・王庭筠撰：〈謁金門〉（秋蕭索）。

受了宋代理學家「以安坐感動」為處世之則的「醇儒」之風
的影響；又與屏山、秉文等倡導「三教合一」的代表人物相
交甚深，不免受「中庸之為德」的「忘死生，外身世，毀譽
不能動，哀樂不能入」的「涵養」之道的薰染。以至他面對
社會矛盾和自身困窘之時，仍常常只以「一堂足了一生閑」
的「知歸」之志淡泊處之，極少憤俗刺世的慷慨激昂，因而
使人在其詩作的沖淡簡遠的格調中時常產生內容淺仄、感情
纖弱的印象。[74]

是以王庭筠詞雖僅存12闋，但從其創作過程中，可知思想情感
與創作心態，深受詞人個性特質、家庭教養、生活歷練及心理活動
等因素之影響，層見疊出，漸次遞變，茲以圖示：

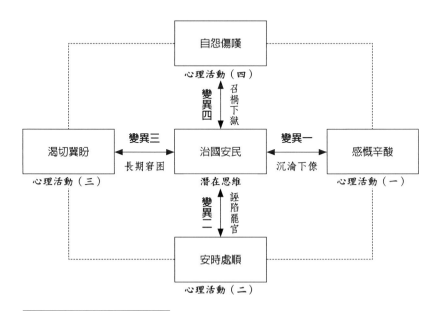

---

[74] 馬赫撰：〈略論金代遼東詩人王庭筠〉，頁98。

　　庭筠內心本諸儒家傳統「治國安民」之潛在思維為基礎，而於多起事件及眾多因素刺激下，心理活動隨之變異，因此產生不同意涵之情感特質與別具一格之心態特徵。尤其王庭筠詞之創作心態，並非僅為直線式之演變，或單一之心理活動，抑或可予截然區別者；而當是其內在多種思維，彼此匯流，相互影響，交織作用下，具體呈現之整體樣貌。元・耶律楚材謂：「雪溪詞翰輝星斗。」[75]金・劉祁《歸潛志》亦載：「李屏山（按：李純甫號）于前輩中止推王子端庭筠。嘗曰：『東坡變而山谷，山谷變而黃華，人難及也。』」[76]故其於金代中期詞壇倍受關注，可見一斑。

第二節　泰山北斗斯文權：趙秉文

　　金代詞人趙秉文為宣宗貞祐南渡（西元1214年）前後之主要詞家，金・元好問《中州樂府》錄其詞6闋；近人周泳先《唐宋金元詞鉤沉》輯為《滏水詞》一卷，凡9闋；[77]唐圭璋編《全金元詞》初版時據以收錄，並從《永樂大典》增補1闋，計10闋；之後2000年重印，於唐棣棣、盧德宏〈《全金元詞》訂補附記〉中，補詞2闋：〈水龍吟〉（半生浮宦京華）及〈水龍吟〉（燕秦草木知

---

[75] 元・耶律楚材撰：〈和黃華老人題獻陵吳氏成趣園詩〉，見金・王庭筠撰，金毓黻輯錄：《黃華集》，卷6，頁5。

[76] 金・劉祁撰：《歸潛志》，卷10，頁119。

[77] 周泳先《唐宋金元詞鉤沉》〈總目・滏水詞〉後記：「《中州集》云：『秉文所著文章，號《滏水集》者，前後三十卷。』《歸潛志》七曰：『趙閑閑本喜佛學，然方之屏山，顧畏士論，又欲得扶教傳古之名，晚年自擇其文，凡主張佛老二家者，皆削去，號《滏水集》。其為二家所作文及其葛藤詩句另作一編，號《閑閑外集》。』今傳世之二十卷本不附詞，疑附於《外集》中。茲編所輯，較《中州樂府》羨三首，殊快意焉。」上冊（上海：商務印書館，1937年），頁11。

名），故現存趙秉文詞共有12闋（〈梅花引〉（山如峽）一詞闕漏）。嚴迪昌《金元明清詞精選》一書曰：「（趙秉文）詩詞均得蘇軾風格，曠放而時見蕭颯，則心境使然。」[78]是以析其詞作，當能了解趙秉文特殊之思想感情與情韻風格，並進而具體掌握其創作心態之特徵及於金代詞壇之重要性。

壹、趙秉文生平概述

　　趙秉文，字周臣，號閑閑；[79]祖籍安陽（今河南省安陽縣），後徙磁州滏陽（今河北省磁縣）。金海陵王正隆4年（西元1159年）生，卒於金哀宗天興元年（西元1232年），春秋七十有四。公幼時穎悟，七歲知學，讀書若夙習，由少即老，未嘗一日廢書不觀；有才藻，工書翰，為「金士巨擘」。[80]元‧郝經《陵川集‧閑閑畫像》稱道：「金源一代一坡仙，金鑾玉堂三十年；泰山北斗斯文權，道有師法學有淵。」[81]是以秉文一生可謂成就斐然，詩、文、書、畫皆所擅長，而其創作基礎之奠定及心思之構成，應有師法淵源可尋，並受現實政治環境之影響，故擬從以下兩方面探

---

[78] 嚴迪昌編選：《金元明清詞精選》（南京：江蘇古籍出版社，1995年9月），頁20。
[79] 王慶生《金代文學家年譜》第五卷〈趙秉文〉曰：「《滏水集》卷十三〈遂初園記〉：『其地循牆由菜園而入，老屋數楹，名其莊曰"歸愚"，闔戶而入，名其堂曰"閑閑"。堂之兩翼，為讀書思玄之所。』知"閑閑"為滏陽鄉中書堂名。又《歸潛志》卷九：『先翰林罷御史，閑居淮陽（按：今河南省淮陽縣），種五竹堂後自娛，作詩云云，以寄閑閑。會閑閑亦於閑閑堂後種竹甚多。』金室南渡後，趙秉文官汴京，其居復有閑閑堂。"閑閑老人"即取堂名為號。」上冊（南京：鳳凰出版社，2005年3月），頁247。
[80] 元‧脫脫等撰《金史》卷一百十〈趙秉文傳〉曰：「楊雲翼、趙秉文，金士巨擘，其文墨論議以及政事皆有足傳。」第7冊（北京：中華書局，2005年4月），頁2429。
[81] 元‧郝經撰：《陵川集》，收入《文淵閣四庫全書電子版》【內聯網版】（香港：迪志文化出版公司，2007年），卷10，頁19-20。

另明・徐釚《詞苑叢談》曰：

> 趙閒閒，名秉文，金正大間人。善書法，有辭藻。嘗見擘窠
> 書自作〈和東坡赤壁詞〉，雄壯震動，有渴驥怒猊之勢。元
> 好問為之題跋。而詞亦壯偉不羈，視「大江東去」，信在伯
> 仲間，可謂詞翰兩絕者。[93]

又秉文嘗撰：〈東坡赤壁圖〉、〈題東坡眉子石硯詩真跡〉、〈擬
東坡謫居三適〉、〈東坡真贊〉及〈題東坡與王定國帖〉等詩文，
而曰：「坡仙西來自峨眉，手抉雲漢披虹霓。」[94]「永懷百世士，
老氣蓋九州。平生忠義心，雲濤一扁舟。」[95]處處表露對蘇軾才
學、氣度之無限景仰。

　　此外，秉文所作〈青杏兒〉（風雨替花愁）一詞，黃兆漢《金
元詞史》曰：「此類之詞，似乎亦是從淵明之詩而來。」[96]況周頤
《蕙風詞話》亦言此詞：「無復筆墨痕跡可尋矣。」[97]故而秉文學詩
摹擬師古，乃以仿擬陶潛之作為最，[98]金・元好問〈閒閒公墓銘〉
謂其：「至五言，則沉鬱頓挫似阮嗣宗，真淳古淡似陶淵明。」[99]

---

[93] 明・徐釚編著，王百里校箋：《詞苑叢談校箋》（北京：人民文學出版
　　社，1988年11月），卷4，頁230。
[94] 金・趙秉文撰：〈東坡真贊〉，《滏水集》，卷17，頁3。
[95] 金・趙秉文撰：〈東坡赤壁圖〉，《滏水集》，卷3，頁17。
[96] 黃兆漢著：《金元詞史》（臺北：臺灣學生書局，1992年12月），頁112。
[97] 況周頤撰：《蕙風詞話》，收入唐圭璋編：《詞話叢編》第5冊，卷3，頁
　　4461。
[98] 據王昕〈金人趙秉文擬作論析〉一文統計：「合詩詞，趙秉文擬作共22題
　　89首。」（《哈爾濱學院學報》第32卷第1期，2011年1月，頁73。）又曰：
　　「趙秉文擬陶詩5題38首，基本是按原題數量寫作，這是很考驗學識功底
　　的。」（同上，頁75。）
[99] 金・元好問撰：〈閒閒公墓銘〉，見姚奠中主編，李正民增訂：《元好問

嘗撰：〈擬陶和許至忠二首〉、〈東籬采菊圖〉、〈和淵明飲酒二十首〉及〈和淵明擬古九首〉等詩，而曰：「不上北闕書，甘採西山薇。……豈不樂仕宦，恐與心事違。」[100]「雅志懷林淵，高情邈雲漢。」[101]傾吐愛好自然，沖澹閒遠之情懷。

蓋秉文為文論學，「慨然以道德仁義、性命禍福之學自任，沉潛乎六經，從容乎百家。」[102]更力主廣師博采，盡得諸家之長；而尤效蘇軾豪放曠達之風及追慕陶潛淳雅自適之性，並融通儒、釋、道三家思想，遂能主盟文壇三十年，卓然異采，獨樹一幟。

二、躋身廟堂──朝政日隳，仕宦艱難

學士趙秉文「性疎曠，無機鑿。治民鎮靜，不生事。在朝循循無異言。家居未嘗有聲色之娛，夫人卒，不再娶。斷葷肉，麤衣糲食不卹也。酷好學，至老不衰。」[103]金世宗大定15年（西元1175年），其初下科場，預鄉舉；年二十七，登世宗大定25年（西元1185年）進士第。金章宗明昌6年（西元1195年），入為應奉翰林文字，同知制誥；上書論朝政，獲罪左遷。金・元好問〈閑閑公墓銘〉曰：

（公）上書論宰相胥持國當罷，宗室守貞可大用。又言：「刑獄、征戰，國之大政，自古未有君以為可、大臣以為不可而可行者。」坐譏訕免官。[104]

全集》上冊（太原：山西古籍出版社，2004年1月），卷17，頁403-404。
[100] 金・趙秉文撰：〈擬陶和許至忠二首〉之一，《滏水集》，卷5，頁1。
[101] 金・趙秉文撰：〈東籬采菊圖〉，《滏水集》，卷5，頁2。
[102] 金・元好問撰：〈閑閑公墓銘〉，見姚奠中主編，李正民增訂：《元好問全集》上冊，卷17，頁400-401。
[103] 金・劉祁撰：《歸潛志》，卷1，頁5-6。
[104] 金・元好問撰：〈閑閑公墓銘〉，見姚奠中主編，李正民增訂：《元好問全集》上冊，卷17，頁401。

　　金章宗承安5年（西元1200年），上與宰相張萬公論用人，
謂：「趙秉文曩以言事降授。聞其人有才具，又且敢言，朕非棄
不用，直以北邊軍興，姑試之耳。」[105]金衛紹王大安3年（西元
1211年），「北兵南嚮，召秉文論備邊策，然衛王不能用，果以敗
聞。」[106]又《金史‧趙秉文傳》載：

> 貞祐初，建言時事可行者三：一遷都，二導河，三封建。朝
> 廷略施行之。明年，上書願為國家守殘破一州，以宣布朝廷
> 恤民之意，且曰：「陛下勿謂書生不知兵，顏真卿、張巡、
> 許遠輩以身許國，亦書生也。」又曰：「使臣死而有益於
> 國，猶勝坐縻廩祿為無用之人。」上曰：「秉文志固可尚，

另據金‧劉祁《歸潛志》所載補充之：「章宗誠好文，獎用士大夫。晚年
為人讒間，頗厭怒。如劉左司昂、宗御史端脩，先以大中事皆坐謗議朝政
謫外官。其後，路侍御鐸、周戶部昂、王脩撰庭筠復以趙閑閑事謫絀。
每曰：『措大輩止好議論人。』故泰和三年御試，上自出題曰『日合天
統』，以困諸進士。止取二十七人，皆積漸之所致也。初，趙秉文由外
官為王庭筠所薦，入翰林。既受職，遽上言云：『願陛下進君子，退小
人。』上召入宮，使內侍問『當今君子、小人為誰？』秉文對：『君子，
故相完顏〔守〕貞；小人，今參政胥持國也。』上復使詰問：『汝何以知
此二人為君子、小人？』秉文惶迫不能對，但言：『臣新自外來，聞朝廷
士大夫議論如此。』時上厭守貞直言，由宰相出留守東京。嚮持國諫諛，
驟為執政，聞之大怒，因窮治其事。收王庭筠等俱下吏，……大臣皆懼，
罪在不可測。……翌日，有旨：庭筠坐舉秉文，昂坐譏諷，各杖七十，左
貶外官。秉文狂愚，為人所教，止以本等外補。」卷10，頁111-112。
[105] 金‧元好問撰：〈閑閑公墓銘〉，見姚奠中主編，李正民增訂：《元好問
全集》上冊，卷17，頁401。
[106] 元‧脫脫等撰《金史》卷一百十〈趙秉文傳〉曰：「大安初，北兵南嚮，
召秉文與待制趙資道論備邊策，秉文言：『今我軍聚於宣德，城小，列營
其外，涉暑雨器械弛敗，人且病，俟秋敵至將不利矣。可遣臨潢一軍擣其
虛，則山西之圍可解，兵法所謂"出其不意、攻其必救"者也。』衛王不
能用，其秋宣德果以敗聞。」第7冊，頁2426-2427。

然方今翰苑尤難其人，卿宿儒當在左右。」不許。[107]

金宣宗興定2年（西元1218年），秉文攝領南京路轉運使，坐誤糧草被杖。[108]興定5年（西元1221年），知貢舉，因取進士盧元重用韻，涉於謬誤，降職，請致仕。金•劉祁《歸潛志》亦載秉文以擢李獻能賦為第一而得罪事：

> 泰和、大安以來，科舉之文弊，蓋有司惟守格法，無育材心，故所取之文皆（狠）〔萎〕弱陳腐，苟合程度而已。其逸才宏氣、喜為奇異語者往往遭絀落，文風益衰。及宣宗南渡，貞祐初，詔免府試，而趙閑閑為省試，有司得李欽叔賦，大愛之。蓋其文雖格律稍疎，然詞藻莊嚴絕俗，因擢為第一人，擢麻知幾為策論魁。於是舉子輩譁然，愬於臺省，投狀陳告趙公壞了文格，又作詩譏之。臺官許道真奏其事，將覆考，久之方息。俄欽叔中宏詞科，遂入翰林，眾始厭服。[109]

金哀宗即位，秉文再乞致仕，不許；惟公時年已老，且得疾，後於哀宗天興元年（西元1232年）病終，享壽七十四。累官至翰林侍讀學士、禮部尚書，封天水郡侯。[110]

---

[107] 元•脫脫等撰：〈趙秉文傳〉，《金史》第7冊，卷110，頁2427。

[108] 金•劉祁《歸潛志》載：「興定初，朮虎高琪為相，惡士大夫，有罪輒以軍儲論加箠杖，在位者往往被其苦。俄命趙公攝南京轉運司，未幾，果坐誤糧草事，當杖。既奏，宣宗曰：『學士豈當箠邪？』高琪曰：『不然無以戒後。』遂杖四十，公大憤焉。」卷8，頁89。

[109] 金•劉祁撰：《歸潛志》，卷10，頁108-109。

[110] 以上有關趙秉文生平之撰述，參元•脫脫等撰《金史》；金•劉祁撰《歸潛志》；清•王樹枬編《閑閑老人年譜》；姚奠中主編，李正民增訂《元好

國家遭陷兵戎之災，不僅憂之深，更覺責之重。故曾積極上書衛紹王「論備邊策」，並懇切建言宣宗「可行時事」，甚且主動請纓，願為國守「殘破一州」；惟上或不能用、或不許，庸懦無為。最後蒙古軍終以武力之優勢，橫掃金朝北境，宣宗被迫南渡，中都（今河北省北平市）失陷，使金朝政權遭受慘重之威脅與衝擊。秉文悲切滿懷，難以自抑，有詞云：

〈水龍吟〉寄友

半生浮宦京華，夢中猶記經行處。燕南趙北，風亭雪館，幾年羈旅。廣武山前，武昌城下，昔人懷古。到而今、把酒中原北望，人空老，關河阻。　　回首秦宮漢苑，悵傷心、野煙生樹。天涯地角，干戈搖（搖）蕩，故人何許。撫劍悲歌，倚樓長嘯，有時凝佇。但憑高、一掬英雄老淚，付長河去。

〈青杏兒〉

風雨替花愁。風雨罷、花也應休。勸君莫惜花前醉，今年花謝，明年花謝，白了人頭。　　乘興兩三甌。揀溪山、好處追游。但教有酒身無事，有花也好，無花也好，選甚春秋。

趙秉文成長於金代世宗、章宗之盛世，因而對於南渡前之昔日帝都燕京（中都），留存有許多深刻之記憶，甚且連當年羈旅於黃河北地之景物風貌，尚皆歷歷在目，故「夢中」一句，是詞人隱藏於內心，不捨家國之依戀情懷，以致憂思難解，身心熬煎，詞人唯有弔古傷今以遣懷。蓋武昌城西南「黃鶴山」（一名蛇山），上有「黃鶴樓」，相傳仙人曾乘鶴經過，秉文於此借用唐·崔顥〈黃

鶴樓〉詩意，[114]寄託「日暮鄉關何處是」之愁思，而如今就只能於中原之地，把酒倉皇北顧。其實秉文於貞祐初，曾向宣宗提出「遷都」之建言，本是希冀南遷後，朝廷有振興之舉，怎奈反倒貶抑士大夫，斥逐敢為、敢言者。金・劉祁《歸潛志》卷第七載：

> 南渡之後，為宰執者往往無恢復之謀，上下同風，止以苟安目前為樂，凡有人言當改革，則必以生事抑之，每北兵壓境，則君臣相對泣下，或殿上發歎吁。已而敵退解嚴，則又張具會飲黃閣中矣。每相與議時事，至其危處，輒罷散曰：「俟再議。」已而復然，因循苟且，竟至亡國。[115]

　　南渡後之金室，令人痛心，更教人憤慨；一句「人空老」，道出詞人對歲月蹉跎之不甘及無可如何之悵恨，所謂：「今年花謝，明年花謝，白了人頭。」是以詞人縱有「風雨替花愁」憂國愛民之思，但干戈動盪、戰火摧殘，一切已無力回天，「風雨罷、花也應休。」僅能撫劍倚樓，悲歌長嘯，一世英雄無用武之地，也不禁要老淚縱橫。「但教有酒身無事，有花也好，無花也好，選甚春秋。」故作曠達，卻不免自尋煩惱，流露出詞人胸中沉痛之感傷與無盡之哀嘆。

二、京塵千丈，可能容此人傑——仕路不遂之幽憤

　　趙秉文於金代，歷仕世宗、章宗、衛紹王、宣宗、哀宗五朝，

---

[114] 唐・崔顥〈黃鶴樓〉：「昔人已乘白雲去，此地空餘黃鶴樓。黃鶴一去不復返，白雲千載空悠悠。晴川歷歷漢陽樹，春草萋萋鸚鵡洲。日暮鄉關何處是，煙波江上使人愁。」收入清・聖祖敕編：《全唐詩》第4冊（北京：中華書局，1979年8月），卷130，頁1329。

[115] 金・劉祁撰：《歸潛志》，卷7，頁70。

本諸儒家犧牲奉獻之淑世精神，盡忠為國；怎奈卻時運不濟，宦海波生，屢觸禍機。因而命途乖舛之怨懟充塞其心，精神壓抑之苦悶亦始終無法開脫，積鬱胸懷，有詞云：

〈大江東去〉用東坡先生韻

秋光一片，問蒼蒼桂影，其中何物。一葉扁舟波萬頃，四顧黏天無壁。叩枻長歌，嫦娥欲下，萬里揮冰雪。京塵千丈，可能容此人傑。　　回首赤壁磯邊，騎鯨人去，幾度山花發。澹澹長空今古夢，只有歸鴻明滅。我欲從公，乘風歸去，散此麒麟髮。三山安在，玉簫吹斷明月。

〈缺月挂疏桐〉擬東坡作

烏鵲不多驚，貼貼風枝靜。珠貝橫空冷不收，半溼秋河影。　　缺月墮幽窗，推枕驚深省。落葉蕭蕭聽雨聲，簾外霜華冷。

秉文一生為官，曾遭降職、杖責及貶抑之困蹇，是以月影迷茫、露珠橫空、風息枝靜、烏鵲不驚之秋夜光影，觸動詞人內心之淒清和悲涼。而「蒼蒼桂影，其中何物？」桂影中，人盡皆知有被謫伐樹之吳剛與千載孤寂之嫦娥，然詞人卻明知故問，藉以抒發同病相憐之愁緒。繼而任扁舟一葉，飄流於萬頃碧波，天水相連，四顧蒼茫；其滿心淒楚，無人可訴，只有叩舷高歌以明志；猶如月宮嫦娥之欲下，散發冰雪澄澈光芒於萬里之外，充分展現自我磊落與雄豪不平之氣。秉文此隱括宋・蘇軾〈赤壁賦〉語意，[116]寄託心中

---

[116] 宋・蘇軾〈赤壁賦〉：「白露橫江，水光接天。縱一葦之所如，凌萬頃之茫然。……於是飲酒樂甚，扣舷而歌之。歌曰：『桂棹兮蘭槳，擊空明兮泝流

對理想人生之企慕與追求。惟官場紛擾，巧詐勢利，難容人傑，詞人對蘇軾因烏臺詩案被貶黃州之不幸遭遇，激憤難平，除寄予深切之同情並自傷感慨，表達出面對現實與理想之矛盾心情。然回首當下，景物依舊，人事已非，「萬古銷沉」[117]，空留遺恨矣。秉文〈大江東去〉一詞或作於金哀宗正大5年（西元1228年），時年七十，為晚期之作，[118]因而詞人遂萌消極出世之思，欲隨坡公游仙世外，追慕之思溢於言表。金‧元好問〈題閑閑書赤壁賦後〉曰：「東坡〈赤壁〉詞，殆戲以周郎自況也。……閑閑公乃以仙語追和之，……詞氣放逸。」[119]怎奈仙鄉縹渺，無處覓尋。而秉文擬蘇軾〈卜算子〉（缺月挂疏桐）詞，[120]則道出無人省之幽恨，表面雖謂

---

[117] 光。渺渺兮予懷，望美人兮天一方。』」見宋‧蘇軾撰，明‧茅維編、孔凡禮點校：《蘇軾文集》第1冊（北京：中華書局，1986年3月），卷1，頁6。

[117] 趙秉文化用唐‧杜牧〈登樂遊原〉：「長空澹澹孤鳥沒，萬古銷沉向此中。」（收入清‧聖祖敕編：《全唐詩》第16冊，卷521，頁5954。）句意。

[118] 明‧李日華《六研齋筆記》：「元有兩閑閑，吳閑閑，名全節，係羽流；趙閑閑，名秉文，官禁近。或云金正大間人，俱善書法，有辭藻，而趙尤橫溢。余得其孿窠書自作〈和東坡赤壁詞〉稿，雄快震動，有渴驥怒猊之勢，而辭亦壯偉不羈；視〈大江東去〉，信在伯仲間，可謂辭翰兩絕者。詞曰：『清（秋）光一片，問蒼蒼桂影，其中何物。一葉扁舟波萬頃，四顧粘（黏）天無壁（璧）。叩枻長歌，姮（嫦）娥欲下，萬里揮冰雪。京塵千丈，可能容此人傑。　　回首赤壁（璧）磯邊，騎鯨人去，幾度山花發。澹澹長空千（今）古夢，祇（只）有歸鴻明滅。我欲乘雲（從公），從公（乘風）歸去，散此麒麟髮。三山安在，玉簫吹斷明月。』正大五年重九前一日書於玉堂之署秉文。」收入《文淵閣四庫全書電子版》【內聯網版】，卷3，頁32-33。
按：以上所引詞與唐圭璋編：《全金元詞》所載，於文字上略有出入，茲以括號註明之。

[119] 金‧元好問撰：〈題閑閑書赤壁賦後〉，見姚奠中主編，李正民增訂：《元好問全集》下冊，卷40，頁843。

[120] 宋‧蘇軾〈卜算子〉（缺月挂疏桐）詞：「缺月挂疏桐，漏斷人初靜。時見幽人獨往來，縹緲孤鴻影。　　驚起卻回頭，有恨無人省。揀盡寒枝不肯棲，楓落吳江冷。」收入唐圭璋編：《全宋詞》第1冊（北京：中華書局，1988年3月），頁295。

前身為隱居天台山修煉之唐朝道士司馬承禎。[125]是以詞人顯有自許
謫仙之意，惟謫居世間，歷經諸多磨難，致生騎鯨回歸天庭之思；
但俗緣卻千劫未盡，而醉時顯露之真性情，亦恐遭神仙官府嫌惡，
故僅能於夢中和群仙笑談聚首。秉文此擬李白、蘇軾之風華，展現
自信曠達、超脫世俗之情懷，然亦始終無法真正逃離現實環境之殘
酷無情，且又被己不合時宜之性格所累，因此只能沉溺於酒中、夢
中，自遣以避禍。不禁慨嘆：「雪霏霏。水洄洄。先生此道，胡為
乎來哉。」[126]

　　後接下片，詞人進一步描繪徜徉於倚松、拂石、看雲及揮毫
等愜意適性之生活，由靜至動，其〈梅花引〉一詞亦云：「杖頭倒
挂一壺酒。為問人家何處有。抒冰髻。煖朝寒。」體現詞人浪漫逸
樂之情趣與放縱恣意之瀟灑。此外，全真教丹陽子馬鈺，曾謂秉文
為再世蘇子美，而秉文不敢自比赤城子，但自覺或可與蘇氏並論；
故詞人乃借北宋詩人蘇舜欽（字子美）買水石作滄浪亭事[127]及化用
漁父古謠，[128]言欲以滄浪流水，濯之冠巾，摒除世間塵埃，並表明
清白澄潔之心和純樸澹泊之節操。最後詞人強調被髮騎麟、返回仙

---

[125] 見宋・李昉等奉敕撰：〈司馬承禎〉，《太平廣記》，收入《文淵閣四庫
全書電子版》【內聯網版】，卷21，頁6-8。

[126] 金・趙秉文撰：〈梅花引〉（山如峽）。

[127] 宋・歐陽修著：〈湖州長史蘇君墓誌銘并序〉，見洪本健校箋：《歐陽修詩
文集校箋》中冊（上海：上海古籍出版社，2009年8月），居士集卷31，頁
835-836。

[128] 《楚辭・漁父》：「屈原既放，游於江潭，……漁父曰：『聖人不凝滯於
物，而能與世推移。世人皆濁，何不淈其泥而揚其波？眾人皆醉，何不餔
其糟而歠其醨？何故深思高舉，自令放為？』屈原曰：『吾聞之。新沐者
必彈冠，新浴者必振衣。安能以身之察察，受物之汶汶者乎？……』漁父
莞爾而笑，鼓枻而去。歌曰：『滄浪之水清兮，可以濯吾纓，滄浪之水濁
兮，可以濯吾足。』遂去不復與言。」見漢・劉向編輯，傅錫壬註譯：
《新譯楚辭讀本》（臺北：三民書局，1987年12月），卷7，頁141。

山、離世歸隱之志，吐露自我之高風潔行及對飄逸逍遙隱居生活之
嚮往。

秉文崇信佛、道二教，嘗歌詠牡丹獨占風流，而謂「仙家
好」。宋‧韋居安《梅磵詩話》曰：

> 亡金正大四年戊子十月，汴京遇仙樓酒家楊廣道、趙君瑞，
> 皆山後人也。其鄉僧李菩薩者，人以為狂，常就二人借宿。
> 每夜酒客散，乃從外來，臥具有閒剩，則就之，不然，赤地
> 亦寢。一日，天寒甚，楊生憐其羇窮，飲以酒數杯，僧若愧
> 無以報主人者。晨起持酒盌出，同宿者聞嘆酒聲，少焉僧來
> 說云：「增明亭前，牡丹花開矣。公等速起往看之。」人熟
> 知其狂，不信也。已而視庭中，果有兩花開。自此僧去不復
> 至。京師人聞之，觀者填咽，醉客相枕籍，酒壚為之一空，
> 獲利不貲，蓋僧以是報楊也。元裕之賦〈滿庭芳〉詞云：
> 「天上殷韓，解羈（羇）官府，爛遊（游）舞榭歌樓。開元
> （花）釀酒，來看帝王州。常見牡丹開候，獨占斷、穀雨風
> 流。仙家好，霜天槁葉，穠豔（艷）破春柔。　　狂僧誰借
> 手，一杯喚起，綠怨紅愁。（看）天香國豔（色），梅菊替
> 人羞。盡揭紗籠護日，容光動、玉斝瓊舟。都人士，年年
> 十月，常記遇仙游。」（按：此詞應為趙秉文作。）余考其
> 時，亡金末帝完顏守緒即位於甲申歲，乙酉改元，正大四年
> 戊子，則宋紹定元年也。此僧能開花於頃刻之間，真可與殷
> 七七、韓湘同日語矣。[129]

---

[129] 宋‧韋居安著：《梅磵詩話》，收入清‧阮元輯：《宛委別藏》第116冊
（南京：江蘇古籍出版社，1988年2月），卷下，頁14-15。
　按：以上所引詞與唐圭璋編：《全金元詞》所載，於文字上略有出入，茲

詞人以〈滿庭芳〉記游心仙境所見，如幻似真，富有濃厚之浪漫色彩。另秉文亦藉游賞上清宮蠟梅，感嘆月夜霜寒，照花幽獨，誰能解識？詞云：

〈滿江紅〉上清宮蠟梅

傑觀雄樓，相照映、此花幽獨。誰解識、蕊珠仙子，道家裝束。蠟蒂紫苞融燭淚，檀心淺暈團金粟。漸蜂兒、展翅上南枝，風掀綠。　　落落伴，湖心玉。蕭蕭映，壇邊竹。記月痕、曾上小闌干曲。輸與能詩潘道士，夢為蝴蝶花間宿。向夜深、霜重不勝寒，騎黃鵠。

「夢蝶」、「騎鵠」，在在流露詞人超然物外之精神及出世游仙之渴望。又秉文兩闋〈漁歌子〉詞：

一葉黃飛一葉舟。半竿落日半江秋。青草渡，白蘋洲。歸路月明山上頭。

又

白頭波上白頭人。黃葉渡西黃葉村。山幾朵，酒盈尊。落日西風送到門。

則為其隱逸江湖，「仰看山，俯聽泉，坐臥對松竹。」[130]崇尚自然，虛靜處世之情感抒發。

以括號註明之。

[130] 金・趙秉文撰：〈遂初園記〉，《滏水集》，卷13，頁12。

參、趙秉文詞所體現之創作心態

趙秉文為金代名儒，其學歸諸孔孟，同時喜觀佛、老之說，不捨釋、道二教。此潛在思維之形成，一方面與其推崇、學習陶淵明、李白及蘇軾等名家之道者風範有關；另一方面則受全真教盛行，主張儒、釋、道三教合一之社會風氣所影響。吳思敬《心理詩學》一書曰：「五彩繽紛、錯縱（綜）複雜的外部生活，是人的內心生活的永不枯竭的源泉。」[131]是知外在客觀信息之刺激效應，為構成個人內在主觀感受之基礎，內外彼此交互影響，若表現於詩文抒寫，將從而促使作者之心態思維產生不同變化。茲擬就趙秉文詞作分析，以明其創作過程之心理活動與心境轉折之狀況：

一、繫念家國：積極入世之用心

衛紹王大安3年（西元1211年），蒙古揮戈南下，長趨直入，攻勢猛烈，金兵戰不能勝，城不能守，士卒潰敗，盡失精銳；而宣宗既無克敵之決心，又無抵禦之策略，執意南遷，中都陷落，致軍心渙散，民怨沸騰，使已搖擺危墜之金政權，遭受極度之震撼與嚴重之衝擊。趙秉文自世宗大定25年（西元1185年）應試及第，嘗言：「是時年少氣銳，急簿書，稱賓客，舞智以自私，攘名以自尊。」[132]後入朝為官近五十載，親歷金朝政權由盛轉衰之歷史時期；尤其於蒙古大舉對金用兵，全面進攻之際，金朝政局動盪，國勢衰微，而秉文對當時強虜侵凌、兵連禍結、軍隊敗北、權奸干政乃至國土淪喪等諸多現實問題，有著深切之關注與憂慮：

---

[131] 吳思敬著：《心理詩學》（北京：首都師範大學出版社，1996年10月），頁94。

[132] 金・趙秉文撰：〈學道齋記〉，《滏水集》，卷13，頁6。

危亭目極傷平楚。斷霞落日懷千古。（〈秦樓月〉（簫聲苦））

天涯地角，干戈搖蕩，故人何許。撫劍悲歌，倚樓長嘯，有時凝佇。（〈水龍吟〉（半生浮宦京華））

漢家自有中興將。龍韜豹略，金符熊旆，元戎虎帳。羽檄星馳，貔貅勇倍，犬羊心喪。（〈水龍吟〉（燕秦草木知名））

　　秉文為外族之肆虐而憤怒，亦為朝廷之無能而痛心，乃藉詞傾吐憂國憂民之感慨。夏宇旭〈試論趙秉文的儒家思想及實踐〉一文曰：「積極入世，積極進取，關心天下國家始終是儒家志士仁人所奉行的宗旨，以天下為己任就是他們憂患意識和救世思想的體現。趙秉文的儒家人才思想正體現了這一點。」[133]蓋秉文以繼承孔孟道統自任，極力振興儒術，並尊崇儒家仁義道德為治國之根本理念，曰：「盡天下之道曰仁而已矣，仁不足繼之以義，世治之汙隆系乎義之小大，而其世數之久遠，則係乎其仁所積之有厚薄。紀綱刑政，皆由義出者也。」[134]故秉文積極用世，遵行體恤民情、治國安邦之思想，具有強烈之社會責任感，展現士大夫勇於擔當之精神與大無畏之心態。

二、積鬱難平：忠直見棄之痛心

　　趙秉文一生儘管曾歷仕五朝，官至六卿，壽考康寧爵位，士大夫罕及焉；惟躋身仕途，不免受挫，此或與其耿直不阿之處世性格相關。秉文遭非議而受罰之事件，主要有四，以表列之：

---

[133] 夏宇旭撰：〈試論趙秉文的儒家思想及實踐〉，《松遼學刊》第1期（2002年2月），頁61。

[134] 金・趙秉文撰：〈總論〉，《滏水集》，卷14，頁1。

時間	事件	處分
章宗明昌6年（西元1195年）37歲	上書論奸欺，謂宰相胥持國當罷，宗室守貞可大用。	免應奉翰林文字，本等外補。
宣宗貞祐3年（西元1215年）57歲	李獻能賦格律稍疏，辭藻頗麗，擢為第一，大壞文格。	懟於臺省，久之方息。
宣宗興定2年（西元1218年）60歲	坐誤糧草。	為宰相朮虎高琪，筆杖四十。
宣宗興定5年（西元1221年）63歲	知貢舉涉於謬誤，取進士盧元重用韻。	降職（削兩階）。

　　吳思敬《心理詩學》曰：「人生在世，總會對生活抱有這樣那樣的慾望與期待。但由於主客觀條件的限制，人的期待往往落空，人的慾望往往得不到滿足，有時甚至還會飛來橫禍，身處逆境，這樣就會使人感到沮喪、失意、痛苦、憂愁……。這種由於預期的目標遇到障礙而不能實現、內心的慾望不能得到滿足而產生的消極性情緒狀態，即是通常所稱的心理挫折。」[135]觀秉文為人「不溺於時俗」[136]，故因直言獲罪，並株連王庭筠、周昂等人，實非得已，亦非所願；又為官「不汩於利祿」[137]，盡己所能為國效力，貢獻社會；然卻「石頭路滑馬蹄蹶」[138]，因無心而招禍，致免官降職、杖責受辱，遂生憤激之情：

　　　　只恐神仙官府，嫌我醉時真。（〈水調歌頭〉（四明有狂客））
　　　　京塵千丈，可能容此人傑。（〈大江東去〉（秋光一片））

---

[135]吳思敬著：《心理詩學》，頁25。
[136]金・元好問撰：〈閑閑公墓銘〉，見姚奠中主編，李正民增訂：《元好問全集》上冊，卷17，頁400。
[137]同前註。
[138]金・趙秉文撰：〈梅花引〉（山如峽）。

　　貞祐南渡後，朝廷「好吏惡儒」之風日盛，已無育材之心，且尤虎高琪諸輩更深惡士大夫。晏選軍〈貞祐南渡與士風變遷──對金末文壇的一個側面考察〉一文曰：

> 精神的苦悶鬱積心中始終難以平復。環境的壓抑使他們的憤懣無處申訴，其道不行的胸中塊壘無處排遣……。言為心聲，不平則鳴，……將諸多不如意事悉數蟠曲於詩文之中，勃發為磊落不平之氣。[139]

是以秉文雖一心為國，然於知命、耳順之年，卻頻遭黜落，嘗言：「平生功名心，世路多崎嶇。……如何天壤間，不容七尺軀。」[140]心中不禁抑鬱，撩起「綠怨紅愁」[141]，而「霜重不勝寒」[142]，有志亦難伸，揭露出詞人鬱悶窮愁之心理特徵，以及沉痛悲切之憤世心態。

三、超脫塵俗：消極隱逸之遯心

　　趙秉文在朝為官期間，曾多次向皇上剴切陳言，或主動請命，然卻不為上所用，茲以表列說明之：

---

[139] 晏選軍撰：〈貞祐南渡與士風變遷──對金末文壇的一個側面考察〉，《社會科學輯刊》2003年第5期，頁126。
[140] 金‧趙秉文撰：〈遂初園八詠‧歸愚莊〉，《滏水集》，卷4，頁6。
[141] 金‧趙秉文撰：〈滿庭芳〉（天上殷韓）。
[142] 金‧趙秉文撰：〈滿江紅〉（傑觀雄樓）。

時間	事由	結果
章宗明昌6年（西元1195年）37歲	秉文遽上言：願陛下進君子，退小人。君子，故相完顏守貞；小人，今參政胥持國也。	上聞之大怒，因窮治其事。
衛紹王大安3年（西元1211年）53歲	北兵南嚮，召論邊策：秉文以為不如遣臨潢一軍擣其虛，則山西之圍可解。	王不能用。
宣宗貞祐2年（西元1214年）56歲	秉文上章獻遷都、導河、分封三策。	朝廷略施行之。
宣宗貞祐3年（西元1215年）57歲	秉文上書願為國家守殘破一州，以宣布朝廷恤民之意。	上謂宿儒當在左右，不許。

　　蓋面對現實之無奈，秉文一方面雖執守儒家濟世安民之理想，然另一方面於縱容姑息，日益腐化之政治環境中，則又有崇奉佛老，自適逍遙之思維：

　　寄語滄浪流水，曾識閑閑居士，好為濯冠巾。卻返天台去，華髮散麒麟。（〈水調歌頭〉（四明有狂客））
　　澹澹長空今古夢，只有歸鴻明滅。我欲從公，乘風歸去，散此麒麟髮。（〈大江東去〉（秋光一片））
　　山幾朵，酒盈尊。落日西風送到門。（〈漁歌子〉（白頭波上白頭人））
　　天上殷韓，解羈官府，爛游舞榭歌樓。……仙家好，霜天槁葉，穠艷破春柔。（〈滿庭芳〉（天上殷韓））

又秉文於〈送麻徵君引〉一文中有言：

　　可以仕，可以不仕。仕則為人，不仕則為己。古之君子知進退之有義，進不為榮，退不為辱，盡其在我者而已。知窮達

之有命，得之不喜，失之不憂，以其在外者也。[143]

　　詞人既然不能影響君王意志與朝廷作為，亦不願欺世惑俗、同流合污，更不忍見民生凋弊、家國淪喪。惟使「吾名不隸于仕版，身不列于行伍，足不跡于是非之場，口不涉于是非之境；未酉而寢，過卯而起，每興極意會，則登臨山水，嘯詠風月，玩泉石，悅松竹，手執《周易》一卷與佛老養性之書數冊，以適吾性而已。」[144]是以當秉文積極進取之入世精神，受到壓抑、打擊，在灰心喪氣，情悲意痛之餘，只有試圖走向佛、老世界，尋求內心平靜與自我寬慰。夏宇旭、汪澎瀾〈試論趙秉文的修身思想〉一文曰：

　　　趙秉文作為一個具有憂國憂民思想的封建士大夫，面對風雨飄搖的金朝社會，他盡了自己最大的努力卻無力回天。目睹了國家由盛而衰直至滅亡，內心有無比的悲涼與無奈，此外一生中的宦海沉浮也使他有諸多的不如意。儒家內聖外王思想給他帶來困擾，只有佛老兩家的出世思想、與世無爭的觀念才能排遣他的憂悶，才能給他以心靈的慰藉。所以當他施行儒家入世思想受阻時，就轉而求助於佛老。[145]

　　是知秉文高蹈遠舉，性喜釋、道，故欲「騎鯨歸去」、「卻返天台去」、「乘風歸去」以及「騎黃鵠」等與世無爭之思想，莫不顯現其放下執著、超脫世俗，衷心嚮往澹泊閒適之歸隱心態。

---

[143] 金・趙秉文撰：〈送麻徵君引〉，《滏水集》，卷15，頁9。
[144] 金・趙秉文撰：〈適安堂記〉，《滏水集》，卷13，頁1。
[145] 夏宇旭、汪澎瀾撰：〈試論趙秉文的修身思想〉，《吉林師範大學學報》第3期（2003年6月），頁25。

肆、小結

　　趙秉文「至誠樂易，與人交不立崖岸，未嘗以大名自居。」[146]主掌文柄，且活躍於金代政壇，惟正逢多事之秋，又迭經變易，身陷逆境，致生仕與隱之矛盾心理；而其詞作乃師太白、東坡之辭，效淵明、樂天之意，多為慷慨沉痛、曠放不平以及自然真淳之情感表達，並援佛、道以入儒。張毅慧〈論趙秉文詩歌中的儒佛道思想〉一文曰：

　　　　和所有金代的士人一樣，趙秉文有著濃厚的社會責任感，他
　　　　關心國家的發展、人民的生計，有著深厚的憂患意識。另
　　　　外，佛家的禪學思想和道家的虛靜思想又為他的心靈帶來了
　　　　一股清新的空氣，這些思想成為其緩解壓力的出路。所以，
　　　　儒家的出仕和佛道家的超脫是在趙秉文的內心深處都存在
　　　　的。[147]

　　因此從趙秉文現存之12闋詞中，不僅可以知其情，亦能明其性，更具體呈現其創作心態之特徵，茲以圖示：

---

[146] 元・脫脫等撰：〈趙秉文傳〉，《金史》第7冊，卷110，頁2429。
[147] 張毅慧撰：〈論趙秉文詩歌中的儒佛道思想〉，《山西煤炭管理幹部學院學報》2009年第2期，頁114。

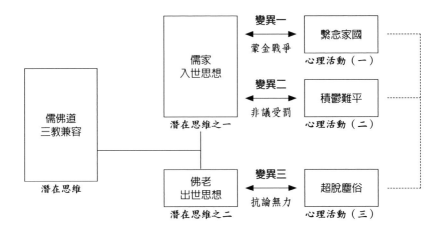

　　是知秉文潛在思維，接收來自外界各種信息、事件之刺激所產生之心理活動，除有明顯之變異外，亦將彼此絪合，相互連結。故其一生弘揚儒學、醉心佛學、崇尚道學，推行三教合一，實踐「外以儒行修其身，中以釋教治其心。」[148]之兼容並蓄精神；而內心所蘊藏之剛健豪氣、困頓憤慨及隱逸情懷，於轉折遞變間，互促互動，從而建構創作過程中之特殊心態。才高志大，至情至性，誠為「金士巨擘」[149]，又其不拘繩墨，「雄肆跌宕，魁然為一時文士領袖。」[150]

---

[148] 唐・白居易撰：〈醉吟先生墓誌銘〉，《白氏長慶集》，收入《文淵閣四庫全書電子版》【內聯網版】，卷71，頁17。

[149] 元・脫脫等撰：〈趙秉文傳〉，《金史》第7冊，卷110，頁2429。

[150] 吳梅著：《詞學通論》（臺北：臺灣商務印書館，1988年4月），頁124。

第五章　結論

　　況周頤《蕙風詞話》曰：「姑以詞論，金源之於南宋，時代正同，疆域之不同，人事為之耳。風會曷與焉。……南宋佳詞能渾，至金源佳詞近剛方。宋詞深緻能入骨，如清真、夢窗是。金詞清勁能樹骨，如蕭閒、遯庵是。」[1]南北地域之差異，使宋金詞格調有明顯之不同，並凸顯出金詞特別之風致。然每一朝代之發展，於不同階段，受當時政治制度、社會生活及文化環境之影響，亦自形成不同之文學風氣與審美取向。詹杭倫《金代文學史》曰：「金代文學發展史走過了一百多年艱難曲折而又輝煌燦爛的歷程，……在整個中國文學發展史的歷史長河中只是短暫的一段，猶如流星劃過漆黑的夜空，留下一條閃亮的軌跡。但是，悠久精深的中原文化、源遠留（流）長的中國文學，從不曾因政權的更迭、山河的阻隔而停止發展。」[2]是以歷來學者們，間或有以金代文學為研究對象者，然莫不多將重心投注於宋、金或金、元易代之際，對金代中期之關注，則相對冷落。惟金代中期，雖缺乏像金初蔡松年、吳激及金末元好問等知名詞家，但卻培育出生於斯、長於斯、卒於斯之金代本土文人，不再是「借才異代」，而是完全屬於金代國朝之主體詞人。此不僅代表金源文化地位之提升，更可從作品中瞭解、掌握世宗大定至衛紹王至寧年間，金代政治制度與社會環境之發展情況。

---

[1] 況周頤撰：《蕙風詞話》，收入唐圭璋編：《詞話叢編》第5冊（臺北：新文豐出版公司，1988年2月），卷3，頁4456。
[2] 詹杭倫著：《金代文學史》（臺北：貫雅文化事業公司，1993年5月），頁409。

壹、情感意涵之個別抒發

　　金代中期，詞作在10闋以上者，有：王寂、趙可、劉仲尹、王庭筠、趙秉文等5位重要國朝文人；其引領時代風潮，帶動改革風氣，強烈之主體意識，為金詞創作拓展格局，同時亦孕育深化詞中之真情與感受。夫情感，乃人類生命之體驗，靈魂之寄託，更是作品精神力量之泉源。故擬歸納本書第三、四章對王寂等5位文人詞作情感意涵之分類闡述，以分析金代中葉詞人抒發個別情緒之特質，進而統整其意思表達之內涵，茲表列如次：

項目	王寂	趙可	劉仲尹	王庭筠	趙秉文	小計
類別	宴飲酬唱之歡喜（詩樂湊興、節慶賀壽）			朝廷宴饗之歡樂		2
詞作數	9			1		10
類別	羈旅行役之苦楚			宦游思歸之嘆息		2
詞作數	5			2		7
類別	分離相思之悲痛（感時傷別、思人傷懷）	兒女離情	閨情（觸物傷感、相思惆悵）	懷人孤寂之愁怨		4
詞作數	14	3	5	5		27
類別	淡然無求之灑脫			閒適幽居之蕭散	游仙世外之嚮往	3
詞作數	8			3	6	17
類別		思古幽情				1
詞作數		1				1
類別		適性閒情（詠物賞景、游春踏青、對酒感時）	閒情（田園意趣、飲酒歡愉、風流雅興）			2
詞作數		6	6			12

項目	王寂	趙可	劉仲尹	王庭筠	趙秉文	小計
類別		諧趣風情				1
詞作數		1				1
類別				無端召禍之落寞	仕途不遂之幽憤	2
詞作數				1	3	4
類別					憂國感時之浩嘆	1
詞作數					3	3

　　藉由上表之排比統合，可窺知金代中葉詞人之情感意涵，雖因個人生平經歷、家世門風及教育背景之不同，而呈現多種樣貌；惟以抒寫相思「離情」為主要，5位詞人中，即有4位之作品表達此類情感，且詞作數量亦最夥，約占5家詞作總數82闋之33％；其次則為超然物外之「高情」與徜徉逸興之「閒情」詞作占多數，分別約占5家詞作總數之21％與15％。此外，訴諸筆端者，尚可見詞人個別心聲之吐露，即：世家公子之快悅享樂，仁人志士之壯毅豪率，失意官員之憤激不平，以及江湖倦客之飄泊零落；在在呈現詞人情感世界之豐富多采和意蘊內涵之深刻動人，使金代中期詞壇之創作面貌，煥然一新。

貳、創作心態之整體呈現

　　金代中葉，宋、金劍拔弩張之緊繃對峙局面，已漸趨和緩；至明昌、承安期間，於社會盛世氣象之影響下，帶動國朝文士思想認同之變化及生活行為之差異，而其經南北交融後之文化心態亦迥異於前，形諸詞作，則為金詞不同發展階段之特殊表徵。毛曦〈心理史學及其應用的方法論原則〉一文曰：

要分析過去人們的心理，就必須結合當時的歷史實際。要分析其心理形成的基礎。分析他所處的社會生活環境、歷史文化背景、經濟狀況、家庭狀況、個人閱歷、以及生理健康狀況等，從而弄清人們的心理形成、發生的基礎及原因，進而正確地認識歷史上人們的心理。[3]

故擬就金代中期王寂、趙可、劉仲尹、王庭筠、趙秉文等5位國朝文人之詞作，察考其進行具體創作活動時，各種心理狀態之呈現，茲以圖示：

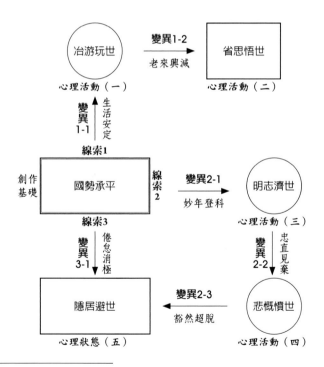

---

[3]　毛曦撰：〈心理史學及其應用的方法論原則〉，《唐都學刊》1992年第1期，頁38。

　　金朝中期之政權，處於穩定進步，政治清明，社會繁榮，人民
富足，號稱「小堯舜」之階段，而整個文壇之創作基礎，即根植於
「國勢承平」之時代氛圍上，促使文人之心靈歷程，發展出不同之
走向與現象，其線索有三：

　　線索1：「生活安定」，釋放出盡享太平歡樂之「冶游玩
世」心態。如當年王寂「坐中狂客」，爛賞風月，致「不覺琉璃
杯滑」[4]之癡醉；以及載酒陪花使——劉仲尹，「終日尋香過苑
牆」[5]之縱情享受。惟當「老來興滅」，深入巡視過往歲月，則有
感「半世清狂無限事，一窗風月可憐宵。」[6]而以一種「省思悟
世」之心態，靜觀人生；以照見事理之智慧，幡然覺悟，「身在西
山，卻愛東山好。」[7]即為觀世知化心境之最佳寫照。

　　線索2：「妙年登科」，傳統儒家思想之浸染，展現文人「明
志濟世」之心態。王寂等5位國朝文士，及第之年皆在20至30歲
間，正是青春少壯，意氣風發時，而拳拳之心，服膺報國之志，致
有王寂以事君澤民之信念，冀能「行捧紫泥詔，歸擁碧油幢。」[8]
趙秉文則以漢家中興之將，欲使犬羊心喪，「了卻功名事」[9]，凸
顯建功立業之雄心。然一心為國，卻「忠直見棄」，王寂之「被黜

4　金‧王寂撰：〈感皇恩〉（寶髻鬆雙螺），收入唐圭璋編：《全金元詞‧
　金詞》上冊（北京：中華書局，2000年10月），頁35。
5　金‧劉仲尹撰：〈鷓鴣天〉（滿樹西風鎖建章），收入唐圭璋編：《全金
　元詞‧金詞》上冊，頁39。
6　金‧趙可撰：〈浣溪沙〉（火冷熏鑪香漸消），收入唐圭璋編：《全金元
　詞‧金詞》上冊，頁30。
7　金‧趙可撰：〈鳳棲梧〉（霜樹重重青嶂小），收入唐圭璋編：《全金元
　詞‧金詞》上冊，頁31。
8　金‧王寂撰：〈水調歌頭〉（聖世賢公子），收入唐圭璋編：《全金元詞
　‧金詞》上冊，頁36。
9　金‧趙秉文撰：〈水龍吟〉（燕秦草木知名），收入唐圭璋編：《全金元
　詞‧金詞》下冊，頁1342。

遠謫」、王庭筠之「無端召禍」、趙秉文之「遭議受罰」，莫不顯
示現實之殘酷，真心付出，卻換來無情對待，「悲慨憤世」之心
態，遂然成形。郝樸寧〈「邊塞詞」創作心態分析〉一文曰：「儒
家『奮厲有當世志』的淑世精神，『立德、立功、立言』的功利意
識，使作家把自我道德人格的完善，社會責任的完成和文化創造的
建樹融為一體，形成純功名型的主體意識。……力圖在治國平天下
的政治領域實現生存意義。……一旦所依賴的君王關係行將崩潰，
就會以其作品長嘆悲哀。……在作品中，表現出希望與失望的交
結，悲憤與憂患的共生。」[10]惟無可如何，文人詞家於深沉苦悶之
情愫中，只有選擇妥協或逃避，強自「豁然超脫」，由儒家積極之
「入世精神」，轉化為道釋之「清靜無為」與「圓通無著」，而以
「隱居避世」之心態，來明志、抗議。王庭筠於宦海生波後「有夢
不到長安，此心安穩，只有歸耕去。」[11]之自我慰藉；王寂「吾老
矣，久忘機。沙鷗相對不驚飛。」[12]之澹泊自守；趙秉文「卻返天
台去，華髮散麒麟。」[13]之逍遙自在，皆是詞人為安頓心靈，找尋
生命出口之自然體現。

　　線索3：「倦怠消極」，海陵王完顏亮舉兵南伐，掀起兵禍紛
擾，社會長期動蕩不安，遂使文人滋生厭惡戰爭之「隱居避世」
心態。劉仲尹「鳴鳩聲裏，過盡太平村。」[14]即是對閒適恬淡、平

[10] 郝樸寧撰：〈「邊塞詞」創作心態分析〉，《雲南師範大學學報》第30卷第
　　5期（1998年10月），頁62。
[11] 金・王庭筠撰：〈大江東去〉（山堂晚色），收入唐圭璋編：《全金元詞
　　・金詞》上冊，頁43。
[12] 金・王寂撰：〈鷓鴣天〉（秋後亭皋木葉稀），收入唐圭璋編：《全金元
　　詞・金詞》上冊，頁33。
[13] 金・趙秉文撰：〈水調歌頭〉（四明有狂客），收入唐圭璋編：《全金元
　　詞・金詞》上冊，頁46。
[14] 金・劉仲尹撰：〈琴調相思引〉（蠶欲眠時日已曛），收入唐圭璋編：

靜安寧生活之想望，縱使已「歌盡玉臺連夜燭」[15]，仍「歡緣恨促」，詞人試圖以遠離現實之追歡逐樂，來擺脫苦難。劉鋒燾《宋金詞論稿》曰：「有一部分人在殘酷的現實面前感到絕望，關上心扉，逃避現實，或逃於禪，或逃於山水，實則是一種自我安慰、自我麻醉。」[16]

　　綜上所述，可明瞭金代中期國朝文人詞所表現之共同創作心態特徵，其自個人不同之遭遇與命運中，反射出「冶游玩世」、「明志濟世」、「悲慨憤世」等心理活動之流變過程；惟不論其心路軌跡如何發展進行或迴環轉折，最後終回歸、積澱於「省思悟世」及「隱居避世」之心理狀態。從其共同認知之意識中，對人生課題予以觀照思索，進而洞察生命真諦，提升創作之心靈層次。

參、詞學風氣之承襲轉變

　　文人詞家獨有之情感意涵與不同之心態特徵，能自根本影響當代文壇之思想風貌與創作習氣。金朝中葉之國朝文士，在入金「宋儒」開啟金代百年詞運之基礎上，推陳出新，為有金一代詞學，帶來自覺性之選擇與改變。詹杭倫《金代文學史》曰：

> 大定年間的中州文派對金初文學創作傾向有揚棄，有繼承，也有發展。金初去國懷鄉的悲涼情思，已經隨著時過境遷而渺無踪跡；金初追求隱逸的高情遠韻，到此也產生轉變，即不再具有出處矛盾、進退失據的思想內涵，而轉向追求內心

《全金元詞・金詞》上冊，頁40。

[15] 金・劉仲尹撰：〈謁金門〉（簾半窣），收入唐圭璋編：《全金元詞・金詞》上冊，頁41。

[16] 劉鋒燾著：《宋金詞論稿》（北京：中國社會科學出版社，2002年4月）頁241。

的自適和居處的自安；而金初雄健踔厲文風的萌芽，到大定
年間注入了新鮮血液，發展壯大起來，或清剛雄豪、或曠達
悲慨的文風成為占據主導地位的文學創作傾向。[17]

惟金初「異代」之才，將北宋文學之傳統本色，廣傳於四境。清・
錢謙益《牧齋初學集・題中州集鈔》曰：「蓋自靖康之難，中國文
章載籍，梱載入金源，一時豪俊，遂得所師承，咸知規摹兩蘇，上
泝（溯）三唐，各成一家之言，備一代之音。而勝國詞翰之盛，亦
嚆矢於此。」[18]清・趙翼《甌北詩話》亦曰：「宋南渡後，北宋人
著述，有流播在金源者，蘇東坡、黃山谷最盛。」[19]是以蘇、黃之
風，乃靡然於金，並引領帶動其後國朝文士之創作表現，由此或可
窺探金代中期詞學風格之趨向。茲就王寂、趙可、劉仲尹、王庭
筠、趙秉文等5位文人詞作析之：[20]

[17] 詹杭倫著：《金代文學史》（臺北：貫雅文化事業公司，1993年5月），頁71。
[18] 清・錢謙益著，清・錢曾箋注，錢仲聯標校：《牧齋初學集》（上海：上海古籍出版社，1985年9月），下冊，卷83，頁1757。
[19] 清・趙翼著，霍松林、胡主佑校點：《甌北詩話》（北京：人民文學出版社，1998年5月），卷12，頁180。
[20] 此僅列舉王寂等5位國朝文人詞中，有於「題序」標註，或明確可指有截取、增減、化用或改寫前人詩文等情形者，以避浮濫之失。判別依據，茲參考王偉勇著：《宋詞與唐詩之對應研究》（臺北：文史哲出版社，2003年6月），頁23-69。

1.取法李白

國朝文人詞[21]				取法情形說明
姓名	詞調	首句	取法部分	
趙可	卜算子	明月在青天（頁31）	題序：「譜太白詩語」。	譜唐‧李白〈把酒問月〉詩入詞：「青天有月來幾時，我今停杯一問之。人攀明月不可得，月行卻與人相隨。皎如飛鏡臨丹闕，綠煙滅盡清輝發。但見宵從海上來，寧知曉向雲間沒。白兔擣藥秋復春，嫦娥孤棲與誰鄰。今人不見古時月，今月曾經照古人。古人今人若流水，共看明月皆如此。唯願當歌對酒時，月光長照金樽裡。」[22]
	鷓鴣天	十頃平波溢岸清（頁31）	揮彩筆，倒銀缾。	截取唐‧李白〈當塗趙炎少府粉圖山水歌〉：「名公繹思揮彩筆。」[23]字面。
趙秉文	水調歌頭	四明有狂客（頁46）	四明有狂客，呼我謫仙人。俗緣千劫不盡，回首落紅塵。	化用唐‧李白〈對酒憶賀監〉之一：「四明有狂客，風流賀季真。長安一相見，呼我謫先人。昔好杯中物，翻為松下塵。金龜換酒處，卻憶淚沾巾。」[24]詩意。

---

[21] 以下所引詞作，皆據唐圭璋編：《全金元詞‧金詞》上冊（北京：中華書局，2000年10月），頁31-48；及唐棣棣、盧德宏撰：〈《全金元詞》訂補附記〉，見唐圭璋編：《全金元詞‧元詞》下冊，頁1342。未免冗贅，故不逐一標註，逕於「首句」後註明頁數。

[22] 唐‧李白撰：〈把酒問月〉，收入清‧聖祖敕編：《全唐詩》第5冊（北京：中華書局，1979年8月），卷179，頁1827。

[23] 唐‧李白撰：〈當塗趙炎少府粉圖山水歌〉，收入清‧聖祖敕編：《全唐詩》第5冊，卷167，頁1724。

[24] 唐‧李白撰：〈對酒憶賀監〉之一，收入清‧聖祖敕編：《全唐詩》第6冊，卷182，頁1859。

2.取法白居易

國朝文人詞				取法情形說明
姓名	詞調	首句	取法部分	
趙可	鷓鴣天	十頃平波溢岸清（頁31）	草香沙煖水雲晴。	襲用唐・白居易〈寒食江畔〉：「草香沙暖水雲晴。」[25]詩句。
劉仲尹	浣溪沙	摩腹椎腰春事非（頁40）	樂天猶恨小樊歸。	用唐・白居易家之歌妓樊素，將放之歸，白居易作〈不能忘情吟〉，凡二百五十五言事。[26]

3.取法杜牧

國朝文人詞				取法情形說明
姓名	詞調	首句	取法部分	
王寂	採桑子	西風吹破揚州夢（頁32）	西風吹破揚州夢。	截取唐・杜牧〈遣懷〉：「十年一覺揚州夢。」[27]字面。
		十年塵土湖州夢（頁33）	十年塵土湖州夢。	改易唐・杜牧〈遣懷〉：「十年一覺揚州夢。」[28]字句。

4.取法李商隱

國朝文人詞				取法情形說明
姓名	詞調	首句	取法部分	
王寂	採桑子	十年塵土湖州夢（頁33）	空有靈犀一點通。	改易唐・李商隱〈無題〉二首之一：「心有靈犀一點通。」[29]字句。

---

[25] 唐・白居易撰：〈寒食江畔〉，收入清・聖祖敕編：《全唐詩》第13冊，卷439，頁4889。

[26] 見唐・白居易撰：〈不能忘情吟・序〉，收入清・聖祖敕編：《全唐詩》第14冊，卷461，頁5250。

[27] 唐・杜牧撰：〈遣懷〉，收入清・聖祖敕編：《全唐詩》第16冊，卷524，頁5998。

[28] 同前註。

[29] 唐・李商隱撰：〈無題〉二首之一，收入清・聖祖敕編：《全唐詩》第16冊，卷539，頁6163。

國朝文人詞				取法情形說明
姓名	詞調	首句	取法部分	
趙可	望海潮	雲垂餘髮（頁30）	記靈犀舊曲。	化用唐・李商隱〈無題〉二首之一：「心有靈犀一點通。」[30]詩意。
			此生未卜他生。	化用唐・李商隱〈馬嵬〉二首之二：「他生未卜此生休。」[31]詩意。
	鷓鴣天	十頃平波溢岸清（頁31）	十頃平波溢岸清。	襲用唐・李商隱〈病中早訪招國李十將軍，遇挈家遊曲江〉：「十頃平波溢岸清。」[32]詩句。

5.取法蘇軾

國朝文人詞				取法情形說明
姓名	詞調	首句	取法部分	
王寂	南鄉子	綽約玉為肌（頁34）	題序：「……戲作長短句，以明日黃花蝶也愁歌之。」	用宋・蘇軾〈南鄉子〉（霜降水痕收）：「萬事到頭都是夢，休休。明日黃花蝶也愁。」[33]之詞調。
	水調歌頭	岸柳飄疏翠（頁36）	題序：「……酒酣，為賦明月幾時有，蓋暮年游宦之情不能已也。」	用宋・蘇軾〈水調歌頭〉（明月幾時有）[34]之詞調。
			奈無情，風共雨，送新霜。嫁晚還驚衰早，容易度年芳。祇恐韶顏難駐，擬倩丹青寫照，誰喚劍南昌。我亦傷流落，老淚不成行。	化用宋・蘇軾〈王伯敭所藏趙昌花四首・芙蓉〉：「淒涼似貧女，嫁晚驚衰早，誰寫少年容，樵人劍南老。」[35]詩意。

---

[30] 同前註。

[31] 唐・李商隱撰：〈馬嵬〉二首之二，收入清・聖祖敕編：《全唐詩》第16冊，卷539，頁6177。

[32] 唐・李商隱撰：〈病中早訪招國李十將軍，遇挈家遊曲江〉，收入清・聖祖敕編：《全唐詩》第16冊，卷540，頁6203。

[33] 宋・蘇軾撰：〈南鄉子〉（霜降水痕收），收入唐圭璋編：《全宋詞》第1冊（北京：中華書局，1988年3月），頁282。

[34] 宋・蘇軾撰：〈水調歌頭〉（明月幾時有），收入唐圭璋編：《全宋詞》第1冊，頁280。

[35] 宋・蘇軾撰：〈王伯敭所藏趙昌花四首・芙蓉〉，收入傅璇琮等主編：《全宋詩》第14冊（北京：北京大學出版社，1991年7月-1998年12月），卷808，頁9360。

國朝文人詞				取法情形說明
姓名	詞調	首句	取法部分	
趙可	鷓鴣天	十頃平波溢岸清（頁31）	倒銀缾。	截取宋・蘇軾〈人日獵城南，會者十人，以身輕一鳥過槍急萬人呼為韻，得鳥字〉：「馬上倒銀瓶。」[36]字面。
			老來漸減金釵興。	襲用宋・蘇軾〈夜飲次韵（韻）畢推官〉：「老來漸減金釵興。」[37]詩句。
王庭筠	清平樂	今年春早（頁43）	風流全似梅花。承當疏影橫斜。	宋代王君卿謂林和靖〈梅花詩〉：「疏影橫斜水清淺，暗香浮動月黃昏。」為詠杏與桃李皆可用，而東坡曰：「可則可，只是杏花不敢承當。」[38]庭筠詞反用蘇軾語。
	水調歌頭	秋風禿林葉（頁44）	肝肺出芒角，漱墨作枯槎。	化用宋・蘇軾〈郭祥正家，醉畫竹石壁上，郭作詩為謝，且遺二古銅劍〉：「空腸得酒芒角出，肝肺槎牙生竹石。」[39]句意。
趙秉文	水調歌頭	四明有狂客（頁46）	我欲騎鯨歸去，只恐神仙官府，嫌我醉時真。笑拍群仙手，幾度夢中身。	化用宋・蘇軾〈水調歌頭〉（明月幾時有）：「我欲乘風歸去，只恐瓊樓玉宇，高處不聲寒，起舞弄清影，何似在人間。」[40]詩意。

---

[36] 宋・蘇軾撰：〈人日獵城南，會者十人，以身輕一鳥過槍急萬人呼為韻，得鳥字〉，收入傅璇琮等主編：《全宋詩》第14冊，卷801，頁9274。

[37] 宋・蘇軾撰：〈夜飲次韵（韻）畢推官〉，收入傅璇琮等主編：《全宋詩》第14冊，卷799，頁9251。

[38] 宋・王直方撰，郭信和、蔣凡點校：〈林逋詠梅〉，《王直方詩話》，收入吳文治主編：《宋詩話全編》第2冊（南京：江蘇古籍出版社，1998年12月），頁1147。

[39] 宋・蘇軾撰：〈郭祥正家，醉畫竹石壁上，郭作詩為謝，且遺二古銅劍〉，收入傅璇琮等主編：《全宋詩》第14冊，卷806，頁9342。

[40] 宋・蘇軾撰：〈水調歌頭〉（明月幾時有），收入唐圭璋編：《全宋詞》第1冊，頁280。

國朝文人詞				取法情形說明
姓名	詞調	首句	取法部分	
趙秉文	大江東去	秋光一片（頁47）	題序：「用東坡先生韻」。	用宋・蘇軾〈念奴嬌〉（大江東去）[41]之詞調。
			秋光一片，問蒼蒼桂影，其中何物。一葉扁舟波萬頃，四顧黏天無壁。叩枻長歌，嫦娥欲下，萬里揮冰雪。京塵千丈，可能容此人傑。	檃括宋・蘇軾〈赤壁賦〉：「白露橫江，水光接天。縱一葦之所如，凌萬頃之茫然。……於是飲酒樂甚，扣舷而歌之。歌曰：『桂棹兮蘭槳，擊空明兮泝流光。渺渺兮予懷，望美人兮天一方。』」[42]語意。
			我欲從公，乘風歸去，散此麒麟髮。	化用宋・蘇軾〈水調歌頭〉（明月幾時有）：「我欲乘風歸去，只恐瓊樓玉宇，高處不勝寒，起舞弄清影，何似在人間。」[43]詩意。
	缺月挂疏桐	烏鵲不多驚（頁47）	題序：「擬東坡作」。	擬宋・蘇軾〈卜算子〉（缺月挂疏桐）詞：「缺月挂疏桐，漏斷人初靜。時見幽人獨往來，縹緲孤鴻影。驚起卻回頭，有恨無人省。揀盡寒枝不肯棲，楓落吳江冷。」[44]

---

[41] 宋・蘇軾撰：〈念奴嬌〉（大江東去），收入唐圭璋編：《全宋詞》第1冊，頁282。

[42] 宋・蘇軾撰：〈赤壁賦〉，見宋・蘇軾撰，明・茅維編、孔凡禮點校：《蘇軾文集》第1冊（北京：中華書局，1986年3月），卷1，頁6。

[43] 宋・蘇軾撰：〈水調歌頭〉（明月幾時有），收入唐圭璋編：《全宋詞》第1冊，頁280。

[44] 宋・蘇軾撰：〈卜算子〉（缺月挂疏桐），收入唐圭璋編：《全宋詞》第1冊，頁295。

6.取法其他

國朝文人詞				取法情形說明
姓名	詞調	首句	取法部分	
王庭筠	謁金門	雙喜鵲（頁43）	雙喜鵲。幾報歸期渾錯。	化用任半塘編著《敦煌歌辭總編》卷二〈鵲踏枝〉：「叵奈靈鵲多瞞語。送喜何曾有憑據。」[45]詩意。
劉仲尹	琴調相思引	蠶欲眠時曰已曛（頁40）	羅敷猶小，陌上看行人。	化用樂府歌辭〈陌上桑〉：「羅敷憙蠶桑，採桑城南隅。……行者見羅敷，下擔捋髭鬚；少年見羅敷，脫帽著悄頭。耕者忘其犁，鋤者忘其鋤。……秦氏有好女，自名為羅敷。……二十尚不足，十五頗有餘。」[46]詩意。
王寂	驀山溪	山城塊坐（頁35）	折腰五斗，所得不償勞，松暗老，菊都荒，誰為開三徑。	反用晉・陶潛「不為五斗米折腰」事[47]；及化用陶潛〈歸去來〉：「三逕就荒，松菊猶存。」[48]詩意。
趙秉文	水龍吟	半生浮宦京華（頁1342）	廣武山前，武昌城下，昔人懷古。到而今、把酒中原北望，人空老，關河阻。	化用唐・崔顥〈黃鶴樓〉：「昔人已乘白雲去，此地空餘黃鶴樓。黃鶴一去不復返，白雲千載空悠悠。晴川歷歷漢陽樹，春草萋萋鸚鵡洲。日暮鄉關何處是，煙波江上使人愁。」[49]詩意。

---

[45] 任半塘編著：《敦煌歌辭總編》上冊（上海：上海古籍出版社，1987年12月），頁315。
[46] 收入宋・郭茂倩編：《樂府詩集》第2冊（北京：中華書局，1998年11月），卷28，頁410。
[47] 見唐・房玄齡等撰：〈隱逸・陶潛傳〉，《晉書》第8冊（北京：中華書局，1974年11月），卷94，頁2461。
[48] 收入梁・昭明太子蕭統輯，唐・李善注：《文選》（臺北：藝文印書館，1983年6月），卷45，頁19。
[49] 唐・崔顥撰：〈黃鶴樓〉，收入清・聖祖敕編：《全唐詩》第4冊，卷130，頁1329。

國朝文人詞				取法情形說明
姓名	詞調	首句	取法部分	
趙可	鷓鴣天	十頃平波溢岸清（頁31）	花枝照眼句還成。	襲用唐・杜甫〈酬郭十五受判官〉：「花枝照眼句還成。」[50]詩句。
			楚潤相看別有情。	襲用唐・鄭合〈及第後宿平康里詩〉：「楚潤相看別有情。」[51]詩句。
			輕衫短帽垂楊裏。	改易宋・王安石：〈菩薩蠻〉（數家茅屋閒臨水）：「單衫短帽垂楊裏。」[52]字句。
			回施春光與後生。	改易宋・黃庭堅〈病來十日不舉酒〉二首之一：「回施青春與後生。」[53]字句。

　　蓋由以上之歸納分析，可知國朝文人於金初「蘇學北行」之風格體式影響下，對蘇軾作品之接受，至為普遍而明顯；如金中葉王寂等5位國朝詞家中，即有4位詞作有取法蘇軾詩文之現象，且數量亦最多。明・王世貞《藝苑卮言》即曾言金人之詩：「其大旨不出蘇、黃之外。」[54]然此期之詞人，則不再將「蘇、黃」視為學習仿擬之唯一指歸，已跨越北宋，不受傳統價值取向所局限，其融化李白、白居易、杜牧、李商隱等唐人詩歌以入詞，使金詞於原有慷慨超曠之詞風中，漸趨呈現綺麗柔媚之樣態。此外，更上溯漢、魏、晉朝之作品及隋唐五代期間之敦煌歌辭，博采眾家之長，開拓轉

---

[50] 唐・杜甫撰：〈酬郭十五受判官〉，收入清・聖祖敕編：《全唐詩》第7冊，卷233，頁2579。

[51] 唐・鄭合撰：〈及第後宿平康里詩〉，收入清・聖祖敕編：《全唐詩》第19冊，卷667，頁7636。

[52] 宋・王安石撰：〈菩薩蠻〉（數家茅屋閒臨水），收入唐圭璋編：《全宋詞》第1冊，頁205。

[53] 宋・黃庭堅撰：〈病來十日不舉酒〉，收入傅璇琮等主編：《全宋詩》第17冊，卷996，頁11429。

[54] 明・王世貞著，羅仲鼎校注：《藝苑卮言校注》（濟南：齊魯書社，1992年7月），卷4，頁227。

化，建立自我之風格特色。

　　劉鋒燾《金代前期詞研究》曰：「金世宗大定及章宗明昌、承安年間，是金朝的盛世，政治、經濟諸方面都出現了前所未有的繁榮景象，金王朝走到了她『治世』的頂峰。這一時期作者輩出，詞人較多，但我們認為就詞壇之實際情況而言，這一時期詞作成就並不高；而就本期詞的特徵而言，可以說正是承平時代文人心態的一種形象化的反映。」[55]蓋文人們於詞中所體現之創作心態，絕非單一之心理活動；本書所闡述各家詞人之心態特徵，乃是就詞作內容析言其心靈情懷，並不是將之視為直線式之演變，而予截然劃分。反之，當是從辨其內在多種思維著手，以知其彼此匯流，相互影響，於交織作用下，具體呈現出整體樣貌。是以本書藉由對金代中期詞之情感意涵及創作心態之探討，發掘金代國朝詞人於變動時代中，罕為人知之心路歷程，冀能填補目前詞學研究之空白，但卻不免遭「伊摯言鼎」、「輪扁語斤」之譏。然金開誠《文藝心理學概論》曰：「文藝創作中的情感表現固然是抒發了作者自己的感情，但更要的目的還在於實現創作者與欣賞者之間的情感交流，即通過創作而在欣賞者心中引起對情感的體會以至於共鳴。文藝創作如果不能從情感上打動欣賞者，就不會有深入的審美活動，也不會有真正的社會效果。」[56]故不計毀譽，於此透過與金代中期詞人之「情感交流」，為詞壇栽下幼苗，相信只要辛勤灌溉、施肥，必能使金詞研究領域成為一片沃土，讓幼苗成長茁壯。

---

[55] 劉鋒燾著：《金代前期詞研究》（西安：陝西師範大學出版社，1998年5月），頁19。

[56] 金開誠著：《文藝心理學概論》（北京：北京大學出版社，2009年6月），頁196。

【主要參考書目】

一、經籍、史籍、方志、傳記等

漢・司馬遷撰：《史記》（全十冊），北京：中華書局，1963年6月。

漢・班固撰：《漢書》（全十二冊），北京：中華書局，1964年11月。

南朝宋・范曄撰：《後漢書》（全十二冊），北京：中華書局，1973年8月。

晉・陳壽撰：《三國志》（全五冊），北京：中華書局，1964年10月。

唐・房玄齡等撰：《晉書》（全十冊），北京：中華書局，1974年11月。

後晉・劉昫等撰：《舊唐書》（全十六冊），北京：中華書局，1975年5月。

宋・宇文懋昭撰，崔文印校證：《大金國志校證》（全二冊），北京：中華書局，1986年7月。

宋・張棣撰：《正隆事迹記》，收入《四庫全書存目叢書》史部第45冊，臺南：莊嚴文化事業公司，1996年8月。

金・王寂撰：《遼東行部志》，收入《叢書集成續編》第226冊，臺北：新文豐出版公司，1989年7月。

元・脫脫等撰：《金史》（全八冊），北京：中華書局，2005年4月。

明・楊循吉撰：《金小史》，收入《叢書集成續編》第276冊，臺北：新文豐出版公司，1989年7月。

明・宋濂等撰：《元史》第5冊，北京：中華書局，2005年4月。

清・畢沅編著：《續資治通鑑》，上海：上海古籍出版社，1990年6月。

清・長順等修，清・李桂林等纂：《吉林通志》第47冊，臺北：國家圖書館藏，清光緒17年（1891）刊本。

清・王樹枏編：《閑閑老人年譜》，收入《北京圖書館藏珍本年譜叢刊》第34冊，北京：北京圖書館出版社，1999年4月。

清・阮元校刻：《十三經注疏》，臺中：藍燈文化事業公司，出版年不詳。本文參考諸書如下：

　　　第2冊：漢・毛亨傳，漢・鄭玄箋，唐・孔穎達等正義：《毛詩正義》。

　　　第5冊：漢・鄭玄注，唐・孔穎達等正義：《禮記正義》。

《文淵閣四庫全書電子版》【內聯網版】，香港：迪志文化出版公司，2007年。本文參考諸書如下：

　　　後魏・酈道元撰：《水經注》。

　　　宋・徐夢莘撰：《三朝北盟會編》。

　　　清・和珅等奉敕撰：《欽定大清一統志》。

　　　清・儲大文等編纂：《山西通志》。

王慶生著：《金代文學家年譜》（全二冊），南京：鳳凰出版社，2005年3月。

何俊哲等著：《金朝史》，北京：中國社會科學出版社，1992年8月。

李桂芝著：《遼金簡史》，福州：福建人民出版社，2000年9月。

李宗懂著：《新編王庭筠年譜》，臺北：秀威資訊科技公司，2006年7月。

陶晉生著：《宋遼金元史新編》，臺北：稻鄉出版社，2003年10月。

二、詞學專著
（一）總集、選集

金・元好問編《中州樂府》，收入《叢書集成續編》第205冊，臺北：新文豐出版公司，1989年7月。

任半塘編著：《敦煌歌辭總編》（全三冊），上海：上海古籍出版

社，1987年12月。

曾昭岷等編著：《全唐五代詞》（全二冊），北京：中華書局，1999
　　年12月）。

唐圭璋編：《全宋詞》（全五冊），北京：中華書局，1988年3月。

唐圭璋編：《全金元詞》（全二冊），北京：中華書局，2000年10月。

周泳先編：《唐宋金元詞鈎沉》（全二冊），上海：商務印書館，
　　1937年線裝排印本。

嚴迪昌編選：《金元明清詞精選》，南京：江蘇古籍出版社，1995年
　　9月。

夏承燾、張璋編選，吳無聞等注釋：《金元明清詞選》，北京：人民
　　文學出版社，1997年7月。

（二）詞話

明・徐釚編著，王百里校箋：《詞苑叢談校箋》，北京：人民文學出
　　版社，1988年11月。

唐圭璋編：《詞話叢編》（全五冊），臺北：新文豐出版公司，1988
　　年2月臺1版。本文參考諸書如下：
　　　　第2冊：清・許昂霄撰：《詞綜偶評》。
　　　　第3冊：清・吳衡照撰：《蓮子居詞話》。
　　　　　　　　清・丁紹儀撰：《聽秋聲館詞話》。
　　　　第4冊：清・謝章鋌撰：《賭棋山莊詞話》。
　　　　第5冊：況周頤撰：《蕙風詞話》。

（三）近人論著

王兆鵬著：《唐宋詞史論》，北京：人民文學出版社，2000年1月。

王偉勇著：《宋詞與唐詩之對應研究》，臺北：文史哲出版社，2003

年6月。

牛海蓉著：《元初宋金遺民詞人研究》，北京：中國社會科學出版
　　社，2007年2月。

吳梅著：《詞學通論》，臺北：臺灣商務印書館，1988年4月。

沈家莊著：《宋詞的文化定位》，長沙：湖南人民出版社，2005年1月。

李藝著：《金代詞人群體研究》，北京：首都師範大學出版社，2008
　　年6月。

李靜著：《金詞生成史研究》，北京：中國社會科學出版社，2010年
　　9月。

唐圭璋主編：《金元明清詞鑒賞辭典》，上海：江蘇古籍出版社，
　　1989年5月。

馬興榮著：《詞學綜論》，濟南：齊魯書社，1989年11月。

張子良著：《金元詞述評》，臺北：華正書局，1979年7月。

黃文吉著：《宋南渡詞人》，臺北：臺灣學生書局，1985年5月。

黃兆漢著：《金元詞史》，臺北：臺灣學生書局，1992年12月。

黃拔荊著：《中國詞史》，福州：福建人民出版社，2003年5月。

楊柏嶺著：《唐宋詞審美文化闡釋》，合肥：黃山書社，2007年3月。

蔣哲倫等著《中國詩學史・詞學卷》，廈門：鷺江出版社，2002年9月。

劉鋒燾著：《金代前期詞研究》，西安：陝西師範大學出版社，1998
　　年5月。

劉鋒燾著：《宋金詞論稿》，北京：中國社會科學出版社，2002年4月。

劉揚忠著：《唐宋詞流派史》，福州：福建人民出版社，1999年3月。

三、詩文集、詩文評、詩話及筆記雜著等

晉・陸機撰，金濤聲點校：《陸機集》，北京：中華書局，1982年1月。

晉・郭象註：《莊子》，臺北：藝文印書館，1983年6月。

南朝宋・劉義慶撰，徐震堮著：《世說新語校箋》，臺北：文史哲出版社，1985年7月。

梁・昭明太子蕭統輯，唐・李善注：《文選》，臺北；藝文印書館，1983年6月。

梁・劉勰著，王更生注譯：《文心雕龍讀本》（全二冊），臺北：文史哲出版社，1985年3月。

宋・蘇軾撰，明・茅維編、孔凡禮點校：《蘇軾文集》（全六冊），北京：中華書局，1986年3月。

宋・韋居安著：《梅磵詩話》，收入清・阮元輯：《宛委別藏》第116冊，南京：江蘇古籍出版社，1988年2月。

宋・郭茂倩編：《樂府詩集》（全四冊），北京：中華書局，1998年11月。

宋・歐陽修著，洪本健校箋：《歐陽修詩文集校箋》（全三冊），上海：上海古籍出版社，2009年8月。

金・王庭筠撰，金毓黻輯錄《黃華集》，收入《叢書集成續編》第133冊，臺北：新文豐出版公司，1989年7月。

金・劉祁撰：《歸潛志》，北京：中華書局，1997年12月。

明・王世貞著，羅仲鼎校注：《藝苑卮言校注》，濟南：齊魯書社，1992年7月。

清・王先謙著：《荀子集解》，臺北：藝文印書館，1977年2月。

清・聖祖敕編：《全唐詩》增訂本（全二十五冊），北京：中華書局，1979年8月。

清・永瑢、紀昀等撰：《四庫全書總目提要》（全五冊），臺北：臺灣商務印書館，1983年10月。

清・錢謙益著，清・錢曾箋注，錢仲聯標校：《牧齋初學集》，上海：上海古籍出版社，1985年9月。

清・趙翼著，霍松林、胡主佑校點：《甌北詩話》，北京：人民文學

出版社，1998年5月。

清・張金吾輯：《金文最》，收入《續修四庫全書》第1654冊，上海：上海古籍出版社，2002年3月。

清・翁方綱撰：《石洲詩話》，收入《續修四庫全書》第1704冊，上海：上海古籍出版社，2002年3月。

《文淵閣四庫全書電子版》【內聯網版】，香港：迪志文化出版公司，2007年。本文參考諸書如下：

　　周・列禦寇撰：《列子》。

　　漢・劉向撰：《列仙傳》。

　　漢・班固撰：《漢武帝內傳》。

　　晉・陶潛撰：《搜神後記》。

　　唐・白居易撰：《白氏長慶集》。

　　唐・孟棨撰：《本事詩》。

　　唐・歐陽詢等奉敕撰：《藝文類聚》。

　　宋・李昉等奉敕撰：《太平廣記》。

　　宋・楊萬里撰，楊長孺編：《誠齋集》。

　　金・王寂撰：《拙軒集》。

　　金・趙秉文撰：《滏水集》。

　　金・元好問編：《中州集》。

　　元・辛文房撰：《唐才子傳》。

　　元・郝經撰：《陵川集》。

　　元・蘇天爵編：《元文類》。

　　明・李日華撰：《六研齋筆記》。

呂德申著：《鍾嶸《詩品》校釋》，北京：北京大學出版社，2000年10月。

吳文治主編：《宋詩話全編》（全十冊），南京：江蘇古籍出版社，1998年12月。

姚奠中主編，李正民增訂：《元好問全集》（全二冊），太原：山西古籍出版社，2004年1月。

陳衍撰：《金詩紀事》，臺北：鼎文書局，1971年9月。

傅錫壬註譯：《新譯楚辭讀本》，臺北：三民書局，1987年12月。

傅璇琮等主編：《全宋詩》（全七十二冊），北京：北京大學出版社，1991年7月-1998年12月。

薛瑞兆、郭明志編纂：《全金詩》（全四冊），天津：南開大學出版社，1995年11月。

閻鳳梧主編：《全遼金文》（全三冊），太原：山西古籍出版社，2002年8月。

四、其他專書

丁放著：《金元明清詩詞理論史》，合肥：安徽大學出版社，2001年6月。

王夢鷗校釋：《唐人小說校釋》（全二冊），臺北：正中書局，1988年11月。

王德朋著：《金代漢族士人研究》，北京：中國社會科學出版社，2006年2月。

王先霈著：《文藝心理學讀本》，武漢：華中師範大學出版社，2009年8月。

王慶生編著：《金代文學編年史》（全二冊），北京：中華書局，2013年3月。

牛貴琥著：《金代文學編年史》（全二冊），合肥：安徽大學出版社，2011年3月。

牛貴琥、張建偉編：《女真政權下的文學研究》，太原：三晉出版社，2011年10月。

朱瑞熙等著：《宋遼西夏金社會生活史》，北京：中國社會科學出版社，2005年8月。

吳思敬著：《心理詩學》，北京：首都師範大學出版社，1996年10月。

吳在慶著：《唐代文士的生活心態與文學》，合肥：黃山書社，2006年9月。

金開誠著：《文藝心理學概論》，北京：北京大學出版社，2009年6月。

周惠泉著：《金代文學研究》，臺北：文津出版社，2000年4月。

胡傳志著：《金代文學研究》，合肥：安徽大學出版社，2005年5月。

胡傳志著：《宋金文學的交融與演進》，北京：北京大學出版社，2013年3月。

洪子誠著：《作家姿態與自我意識》，北京：北京大學出版社，2010年1月。

張晶著：《遼金元詩歌史論》，長春：吉林教育出版社，2006年5月。

傅璇琮、蔣寅總主編，張晶分卷主編：《中國古代文學通論‧遼金元卷》，瀋陽：遼寧人民出版社，2005年5月。

楊軍著：《宋元三教融合與道教發展研究》，成都：巴蜀書社，2009年11月。

楊忠謙著：《政權對立與文化融合──金代中期詩壇研究》，北京：人民出版社，2010年8月。

詹杭倫著：《金代文學史》，臺北：貫雅文化事業公司，1993年5月。

麼書儀著：《元代文人心態》，北京：文化藝術出版社，2001年1月。

劉達科著：《佛禪與金朝文學》，鎮江：江蘇大學出版社，2010年12月。

魯樞元著：《創作心理研究》，淮陽：黃河文藝出版社，1985年7月。

錢谷融、魯樞元主編：《文學心理學》，上海：華東師範大學出版社，2008年4月。

韓世明編著：《遼金生活掠影》，瀋陽：瀋陽出版社，2002年4月。

晶立中著：《金代名士黨懷英研究》，長春：吉林大學出版社，2012

年12月。

瑞士‧卡爾‧古斯塔夫‧榮格著，馮川、蘇克譯：《心理學與文學》，南京：譯林出版社，2011年9月。

五、學位論文

于東新撰：《多民族文化背景下的金代詞人群體研究》，保定：河北大學博士學位論文，2010年6月。

王定勇撰：《金詞研究》，揚州：揚州大學博士學位論文，2006年5月。

李楠撰：《金代文學家王寂研究》，通遼：內蒙古民族大學碩士學位論文，2010年4月。

李焱撰：《王寂交游考論》，大連：遼寧師範大學碩士學位論文，2012年4月。

洪光勳撰：《趙秉文詩研究》，臺北：國立臺灣大學中國文學研究所碩士論文，1987年6月。

胡梅仙撰：《金代大定、明昌詞研究》，廣州：暨南大學碩士學位論文，2005年6月。

陳昭揚撰：《征服王朝下的士人──金代漢族士人的政治、社會、文化論析》，國立清華大學歷史研究所博士論文，2007年6月。

張懷寧撰：《王寂詩歌研究》，哈爾濱：黑龍江大學碩士學位論文，2008年5月。

張毅慧撰：《論趙秉文的文學觀與創作的關係》，太原：山西大學碩士學位論文，2010年6月。

廖婉如撰：《金代中葉大定、明昌年間（1161-1196）文士詞研究》，臺北：國立政治大學中國文學系碩士學位論文，2011年7月。

蔡維倫撰：《王寂及其文學研究》，宜蘭：佛光大學文學系碩士論文，2013年7月。

鄭靖時撰：《金代文學之研究》，臺北：政治大學中國文學研究所博
　　士論文，1987年7月。

鄭靜嫻撰：《王寂《拙軒集》詩作研究》，石家莊：河北師範大學碩
　　士學位論文，2011年3月。

六、期刊論文

于東新撰：〈關於金代大定、明昌詞風的文化考察〉，《齊魯學刊》
　　2010年第4期。

毛曦撰：〈心理史學及其應用的方法論原則〉，《唐都學刊》1992年
　　第1期。

王兆鵬、劉尊明撰：〈風雲豪氣，慷慨高歌──簡說金詞〉，《古典
　　文學知識》1997年第5期。

王昊撰：〈論金詞北派風格之成因〉，《洛陽師範學院學報》2001年
　　第6期。

王曉驪撰：〈滄桑感和避世心交織出的心靈悲吟：元末明初詞人心態
　　研究〉，《中國韻文學刊》2002年第2期。

王定勇撰：〈論金源詞人王寂〉，《民族文學研究》2009年第3期。

王昕撰：〈金人趙秉文擬作論析〉，《哈爾濱學院學報》第32卷第1
　　期，2011年1月。

包根弟撰：〈王庭筠詞初探〉，《輔仁國文學報》增刊，2006年1月。

任蕾撰：〈金世宗完顏雍發展農業生產之管見〉，《博物館研究》
　　2000年第2期。

辛一江撰：〈論金詞風格的成因〉，《昆明師專學報》1995年9月。

李文澤撰：〈深裘大馬歌悲風──金代詩詞文學創作論略〉，《四川
　　大學學報》2002年第4期。

李藝撰：〈談金代詞人的群體劃分〉，《語文學刊》2004年第6期。

李藝撰：〈金代的俳諧詞人趙可〉，《文史知識》2007年第1期。

李楠撰：〈論金代王寂詞的藝術特質〉，《集寧師專學報》第31卷第1
　　期，2009年3月。

李淑岩撰：〈仕與隱的徘徊矛盾——金中期漢族文士的創作心理〉，
　　《名作欣賞》2012年第26期。

宋德金撰：〈金源文化的歷史地位〉，《學理論》2008年第6期。

周惠泉撰：〈金代文學家王寂生平仕歷考〉，《文學遺產》1986年第
　　6期。

金啟華撰：〈金詞論綱〉，收入夏承燾等主編：《詞學》第4輯，上
　　海：華東師範大學出版社，1986年8月。

武勇撰：〈漢文化影響下的金大定、明昌詞〉，《安慶師範學院學
　　報》第30卷第5期，2011年5月。

胡傳志撰：〈金代「國朝文派」的性質及其內涵新探〉，《江蘇大學
　　學報》第11卷第2期，2009年3月。

馬赫撰：〈王庭筠生年及其〈大江東去〉詞的寫作年代〉，《文史》
　　第28輯，1987年3月。

馬赫撰：〈略論金代遼東詩人王庭筠〉，《社會科學輯刊》1987年第
　　5期。

郝樸寧撰：〈「邊塞詞」創作心態分析〉，《雲南師範大學學報》第
　　30卷第5期，1998年10月。

夏宇旭撰：〈試論趙秉文的儒家思想及實踐〉，《松遼學刊》第1
　　期，2002年2月。

夏宇旭、汪澎瀾撰：〈試論趙秉文的修身思想〉，《吉林師範大學學
　　報》第3期，2003年6月。

晏選軍撰：〈貞祐南渡與士風變遷——對金末文壇的一個側面考
　　察〉，《社會科學輯刊》2003年第5期。

陳昭揚撰：〈金代漢族士人的地域分布——以政治參與為中心的考
　　察〉，《漢學研究》第26卷第1期，2008年3月。

張倉禮撰：〈金代詞人群體的組成〉，《東北師大學報》1987年第4期。

張晶撰：〈乾坤清氣得來難：試論金詞的發展與詞史價值〉，《學術月刊》1996年第5期。

張毅慧撰：〈論趙秉文詩歌中的儒佛道思想〉，《山西煤炭管理幹部學院學報》2009年第2期。

許鶴撰：〈王寂生平與思想考辨〉，《阜陽師範學院學報》2011年第3期。

楊果撰：〈金代翰林與政治〉，《北方文物》1994年第4期。

寧宗一撰：〈探尋心靈的辯證法──讀麼著《元代文人心態》兼論心史之研究〉，《山西大學學報》1997年第3期。

寧宗一撰：〈關注古代作家的心態研究〉，《文學遺產》1997年第5期。

趙永春撰：〈試論金人的「中國觀」〉，《中國邊疆史地研究》2009年第4期。

鄭靖時撰：〈「金源一代坡仙」──趙秉文〉，《興大中文學報》第4期，1991年1月。

劉澤撰：〈忙裡偷閑喝一杯──〈雨中花慢・代州南樓〉中的趙可心態〉，《名作欣賞》1995年第5期。

劉揚忠撰：〈論金代文學中所表現的「中國」意識和華夏正統觀念〉，《吉林大學社會科學學報》第45卷第5期，2005年9月。

劉達科撰：〈金朝科舉與文學〉，《社會科學輯刊》2007年第3期。

鍾振振撰：〈論金元明清詞〉，收入中央研究院中國文哲研究所編委會主編：《第一屆詞學國際研討會論文集》，臺北：中央研究院中國文哲研究所籌備處，1994年11月。

附錄

金代中期國朝文人詞箋注

【凡例】

一、本箋注以唐圭璋《全金元詞・金詞》上冊（北京：中華書局，2000年10月）為底本。

二、同一詞人反覆出現之詞語、典故等，第一次出現時，予以詳註，之後為免冗贅，則以「參見前註」為解。

三、本箋注所徵引之詩、詞、文等，有出自下列諸書者，僅標明冊數、卷數、頁數，不另註出版項。

　　曾昭岷等編著：《全唐五代詞》（全二冊），北京：中華書局，1999年12月。

　　唐圭璋編：《全宋詞》（全五冊），北京：中華書局，1988年3月。

　　孔凡禮輯：《全宋詞補輯》，臺北：源流文化事業公司，1982年12月。

　　清・聖祖敕編：《全唐詩》增訂本（全二十五冊），北京：中華書局，1979年8月。

　　傅璇琮等主編：《全宋詩》（全七十二冊），北京：北京大學出版社，1991年7月-1998年12月。

　　清・阮元校刻：《十三經注疏》（全八冊），臺中：藍燈文化事業公司，出版年不詳。

　　《文淵閣四庫全書電子版》【內聯網版】，香港：迪志文化出版公司，2007年。

四、本箋注內容，主要係參考以下圖書資料及網站資源：

　　三民書局大辭典編纂委員會編輯：《大辭典》（全三冊），臺

北：三民書局，1985年8月。

漢語大詞典編輯委員會編纂：《漢語大詞典》（全十二冊），
　　上海：上海辭書出版社，1986年11月-1993年11月。

王洪主編：《唐宋詞百科大辭典》，北京：學苑出版社，1990
　　年9月。

金啟華主編：《全宋詞典故考釋辭典》，長春：吉林文史出版
　　社，1991年1月。

范之麟主編：《全宋詞典故辭典》（上、下冊），武漢：湖北
　　辭書出版社，2001年5月。

馬興榮等主編：《中國詞學大辭典》，杭州：浙江教育出版
　　社，1996年10月。

邱樹森主編：《中國歷代人名辭典》，南昌：江西教育出版
　　社，1989年3月。

鄧紹基、楊鐮主編：《中國文學家大辭典・遼金元卷》，北
　　京：中華書局，2006年5月。

「教育部重編國語辭典修訂本」，網址：http://dict.revised.
　　moe.edu.tw

「漢典」，網址：http://www.zdic.net

「搜韻──詩詞門戶網站」，網址：http://sou-yun.com/index.aspx

「維基百科」，網址：http://zh.wikipedia.org

「百度百科」，網址：http://baike.baidu.com

【目次】

一、【王寂詞箋注】

1. 〈**昭君怨**〉江行

　　一曲清江①環碧②。兩岸蕭蕭蘆荻。③烟（煙）雨暗西山。④有
無閒。⑤　　有酒須當⑥痛飲⑦。百歲⑧黃梁（粱）一枕⑨。
瞵⑩莫放愁閒。上眉端。⑪（頁32）

①**一曲清江**：一曲，水流彎曲處；猶一彎。清江，水色清澄的
　　江。宋・陸游〈舍北晚步〉：「三叉古路殘蕪裡，一曲清江淡靄
　　中。」（《全宋詩》第40冊，卷2191，頁25007。）

②**環碧**：曲折迴旋的碧水。

③**兩岸蕭蕭蘆荻**：兩岸，水流兩旁的陸地。蕭蕭，形容風聲；亦有
　　蕭條、寂靜之意。蘆荻，蘆與荻。蘆，植物名；多生長於溪流兩
　　岸或沼澤、溼地等水分充足的地方，花穗呈紫色，莖細緻光澤，
　　可編織蘆簾、蘆蓆，亦可造紙。荻，植物名；生長於水邊或原
　　野，葉子長形，秋天抽紫色花穗，與蘆同類，地上莖細而直立，
　　可織席，亦可作造紙原料。宋・王質〈長相思〉（山青青）：
　　「山青青。水青青。兩岸蕭蕭蘆荻林。水深村又深。」（《全宋
　　詞》第3冊，頁1636。）

④**煙雨暗西山**：煙雨，濛濛細雨；如煙霧般的細雨。暗，光線不
　　足、不明亮；猶遮蔽。西山，西方的山；引申為日入處。宋・蘇
　　軾〈望江南〉（春未老）：「試上超然臺上看，半壕春水一城
　　花。煙雨暗千家。」（《全宋詞》第1冊，頁295。）

⑤**有無閒**：有無，有或無。閒，同「間」；中間。

⑥**須當**：應當。

⑦**痛飲：**盡情的喝酒。

⑧**百歲：**百年，指長時間；比喻為人的一生、終身、畢生。

⑨**黃粱一枕：**黃粱，一種雜糧，穗大毛長，不耐水旱，即黃小米。
枕，躺著的時候，把頭放在枕頭上或器物上。一枕，猶言一臥；
臥必以枕，故稱。唐・沈既濟〈枕中記〉：「開元七年，道士有
呂翁者，得神仙術，行邯鄲道中，息邸舍，攝帽弛帶，隱囊而
坐，俄見旅中少年，乃盧生也。衣短褐，乘青駒，將適於田，
亦止於邸中，與翁共席而坐，言笑殊暢。久之，盧生顧其衣裝
敝褻，乃長歎息曰：『大丈夫生世不諧，困如是也！』……時主
人方蒸黍。翁乃探囊中枕以授之，曰：『子枕吾枕，當令子榮適
如志。』其枕青甆，而竅其兩端。生俛首就之，見其竅漸大，明
朗，乃舉身而入，遂至其家。數月，娶清河崔氏女。……明年，
舉進士，登第；……三載，出典同州，遷陝牧。……大破戎虜，
斬首七千級，……歸朝冊勳，恩禮極盛。……嘉謨密令，一日三
接，獻替啟沃，號為賢相。同列害之，復誣與邊將交結，所圖不
軌。制下獄。……數年，帝知冤，復追為中書令，封燕國公，恩
旨殊異。生五子……，皆有才器。……其姻媾皆天下望族。有孫
十餘人。兩竄荒徼，再登臺鉉，出入中外，迴翔臺閣，五十餘
年，崇盛赫奕。……前後賜良田、甲第、佳人、名馬，不可勝
數。後年漸衰邁，屢乞骸骨，不許。病，中人候問，相踵於道，
名醫上藥，無不至焉。……是夕薨。盧生欠伸而悟，見其身方偃
於邸舍，呂翁坐其傍，主人蒸黍未熟，觸類如故。生蹶然而興，
曰：『豈其夢寐也？』翁謂生曰：『人生之適，亦如是矣。』生
憮然良久，謝曰：『夫寵辱之道，窮達之運，得喪之理，死生之
情，盡知之矣。此先生所以窒吾欲也。敢不受教！』稽首再拜而
去。」（見王夢鷗校釋：《唐人小說校釋》上冊，臺北：正中書

局，1989年4月，頁23-25。）後因以「黃粱夢」，比喻功名富貴
如夢一般，轉眼成空，短促而虛幻；表現富貴如雲，人生如夢的
感嘆。宋・李曾伯〈沁園春〉（二十年前）：「一枕黃粱，滿頭
白髮，屈指舊游能幾人。」（《全宋詞》第4冊，頁2822。）

⑩瞰：音ㄎㄢˋ；看、眺望、遠望；從高處往下看。

⑪上眉端：眉端，眉頭、眉尖；雙眉附近處。宋・向子諲〈南歌
　　子〉（柳眼風前動）：「新愁不耐上眉端。怕見長安歸路、懶凭
　　欄。」（《全宋詞》第2冊，頁967。）

2.〈點絳脣〉上①太夫人②壽③

　阿母瑤池，④夢迴（迴）⑤風露青冥⑥曉⑦。六宮⑧儀表⑨。曹
　大家⑩風⑪好。　　滿眼兒孫，⑫大國⑬金花誥⑭。頭如葆⑮。
　未嘗聞道。⑯冷笑⑰西河老⑱。（頁32）

①上：進獻、送上。

②太夫人：稱謂；舊時尊稱自己的母親為太夫人。後世官吏之母，
　　不論存歿，亦稱太夫人。

③壽：生日；祝人長壽。

④阿母瑤池：阿母，此指母親；或謂神話人物西王母。舊題漢・郭
　　憲《洞冥記》：「朔（東方朔）以元封中遊濛鴻之澤，忽見王母
　　采桑於白海之濱。俄有黃翁指阿母以告朔曰：『昔為吾妻，託形
　　為太白之精，今汝此星精也。……』」（收入《文淵閣四庫全書
　　電子版》【內聯網版】，卷1，頁2。）瑤池，仙界的天池，傳說
　　中在崑崙山上，西王母所居，周穆王西征曾在此受西王母宴請；
　　後泛指神仙居住的地方。漢・司馬遷《史記》卷一百二十三〈大
　　宛列傳〉：「太史公曰：〈禹本紀〉言『河出崑崙。崑崙其高二

千五百餘里，日月所相避隱為光明也。其上有醴泉、瑤池。』」
（第10冊，北京：中華書局，1963年6月，頁3179。）此謂美
池，多指宮苑中的池。宋・劉克莊〈滿江紅〉（見宰官身）：
「阿母瑤池枝上實，仙人太華峯頭藕。」（《全宋詞》第4冊，
頁2618。）

⑤**夢迴**：從夢中醒來。

⑥**風露青冥**：風露，風和露。青冥，形容青蒼幽遠，指青天、蒼
天；或仙境、天庭。宋・陸游〈夏夜起坐南亭達曉不復寐〉：
「風露青冥近九秋，脫巾扶杖冷颼颼。」（《全宋詩》第39冊，
卷2155，頁24296。）

⑦**曉**：天明、清晨；天剛亮的時刻。

⑧**六宮**：古代皇后的寢宮，正寢一，燕寢五，合為六宮。《禮記》
卷六十一〈昏義〉：「古者，天子后立六宮，三夫人、九嬪、二
十七世婦、八十一御妻，以聽天下之內治，以明章婦順，故天下
內和而家理。」（收入清・阮元校刻：《十三經注疏》第5冊，
頁10。）漢・鄭玄注：「天子六寢，而六宮在後，六官在前，所
以承副施外內之政也。」（同上）因用以稱后妃或其所居之地。

⑨**儀表**：準則、模範；指人的外表，容貌、姿態、風度等。

⑩**曹大家**：人名；班昭，字惠班，一名姬，東漢班彪之女，班固、
班超之妹，嫁曹世叔，早寡；博學高才，固著《漢書》、〈八
表〉及〈天文志〉未竟而卒，和帝詔昭續成之；屢受召入宮，為
皇后諸貴人師，號曰「大家」，故世稱為「曹大家」，著有《女
誡》等。家，通「姑」。

⑪**風**：神態、作為、氣韻。

⑫**滿眼兒孫**：滿眼，充滿視野。兒孫，子孫；亦泛指後代。唐・竇
鞏〈代鄰叟〉：「滿眼兒孫身外事，閒梳白髮對殘陽。」（《全

唐詩》第8冊，卷271，頁3053。）

⑬**大國**：富庶而強大的國家，泛指大的國家；此指金朝。

⑭**金花誥**：古代以金花綾羅紙書制的賜爵封贈的誥書。舊題宋‧胡繼宗《書言故事大全》卷之八〈未集‧命婦類〉：「婦人誥，謂金花誥。」（收入日‧長澤規矩也編：《和刻本類書集成》第三輯，上海：上海古籍出版社，1990年7月，頁144。）誥，音ㄍㄠˋ；文體名，古代用來告誡他人的文字，後成為君王諭令臣下的專用文體，或帝王任命、封贈的文書

⑮**葆**：古代有鳥羽裝飾的一種儀仗。

⑯**未嘗聞道**：未嘗，未曾、不曾。聞道，聽說；領會某種道理。《論語》卷四〈里仁〉：「子曰：朝聞道，夕死可矣。」（收入清‧阮元校刻：《十三經注疏》第8冊，頁3。）魏‧何晏集解，宋‧邢昺疏《論語注疏》：「正義曰：此章疾世無道也。設若早朝聞世有道，暮夕而死，可無恨矣。言將至死不聞世之有道也。」（同上）

⑰**冷笑**：含有譏誚、輕蔑、不滿、怒意，或無可奈何等心情的笑。

⑱**西河老**：《禮記》卷七〈檀弓上〉：「吾（曾子）與女（子夏）事夫子於洙泗之間，退而老於西河之上。」（收入清‧阮元校刻：《十三經注疏》第5冊，頁8。）漢‧鄭玄注：「西河，龍門至華陰之地。」（同上）後即以「西河」為孔子弟子子夏的代稱。

3. 又 閨思

　　疏雨池塘①，一番雨過②香成陣③。海榴紅褪。④燕語⑤低相問⑥。　　冰簟紗幬，⑦玉骨⑧涼生潤⑨。沈烟（沉煙）噴。⑩日長人困。⑪枕破斜紅暈。⑫（頁32）

①**疏雨池塘**：疏，稀少、不密。池塘，蓄水的坑，一般不太大，也不太深。宋・王詵〈行香子〉（金井先秋）：「雨微煙淡。疏雨池塘。」（《全宋詞》第1冊，頁273。）

②**一番雨過**：一番，一回、一次、一陣。宋・仲殊〈虞美人〉（一番雨過年芳淺）：「一番雨過年芳淺。裊裊心情懶。」（《全宋詞》第1冊，頁548。）

③**香成陣**：陣，量詞；計算事情或動作的單位，指事情或動作經過的段落。宋・朱敦儒〈桃源憶故人〉（雨斜風橫香成陣）：「雨斜風橫香成陣。春去空留春恨。」（《全宋詞》第2冊，頁853。）

④**海榴紅褪**：即石榴，又名海石榴，因來自海外，故名；五月開紅色花。果實也稱為「石榴」，為球形，呈深黃色，熟時會自行裂開，種子多漿，可食，古代詩文中多指石榴花。褪，消減、消失；凋謝。宋・曹勛〈水龍吟〉（海榴紅暖）：「海榴紅暖。圓荷翠小，榭閣薰風淺。」（《全宋詞》第2冊，頁1222。）

⑤**燕語**：指燕子鳴叫。

⑥**低相問**：低，聲音小。相問，詢問、質問。

⑦**冰簟紗幬**：冰簟，涼席；清涼如冰的簟席。簟，音ㄉㄧㄢˋ；指日常用來作障蔽和供坐臥鋪墊用的葦席或竹席。紗幬，紗帳；室內張施用以隔層或避蚊。幬，音ㄔㄡˊ；形狀似櫥子的床帳。宋・葛郯〈洞仙歌〉（璚樓十二）：「暗香來水閣，冰簟紗廚，一枕風輕自無暑。」（《全宋詞》第3冊，頁1543。）

⑧**玉骨**：清瘦秀麗的身架；多形容女子的體態。

⑨**涼生潤**：涼，微寒、清涼。生，滋生、產生。潤，使潮溼、不枯乾；形容細膩光滑。

⑩**沉煙噴**：沉煙，指點燃的沉香；其木質堅色黑，為著名香料，因置於水中會下沉，所以稱為「沉香」；又可用來治療嘔吐、氣喘

等病症。噴：音ㄆㄣ丶；氣味撲鼻。宋・晁端禮〈綠頭鴨〉（錦堂深）：「錦堂深，獸爐輕噴沈（沉）煙。」（《全宋詞》第1冊，頁418。）

⑪**日長人困**：日長，指時間相隔距離大。困，疲倦、疲憊；指疲乏想睡。宋・曾協〈踏莎行〉（柳眼傳情）：「燕語鶯啼，日長人困。魚沈（沉）雁斷無音信。」（《全宋詞》第2冊，頁1357。）

⑫**枕破斜紅暈**：枕，墊在底下的；以頭枕物，或指臥、睡。破，碎裂、毀壞；使完整的東西受到損壞而不完整。斜紅，指人頭上所戴的紅花。暈，音ㄧㄣ丶；傷口沒破皮而出現的紫紅色印子。宋・蘇軾〈四時詞四首・夏〉：「高樓睡起翠眉嚬。枕破斜紅未肯勻。」（《全宋詩》第14冊，卷804，頁9313。）

4.〈菩薩蠻〉春閨①

回文錦字殷勤織。②歸鴻③點破④晴空⑤碧⑥。上盡最高樓。⑦闌干曲曲愁。⑧　　黃昏猶竚立。⑨何處⑩砧聲⑪急。強欲醉烏程⑫。醒時月滿庭。（頁32）

①**春閨**：女子的臥房；亦指閨中的女子。閨，女子所住的內室。
②**回文錦字殷勤織**：回文，反覆顛倒均能成誦的詩詞，也作「迴文」。錦字，織在錦上的字句。唐・房玄齡《晉書》卷九六〈列女・竇滔妻蘇氏〉：「竇滔妻蘇氏，始平人也，名蕙，字若蘭。善屬文。滔，苻堅時為秦州刺史，被徙流沙，蘇氏思之，織錦為迴文旋圖詩以贈滔。宛轉循環以讀之，詞甚悽惋，凡八百四十字。」（第8冊，北京：中華書局，1974年11月，頁2523。）後多用以指妻子給丈夫的表達思念之情的書信。殷勤，辛勤、勤奮；亦指情意深厚。宋・王安中〈點絳脣〉（峴首亭空）：「將歸

思。暈紅縈翠。細織回文字。」（《全宋詞》第2冊，頁754。）

③**歸鴻**：歸雁，詩文中多用以寄託歸思。

④**點破**：改變原來的狀況。宋·石孝友〈減字木蘭花〉（新荷小小）：「小小新荷。點破清光景趣多。」（《全宋詞》第3冊，頁2049。）

⑤**晴空**：清朗的天空。

⑥**碧**：青綠色。

⑦**上盡最高樓**：唐·李商隱〈夕陽樓〉：「花明柳暗繞天愁，上盡重城更上樓。」（《全唐詩》第16冊，卷540，頁6188。）唐·白居易〈寄遠〉：「坐看新落葉，行上最高樓。」（《全唐詩》第13冊，卷442，頁4938。）

⑧**闌干曲曲愁**：闌干，用竹、木、磚石或金屬等構制而成，設於亭臺樓閣或路邊、水邊等處作遮攔用；亦作「欄杆」。曲曲，彎曲、宛轉。宋·胡翼龍〈西江月〉（水霽芹香燕觜）：「闌干曲曲是回腸。倚到西廂月上。」（《全宋詞》第5冊，頁3069。）

⑨**黃昏猶竚立**：黃昏，太陽將落，天快黑的時候。猶，仍舊、還。竚立，久立；泛指站立。竚，同「佇」。宋·陳著〈綺羅香〉（障暑稠陰）：「知音人自暗省，凝睇青雲影裏，黃昏猶竚。」（《全宋詞》第4冊，頁3050。）

⑩**何處**：那裡、那兒，什麼地方；疑問之詞。

⑪**砧聲**：搗衣聲。砧，音ㄓㄣ；洗衣時用來輕搥衣服的石塊，泛指捶、砸或切東西的時候，墊在底下的器具。

⑫**烏程**：古名酒產地，有二說：一謂在豫章康樂縣（今江西省萬載縣）烏程鄉；一謂在湖州烏程縣（今浙江省湖州市）；亦指美酒。西晉·張景陽〈七命〉八首之七：「乃有荊南烏程，豫北竹葉。」（收入梁·昭明太子蕭統輯，唐·李善注：《文選》，

臺北：藝文印書館，1983年6月，卷35，頁14。）唐・李善注：
「盛弘之《荊州記》曰：淥水出豫章康樂縣。其閒烏程鄉，有酒
官取水為酒，酒極甘美。……吳《地理志》曰：吳興烏程縣，
酒有名。」（同上）宋・樂史《太平寰宇記》卷九十四〈江南東
道六・湖州〉：「按《郡國志》云：古烏程氏居此，能醞酒，故
以縣名。」（收入《文淵閣四庫全書電子版》【內聯網版】，頁
4。）宋・葛郯〈滿庭霜〉（歸去來兮）：「把烏程爛醉，不數
郫筒。」（《全宋詞》第3冊，頁1544。）

5.又

鎮犀①不動紅鑪②窄③。宿酲④惱損⑤金釵客⑥。瑞鴨靉彫盤。⑦
白毫⑧起鼻端⑨。　　　韓郎⑩雙鬢⑪老。簡裏⑫知音少⑬。留取⑭
麝煤殘⑮。臨⑯鸞⑰學⑱遠山⑲。（頁32）

①**鎮犀**：指用犀牛角製的用具。

②**紅鑪**：燒得很旺的火爐。鑪，通「爐」；火爐，可供燃燒以盛火
　的器具；取暖、做飯或冶煉用的設備；亦指香爐、熏爐。

③**窄**：狹小的；此有整齊、漂亮之意。

④**宿酲**：猶宿醉，前夜喝酒而病醉未醒。酲，音ㄔㄥˊ；病酒也，
　飲酒後身體不舒服，或酒後神智不清的樣子。

⑤**惱損**：猶惱殺、惱壞、惱甚。惱，氣恨、發怒；此指麻煩、打擾。

⑥**金釵客**：妓女；因其頭戴金釵，故稱。

⑦**瑞鴨靉彫盤**：瑞鴨，鴨形香爐的美稱。靉，音ㄞˋ；雲很多的
　樣子；此指香煙繚繞貌。彫盤，雕飾的盤子。彫，通「雕」字；
　刻鏤。宋・蘇軾〈滿庭芳〉（香靉雕盤）：「香靉雕盤，寒生冰
　箸，畫堂別是風光。」（《全宋詞》第1冊，頁278。）

⑧**白毫**：泛指白色的光芒。

⑨**起鼻端**：起，產生、發生。鼻端，鼻子頂端；鼻尖。宋‧陸遊〈暮秋〉六首之五：「一杯濁酒栽培睡，不覺春雷起鼻端。」（《全宋詩》第40冊，卷2212，頁25332。）

⑩**韓郎**：即韓壽。南朝宋‧劉義慶《世說新語》卷下〈惑溺〉第三十五：「韓壽美姿容，賈充辟以為掾。充每聚會，賈女於青瑣中看，見壽，說之，恆懷存想，發於吟詠。後婢往壽家，具述如此，并言女光麗。壽聞之心動，遂請婢潛修音問，及期往宿。壽蹻捷絕人，踰牆而入，家中莫知。自是充覺女盛自拂拭，說暢有異於常。後會諸吏，聞壽有奇香之氣，是外國所貢，一著人則歷月不歇。充計武帝唯賜己及陳騫，餘家無此香，疑壽與女通，而垣牆重密，門閤急峻，何由得爾？乃託言有盜，令人修牆。使反，曰：『其餘無異，唯東北角如有人跡，而牆高非人所踰。』充乃取女左右婢考問，即以狀對。充秘之，以女妻壽。」（見徐震堮著：《世說新語校箋》，臺北：文史哲出版社，1985年7月，頁491-492。）後因以「韓壽」，借稱美男子，多指出入歌樓舞榭的風流子弟。此事遂廣泛用作男女偷情的典故；而此用韓壽事，有誇示爐中香使人沉醉之意。宋‧高觀國〈霜天曉角〉（爐煙浥浥）：「占取風流聲價，韓郎是、舊相識。」（《全宋詞》第4冊，頁2361。）

⑪**鬢**：近耳旁兩頰上的頭髮。

⑫**簡裏**：此中、其中；亦作「個裡」。

⑬**知音少**：知音，周‧列禦寇《列子》卷五〈湯問〉：「伯牙善鼓琴，鍾子期善聽。伯牙鼓琴，志在登高山。鍾子期曰：『善哉！峩峩兮若泰山！』志在流水。鍾子期曰：『善哉！洋洋兮若江河！』伯牙所念，鍾子期必得之。」（收入《文淵閣四庫全書電

子版》【內聯網版】，頁16。）後遂以「知音」，比喻瞭解自己
的知心朋友。唐・鮑溶〈秋夜對月懷李正封〉：「平生知音少，
君子安可忘。」（《全唐詩》第15冊，卷485，頁5510。）

⑭**留取**：猶留存、保存。取，語助詞。

⑮**麝煤殘**：麝煤，製墨的原料，即麝墨，含有麝香的墨；亦用以
代指墨，後泛指名貴的香墨。麝，動物名；形似鹿而小，無角，
尾短，善跳躍，毛黑褐色或灰褐色，雄麝犬齒細長，露出口外，
腹部有香囊，能分泌香氣；此指麝香的香氣，雄麝臍部麝腺的分
泌物，黃褐色或暗赤色，香味甚烈，乾燥後可製成香料，亦可入
藥。殘，剩餘的、將盡的。宋・蘇軾〈翻香令〉（金鑪猶暖麝煤
殘）：「金鑪猶暖麝煤殘。惜香更把寶釵翻。」（《全宋詞》第
1冊，頁306。）

⑯**臨**：挨著、靠近、依傍、面對。

⑰**鸞**：音ㄌㄨㄢˊ；傳說中的一種神鳥，似鳳凰；此指鸞鏡。宋・
李昉等奉敕撰《太平御覽》卷九百十六〈羽族部三・鸞〉引南朝
宋・范太〈鸞鳥詩序〉曰：「罽賓王結屋峻卯之山，獲一鸞鳥，
王甚愛之，欲其鳴而不能致。乃飾以金樊，養以珍羞。對之逾
歲，三年不鳴。夫人曰：『聞鸞見類而後鳴，可懸鏡以映之！』
王從言。鸞觀影感起，慨然，悲鳴，哀響沖霄，一奮而絕。」
（收入《文淵閣四庫全書電子版》【內聯網版】，頁4。）後即
以「鸞鏡」指「妝鏡」。

⑱**學**：描畫、書寫。

⑲**遠山**：司馬相如妻卓文君，眉色如望遠山，時人效畫之。漢・劉
歆撰，晉・葛洪輯《西京雜記》：「文君姣好，眉色如望遠山，
臉際常若芙蓉，肌膚柔滑如脂。」（收入《文淵閣四庫全書電子
版》【內聯網版】，卷2，頁3。）後形容女子秀麗的眉毛。

6.又 回文①題扇②圖

碧空③寒露④松枝滴⑤。滴枝松露寒空碧。山遠抱⑥溪灣⑦。灣溪抱遠山⑧。　　　竹疏⑨橫⑩岸⑪曲⑫。曲岸橫疏竹。寒鷺⑬宿⑭平灘⑮。灘平宿鷺寒。（頁32）

①**回文**：句子的上下兩句，詞彙相同而詞序相反的修辭法。

②**題扇**：謂題寫字畫於扇上，作留念之贈。

③**碧空**：青天，淡藍色的天空；指天，其色藍，故稱。

④**寒露**：嚴寒和露水；寒涼的露水，比喻寒冷的氣候。

⑤**滴**：液體呈點狀往下掉；液體一點一點地向下落。

⑥**抱**：圍繞、環繞。

⑦**溪灣**：指溪水彎曲處。灣，彎曲不直，水流彎曲的地方；通「彎」。

⑧**遠山**：遠處的山峰。

⑨**疏**：闊也，事物間距離大，空隙大；稀少、稀闊。

⑩**橫**：雜亂的、交錯的。

⑪**岸**：水邊高地；水邊的陸地。

⑫**曲**：拐彎的地方；彎曲的地方。

⑬**寒鷺**：鷺鳥近水，常棲食於水中、水邊，故稱寒鷺。鷺，動物名；似鶴略小，羽白，翅寬，尾短，頸腳皆長，嘴長而直，頭頂有細長白毛，棲息於水邊，捕魚為食。

⑭**宿**：停留、住、過夜，夜裏睡覺。

⑮**灘**：灘頭；水邊的沙石地，指江、河、湖、海邊水漲淹沒，水退顯露的淤積平地或水中的沙洲。

7.〈採桑子〉用司馬才叔韻①

　　西風吹破②揚州夢③，歇雨收雲。④密約深論。⑤羅帶香囊⑥取
次分⑦。　　　冷煙衰草⑧長亭路⑨，消黯離魂。⑩羞對芳尊。⑪
剛道啼痕是酒痕。⑫（頁32）

①**用司馬才叔韻**：司馬才叔即司馬棫，字才叔，生卒年不詳（約
　於北宋後期），陝州夏縣（今屬山西）人；宋・司馬光從孫，樛
　弟；登進士第，亦嘗應賢良方正直言極諫科試，以黨錮不召；詩
　亦學晚唐，近於杜牧或唐彥謙；有《逸堂集》十卷，已佚。韻，
　指詩賦中的韻腳或押韻的字；用韻，和韻的一種，即以原詩韻腳
　為韻腳，而不按其次序。
②**西風吹破**：西風，西面吹來的風；多指秋風。吹，空氣流動觸拂
　物體。破，用在動詞後，表示極度。唐・張籍〈題故僧影堂〉：
　「日暮松煙寒漠漠，秋風吹破紙蓮花。」（《全唐詩》第12冊，
　卷386，頁4361。）
③**揚州夢**：唐・杜牧〈遣懷〉：「落魄江南載酒行，楚腰腸斷掌
　中輕。十年一覺揚州夢，贏得青樓薄倖名。」（《全唐詩》第16
　冊，卷524，頁5998。）宋・胡仔《苕溪漁隱叢話・後集》第十
　五卷〈杜牧之〉：「余嘗疑此詩（杜牧〈遣懷〉）必有謂焉，因
　閱《芝田錄》云：『牛奇章帥維揚，牧之在幕中，多微服逸游，
　公聞之，以街子數輩潛隨牧之，以防不虞。後牧之以拾遺召，臨
　別，公以縱逸為戒，牧之始猶諱之，公命取一篋，皆是街子輩報
　帖，云杜書記平善。乃大感服。』方知牧之此詩，言當日逸遊之
　事耳。」（見宋・胡仔纂集，廖德明校點：《苕溪漁隱叢話》，
　北京：人民文學出版社，1962年6月，頁109。）後以此典追憶當
　年繁華游樂之事，感慨繁華虛幻如夢。

④**歇雨收雲**：歇，停止。收，消散、消失。宋・仇遠〈睡花陰令〉（愁雲歇雨）：「愁雲歇雨，淨洗一簾秋霽。」（《全宋詞》第5冊，頁3401。）宋・楊澤民〈丁香結〉（梅雨猶清）：「向晚收雲，黎明見日，漸生紅暈。」（《全宋詞》第4冊，頁3010。）

⑤**密約深論**：密約，祕密約會。深論，深刻的議論。宋・丘崈〈漢宮春〉（橫笛吹梅）：「人歸夢悄，悵憑闌，密約深期。」（《全宋詞》第3冊，頁1742。）

⑥**羅帶香囊**：羅帶，絲織的衣帶。香囊，裝香料的小布口袋；用帶子繫在身上，作為裝飾品，或懸掛屋內除臭。宋・黃機〈祝英臺近〉（試單衣）：「謾有羅帶香囊，殷紅鬥輕翠。」（《全宋詞》第4冊，頁2537。）

⑦**取次分**：取次，隨便、任意；或謂草草、倉促。唐・皮日休〈奉和魯望懷楊臺文、楊鼎文二秀才〉：「釣前青翰交加倚，醉後紅魚取次分。」（《全唐詩》第18冊，卷614，頁7082。）

⑧**冷煙衰草**：煙，指煙狀物，如雲、霧等。衰草，枯草。宋・劉過〈西吳曲〉（說襄陽、舊事重省）：「冷煙衰草淒迷，傷心興廢，賴有陽春古郢。」（《全宋詞》第3冊，頁2157。）

⑨**長亭路**：長亭，古時於道路每隔十里設長亭，五里設短亭，供行旅停息，近城的十里長亭常為送別之處。宋・晏殊〈玉樓春〉（綠楊芳草長亭路）：「綠楊芳草長亭路。年少拋人容易去。」（《全宋詞》第1冊，頁108。）

⑩**消黯離魂**：消黯，猶言黯然銷魂；謂心神沮喪、面色難看，好像失去了魂魄；形容心情極其沮喪、哀痛，以致心神無主的樣子。黯，音ㄢˋ；失色、頹喪感傷。離魂，脫離軀體的靈魂；指游子的思緒。宋・范仲淹〈依韻答韓侍御〉：「彼此中懷蘊金石，不須銷黯動離魂。」（《全宋詩》第3冊，卷167，頁1909。）

⑪**惆悵**：悲愁、失意；或因失意或失望而傷感、懊惱。

⑫**離尊**：餞別的酒杯。尊，泛指一般盛酒器；亦作「樽」、「罇」。

⑬**衣上餘香**：餘香，殘留的香氣。宋・馮時行〈天仙子〉（風幸多情開得好）：「弄花衣上有餘香，春已老。枝頭少。」（《全宋詞》第2冊，頁1169。）

⑭**臂上痕**：痕，事物留下的印跡。宋・沈邈〈剔銀燈〉（江上秋高霜早）：「臂上妝痕，胸前淚粉，暗惹離愁多少。」（《全宋詞》第1冊，頁12。）

9. 又

十年塵土湖州夢，①依舊相逢。②眼約心同。③空有靈犀一點通。④　尋春⑤自恨來何暮⑥，春事⑦成空。懊惱東風。⑧綠盡疏陰⑨落盡紅⑩。（頁33）

①**十年塵土湖州夢**：元・辛文房《唐才子傳》卷五〈杜牧〉：「杜牧，字牧之，京兆人也，善屬文。……太和末，往湖州，近城一女子，方十餘歲，約以『十年後吾來典郡當納之』，結以金幣。泊周墀入相，牧上箋乞守湖州，比至，已十四年，前女子從人兩抱雛矣。賦詩曰：『自恨尋芳去較遲，不須惆悵怨芳時。如今風擺花狼籍，綠葉成陰子滿枝。』此其大槩如此。凡所牽繫，情見乎辭。」（收入《文淵閣四庫全書電子版》【內聯網版】，頁1-3。）十年，形容時間長久。塵土，細小的灰土；指塵世、塵事。湖州，城市名；位於浙江省北部、太湖南岸。宋・陸游〈晚晴聞角有感〉：「十年塵土青衫色，萬里江山畫角聲。」（《全宋詩》第39冊，卷2155，頁24296。）

②**依舊相逢**：依舊，照舊。相逢，彼此遇見；會見。宋・賀鑄

〈浪淘沙〉（一十二都門）：「賴有天涯風月在，依舊相親。」
（《全宋詞》第1冊，頁525。）

③**眼約心同**：亦作「眼約心期」、「眼意心期」；形容雙方願望
一致，精神互相溝通。宋・呂勝己〈蝶戀花〉（眼約心期常未
足）：「眼約心期常未足。邂逅今朝，暫得論心曲。」（《全宋
詞》第3冊，頁1753。）

④**空有靈犀一點通**：空有，徒有、只有。靈犀，相傳犀牛是一種
神奇異獸，犀角中有如線般的白紋，可相通兩端感應靈異；後比
喻不須透過言語表達，便能讓彼此情意相投，兩心相通。一點，
輕微的接觸或提示。唐・李商隱〈無題〉二首之一：「身無綵鳳
雙飛翼，心有靈犀一點通。」（《全唐詩》第16冊，卷539，頁
6163。）

⑤**尋春**：游賞春景。

⑥**自恨來何暮**：何，多麼，表示程度。暮，晚、遲。宋・向子諲
〈虞美人〉（去年雪滿長安樹）：「而今不恨伊相誤。自恨來何
暮。」（《全宋詞》第2冊，頁971。）

⑦**春事**：春色、春意，春天的景象；此特指花事及男女歡愛。

⑧**懊惱東風**：懊惱，心中鬱恨、悔恨。東風，春風；或代指春
天。唐・徐凝〈和嘲春風〉：「可憐半死龍門樹，懊惱春風作底
來。」（《全唐詩》第14冊，卷474，頁5383。）

⑨**疏陰**：疏，稀少、稀闊、不密。陰，指樹陰；樹木枝葉在日光下
所形成的陰影。

⑩**落盡紅**：紅，花的代稱。唐・李中〈春閨辭〉二首之一：「塵
昏菱鑑懶修容，雙臉桃花落盡紅。」（《全唐詩》第21冊，卷
748，頁8519。）

10.〈減字木蘭花〉送春①

　羽書催去。②落絮飛花③縈不住④。湖上流鶯⑤。欲別頻啼三兩聲。⑥　　劉郎⑦未到。孤負東風⑧何草草⑨。今度重來。⑩不放桃花取次開。⑪（頁33）

①**送春**：送別春天。

②**羽書催去**：羽書，古代軍中緊急的文書；古時徵兵、徵召的文書，上插鳥羽以示緊急，必須迅速傳遞。催，促使行動開始，或加速進行。唐・沈佺期〈塞北〉二首之二：「五原烽火急，六郡羽書催。」（《全唐詩》第4冊，卷97，頁1048。）

③**落絮飛花**：落絮，落下的絲絮；比喻飄落的柳絮。絮，附在植物上的茸毛。飛花，飄浮在空中的落花；落花飄飛。唐・李中〈鍾陵禁煙寄從弟〉：「落絮飛花日又西，踏青無侶草萋萋。」（《全唐詩》第21冊，卷749，頁8534。）

④**縈不住**：縈，圍繞、纏繞、繚繞。不住，不停、不斷。宋・柳永〈歸去來〉（一夜狂風雨）：「垂陽漫結黃金縷。儘春殘、縈不住。」（《全宋詞》第1冊，頁53。）

⑤**流鶯**：指四處飛翔鳴唱的黃鶯鳥；黃鶯，身體小，背灰黃色，腹灰白色，尾有黑羽，嘴短而尖，鳴聲宛轉動人。宋・李流謙〈洞仙歌〉（雲窗霧閣）：「枝上流鶯解人語。道別來、知否瘦盡花枝，春不管，更遣何人管取。」（《全宋詞》第3冊，頁1486。）

⑥**欲別頻啼三兩聲**：欲，將要。頻，屢次、接連。啼，鳴叫。三兩，二三；約數，表示少量。宋・賀鑄〈減字木蘭花〉（多情多病）：「多謝流鶯。欲別頻啼四五聲。」（《全宋詞》第1冊，頁527。）

⑦**劉郎**：唐・孟棨《本事詩・事感第二》：「劉尚書自屯田員外左

遷朗州司馬，凡十年始徵還。方春，作〈贈看花諸君子〉詩曰：
『紫陌紅塵拂面來，無人不道看花回。玄都觀裏桃千樹，盡是劉
郎去後栽。』其詩一出，傳於都下。有素嫉其名者，白於執政，
又誣其有怨憤。他日見時宰，與坐，慰問甚厚。既辭，即曰：
『近者新詩，未免為累，奈何？』不數日，出為連州刺史。其自
敘云：『貞元二十一年春，餘為屯田員外，時此觀未有花。是歲
出牧連州，至荊南，又貶朗州司馬。居十年，詔至京師，人人皆
言有道士手植仙桃滿觀，盛如紅霞，遂有前篇，以記一時之事。
旋又出牧，於今十四年，始為主客郎中。重遊玄都，蕩然無復一
樹，唯兔葵燕麥，動搖春風耳。因再題二十八字，以俟後再遊。
時太和二年三月也。』詩曰：『百畝庭中半是苔，桃花靜盡菜花
開。種桃道士今何在？前度劉郎今獨來。』」（收入《文淵閣四
庫全書電子版》【內聯網版】，頁12。）劉郎，此為禹錫自稱，
他曾兩度至玄都觀觀桃花，事隔多年風物迥異。後借指情郎；
或以此典形容人去而復來，多有感傷追憶之意；也用以詠桃花。
宋・蘇軾〈殢人嬌〉（滿院桃花）：「滿院桃花，盡是劉郎未
見。」（《全宋詞》第1冊，頁308。）

⑧**孤負東風**：孤負，虧負、對不住；違背他人好意。東風，春風；
或代指春天。宋・朱埴〈南鄉子〉（花柳隔重扃）：「簷鵲也
嗔人起晚，天晴。孤負東風趁踏青。」（《全宋詞》第5冊，頁
3074。）

⑨**何草草**：何，多麼；表示程度。草草，粗率、不認真、不細膩。
唐・高蟾〈秋日寄華陽山人〉：「雲木送秋何草草，風波凝冷太
星星。」（《全唐詩》第20冊，卷668，頁7645。）

⑩**今度重來**：度，計算次數的單位；次、回。重來，再來、復來。
宋・韓元吉〈江神子〉（十年此地看花時）：「前度劉郎今度

客，嗟老矣，鬢成絲。」（《全宋詞》第2冊，頁1396。）

⑪**不放桃花取次開**：放，放縱、任由。取次，隨便，任意；或謂草
　草、倉促。宋・朱敦儒〈減字木蘭花〉（今年梅晚）：「月喚霜
　催。不肯人間取次開。」（《全宋詞》第2冊，頁858。）

11.又

　　髻羅①雙綰②。瀲瀲③修眸④秋水剗⑤。笑靨⑥顰眉⑦。無限
　閒愁總未知。⑧　　虛檐⑨月轉。一曲未終腸已斷。百斛明
　珠。⑩買得尊前一醉無。⑪（頁33）

①**髻羅**：即羅髻，或螺髻；指螺形的髮髻。髻，音ㄐㄧˋ；盤結於
　頭頂或腦後的頭髮，有各種形狀。

②**雙綰**：綰，音ㄨㄢˇ；盤結、盤繞、繫結；把長條形的東西盤
　繞起來打成結。宋・侯寘〈浣溪沙〉（客裏忽忽夢帝州）：「雙
　綰香螺春意淺，緩歌金縷楚雲留。」（《全宋詞》第3冊，頁
　1437。）

③**瀲瀲**：水光貌；水波映光，閃閃耀眼的樣子。

④**修眸**：漂亮的眼睛。修，善、美好。眸，眼睛。

⑤**秋水剗**：秋水，形容如湖水般清澈美麗的眼睛；或比喻明澈的眼
　波。剗，掃；揮動。唐・白居易〈箏〉：「雙眸剪秋水，十指剝
　春葱。」（《全唐詩》第14冊，卷454，頁5134。）

⑥**笑靨**：笑容，笑顏。靨，音ㄧㄝˋ；面頰上的微渦，俗稱為「酒
　渦」。五代・魏承班〈木蘭花〉（小芙蓉）：「凝然愁望靜相
　思，一雙笑靨嚬香蕊。」（《全唐五代詞》上冊，正編卷3，頁
　483。）

⑦**顰眉**：皺著眉頭；表示憂愁或不快。顰，憂愁不樂而皺眉；通

「顰」。五代‧和凝〈採桑子〉（蠐螬領上訶梨子）：「無事顰眉。春思翻教阿母疑。」（《全唐五代詞》上冊，正編卷3，頁475。）

⑧**無限閒愁總未知**：無限，沒有窮盡；謂程度極深，範圍極廣。閒愁，無端而來的愁緒。宋‧蘇軾〈薄命佳人〉：「吳音嬌軟帶兒癡，無限閑愁總未知。」（《全宋詩》第14冊，卷792，頁9175。）

⑨**虛簷**：淩空的房簷。簷，同「簷」；屋頂邊緣突出牆壁的部分。宋‧洪适〈望海潮〉（重溟倒影）：「飛棟干雲，虛簷受露，放懷不減南樓。」（《全宋詞》第2冊，頁1375。）

⑩**百斛明珠**：百斛，泛指多斛。斛，音ㄏㄨˊ；量具名；古以十斗為斛，南宋末改為五斗。明珠，寶珠；光澤晶瑩的珍珠。唐‧崔玨〈和人聽歌〉二首之二：「莫辭更送劉郎酒，百斛明珠異日酬。」（《全唐詩》第18冊，卷591，頁6859。）

⑪**買得尊前一醉無**：尊前，酒樽之前。尊，酒器。一，表示程度，加強語氣。無，用在句末，表示疑問語氣，同「否」，可譯為「嗎」。宋‧李流謙〈虞美人〉（一春不識春風面）：「荼蘼雪白牡丹紅。猶及尊前一醉、賞芳穠。」（《全宋詞》第3冊，頁1485。）宋‧陸游〈秋日郊居〉八首之四：「北窗雨過涼如水，消得先生一醉無？」（《全宋詩》第39冊，卷2178，頁24783。）

12.又

湖山①明秀②。豆蔻梢頭春欲透。③學畫鴉兒。④多少閒愁⑤總未知。　新聲⑥皓齒⑦。惱損⑧蘇州狂刺史⑨。一斛驪珠。⑩許我尊前醉也無。⑪（頁33）

①**湖山**：湖水與山巒。

②**明秀**：明淨秀美。

③**豆蔻梢頭春欲透**：豆蔻，高丈許，秋季結實，種子可入藥，產嶺南；初夏開花，花未開時就顯得非常豐滿，俗稱為「含胎花」，以其形如懷孕之身，所以成了少女的象徵。典出唐·杜牧〈贈別〉詩二首之一：「娉娉裊裊十三餘，荳蔻梢頭二月初。」（《全唐詩》第16冊，卷523，頁5988。）又後專以形容十三、四歲的年輕美少女。梢頭，樹木的末梢；亦即樹枝的頂端。宋·張元幹〈瑞鷓鴣〉（雛鶯初囀鬥尖新）：「豆蔻梢頭春欲透，情知巫峽待為雲。」（《全宋詞》第2冊，頁1091。）

④**學畫鴉兒**：鴉兒，指婦女用鴉黃粉（古時婦女塗額的化妝黃粉）在額上畫的妝飾。宋·蘇軾〈蝶戀花〉（一顆櫻桃樊素口）：「學畫鴉兒猶未就。眉尖已作傷春皺。」（《全宋詞》第1冊，頁300。）

⑤**多少閒愁**：多少，猶多、許多、很多。閒愁，無端而來的愁緒。宋·石孝友〈蝶戀花〉（寒卸園林春已透）：「金縷歌中眉黛皺。多少閒愁，借與傷春瘦。」（《全宋詞》第3冊，頁2052。）

⑥**新聲**：新穎美妙的音樂或新作的樂曲。

⑦**皓齒**：牙齒潔白美麗。宋·蘇軾〈定風波〉（常羨人間琢玉郎）：「盡道清歌傳皓齒。風起。雪飛炎海變清涼。」（《全宋詞》第1冊，頁290。）

⑧**惱損**：猶惱殺，惱壞。惱，氣恨、發怒。損，傷害、毀壞。宋·楊萬里〈次東坡先生蠟梅韻〉：「此花寒香來又去，惱損詩人難覓句。」（《全宋詩》第42冊，卷2277，頁26102。）

⑨**蘇州狂刺史**：蘇州，位於太湖東岸，在今江蘇省。狂，放蕩、狂放；縱情、恣意。刺史，古代官名；原為朝廷所派督察地方之官，後沿為地方官職名稱；漢成帝改稱州牧，哀帝時復稱刺

史；隋煬帝、唐玄宗兩度改州為郡，改稱刺史為太守；後又改郡為州，稱刺史；此後太守與刺史互名。蘇州刺史，指唐代詩人劉禹錫。唐·范攄《雲谿友議》卷中〈中山悔〉：「中山公（劉禹錫）謂諸賓友曰：『……夫人遊尊貴之門，常須慎酒。昔赴吳臺，揚州大司馬杜公鴻漸為余開宴。沉醉歸驛亭，稍醒見二女子在旁，驚非我有也，乃曰："郎中席上與司空詩，特令二樂伎侍寢。"且醉中之作，都不記憶。明旦，修狀啟陳謝，杜公亦優容之，何施面目也。余以郎署州牧，輕忤三司，豈不過哉。詩曰："高髻雲鬟宮樣妝，春風一曲杜韋娘。司空見慣尋常事，斷盡蘇州刺史腸。"』」（收入《文淵閣四庫全書電子版》【內聯網版】，頁36-38。）此借典抒發情思惆悵。

⑩**一斛驪珠**：斛，音ㄏㄨˊ；量具名；古以十斗為斛，南宋末改為五斗。驪珠，古代傳說中驪龍頷下的寶珠，欲取驪珠，須潛入深淵中，待驪龍睡時，才能竊得，為極珍貴的寶物。典出《莊子·雜篇·列禦寇》：「人有見宋王者，錫車十乘，以其十乘驕稺莊子。莊子曰：『河上有家貧恃緯蕭而食者，其子沒於淵，得千金之珠。其父謂其子曰："取石來鍛之！夫千金之珠，必在九重之淵而驪龍頷下，子能得珠者，必遭其睡也。使驪龍而寤，子尚奚微之有哉！"今宋國之深，非直九重之淵也；宋王之猛，非直驪龍也；子能得車者，必遭其睡也。使宋王而寤，子為蘁粉夫！』」（見清·郭慶藩輯：《莊子集釋》，臺北：華正書局，1985年8月，卷10上，頁1061-1062。）後比喻為珍貴的事物。驪，音ㄌㄧˊ；黑色；驪龍的省稱，傳說中黑色的龍。宋·程珌〈沁園春〉（玉局仙人）：「新來也，喜都將分付，一顆驪珠。」（《全宋詞》第4冊，頁2292。）

⑪**許我尊前醉也無**：許，答應、應允。尊前，酒樽之前。尊，酒

器。也，置於句中，以調整音節語氣。無，用在句末，表示疑問
語氣，同「否」，可譯為「嗎」。

13.〈酒泉子〉夫人①生朝②

禊飲③連宵④，簾捲曉風⑤香鴨噴⑥，兒孫⑦羅拜⑧捧金荷⑨。
沸笙歌。⑩　　赤霜袍⑪軟髻⑫嵯峨⑬。名在仙班⑭應不老，人
間⑮歲月⑯儘飛梭⑰。奈（奈）君何。⑱（頁33）

① **夫人**：古代命婦的封號。命婦指古時被賜予封號的婦女，一般為
　　官員的母親、妻子。
② **生朝**：生日，誕生之日；也作「生辰」。朝，音ㄓㄠ；日、天。
③ **禊飲**：古人在陰曆三月上旬的巳日，要到郊外水邊洗濯，清去宿
　　垢，並飲酒作樂的宴聚。禊，音ㄒㄧˋ；古代一種驅除不祥的祭
　　祀，於春秋兩季，在水邊舉行；陰曆三月上巳行春禊，七月十四
　　日行秋禊。宋・柳永〈笛家弄〉（花發西園）：「水嬉舟動，禊
　　飲筵開。」（《全宋詞》第1冊，頁16。）
④ **連宵**：猶通宵；從夜晚到天明。唐・劉禹錫〈贈樂天〉：「痛
　　飲連宵醉，狂吟滿坐聽。」（《全唐詩》第11冊，卷358，頁
　　4029。）
⑤ **曉風**：清晨的微風。
⑥ **香鴨噴**：香鴨，鴨形香爐。噴，音ㄆㄣˋ；氣味撲鼻。宋・胡文
　　卿〈虞美人〉（香煙繞遍蘭堂宴）：「香煙繞遍蘭堂宴。香鴨珠
　　簾捲。」（《全宋詞補輯》，頁100。）
⑦ **兒孫**：子孫；亦泛指後代。
⑧ **羅拜**：圍著叩拜；環繞下拜。
⑨ **捧金荷**：捧，用兩手托物。金荷，金制蓮葉形的杯皿。宋・無名

氏〈鷓鴣天〉（織女初秋渡鵲河）：「餐玉蕊，撫雲璈。壽筵戲綵捧金荷。」（《全宋詞》第5冊，頁3761。）

⑩沸笙歌：形容歌聲、奏樂聲齊起，熱鬧非凡。沸，聲音喧鬧或嘈雜。笙歌，合笙之歌，亦謂吹笙唱歌；泛指奏樂唱歌。宋·盧炳〈醉蓬萊〉（正春回紫陌）：「鼎沸笙歌，遏行雲不散。」（《全宋詞》第3冊，頁2163。）

⑪赤霜袍：傳說中神仙穿的長袍。宋·柳永〈御街行〉（燔柴煙斷星河曙）：「赤霜袍爛飄香霧。喜色成春煦。」（《全宋詞》第1冊，頁22。）

⑫髻：音ㄐㄧˋ；盤結於頭頂或腦後的頭髮，有各種形狀。

⑬嵯峨：音ㄘㄨㄛˊ ㄜˊ；山勢高峻的樣子。此形容髮型。

⑭名在仙班：仙班，天上仙人的行列；或指仙人之輩。宋·呂勝己〈促拍滿路花〉（名花無影跡）：「名在仙班簿，不屬塵凡，洞天密鎖雲窗。」（《全宋詞》第3冊，頁1754。）

⑮人間：人間；塵世，世俗社會。

⑯歲月：年月；泛指時間。

⑰儘飛梭：儘，極、最。飛梭，飛速運動的梭子。梭，音ㄙㄨㄛ；織布時往返牽引緯線（橫線）的工具，兩頭尖，中間粗，絲束放於中空部分，像棗核形。宋·梅堯臣〈送李載之殿丞赴海州榷務〉：「世事靜思同轉轂，物華催老劇飛梭。」（《全宋詩》第5冊，卷257，頁3193。）

⑱奈君何：奈，對付、安頓、處置；通常與「何」連用。宋·辛棄疾〈虞美人〉（當年得意如芳草）：「拔山力盡忽悲歌。飲罷虞兮從此、奈君何。」（《全宋詞》第3冊，頁1414。）

14.〈人月圓〉**再過真定①贈蔡特夫②**

　　錦標③彩鷁④追行樂⑤，管領⑥鎮陽春⑦。而今重到，⑧鶯花
應笑，⑨老眼⑩黃塵⑪。　　憑君⑫問舍⑬彫丘側⑭，準擬⑮
乞閒身⑯。北潭漲雨，⑰西樓橫月，藜杖綸巾。⑱（頁33）

①**真定**：今河北省正定縣。

②**蔡特夫**：蔡璋，字特夫（特甫），蔡松年之子。金海陵王正隆年
　間（1-5年，西元1156-1160年）第進士，號稱文章家。

③**錦標**：本指以錦緞製成的標旗，古代用以贈給競渡的領先者；
　後泛稱比賽獲勝的獎品。宋・鄱陽護戎女〈望海潮〉（雲收飛
　腳）：「畫鼓聲中，錦標爭處颭紅旗。」（《全宋詞》第4冊，
　頁2960。）

④**彩鷁**：彩舟；舊時常在船首畫上鷁鳥，著以彩色，作為裝飾，後
　遂成為船隻的代稱。鷁，音一ˋ；水鳥名，形如鷺而大，羽色蒼
　白，善高飛。宋・賀鑄〈踏莎行〉（蟬韻清絃）：「蟬韻清絃，
　溪橫翠穀。翩翩彩鷁帆開幅。」（《全宋詞》第1冊，頁532。）

⑤**行樂**：作樂、享受歡樂；消遣娛樂、遊戲取樂。

⑥**管領**：管轄統領；領受。唐・白居易〈送東都留守令狐尚書赴
　任〉：「歌酒家家花處處，莫空管領上陽春。」（《全唐詩》第
　14冊，卷449，頁5061。）

⑦**鎮陽春**：鎮，整、全。陽春，春天；溫暖的春天。宋・歐陽修
　〈自勉〉：「引水澆花不厭勤，便須已有鎮陽春。」（《全宋
　詩》第6冊，卷292，頁3684。）

⑧**而今重到**：而今，如今、現在。宋・無名氏〈水調歌頭〉（平生
　太湖上）：「平生太湖上，短棹幾經過。如今重到，何事愁與水
　雲多。」（《全宋詞》第5冊，頁3667。）

⑨**鶯花應笑**：鶯花，鶯啼花開；泛指春日景色。應，當、該；或是、想來是，表示推測的意思。唐・常建〈落第長安〉：「恐逢故里鶯花笑，且向長安度一春。」（《全唐詩》第4冊，卷144，頁1463。）

⑩**老眼**：老年人的眼睛；或謂老年人的眼力，指視力所及。宋・韓淲〈采桑子〉（蕭蕭兩鬢吹華髮）：「蕭蕭兩鬢吹華髮，老眼全昏。」（《全宋詞》第4冊，頁2252。）

⑪**黃塵**：黃色的塵土。比喻俗世、塵世；或世事、人事。宋・王安石〈憶北山送勝上人〉：「黃塵滿眼衣可濯，夢寐惆悵何時還。」（《全宋詩》第10冊，卷547，頁6543。）

⑫**憑君**：憑，煩請、請求、煩勞。宋・蘇軾〈送曹輔赴閩漕〉：「憑君問清淮，秋水今幾竿。」（《全宋詩》第14冊，卷813，頁9407。）

⑬**問舍**：到處問詢屋價，指只知道置產業，謀求個人私利；比喻沒有遠大的志向。問，向人請教。舍，房子。宋・蘇軾〈南歌子〉（帶酒衝山雨）：「求田問舍笑豪英。自愛湖邊沙路、免泥行。」（《全宋詞》第1冊，頁293。）

⑭**彫丘側**：彫，經彩畫裝飾的。丘側，山坡。宋・韓元吉〈龍華寺傅大士真身像〉：「古寺郊丘側，鐘魚曉未喧。」（《全宋詩》第38冊，卷2095，頁23635。）

⑮**準擬**：打算、準備。唐・拾得〈詩〉五十四首之五十一：「吞併田地宅，準擬承後嗣。」（《全唐詩》第23冊，卷807，頁9109。）

⑯**乞閒身**：乞閒，請求離職閒居。宋・李曾伯〈沁園春〉（萬里戍邊）：「乞得閒身，毋庸多議，感荷九重淵聽知。」（《全宋詞》第4冊，頁2823。）

⑰**北潭漲雨**：潭，深水池。漲，大水貌。宋・歐陽修〈班班林間鳩

⑩**沙鷗相對不驚飛**：沙鷗，一種水鳥；羽毛多為灰色或白色，嘴鉤曲，趾間有蹼，善游水，翼長，飛翔湖海上，喜食魚類；因常棲集於沙灘或沙洲上，故稱為「沙鷗」。相對，面對面、相向。驚飛，受驚而飛。舊題周・列禦寇《列子》卷二〈黃帝〉：「海上之人有好漚鳥者，每旦之海上，從漚鳥游，漚鳥之至者，百住而不止。其父曰：『吾聞漚鳥皆從汝游，汝取來，吾玩之。』明日之海上，漚鳥舞而不下也。」（收入《文淵閣四庫全書電子版》【內聯網版】，頁13。）後常用以指隱者恬淡自適，不存機心忘身物外，擺脫機巧，淡泊出世的高遠情懷。唐・白居易〈立春日酬錢員外曲江同行見贈〉：「機盡笑相顧，不驚鷗鷺飛。」（《全唐詩》第13冊，卷437，頁4846。）

⑪**柳溪**：位在浙江省昌化縣西北，於潛縣南與天目溪合。

⑫**父老**：對老年人的尊稱。

⑬**荒卻**：荒，蕪也；廢棄、棄置。卻，置動詞後，表動作的完成，相當於「掉」、「去」、「了」。

⑭**舊釣磯**：釣磯，釣魚時坐的岩石。磯，水邊突出的岩石或石灘地。唐・齊己〈寄湘幕王重書記〉：「抛擲澂江舊釣磯，日參籌畫廢吟詩。」（《全唐詩》第24冊，卷844，頁9543。）

16.又

　　千頃玻璃①錦繡堆②。弄妝人③對影徘徊。④香熏水麝⑤芳姿⑥瘦，酒暈朝霞⑦笑臉開⑧。　　嬌倚扇，⑨醉翻杯。⑩莫隨雲雨下陽臺⑪。平生老子⑫風流慣⑬，消⑭得冰魂⑮入夢來⑯。（頁33）

①**千頃玻璃**：頃，音ㄑㄧㄥ，通「傾」；斜、側，把東西倒出來。

玻瓈，亦作「玻璃」，指玻璃酒杯；或指酒。宋・歐陽修〈寄聖
俞〉：「憶在洛陽年各少，對花把酒傾玻璃。」（《全宋詩》第
6冊，卷286，頁3626。）

②**錦繡堆**：錦繡，比喻美麗鮮明或美好的事物。堆，累積在一起；
聚積在一起。宋・楊萬里〈買菊〉：「青春二月杏花開，抱瓶醉
臥錦繡堆。」（《全宋詩》第42冊，卷2297，頁26380。）

③**弄妝人**：弄妝，妝飾、打扮。宋・張先〈西江月〉（汎汎春船
載樂）：「倦醉天然玉軟，弄妝人惜花嬌。」（《全宋詞》第1
冊，頁61。）

④**對影徘徊**：徘徊，往返迴旋、來回走動；亦有流連、留戀之意。
唐・張說〈舞馬詞〉六首之一：「眄鼓凝驕躞蹀，聽歌弄影徘
徊。」（《全唐詩》第3冊，卷89，頁981。）

⑤**香熏水麝**：香，香料或其製成品。熏，火煙上出也；煙火向上
冒。麝，獸名，俗稱香獐；形似鹿而小，無角，尾短，前腿短，
後腿長，善跳躍，毛黑褐色或灰褐色；雄麝臍與生殖器之間有
腺囊，其分泌物，為黃褐色或暗赤色，香味甚烈，乾燥後呈顆
粒狀或塊狀，可製成香料，亦可入藥。水麝，麝的一種。明・李
時珍《本草綱目》卷五十一上〈獸之二麝〉「集解」引蘇頌曰：
「又有一種水麝，其香更奇，臍中皆水，瀝一滴於斗水中，用洒
衣物，其香不歇。」（收入《文淵閣四庫全書電子版》【內聯網
版】，頁51-52。）此指用水麝分泌的麝香製成的香料。宋・賀
鑄〈暈眉山〉（鏡暈眉山）：「鏡暈眉山，囊熏水麝。凝然風度
長閒暇。」（《全宋詞》第1冊，頁507。）

⑥**芳姿**：美妙的姿容。宋・李清照〈臨江仙〉（庭院深深深幾
許）：「庭院深深深幾許，雲窗霧閣春遲。為誰憔悴損芳姿。」
（《全宋詞》第2冊，頁934。）

⑦**酒暈朝霞**：酒暈，飲酒後雙頰上現出的紅暈。暈，音ㄩㄣˋ；面頰所泛生的輪狀紅色。朝霞，日出時太陽映照的雲彩。霞，日出、日落時天空及雲層上，因受日光斜射而呈現的彩色光象或彩色的雲；比喻臉上的紅暈。宋・史浩〈喜遷鶯〉（雪消春淺）：「酒暈朝霞，寒欺重翠，卻憶鳳屏香暖。」（《全宋詞》第2冊，頁1266。）

⑧**笑臉開**：笑臉，帶笑的面容。開，舒張、綻放。唐・杜牧〈留贈〉：「舞靴應任閒人看，笑臉還須待我開。」（《全唐詩》第16冊，卷524，頁5994。）

⑨**嬌倚扇**：嬌，柔弱、柔美；嫵媚可愛的姿態。倚，靠、斜靠。扇，泛指門扇、門扉。宋・張炎〈惜紅衣〉（兩翦秋痕）：「扶嬌倚扇，欲把豔懷說。」（《全宋詞》第5冊，頁3502。）

⑩**醉翻杯**：醉，飲酒過量以致神志不清。翻，歪倒、反轉；變動位置。宋・劉子寰〈南歌子〉（卜夜容三獻）：「曼聲恰與貫珠宜。聽此直教拚得、醉翻卮。」（《全宋詞》第2冊，頁1241。）

⑪**雲雨下陽臺**：戰國楚・宋玉〈高唐賦・序〉：「昔者先王嘗遊高唐，怠而晝寢，夢見一婦人，曰：『妾，巫山之女也，為高唐之客，聞君遊高唐，願薦枕席。』王因幸之。去而辭曰：『妾在巫山之陽，高丘之阻，旦為朝雲，暮為行雨，朝朝暮暮，陽臺之下。』旦朝視之，如言，故為立廟，號曰朝雲。」（收入梁・昭明太子蕭統輯，唐・李善注：《文選》，臺北：藝文印書館，1983年6月，卷19，頁2。）後因用「雲雨」指男女歡會；「陽臺」指男女歡會之所。唐・蓮花妓〈獻陳陶處士〉：「處士不生巫峽夢，虛勞神女_{一作雲雨}下陽臺。」（《全唐詩》第23冊，卷802，頁9033。）

⑫**平生老子**：平生，一生、此生；亦有平素、往常之意。老子，老年人自稱，猶老夫；或為自高自大的人自稱，一般人亦用於氣忿

或開玩笑的場合。宋・黃庭堅〈念奴嬌〉（斷虹霽雨）：「老子平生，江南江北，最愛臨風曲。」（《全宋詞》第1冊，頁385。）

⑬**風流慣**：風流，灑脫放逸；風雅瀟瀟。慣，習以為常的；積久成性的。宋・柳永〈河傳〉（翠深紅淺）：「坐中醉客風流慣。尊前見。特地驚狂眼。」（《全宋詞》第1冊，頁47。）

⑭**消得**：消得，禁得起；或謂享受、享用。宋・楊炎正〈蝶戀花〉（點檢笙歌多釀酒）：「昨日解酲今夕又，消得情懷，長被春儳儵。」（《全宋詞》第3冊，頁2116。）

⑮**冰魂**，比喻清高潔亮的精神或靈魂。

⑯**入夢來**：入夢，睡著，進入夢境；指別人或事物出現在自己的夢中。宋・向子諲〈鷓鴣天〉（淺淺妝成淡淡梅）：「可堪江上風頭惡，不放朝雲入夢來。」（《全宋詞》第2冊，頁970。）

17.〈**南鄉子**〉 大定甲辰，①馳驛②過通州③，賢守④開東閣⑤，出樂府⑥，縹緲⑦人作累累⑧駐雲⑨新聲⑩，明眸皓齒，⑪非妖⑫歌嫚⑬舞欺兒童者可比。怪其服色⑭與噲等伍⑮，或言占籍⑯未久，不得峻⑰陟⑱上游⑲。問之，云青其姓，小字⑳梅兒，因感其事，擬其姓名，戲作長短句，以明日黃花蝶也愁㉑歌之

綽約玉為肌。㉒宮額嬌黃㉓淺更宜。京洛風塵㉔無遠韻㉕，心期。㉖只有多情驛使知。㉗　翠羽㉘翦春衣㉙。林下風神㉚固亦奇。辛苦半生㉛誰掛齒㉜，顰眉。㉝似怨東君㉞著子遲㉟。（頁34）

①**大定甲辰**：金世宗大定24年（西元1184年）。

②**馳驛**：駕乘驛馬疾行。舊時官員入覲或奉差出京，由沿途地方官按驛供給其役夫與馬匹廩給，稱為「馳驛」。馳，快跑；車馬疾

走。驛，古代供傳遞公文或官員來往使用的馬。

③**通州**：在北京郊外。西漢初年（約西元前206年）正式建縣，始稱路縣。金朝海陵王天德3年（西元1151年），海陵王取京杭大運河「漕運通濟」之意，設刺史州，稱通州，屬中都路（北京），為運糧要地，金宣宗貞祐2年（西元1215年）被蒙古攻佔。主官原為刺史，金宣宗興定2年（西元1218年）5月升刺史為防禦史，轄境相當今北京市通州區及河北省三河市地。

④**賢守**：賢明的地方官。守，守臣，地方長官；後用為郡守、太守、刺史等的簡稱。

⑤**東閣**：東向的小門。漢・班固《漢書》卷五十八〈公孫弘傳〉：「弘自見為舉首，起徒步，數年至宰相封侯，於是起客館，開東閣以延賢人，與參謀議。」（第9冊，北京：中華書局，1964年11月，頁2621。）唐・顏師古注：「閣者，小門也，東向開之，避當庭門而引賓客，以別於掾史官屬也。」（同上）此閣是小門，不以賢者為吏屬，別開門延之，後因以稱宰相招致款待賓客之所。

⑥**樂府**：初指樂府官署所採制的詩歌，起於漢代；後將魏晉至唐可以入樂的詩歌，以及仿樂府古題的作品統稱樂府；宋以後的詞、散曲、劇曲、因配樂，有時也稱樂府。後泛稱凡配樂的詩歌詞曲，以及文人模仿樂府的作品為「樂府」。

⑦**縹緲**：虛浮、渺茫；遠視之貌，高遠隱忽而不明。

⑧**累累**：繁多、重積的樣子；連續不斷貌。

⑨**駐雲**：使雲停留不行；形容歌聲響亮，音樂美妙，能止住行雲。周・列禦寇《列子》卷五〈湯問〉：「薛譚學謳於秦青，未窮青之技，自謂盡之，遂辭歸。秦青弗止，餞於郊衢，撫節悲歌，聲振林木，響遏行雲。薛譚乃謝求反，終身不敢言歸。」（收入《文淵閣四庫全書電子版》【內聯網版】，頁15。）

⑩**新聲**：新穎美妙的音樂或新作的樂曲。

⑪**明眸皓齒**：明亮的眼睛，潔白的牙齒，形容女子的美貌；亦代指美女。

⑫**妖**：嫵媚、豔麗；或謂淫邪、不正。

⑬**嫚**：音ㄇㄢ丶；輕慢、懈怠；懶散、遲緩。

⑭**服色**：衣著的樣式色澤。

⑮**與噲等伍**：「噲等」或「噲伍」，謂樊噲之流，喻平庸之輩。漢‧司馬遷《史記》卷九十二〈淮陰侯列傳〉：「信知漢王畏惡其能，常稱病不朝從。信由此日夜怨望，居常鞅鞅，羞與絳、灌等列。信嘗過樊將軍噲，噲跪拜送迎，言稱臣，曰：『大王乃肯臨臣！』信出門，笑曰：『生乃與噲等為伍！』」（北京：中華書局，1963年6月，第8冊，頁2628。）意為韓信自以為功勞大，鄙視樊噲，不屑與他為伍；後比喻與平凡庸俗的人共事或同夥。等，等級、輩分。伍，隊列、行列；結為同夥、排為同列。

⑯**占籍**：上報戶口，入籍定居。

⑰**峻**：山高而陡；此有升遷、高升之意。

⑱**陟**：音ㄓ丶；由低處向高處走，登高、爬上；晉升、進用。

⑲**上游**：高位、前列。

⑳**小字**：小名、乳名；非正式的名字。

㉑**明日黃花蝶也愁**：宋‧蘇軾〈九日次韻（韻）王鞏〉：「相逢不用忙歸去，明日黃花蝶也愁。」（《全宋詩》第14冊，卷800，頁9264。）又蘇軾〈南鄉子〉（霜降水痕收）：「萬事到頭都是夢，休休。明日黃花蝶也愁。」（《全宋詞》第1冊，頁290。）此用蘇軾詞句代指〈南鄉子〉詞調。

㉒**綽約玉為肌**：綽約，柔婉美好貌；借指美女。玉為肌，形容膚色潔白光潤，多用以讚美女子。宋‧無名氏〈驀山溪〉（梅傳春

信）：「凝酥綴粉，綽約玉肌膚，香黯淡，月朦朧，誰是黃昏伴。」（《全宋詞》第5冊，頁3606。）

㉓**宮額嬌黃**：宮額，古代宮中婦女以黃色塗額作為妝飾，因稱婦女的前額為宮額。嬌黃，嫩黃色。宋・張先〈漢宮春〉（紅粉苔牆）：「奇葩異卉，漢家宮額塗黃。」（《全宋詞》第1冊，頁83。）

㉔**京洛風塵**：京洛（雒），洛陽的別稱，因東周、東漢均建都於此，故名。晉・陸機〈為顧彥先贈婦〉二首之一：「京洛多風塵，素衣化為緇。」（見金濤聲點校：《陸機集》，北京：中華書局，1982年1月，卷5，頁54。）後以「京洛塵」比喻功名利祿等塵俗之事。唐・盧照鄰〈送梓州高參軍還京〉：「京洛風塵遠，褒斜煙露深。」（《全唐詩》第2冊，卷41，頁517。）

㉕**無遠韻**：遠韻，高遠的風韻。宋・陳師道〈寄答王直方〉：「懷祿有退心，從俗無遠韻。」（《全宋詩》第19冊，卷1115，頁12659。）

㉖**心期**：胸懷，心中所嚮往；期望、心願、心意。宋・洪咨夔〈賀新郎〉（誰識昂昂鶴）：「欲寄心期無驛使，想凌寒、不奈腰肢約。」（《全宋詞》第4冊，頁2464。）

㉗**只有多情驛使知**：多情，富於感情。驛使，傳遞公文、書信或物件的人。宋・李昉等奉敕撰《太平御覽》卷九百七十〈果部七・梅〉引南朝宋・盛弘之《荊州記》曰：「陸凱與范曄相善，自江南寄梅一枝，詣長安與曄，並贈詩曰：『折花逢驛使，寄與隴頭人。江南無所有，聊贈一枝春。』」（收入《文淵閣四庫全書電子版》【內聯網版】，頁4-5。）唐・徐夤〈病中春日即事寄主人尚書〉二首之二：「更無舊日同人問，只有多情太守憐。」（《全唐詩》第21冊，卷709，頁8166。）

㉘**翠羽**：翠鳥的羽毛，青綠色而有光澤。或謂綠色的羽毛，古代多
　　用作飾物。

㉙**翦春衣**：翦，同「剪」；裁截縫紉。春衣，春季穿的衣服。宋・
　　周邦彥〈浣沙溪〉（爭挽桐花兩鬢垂）：「跳脫添金雙腕重，
　　琵琶撥盡四絃悲。夜寒誰肯剪春衣。」（《全宋詞》第2冊，頁
　　600。）

㉚**林下風神**：形容婦人舉止嫻雅，風韻脫俗。林下，幽僻之境，引
　　申指退隱或退隱之處；此謂閑雅、超逸。風神，風采神情；多指
　　美好的舉止態度。

㉛**半生**：半輩子；形容人一生中很長的一段時間

㉜**掛齒**：談論、提及；引申為放在心上。

㉝**顰眉**：皺著眉頭；表示憂愁或不快。顰，憂愁不樂而皺眉；通
　　「矉」。五代・和凝〈採桑子〉（蠐螬領上訶梨子）：「無事顰
　　眉。春思翻教阿母疑。」（《全唐五代詞》上冊，正編卷3，頁
　　475。）

㉞**似怨東君**：怨，責備、怪罪、痛恨。東君，司春之神。宋・趙
　　善括〈好事近〉（風雨做春愁）：「是處綠肥紅瘦，怨東君情
　　薄。」（《全宋詞》第3冊，頁1984。）

㉟**著子遲**：著子，結子；植物結成果實或種子。著，音ㄓㄨㄛˊ；
　　生長、增添。宋・呂渭老〈荳葉黃〉（林花著雨褪胭脂）：「林
　　花著雨褪胭脂。葉底雙桃結子遲。」（《全宋詞》第2冊，頁
　　1132。）

18.〈醉落魄〉歎世

　　百年①旋磨②。等閒事③莫教④眉鎖⑤。功名畫餅⑥相謾⑦
　我。冷暖人情，⑧都在這些箇⑨。　　　　璠瑜⑩不怕經三火⑪。

蓮花未信淤泥涴⑫。而今⑬笑看浮生⑭破⑮。禪榻茶煙，⑯隨
分⑰與他過。（頁34）

①**百年**：一生、終身；比喻時間、年代的久遠。

②**旋磨**：轉動磨子，反復不停；比喻向人有所要求，一再糾纏或
奉承。宋·郭應祥〈漁家傲〉（去歲簿書叢裏過）：「旋擘黃柑
篘白墮。哩㘉囉。從他擾擾如旋磨。」（《全宋詞》第4冊，頁
2218。）

③**等閒事**：等閒，尋常、平常；一般，無足輕重的。唐·曹唐〈小
游仙詩〉九十八首之八十一：「滄海成塵等閒事，且乘龍鶴看花
來。」（《全唐詩》第19冊，卷641，頁7351。）

④**莫教**：不要、不讓。

⑤**眉鎖**：皺著眉頭。鎖，蹙緊、緊皺。宋·陳著〈沁園春〉（旗蓋
運遷）：「此愁何計能推。算何日天教眉鎖開。」（《全宋詞》
第4冊，頁3047。）

⑥**功名畫餅**：功名，科舉時代稱科第和官職；泛指功業和名聲。
畫餅，畫成的餅；比喻徒具形式而無實用價值，亦比喻落空的事
情。宋·馮取洽〈沁園春〉（我愛□君）：「豐鑠溪翁，據鞍一
笑，畫餅功名賦儻來。」（《全宋詞》第4冊，頁2656。）

⑦**謾**：音ㄇㄢˊ；欺騙、蒙蔽、抵賴。

⑧**冷暖人情**：泛指人情的變化，在別人得勢時就奉承巴結，失勢
時就不理不睬。冷暖，寒冷和溫暖，泛指人的生活起居；比喻世
態炎涼。冷，冷淡。暖，親熱。人情，人的常情、世情；指世間
約定俗成的事理標準；亦指人與人的情分。宋·楊澤民〈選官
子〉（塞雁呼雲）：「風埃世路，冷暖人情，一瞬幾分更變。」
（《全宋詞》第4冊，頁3006。）

⑨**這些箇**：指代比較近的兩個以上的事物。箇，同「個」。宋・蘇軾〈殢人嬌〉（白髮蒼顏）：「這些個，千生萬生只在。」（《全宋詞》第1冊，頁309。）

⑩**璠瑜**：音ㄈㄢˊㄩˊ；美玉名，比喻美德賢才。

⑪**經三火**：經，經過、經歷；引申為經受、承受。三火，燃燒三日夜的爐火。漢・劉安《淮南子》卷二〈俶真〉：「譬若鍾山之玉，炊以爐炭，三日三夜而色澤不變，則至德天地之精也。」（見何寧撰：《淮南子集釋》上冊，北京：中華書局，1998年10月，頁110。）宋・蘇軾〈次韻子由寄題孔平仲草庵〉：「羨君美玉經三火，笑我枯桑困八蠶。」（《全宋詩》第14冊，卷804，頁9317。）

⑫**淤泥涴**：為塵土污染，比喻流落風塵。淤泥，沉積的泥土；猶污泥，稀爛的泥土。涴，音ㄨㄛˋ；污染、弄髒。宋・黃庭堅〈宣九家賦雪〉：「翩翩恐逐歌吹來，皎皎不受塵泥涴。」（《全宋詩》第17冊，卷1019，頁11625。）

⑬**而今**：如今、現在。

⑭**浮生**：人生；以人生在世，虛浮不定，因稱人生為「浮生」。語本《莊子》第六卷〈外篇・刻意〉：「其生若浮，其死若休。」（見晉・郭象註：《莊子》，臺北：藝文印書館，1983年6月，頁2。）

⑮**破**：穿、透；揭穿，使真相露出。

⑯**禪榻茶煙**：禪榻，禪床；僧侶用具，禪僧的坐床。禪，禪那的簡稱，為佛教的修行方法之一，即靜思之意。榻，狹長的矮床。唐・牟融〈遊報本寺〉二首之一：「茶煙裊裊籠禪榻，竹影蕭蕭掃徑苔。」（《全唐詩》第14冊，卷467，頁5316。）

⑰**隨分**：按照力量或條件所許可；亦即依據本性、按照本分。

唐‧姚合〈武功縣中作〉三十首之八：「只應隨分過，已是錯彌深。」（《全唐詩》第15冊，卷498，頁5656。）

19.〈一翦梅〉 蔡州①作

懸瓠②城高百尺樓③。荒煙④村落⑤，疏雨汀洲⑥。天涯南去⑦更無州⑧。坐看⑨兒童，蠻語⑩吳（吳）謳⑪。　　過盡賓鴻過盡秋。⑫歸期杳杳，⑬歸計悠悠。⑭闌干⑮凭徧⑯不勝愁⑰。汝水⑱多情⑲，卻解東流。⑳（頁34）

①**蔡州**：今河南省汝南縣。

②**懸瓠**：古城名；以城北汝水屈曲如垂瓠，故名。隋唐為蔡州治所，唐憲宗元和12年（西元817年），李愬雪夜進軍，擒吳元濟於此；後泛指擒敵之處。唐‧柳宗元〈奉平淮夷雅表‧方城，命愬守也。卒入蔡，得其大醜，以平淮右〉十首之六：「汝陰之茫，懸瓠之峨。」（《全唐詩》第11冊，卷350，頁3916-3917。）〈序〉曰：「方城，山名，在唐州。元和十一年，以李愬為唐鄧隨節度使，與元濟戰，數有功。明年冬，愬乘大雪，；夜馳至蔡城。破其門，取元濟以獻。」（同上）瓠，音ㄏㄨˋ；植物名，葫蘆科葫蘆屬，即瓠瓜。

③**百尺樓**：百尺，比喻很高、很長。百尺樓，泛指高樓。唐‧李商隱〈安定城樓〉：「迢遞高城百尺樓，綠楊枝外盡汀洲。」（《全唐詩》第16冊，卷540，頁6191。）

④**荒煙**：荒野的煙霧，常指荒涼的地方。

⑤**村落**：鄉人聚集居住的地方；村莊，泛指鄉村、鄉下。

⑥**汀洲**：水邊平地或河流中砂土積成的小平地。汀，音ㄊㄧㄥ，俗讀為ㄉㄧㄥ。宋‧賀鑄〈快哉亭朝暮寓目〉二首之一：「初陽動禾

黍，積雨失汀洲。」（《全宋詩》第19冊，卷1106，頁12545。）

⑦**天涯南去**：天涯，天的邊際，指遙遠的地方；猶天邊。語出〈古詩十九首・行行重行行〉：「相去萬餘裏，各在天一涯。」（收入梁・昭明太子蕭統輯，唐・李善注：《文選》，臺北：藝文印書館，1983年6月，卷29，頁1-2。）唐・耿湋〈送友貶嶺南〉：「湖上北飛雁，天涯南去人。」（《全唐詩》第8冊，卷268，頁2982。）

⑧**更無州**：唐・杜牧〈邊上晚秋〉：「黑山南面更無州，馬放平沙夜不收。」（《全唐詩》第16冊，卷525，頁6009。）

⑨**坐看**：謂旁觀而無行動。

⑩**蠻語**：南方少數民族的言語。蠻，中國古代對南方各族的泛稱；舊時也用以泛指四方的少數民族。宋・劉克莊〈賀新郎〉（鬢雪今千縷）：「安得春鶯雪兒輩，輕拍紅牙按舞。也莫笑、儂家蠻語。」（《全宋詞》第4冊，頁2629。）

⑪**吳謳**：吳，地名；泛指中國江蘇省南部和浙江省北部一帶。謳，音ㄡ；歌曲、歌謠。宋・王千秋〈水調歌頭〉（壯日遇重九）：「釣松鱸，斟郫酒，聽吳謳。」（《全宋詞》第3冊，頁1469。）

⑫**過盡賓鴻過盡秋**：賓鴻，即鴻雁，羽毛呈紫褐色，腹部白色，嘴扁平，腿短，趾間有蹼，食植物種子、蟲、魚以維生；群居在水邊，飛時一般排列成行，是一種冬候鳥，也叫「大雁」。宋・石孝友〈青玉案〉（征鴻過盡秋容謝）：「征鴻過盡秋容謝。捲離恨、還東下。剪剪霜風落平野。」（《全宋詞》第3冊，頁2052。）

⑬**歸期杳杳**：歸期，歸家的日期、歸來的日期。杳杳，深遠、幽暗；不見蹤影，毫無消息，形容渺茫沉寂。杳，音ㄧㄠˇ。宋・吳文英〈夜行船〉（逗曉闌干沾露水）：「逗曉闌干沾露水。歸期杳、畫簷鵲喜。」（《全宋詞》第4冊，頁2937。）

子、大廳臺階前的空地；泛稱寬闊的地方。宋・趙子發〈少年遊〉（曉山日薄半春陰）：「閒庭客散人歸去，疏雨溼羅襟。」（《全宋詞》第2冊，頁741。）

⑦ **未拆秋千架**：拆，分開、打開。秋千，一種遊戲器材；在冂形的高架或樹幹上懸繫兩條等長的繩索或鐵鏈，底邊分別橫拴於一塊平木板的兩端，人可站立或坐於板上，兩手握繩或鏈，利用身體力量前後搖盪。宋・高承《事物紀原》卷八〈歲時風俗部・秋千〉：「《古今藝術圖》曰：『北方戎狄愛習輕趫之能，每至寒食為之。後中國女子學之，乃以綵繩懸樹立架，謂之秋千。』或曰本山戎之戲也，自齊桓公北伐山戎，此戲始傳中國。一云，正作「秋千」字，為「秋遷」非也，本出自漢宮祝壽詞也，後世語倒為秋千耳。」（收入《文淵閣四庫全書電子版》【內聯網版】，頁32。）也作「鞦韆」。架，泛指一般有線條組織，具支撐或擱置作用的結構體。宋・梅堯臣〈出省有日書事和永叔〉：「庭下鞦韆應未拆，籠中鸚鵡即聞聲。」（《全宋詩》第5冊，卷258，頁3222。）

⑧ **萱草堂深**：萱草，植物名：葉細長，其根肥大，莖頂分枝開花，花形似漏斗狀，呈橘黃色或桔紅色，無香氣，花尚未全開時，可採做菜食，也稱為「黃花」、「黃花菜」、「金針」、「金針花」、「金針菜」；古人以為種植此草，可以使人忘憂，因稱「忘憂草」。《詩經・衞風・伯兮》：「焉得諼草，言樹之背。」（收入清・阮元校刻：《十三經注疏》第2冊，卷3-3，頁14。）《毛傳》：「諼草令人忘憂；背，北堂也。」（同上）謂北堂樹萱，可以令人忘憂；古制，北堂為主婦之居室，後因以「萱堂」指母親的居室，並藉以指母親。深，從表面到底或從外面到裏面的距離很大。宋・無名氏〈滿江紅〉（萱草堂開）：「萱草堂開，仙

姿秀、金枝玉葉。」（《全宋詞》第5冊，頁3761。）

⑨**飛壽斝**：飛，猶言縱情、無所拘束的從事；或指行酒令的一種方式。唐・元稹〈黃明府詩・並序〉：「曾於竇少府廳中，有一人後至，頻犯語令，連飛十二觥，不勝其困，逃席而去。」（《全唐詩》第12冊，卷405，頁4518。）壽斝，飲壽酒用的酒杯；亦借指壽酒。斝，音ㄐㄧㄚˇ；古代青銅制貯酒器，形狀像爵而較大，有鋬（把手）、兩柱、三足，圓口、平底，上有紋飾，供盛酒與溫酒用，盛行於商代和西周初期；後借指酒杯、茶杯。宋・楊无咎〈青玉案〉（芝蘭桃李環圍著）：「芝蘭桃李環圍著。擁和氣、浮簾幕。壽斝交飛爭滿酌。」（《全宋詞》第2冊，頁1180。）

⑩**香滿把**：滿把，一整把。滿，全、遍、整個。把，量詞；用於一手握持的數量；或用於某些較抽象的事物。宋・陸游〈重九無菊有感〉：「高興亭中香滿把，令人北望憶梁州。」（《全宋詩》第40冊，卷2207，頁25262。）

⑪**綵衣**：五彩衣服；亦謂孝養父母。唐・歐陽詢《藝文類聚》卷二十〈人部四・孝〉：「《列女傳》曰：老萊子孝養二親，行年七十，嬰兒自娛，著五色采衣。嘗取漿上堂，跌僕，因臥地為小兒啼，或弄鳥鳥於親側。」（收入《文淵閣四庫全書電子版》【內聯網版】，頁22。）以博父母一笑，後遂用「綵衣娛親」為孝養父母之典。

⑫**蘭玉森如畫**：蘭玉，蘭和玉；亦謂芝蘭玉樹，比喻優秀的子弟。唐・房玄齡《晉書》卷七十九〈謝安傳〉：「玄字幼度。少穎悟，與從兄朗俱為叔父安所器重。安嘗戒約子姪，因曰：『子弟亦何豫人事，而正欲使其佳？』諸人莫有言者。玄答曰：『譬如芝蘭玉樹，欲使其生於庭階耳。』」（第7冊，北京：中華書

局，1974年11月，頁2080。）後為對他人子弟的美稱。森，樹木眾多，引申為眾多、繁盛；蔚然興盛貌。宋‧張孝祥〈清平樂〉（英姿慷慨）：「充庭蘭玉森森。一觴共祝脩齡。」（《全宋詞》第3冊，頁1711。）

⑬ **麻姑**：傳說中的仙女，姓黎字瓊仙，江西建昌人，修道於牟州（今山東省）東南姑餘山，宋徽宗政和中，封為真人。晉‧葛洪《神仙傳》卷三〈王遠〉：「因遣人召麻姑相問，……麻姑來，來時亦先聞人馬之聲，既至，從官當半於方平也。麻姑至，蔡經亦舉家見之，是好女子，年十八九許，於頂中作髻，餘髮散垂至腰。其衣有文章而非錦綺，光彩耀日，不可名字，皆世所無有也。入拜方平，方平為之起立。坐定，召進行廚，皆金玉盃盤無限也，餚膳多是諸花菓，而香氣達於內外。擘脯而行之，如松栢炙，云是麟脯也。麻姑自說：『接待以來，已見東海三為桑田。向到蓬萊，水又淺於往昔會時略半也。豈將復還為陵陸乎？』方平笑曰：『聖人皆言，海中行復揚塵也。』」（收入《文淵閣四庫全書電子版》【內聯網版】，頁8-9。）後用以詠仙人長壽，亦借為祝壽的典故。

⑭ **命駕**：命人駕車馬；謂立即動身。

⑮ **玄霜**：神話中的一種仙藥。

⑯ **乞得**：乞，求、討取；向人求討。宋‧趙以夫〈夜飛鵲〉（微雲拂斜月）：「蛾眉乞得天孫巧，悄悄樓上穿針。」（《全宋詞》第4冊，頁2663。）

⑰ **宜春夏**：宜，相安、和順。春夏，指季節。宋‧晏殊〈訴衷情〉（秋風吹綻北池蓮）：「宜春耐夏，多福莊嚴，富貴長年。」（《全宋詞》第1冊，頁97。）

⑱ **約**：協議、預先說定；邀結、邀請。

⑲**伯鸞**：漢朝梁鴻的字，鴻家貧好學，不求仕進，與妻孟光共入霸陵山中，以耕織為業，夫婦相敬有禮。南朝宋・范曄《後漢書》卷八十三〈逸民列傳・梁鴻〉：「梁鴻字伯鸞，扶風平陵人也。……後受業太學，家貧而尚節介，博覽無不通，而不為章句。學畢，乃牧豕於上林苑中。……歸鄉里。埶家慕其高節，多欲女之，鴻並絕不娶。同縣孟氏有女，狀肥醜而黑，力舉石臼，擇對不嫁，至年三十，父母問其故。女曰：『欲得賢如梁伯鸞者。』鴻聞而娉之。女求作布衣、麻屨，織作筐緝績之具。及嫁，始以裝飾入門。七日而鴻不答。妻乃跪牀下請曰：『竊聞夫子高義，簡斥數婦，妾亦偃蹇數夫矣。今而見擇，敢不請罪。』鴻曰：『吾欲裘褐之人，可與俱隱深山者爾。今乃衣綺縞，傅粉墨，豈鴻所願哉？』妻曰：『以觀夫子之志耳。妾自有隱居之服。』乃更為椎髻，著布衣，操作而前。鴻大喜曰：『此真梁鴻妻也。能奉我矣！』字之曰德曜，〔名〕孟光。居有頃，妻曰：『常聞夫子欲隱居避患，今何為默默？無乃欲低頭就之乎？』鴻曰：『諾。』乃共入霸陵山中，以耕織為業，詠《詩》《書》，彈琴以自娛。」（第10冊，北京：中華書局，1973年8月，頁2765-2766。）後因以「伯鸞」借指隱逸不仕之人；亦作為賢丈夫的代稱。宋・蘇軾〈滿江紅〉（憂喜相尋）：「何似伯鸞攜德耀，簞瓢未足清歡足。漸粲然、光彩照階庭，生蘭玉。」（《全宋詞》第1冊，頁280。）

⑳**冠早掛**：南朝宋・范曄《後漢書》卷八十三〈逸民列傳・逢萌〉：「逢萌字子康，北海都昌人也。家貧，給事縣為亭長。時尉行過亭，萌候迎拜謁，既而擲楯歎曰：『大丈夫安能為人役哉！』遂去之長安學，通《春秋經》。時王莽殺其子宇，萌謂友人曰：『三綱絕矣！不去，禍將及人。』即解冠挂東都城門，

歸，將家屬浮海，客於遼東。」（第10冊，北京：中華書局，1965年5月，頁2759。）又唐・李延壽《南史》卷七十六〈隱逸列傳下・陶弘景〉：「陶弘景字通明，丹陽秣陵人也。……未弱冠，齊高帝作相，引為諸王侍讀，除奉朝請。雖在朱門，閉影不交外物，唯以披閱為務。朝儀故事，多所取焉。家貧，求宰縣不遂。永明十年，脫朝服挂神武門，上表辭祿。」（第6冊，北京：中華書局，1975年6月，頁1897。）後因以「掛冠」比喻辭官、棄官。宋・李仁本〈桂殿秋〉（金帶重）：「君王若許供香火，神武門前早挂冠。」（《全宋詞》第5冊，頁3141。）

㉑**筠窗**：竹窗。筠，音ㄩㄣˊ；竹子的別稱，亦指用竹子製成的。

㉒**團欒**：形容圓的樣子；團聚。欒，音ㄌㄨㄢˊ；猶圓，方圓之圓。

㉓**無生話**：佛教語；指無生無滅的佛法真諦。宋・釋普濟《五燈會元》卷三〈南嶽下二世・馬祖一禪師法嗣・龐蘊居士〉：「有男不婚，有女不嫁。大家團圞頭，共說無生話。」（收入《文淵閣四庫全書電子版》【內聯網版】，頁79。）宋・可旻〈漁家傲〉（休縱心猿馳意馬）：「諸上善人都在那。相迎迓。聚頭只說無生話。」（《全宋詞》第4冊，頁2429。）

21. 又 瑞香①

巖秀②不隨桃李伴③。國香未許④幽蘭⑤換。小睡⑥最宜醒鼻觀⑦。檐月轉。⑧紫雲娘⑨擁青羅扇⑩。　　半世⑪盧山⑫清夢斷⑬。天涯邂逅⑭春風面⑮。茗椀⑯不來羞自薦⑰。空戀戀。⑱野芹炙背誰能獻。⑲（頁34）

①**瑞香**：植物名；也稱睡香，常綠灌木，葉呈長橢圓形，質厚，有

光澤，春季開花，花集生頂端，內白外紫紅，香清氣遠，還有一
種純白花，香氣更濃烈；纖維可以製紙，根皮可以入藥，有消腫
止痛的療效，也稱為「露申」。宋・陶穀《清異錄》卷上〈花・
睡香〉：「廬山瑞香花，始緣一比丘晝寢磐石上，夢中聞花香，
烈酷不可名，既覺，尋香求之，因名睡香。四方奇之，謂乃花中
祥瑞，遂以『瑞』易『睡』。」（收入《文淵閣四庫全書電子
版》【內聯網版】，頁41。）

②**嚴秀**：巖，山峰、高峻的山崖。秀，草木之花；清麗、特出。

③**不隨桃李伴**：桃李，桃花與李花；形容姿色的美豔。伴，伴侶、
同伴。唐・白居易〈代迎春花招劉郎中〉：「幸與松筠相近栽，
不隨桃李一時開。」（《全唐詩》第13冊，卷448，頁5047。）

④**國香未許**：國香，極言其香，謂其香甲於一國，故云；語出《左
傳・宣公三年》：「鄭文公有賤妾曰燕姞，夢天使與己蘭，曰
余為伯儵，余而祖也，以是為而子，以蘭有國香，人服媚之如
是。」（收入清・阮元校刻：《十三經注疏》第6冊，卷21，頁
10。）後人因稱蘭花為國香，亦用以借指其他名花。宋・楊萬里
〈蠟梅〉：「天向梅梢別出奇，國香未許世代知。」（《全宋
詩》第42冊，卷2282，頁26177。）

⑤**幽蘭**：生於幽谷的蘭花。

⑥**小睡**：假寐、打瞌睡；短暫休息、睡覺。

⑦**鼻觀**：鼻孔，指嗅覺；以鼻聞之。宋・李彌遜〈臨江仙〉（多病
淵明剛止酒）：「小撚青枝撩鼻觀，絕勝嬌額塗黃。獨醒滋味怕
新涼。」（《全宋詞》第2冊，頁1056。）

⑧**檐月轉**：檐，同「簷」；屋頂邊緣突出牆壁的部分。轉，改換方
向。宋・楊无咎〈瑞雲濃〉（睽離謾久）：「醉裏屢忘歸，任虛
簷月轉。」（《全宋詞》第2冊，頁1184。）

杜甫〈赤甲〉：「炙背可以獻天子，美芹由來知野人。」（《全
唐詩》第7冊，卷229，頁2497。）

22.〈轉調踏莎行〉元旦①

　　爆竹庭前，②樹桃門右。③香湯④□浴罷、五更後。⑤高燒銀
　　燭，⑥瑞煙噴金獸。⑦萱堂⑧次第⑨了，相為壽。⑩　　改歲
　　宜新，⑪應時納祐。⑫從今⑬諸事⑭願、勝如舊。⑮人生強
　　健，⑯喜一年入手。⑰休辭最後餘、酴酥酒。⑱（頁34）

①元旦：一年的第一日。宋・吳自牧《夢粱錄》卷一〈正月〉：
　　「正月朔日，謂之元旦，俗呼為新年。一歲節序，此為之首。」
　　（收入《文淵閣四庫全書電子版》【內聯網版】，頁1。）也稱
　　為「元正」、「元朔」、「元日」。
②**爆竹庭前**：爆竹，古時在節日或喜慶日，用火燒竹，畢剝發聲，
　　以驅除山鬼瘟神，謂之「爆竹」；火藥發明後以多層紙密捲火
　　藥，接以引線，燃之使爆炸發聲，亦稱為「爆竹」；也叫「爆
　　仗」、「炮仗」、「爆竿」。梁・宗懍《荊楚歲時記》：「正月一
　　日，……雞鳴而起，先於庭前爆竹，以辟山臊惡鬼。」（收入《文
　　淵閣四庫全書電子版》【內聯網版】，頁1。）庭前，堂階前。
③**樹桃門右**：樹，種植、栽培；樹立，豎起或建起。桃，桃枝，指
　　桃樹枝條，舊時謂可以厭伏邪氣，驅鬼魅。梁・宗懍《荊楚歲時
　　記》：「正月一日，……帖畫雞，或斵鏤五采及土雞於戶上。造
　　桃板著戶，謂之仙木。繪二神貼戶左右，左神荼，右鬱壘，俗謂
　　之門神。」（收入《文淵閣四庫全書電子版》【內聯網版】，頁
　　1-2。）其後按曰：「莊周云：『有掛雞於戶，懸葦索於其上，
　　插桃符於旁，百鬼畏之。……又桃者，五行之精，能制百鬼，

謂之仙木。」」（同上，頁2。）唐・張說〈岳州守歲〉二首之
二：「桃枝堪辟惡，爆竹好驚眠。」（《全唐詩》第3冊，卷
89，頁979。）

④**香湯**：調有香料的熱水。

⑤**五更後**：五更，舊時以漏刻計時，從傍晚到次日清晨，分為五個
時段，稱為「五更」；相當於自午後七時起算，每一時段，為兩
小時，至清晨五時，又稱「五鼓」、「五夜」；或特指第五更的
時候，即天將亮時。唐・鄭畋〈五月一日紫宸候對時屬禁直，穿
內而行，因書六韻〉：「朱夏五更後，步廊三里餘。」（《全唐
詩》第17冊，卷557，頁6462。）

⑥**高燒銀燭**：銀燭，明燭，古時祭祀用的燭；或指明亮的燭。宋・
方千里〈水龍吟〉（錦城春色移根）：「高燒銀燭，梁州催按，
歌聲漸起。」（《全宋詞》第4冊，頁2503。）

⑦**瑞煙噴金獸**：瑞煙，祥瑞的煙氣，多為焚香所生煙氣的美稱。
噴，吐出；散著射出。金獸，指獸形的香爐。宋・姜夔〈點絳
唇〉（祝壽筵開）：「祝壽筵開，畫堂深映花如繡。瑞煙噴獸。
簾幕香風透。」（《全宋詞》第3冊，頁2188。）

⑧**萱堂**：《詩經・衛風・伯兮》：「焉得諼草，言樹之背。」（收
入清・阮元校刻：《十三經注疏》第2冊，卷3-3，頁14。）《毛
傳》：「諼草令人忘憂；背，北堂也。」（同上）謂北堂樹萱，
可以令人忘憂；古制，北堂為主婦之居室，後因以「萱堂」指母
親的居室，並藉以指母親；也作「堂萱」、「諼堂」。宋・晁端
禮〈永遇樂〉（龍閣先芬）：「有誰萊衣遊戲，萱堂壽考。」
（《全宋詞》第1冊，頁428。）

⑨**次第**：次序、依次、順序、齊整；或謂規模，有排場。

⑩**相為壽**：相，彼此、交互，兩方面都進行的。為壽，祝頌之辭；

向尊長敬酒或饋贈財物，以祈祝健康長壽。宋·程節齋〈清平
樂〉（吾家三母）：「吾家三母。先後相為壽。管領諸郎盡明
秀。都是婺女星宿。」（《全宋詞》第5冊，頁3547。）

⑪**改歲宜新**：改歲，又換一年；由舊歲進入新年。唐·閻朝隱
〈奉和立春遊苑迎春應制〉：「鵲入巢中言改歲，燕銜書上道宜
新。」（《全唐詩》第3冊，卷69，頁771。）

⑫**應時納祐**：應時，適於季節或時代需要；合於時令的，順應天
時。納祐，猶納福；避邪致祥。祐，福祉；神明護助。宋·張孝
祥〈點絳唇〉（四到蘄州）：「四到蘄州，今年更是逢重九。應
時納祐。隨分開尊酒。」（《全宋詞》第3冊，頁1711。）

⑬**從今**：從現在起。

⑭**諸事**：各樣事情。諸，眾多、各個。

⑮**勝如舊**：勝如，超過。宋·無名氏〈沁園春〉（天下知名）：
「天下知名，今日劉郎，勝如舊時。」（《全宋詞》第5冊，頁
3755。）

⑯**人生強健**：人生，人的一生，人活在世上；人的生存和生活。強
健，強壯健康。宋·晁端禮〈綠頭鴨〉（晚雲收）：「人強健，
清尊素影，長願相隨。」（《全宋詞》第1冊，頁418。）

⑰**喜一年入手**：入手，開始、起頭。宋·無名氏〈木蘭花〉（東風
昨夜吹春晝）：「尊前莫惜玉顏酡。且喜一年年入手。」（《全
宋詞》第5冊，頁3672。）

⑱**酴酥酒**：一種酒，「屠蘇酒」的別名。以屠蘇、山椒、白朮、
桔梗、防風、肉桂等藥草調製而成；相傳於陰曆正月初一，家人
先幼後長飲之，可避邪、除瘟疫。梁·宗懍《荊楚歲時記》：
「（正月一日）於是長幼悉正衣冠，以次拜賀，進椒柏酒，飲
桃湯，進屠蘇酒。……凡飲酒次第從小起。」（收入《文淵閣四

庫全書電子版》【內聯網版】，頁2-3。）又王毓榮《荊楚歲時記校注‧第二部‧正月‧校記》：「《月令粹編》四引，作『元日進屠蘇酒，注屠蘇酒元日飲之可除瘟氣，屠者屠絕鬼氣，蘇者蘇醒人魂。』」（臺北：文津出版社，1988年8月，頁32。）酴，音ㄊㄨˊ。宋‧晁補之〈失調名〉（殘臘初雪霽）：「竈馬門神，酒酌酴酥，桃符盡書吉利。」（《全宋詞》第1冊，頁3672。）

23.〈感皇恩〉漫興①

天地一浮萍，②人生如寄。③畫餅功名④竟何益⑤。百年渾醉，⑥三萬六千而已。⑦過了一日也、無一日。　韶顏暗改，⑧良辰易失。⑨絲竹杯盤但隨意。⑩酴醾賞罷，⑪更向牡丹叢裏。⑫戴花連夜飲、⑬花前睡。（頁35）

①**漫興**：謂率意為詩，並不刻意求工。

②**天地一浮萍**：天地，天和地；指自然界或社會。浮萍，浮生在水面上的一種草本植物，葉扁平而小，三葉相集，呈橢圓形或倒卵形，表面綠色，背面紫紅色，葉下叢生鬚根，隨水蕩漾，多分布於稻田、溝渠、池塘中；多用以比喻行蹤不定、飄泊無定的身世或變化無常的人世間。宋‧王以寧〈虞美人〉（歸來峯下霜如水）：「此身天地一浮萍。去國十年華髮、欲星星。」（《全宋詞》第2冊，頁1067。）

③**人生如寄**：比喻人生短促，有如暫時寄居於世間。人生，人的一生，人活在世上。寄，暫時的托身；暫時依附的。宋‧方千里〈慶春宮〉（宿靄籠晴）：「人生如寄，利鎖名韁，何用縈縈。」（《全宋詞》第4冊，頁2499。）

④**畫餅功名**：畫餅，畫成的餅；比喻徒有虛名無補實用的人和物或徒具形式而無實用價值，亦比喻落空的事情。漢・陳壽《三國志》卷二十二〈魏書・盧毓傳〉：「前此諸葛誕、鄧颺等馳名譽，有四（窗）〔聰〕八達之誚，帝疾之。時舉中書郎，詔曰：『得其人與否，在盧生耳。選舉莫取有名，名如畫地作餅，不可啖也。』」（第3冊，北京：中華書局，1964年10月，頁651。）功名，功業和名聲；舊指科舉稱號或官職名位。宋・馮取洽〈沁園春〉（我愛口君）：「矍鑠溪翁，據鞍一笑，畫餅功名賦儻來。」（《全宋詞》第4冊，頁2656。）

⑤**竟何益**：竟，到底、終於。益，幫助、好處。唐・裴迪〈游感化寺曇興上人山院〉：「浮名竟何益，從此願棲禪。」（《全唐詩》第4冊，卷129，頁1312。）

⑥**百年渾醉**：百年，指人壽百歲；比喻時間、年代的久遠。渾，全、都、皆。唐・杜甫〈屏跡〉三首之二：「百年渾得醉，一月不梳頭。」（《全唐詩》第7冊，卷227，頁2455。）

⑦**三萬六千而已**：而已，限制或讓步的語助詞，表示僅止於此，相當於口語中的「罷了」。宋・蘇軾〈哨徧〉（睡起畫堂）：「這些百歲，光陰幾日，三萬六千而已。」（《全宋詞》第1冊，頁307。）

⑧**韶顏暗改**：韶顏，美好的容貌；或比喻青春年少。韶，音ㄕㄠˊ；美好的。暗，默不作聲的、隱密的。宋・衞時敏〈念奴嬌〉（春風桃李）：「壽秩初滿華嚴，韶顏轉映，綠鬢方瞳碧。」（《全宋詞補輯》，頁45。）

⑨**良辰易失**：良辰，美好的時光。宋・晏幾道〈玉樓春〉（一尊相遇春風裏）：「良辰易去如彈指。金琖十分須盡意。」（《全宋詞》第1冊，頁236。）

⑩**絲竹杯盤但隨意**：絲竹，絃樂器與竹管樂器之總稱，琴瑟與簫管等；亦泛指樂器或音樂。杯盤，杯與盤；亦借指酒肴。但，只管、儘管。隨意，任情適意，不受拘束。宋・李清照〈蝶戀花〉（永夜懨懨歡意少）：「隨意杯盤雖草草。酒美梅酸，恰稱人懷抱。」（《全宋詞》第2冊，頁932。）

⑪**酴醾賞罷**：酴醾，音ㄊㄨˊ ㄇㄧˊ；花名，「荼蘼」的別名，葉為羽狀複葉，柄上多刺，夏初開黃白色重瓣花；本酒名，以花顏色似之，故取以為名。宋・郭應祥〈菩薩蠻〉（牡丹已過酴醾謝）：「牡丹已過酴醾謝。那堪風雨連朝夜。」（《全宋詞》第4冊，頁2217。）

⑫**更向牡丹叢裏**：牡丹，著名的觀賞植物，羽狀複葉，夏初開花，色有紅、白、黃、紫等種，為我國特產；群花品中，牡丹第一，故世謂牡丹為花王，也稱為「富貴花」、「一捻紅」。叢，聚生於一處的植物。唐・杜荀鶴〈中山臨上人院觀牡丹，寄諸從事〉：「閒來吟遶牡丹叢，花艷人生事略同。」（《全唐詩》第20冊，卷692，頁7962。）

⑬**戴花連夜飲**：連夜，夜以繼日；徹夜。宋・辛棄疾〈賀新郎〉（世路風波惡）：「與客攜壺連夜飲，任蟾光、飛上闌干角。」（《全宋詞》第3冊，頁1975。）

24. 又 有贈①

寶髻②縮雙螺③，甓金④羅抹⑤。紅袖⑥珍珠臂韝（韝）帀⑦。十三弦上，⑧小小⑨剝（剝）蔥⑩銀甲⑪。陽關三疊徧、⑫花十八。⑬　　鴈行⑭歷歷⑮，鶯聲恰恰。⑯洗盡歌腔舊嘔啞。⑰坐中狂客，⑱不覺琉璃杯滑。⑲纏頭⑳莫惜與、金釵㉑插。

（頁35）

①**有贈**：有，用在某些動詞前面表示客氣。贈，把東西無代價的送給別人。

②**寶髻**：古代婦女髮髻的一種。髻，音ㄐㄧˋ；盤結於頭頂或腦後的頭髮，有各種形狀。宋・司馬光〈西江月〉（寶髻鬆鬆挽就）：「寶髻鬆鬆挽就，鉛華淡淡妝成。」（《全宋詞》第1冊，頁199。）

③**綰雙螺**：綰，音ㄨㄢˇ；盤繞、繫結；把長條形的東西盤繞起來打成結。雙螺，指少女頭上的兩個螺形髮髻。宋・晏幾道〈采桑子〉（紅窗碧玉新名舊）：「紅窗碧玉新名舊，猶綰雙螺。」（《全宋詞》第1冊，頁252。）

④**蹙金**：一種刺繡的方法；用撚緊的金線繡衣，而縐縮其線紋，使其緊密而勻貼，亦指這種刺繡工藝品；也稱為「撚金」。蹙，音ㄘㄨˋ；聚攏、皺縮。宋・何夢桂〈賀新郎〉（更靜鐘初定）：「重拂羅裳蹙金線，塵滿雙鴛花勝。」（《全宋詞》第5冊，頁3152。）

⑤**羅抹**：即抹胸，俗稱兜肚、肚兜；古代內衣的一種，多為婦女所服，以方尺之布為之，有前片無後片，上可覆乳，下可遮肚，緊束胸腹，以防風之內侵者，為古代婦女用來遮護禦寒的貼身小衣。羅，質地輕軟的絲織品。抹，音ㄇㄛˋ；緊貼、緊束。

⑥**紅袖**：女子的紅色衣袖；亦指美女。

⑦**珍珠臂韝帀**：珍珠，珍寶珠玉；蚌內因異物侵入或病理變化而產生的圓形顆粒，呈白色或微黃色，是珍貴的裝飾品，一般分為天然及人工養珠兩種；也作「真珠」。臂韝，臂衣，古人用以套於臂上者，為射箭時戴的皮製護臂袖套。韝，或應作「韝」，音ㄍㄡ；臂套，用皮製成，射箭、架鷹時縛於兩臂束住衣袖以便動作；此用為婦女裝飾。帀，音ㄗㄚ；同「匝」，繞、環繞；亦用

作量詞，猶言周、圈。唐・杜甫〈即事〉：「百寶裝腰帶，真珠絡臂韝。」（《全唐詩》第7冊，卷226，頁2447。）

⑧**十三弦上**：十三弦，唐宋時教坊用的箏均為十三根弦，因代指箏。宋・曹勛〈朝中措〉（寶箏偏勸酒杯深）：「秀指十三絃上，挑吟擊玉鏦金。」（《全宋詞》第2冊，頁1230。）

⑨**小小**：形容很小、最小。

⑩**剝蔥**：喻女子手指纖細白嫩。唐・方干〈贈美人〉四首之三：「剝蔥十指轉籌疾，舞柳細腰隨拍輕。」（《全唐詩》第19冊，卷651，頁7478。）

⑪**銀甲**：銀製的假指甲，套於指上，用以彈箏或琵琶等絃樂器。唐・杜甫〈陪鄭廣文遊何將軍山林〉十首之五：「銀甲彈箏用，金魚換酒來。」（《全唐詩》第7冊，卷224，頁2397。）

⑫**陽關三疊徧**：陽關三疊，古曲名，又稱〈渭城曲〉，因唐・王維〈渭城曲〉詩：「渭城朝雨浥輕塵，客舍青青楊柳春。勸君更盡一杯酒，西出陽關無故人。」（《全唐詩》第4冊，卷128，頁1306。）而得名；後入樂府，以為送別之曲，反覆誦唱，遂謂之〈陽關三疊〉。宋・蘇軾《仇池筆記》卷上〈陽關三疊〉：「舊傳〈陽關三疊〉今歌者每句再疊而已。若通一首，又是四疊，皆非是。每句三唱，以應三疊，則叢然無復節奏。有文勛者，得古本〈陽關〉，每句皆再唱，而第一句不疊，乃知唐本三疊如此。樂天詩云：『相逢且莫推辭醉，聽唱〈陽關〉第四聲。』『勸君更盡一杯酒。』以此驗（驗）之，若一句再疊，則此句為第五聲；今為第四，則一句不疊審矣。」（收入《文淵閣四庫全書電子版》【內聯網版】，頁3。）徧，量詞；表示動作從頭到尾完成的次數，亦為唐宋時稱樂曲的結構單位，今存詞調猶可見其遺跡，如〈哨徧〉、〈泛清波摘徧〉等。宋・王安中〈木蘭花〉

（堯天雨露承新詔）：「樽前休更說燕然，且聽陽關三疊了。」
（《全宋詞》第2冊，頁749。）

⑬花十八：舞曲名；宋・王灼《碧雞漫志》卷三〈六么〉：「歐陽
永叔云：『貪看〈六么〉、〈花十八〉。』此曲內一疊，名〈花
十八〉，前後十八拍，又四花拍，共二十二拍。樂家者流所謂花
拍，蓋非其正也。曲節抑揚可喜，舞亦隨之。而舞〈築球〉、
〈六么〉，至〈花十八〉益奇。」（收入唐圭璋編：《詞話叢
編》第1冊，臺北：新文豐出版公司，1988年2月，頁102。）
宋・賀鑄〈木蘭花〉（銀簧雁柱香檀撥）：「舞腰輕怯絳裙長，
羞按築毬花十八。」（《全宋詞》第1冊，頁540。）

⑭鴈行：亦作「雁行」；群雁飛行的行列，形容排列整齊而有次
序。唐・李商隱〈昨日〉：「二八月輪蟾影破，十三絃柱雁行
斜。」（《全唐詩》第16冊，卷540，頁6203。）

⑮歷歷：逐一、一一；清楚明白、分明可數，清晰貌。唐・顧偉
〈雪夜聽猿吟〉：「歷歷和群雁，寥寥思客心。」（《全唐詩》
第22冊，卷782，頁8839。）

⑯鶯聲恰恰：鶯聲，黃鶯的啼鳴聲；多比喻女子宛轉悅耳的語聲。
恰恰，狀聲詞，形容鳥鳴聲；亦有融合之意。唐・杜甫〈江畔獨
步尋花七絕句〉七首之六：「留連戲蝶時時舞，自在嬌鶯恰恰
啼。」（《全唐詩》第7冊，卷227，頁2452。）

⑰洗盡歌腔舊嘔啞：腔，曲調；樂曲的調子。嘔啞，音ㄡ一ㄚ；
狀聲詞，形容管樂聲。唐・白居易〈琵琶引〉：「豈無山歌與村
笛，嘔啞嘲哳難為聽。」（《全唐詩》第13冊，卷435，頁482。）

⑱坐中狂客：坐中，座席之中。狂客，放蕩不羈、狂放不拘禮俗的
人。宋・秦觀〈滿江紅〉（越豔風流）：「自覺愁腸攪亂，坐中
狂客。」（《全宋詞》第1冊，頁540。）

⑲**不覺琉璃杯滑**：不覺，沒有察覺、無意之間；某動作出於自然而非做作。琉璃，一種有色半透明的玉石；或指用扁青石，即鋁和鈉的矽酸化合物燒鍊成的物體，多為青色和黃色，可加在黏土的外層，再燒製成缸、瓦、盆等；或指玻璃，詩文中常以喻晶瑩碧透之物。宋・歐陽修〈玉樓春〉（西湖南北煙波闊）：「杯深不覺琉璃滑。貪看六么花十八。」（《全宋詞》第1冊，頁133。）

⑳**纏頭**：古時舞者用彩錦纏頭，當賓客宴集，賞舞完畢，常贈羅錦給舞者為彩，稱為「纏頭」；對於青樓歌妓，賓客也往往賜錦，或以財物代替；後把送給歌伎或妓女之財物稱為「纏頭」。宋・晏殊〈山亭柳〉（家住西秦）：「蜀錦纏頭無數，不負辛勤。」（《全宋詞》第1冊，頁106。）

㉑**金釵**：婦女插於髮髻的金製首飾，狀似簪（用來盤住髮髻的條狀長針），尾端分叉為二股，可用來固定髮型。

25.〈望月婆羅門〉懷古①

　　笑談尊俎，②坐中③驚歎④謫仙人⑤。烏絲落筆如神。⑥喚起小鬟風味，⑦學按⑧古陽春⑨。對瓊枝璧月，⑩朝暮⑪長新。

　　　　宦萍⑫此身。歎別後、迹俱陳。⑬獨有芳溫一念，⑭紅淚羅巾。⑮憑誰妙手，⑯為寫寄⑰、崔徽一幅真。⑱聊慰我、⑲老眼風塵。⑳（頁35）

①**懷古**：追念古代的人和事。

②**笑談尊俎**：笑談，笑謔、談笑；邊笑邊談。尊俎，古代盛酒食的器皿；樽以盛酒，俎以盛肉；泛指宴飲、宴席。尊，酒器。俎，音ㄗㄨˇ；古代祭祀時，用來盛祭品的禮器。宋・丘崈〈滿江紅〉（楚甸雲收）：「著詩書元帥，笑談尊俎。」（《全宋詞》

第3冊，頁1740。）

③**坐中**：座席之中。

④**驚歎**：驚奇讚歎、驚訝感嘆。

⑤**謫仙人**：謫居世間的仙人；常用以稱譽才學優異、才情高超、清越脫俗的人，有如自天上被謫居人世的仙人；亦借指被降職調任的官吏。謫，音ㄓㄜˊ；譴責，因罪受罰或被貶。宋‧韓玉〈水調歌頭〉（重午日過六）：「丰神英毅，端是天上謫仙人。」（《全宋詞》第3冊，頁2058。）

⑥**烏絲落筆如神**：烏絲，黑絲。落筆，下筆。神，稀奇、玄妙、不平凡的。宋‧辛棄疾〈念奴嬌〉（君詩好處）：「下筆如神強壓韻，遺恨都無毫髮。」（《全宋詞》第3冊，頁1933。）

⑦**喚起小鬟風味**：喚起，喚醒、叫起；招引、引起；觸動、激發。小鬟，小髮髻、孩童的髮髻；舊時用以代稱小婢、婢女。風味，韻味旨趣；事物特有的色彩和趣味。宋‧周紫芝〈好事近〉（春似酒杯濃）：「何似且留花住，喚小鬟催拍。」（《全宋詞》第1冊，頁436。）

⑧**按**：敲擊、彈奏。

⑨**陽春**：古樂曲名；是一種比較深奧難懂、高雅難學的曲子；傳說為春秋時晉‧師曠或齊‧劉涓子所作，陽春取其「萬物知春，和風淡蕩」之義。戰國楚‧宋玉〈對楚王問〉：「客有歌於郢中者，其始曰〈下里巴人〉，國中屬而和者數千人。其為〈陽阿薤露〉，國中屬而和者數百人。其為〈陽春白雪〉，國中屬而和者不過數十人。」（收入梁‧昭明太子蕭統輯，唐‧李善注：《文選》，臺北：藝文印書館，1983年6月，卷45，頁2。）後因用以泛指高雅的曲子。宋‧晏殊〈山亭柳〉（家住西秦）：「若有知音見採，不辭徧唱陽春。」（《全宋詞》第1冊，頁106。）

⑩ **瓊枝璧月**：瓊枝，喻嘉樹美卉；或喻美女。璧月，月圓如璧；對月亮的美稱。宋・蔡伸〈浣溪沙〉（窄窄霜綃穩稱身）：「斷雨殘雲千里隔，瓊枝璧月四時新。」（《全宋詞》第2冊，頁1011。）

⑪ **朝暮**：早晚；時時。

⑫ **宦萍**：宦，音ㄏㄨㄢˋ；仕也，為官、做官；亦指官吏。萍，指浮萍，浮生在水面上的一種草本植物，葉扁平而小，三葉相集，呈橢圓形或倒卵形，表面綠色，背面紫紅色，葉下叢生鬚根，隨水蕩漾，多分布於稻田、溝渠、池塘中；多用以比喻行蹤不定、飄泊無定的身世或變化無常的人世間。

⑬ **迹俱陳**：迹，事物的遺痕；前人留下來的事物、功業。俱，皆、都、全。陳，舊的、年代久遠的。宋・張炎〈壺中天〉（異鄉倦旅）：「李杜飄零，羊曇悲感，回首俱陳跡。」（《全宋詞》第5冊，頁3513。）

⑭ **獨有芳溫一念**：獨有，只有、僅有、特有。芳溫，美好柔和。一念，一動念之間；一個念頭、想法。念，惦記、憐愛。宋・秦觀〈木蘭花〉（秋容老盡芙蓉院）：「歲華一任委西風，獨有春紅留醉臉。」（《全宋詞》第1冊，頁460。）

⑮ **紅淚羅巾**：紅淚，晉・王嘉《拾遺記》：「魏文帝所愛美人，姓薛名靈芸，常山人也。父名鄴，為酇鄉亭長。……靈芸年至十五容貌絕世，隣中少年夜來竊窺終不得見。黃初元年谷習出守常山郡，聞亭長有美女而家甚貧，時文帝選良家子女以入六宮，習以千金寶賂聘之，既得乃以獻文帝。靈芸聞別父母，歔欷累日，淚下霑衣。至升車就路之時，以玉唾壺承淚，壺即紅色。既發常山，及至京師，壺中淚凝如血矣。」（收入《文淵閣四庫全書電子版》【內聯網版】，卷7，頁1。）後因以「紅淚」稱美人淚，或比喻女子悲傷的眼淚。羅巾，絲製手巾。宋・范成大〈題傳

記〉二首之一：「莫將綵筆寄朝雲，紅淚羅巾隔路塵。」（《全宋詩》第41冊，卷2245，頁25777。）

⑯**憑誰妙手**：憑，依靠、託賴；煩勞、請求。妙手，技能高超的人；指精妙的手藝、手法。宋・蘇軾〈減字木蘭花〉（憑誰妙筆）：「憑誰妙筆。橫掃素縑三百尺。」（《全宋詞》第1冊，頁332。）

⑰**寫寄**：寫，摹畫、描繪。寄，託付、依附，傳達言語、書信、心意等；託人遞送。五代・顧敻〈荷葉盃〉（我憶君詩最苦）：「紅牋寫寄表情深。吟麼吟。吟麼吟。」（《全唐五代詞》上冊，正編卷3，頁565。）

⑱**崔徽一幅真**：崔徽，唐歌妓名；唐・元稹〈崔徽歌・序〉：「崔徽，河中府娼也。裴敬中以興元幕使蒲州，與徽相從累月，敬中便還。崔以不得從為恨，因而成疾。有丘夏善寫人形。徽託寫真寄敬中曰：『崔徽一旦不及畫中人，且為郎死。』發狂卒。」（《全唐詩》第12冊，卷423，頁4652。）後因用為詠男女情愛的典故，亦以詠歌妓；多泛指情篤愛深的女子。幅，量詞；計算圖畫、布帛等平面物的單位。真，肖像、畫像。宋・秦觀〈南鄉子〉（妙手寫徽真）：「妙手寫徽真。水翦雙眸點絳脣。」（《全宋詞》第1冊，頁461。）

⑲**聊慰我**：姑且安慰自己。聊，姑且、暫且；略微、勉強。慰，安也；安撫，用言行或物質等使人心裡安適。宋・黃機〈乳燕飛〉（秋意今如許）：「此去西風吹雁過，冢身心、別後安平否。聊慰我，至誠處。」（《全宋詞》第4冊，頁2530。）

⑳**老眼風塵**：老眼，老年人的眼睛；或謂老年人的眼力，指視力所及；亦指辨別是非好壞的能力。風塵，被風揚起的塵土，比喻旅途的艱辛勞累；亦指塵世、世事、人事，紛擾的現實生活境界；

或指宦途、官場。宋・王炎〈水調歌頭〉（千里倦遊客）：「千里倦遊客，老眼厭塵煙。」（《全宋詞》第3冊，頁1853。）

26. 又 元夕①

小寒料峭，②一番春意③換年芳④。蛾兒雪柳風光。⑤開盡星橋鐵鎖，⑥平地瀉銀潢。⑦記當時行樂，⑧年少⑨如狂⑩。　宦游⑪異鄉⑫。對節物⑬、只堪傷。⑭冷落⑮譙樓⑯淡月⑰，燕寢餘香。⑱快呼伯雅，⑲要洗我、窮愁⑳九曲腸㉑。休更問、㉒勳業㉓行藏㉔。（頁35）

①**元夕**：舊稱農曆正月十五日為上元節，是夜稱元夕，為傳統節慶之一；當天，民間習慣通宵張燈，供人觀賞，並有舞龍、舞獅、踩高蹺、跑旱船、猜燈謎等活動，更以吃元宵、年糕、餃子等，象徵闔家團圓、生活美滿；也稱為「燈節」、「小過年」、「元夜」、「元宵」。

②**小寒料峭**：小寒，二十四節氣之一；是農曆十二月初旬的節氣，在冬至過後的第十五天，約當國曆一月六日或七日，因此時天候寒冷而得名。料峭，形容微寒；亦形容風力寒冷、尖利。宋・喻陟〈蠟梅香〉（曉日初長）：「曉日初長，正錦里輕陰，小寒天氣。」（《全宋詞》第1冊，頁450。）

③**一番春意**：一番，一回、一次、一陣。春意，春天的氣象。宋・李演〈賀新涼〉（笛叫東風起）：「萬點淮峯孤角外，驚下斜陽似綺。又婉娩、一番春意。」（《全宋詞》第4冊，頁2981。）

④**換年芳**：換，互易、對調；更改、變易。年芳，指美好的春色。宋・楊萬里〈乙未和楊謹仲教授春興〉：「歸歟還復換年芳，不分官梅惱石腸。」（《全宋詩》第42冊，卷2280，頁26156。）

⑤**蛾兒雪柳風光**：蛾兒，古代婦女於元宵節前後插戴在頭上剪綵
而成的應時飾物。雪柳，用絹花裝成的花枝；宋代婦女在立春日
和元宵節時插戴的一種絹或紙製成的頭花，為宋時元宵節婦女頭
飾之一。風光，時光景物；指繁華景象。宋·辛棄疾〈青玉案〉
（東風夜放花千樹）：「蛾兒雪柳黃金縷。笑語盈盈暗香去。」
（《全宋詞》第3冊，頁1884。）

⑥**開盡星橋鐵鎖**：星橋，神話傳說中的鵲橋；此泛指橋梁，元夕點
綴無數明燈，燈影照耀，有如天上的星橋。鐵鎖，鐵製的鎖，常
指刑具；此指宮門禁令。唐·崔液〈上元夜〉六首之一：「玉漏
銀壺且莫催，鐵關金鎖徹明開。」（《全唐詩》第2冊，卷54，
頁667。）宋·陳元靚《歲時廣記》卷十〈上元上·弛禁夜〉：
「唐《西京新記》：京師街衢，有金吾曉暝傳呼，以禁夜行，
唯正月十五日夜，敕許金吾弛禁，前後各一日以看燈。」（收入
《續修四庫全書》史部第885冊，上海：上海古籍出版社，2002
年3月，頁3-4。）因此元夕「放夜」，准許百姓夜行，所以城門
也開了鐵鎖。唐·蘇味道〈正月十五夜〉：「火樹銀花合，星橋
鐵鎖開。」（《全唐詩》第3冊，卷65，頁752。）

⑦**平地瀉銀潢**：平地，平坦的地面。瀉，傾注，完全倒出；水向下
急流。銀潢，銀河、天河。潢；音ㄏㄨㄤˊ；積水池，水深廣的
樣子。宋·向子諲〈鷓鴣天〉（駕月新成碧玉梁）：「駕月新成
碧玉梁。青天萬里瀉銀潢。」（《全宋詞》第2冊，頁957。）

⑧**記當時行樂**：當時，指過去發生某事的時候；從前、那時候。行
樂，作樂、遊戲取樂、享受歡樂。宋·劉鎮〈慶春澤〉（燈火烘
春）：「笙歌十里誇張地，記年時行樂，憔悴而今。」（《全宋
詞》第4冊，頁2473。）

⑨**年少**：年紀輕，猶少年。

⑩**如狂**：縱情任性或放蕩驕恣的態度。狂，放縱、放蕩；任情恣意、不受拘束。

⑪**宦遊**：舊謂外出求官或做官。

⑫**異鄉**：他鄉、外地。

⑬**節物**：每一節令中的景物或事物。

⑭**只堪傷**：只堪，只能。堪，可以、能夠。傷，悲痛，使憂心哀痛。唐・戎昱〈江城秋霽〉：「霽後江城風景涼，豈堪登眺只堪傷。」（《全唐詩》第8冊，卷270，頁3016。）

⑮**冷落**：冷清、蕭條、不熱鬧。

⑯**譙樓**：城門上用以望遠的高樓。譙，音ㄑㄧㄠˊ；古代用以瞭望的樓臺。

⑰**淡月**：不太明亮的月亮或月光。宋・周密〈玉京秋〉（煙水闊）：「楚簫咽。誰倚西樓淡月。」（《全宋詞》第5冊，頁3269。）

⑱**燕寢餘香**：燕寢，古代帝王居息的宮室；泛指閒居之處，或指臥室。餘香，殘留的香氣。宋・賀鑄〈鳳求凰〉（園林冪翠）：「園林冪翠，燕寢凝香。華池繚繞飛廊。」（《全宋詞》第1冊，頁514。）

⑲**快呼伯雅**：呼，招、喚。伯雅，古酒器名。宋李昉等撰《太平御覽》卷四百九十七〈人事部・酖醉〉：「《史典論》曰：荊州牧劉表，跨有南土，子弟驕貴，並好酒，為三爵：大曰伯雅，次曰仲雅，小曰季雅。伯受七升，仲受六升，季受五升。」（收入《文淵閣四庫全書電子版》【內聯網版】，頁9。）宋・程和仲〈沁園春〉（呼伯雅來）：「呼伯雅來，滿進松精，致壽于公。」（《全宋詞》第5冊，頁3546。）

⑳**窮愁**，窮困愁苦。

㉑**九曲腸**，喻無限的憂思。宋・李處全〈念奴嬌〉（一天春意）：

「遐想篷底高人，擁衾無寐，九曲腸增結。」（《全宋詞》第3
冊，頁1731。）

㉒ **休更問**：休，不要、不可；表示禁止或勸阻。更，再、復。宋・
舒亶〈滿庭芳〉（寒日穿簾）：「便恁從今酩酊，休更問、白雪
籠紗。」（《全宋詞》第1冊，頁361。）

㉓ **勳業**：功業；功勞事業。

㉔ **行藏**：出處、動向、行止。宋・蔣捷〈念奴嬌〉（稼翁居士）：
「進退行藏，此時正要，一著高天下。」（《全宋詞》第5冊，
頁3438。）

27. 〈蕎山溪〉退食①感懷②

山城③塊坐④，空弔朋儕影。⑤撾鼓⑥放衙⑦休，悄無人、日長
門靜。折腰五斗，⑧所得不償勞，⑨松暗老，菊都荒，⑩誰為開
三徑⑪。　　及瓜⑫不代，歸計⑬渾無定⑭。羇（羈）客⑮奈
（奈）愁何⑯，儘消除、⑰詩魔酒聖。⑱兒童蠻語，⑲生怕⑳閏
（閏）黃楊㉑，爭左角，夢南柯，㉒萬事從今省。㉓（頁35）

① **退食**：《詩經・召南・羔羊》：「退食自公，委蛇委蛇。」（收
入清・阮元校刻：《十三經注疏》第2冊，卷1-4，頁14。）漢・
鄭玄〈箋〉云：「退食，謂減膳也。自，從也；從於公，謂正直
順於事也。委蛇，委曲自得之貌。節儉而順，心志定，故可自得
也。」（同上）後因以指官吏節儉奉公；此指退朝就食於家或公
餘休息。

② **感懷**：有感於懷；內心有所感觸。

③ **山城**：山中或多山的城鎮；依山而築的城市。

④ **塊坐**：獨坐。塊，孤獨、孑然。

⑤**空弔朋儕影**：空，徒然、白白的；只、僅。弔，憑弔，傷懷往事；哀傷、憐憫。朋儕，同輩的朋友。儕，同輩、同類的人。影，人、物的形象或圖像。宋・仇遠〈蝶戀花〉（燕燕樓空簾意靜）：「今夕蘭釭空弔影。繡衾羅薦餘香冷。」（《全宋詞》第5冊，頁3404。）

⑥**撾鼓**：擊鼓。撾，音ㄓㄨㄚ；擊、敲打、鞭打。

⑦**放衙**：屬吏早晚參謁主司聽候差遣謂之衙參，退衙謂之「放衙」。衙，音ㄧㄚˊ；古代官吏辦理公務的地方。

⑧**折腰五斗**：折腰，彎腰。五斗，五斗米。唐・房玄齡《晉書》卷九十四〈隱逸・陶潛傳〉：「郡遣督郵至縣，吏白應束帶見之，潛歎曰：『吾不能為五斗米折腰，拳拳事鄉里小人邪！』義熙二年，解印去縣。」（第8冊，北京：中華書局，1974年11月，頁2461。）後以「折腰」為屈身事人之典，「五斗」喻指微薄的官俸，「折腰五斗」則用以比喻為做小官而屈辱自己。宋・辛棄疾〈水龍吟〉（老來曾識淵明）：「白髮西風，折腰五斗，不應堪此。」（《全宋詞》第3冊，頁1931。）

⑨**所得不償勞**：所得，所得到的；特指資財收入。償，相抵除去；報答、酬報。勞，辛苦、疲累。宋・蘇軾〈讀孟郊詩〉二首之一：「初如食小魚，所得不償勞。」（《全宋詩》第14冊，卷799，頁9249。）

⑩**松暗老，菊都荒**：暗，默不作聲的、隱密的。老，衰頹。荒，蕪也；廢棄。都，皆、業已、已經；有加重語氣的意味。宋・蘇軾〈哨徧〉（為米折腰）：「嗟舊菊都荒，新松暗老，吾年今已如此。」（《全宋詞》第1冊，頁307。）

⑪**開三徑**：漢・趙岐《三輔決錄》：「蔣詡歸鄉裏，荊棘塞門，舍中有三徑，不出，惟求仲、羊仲從之遊。」（收入《續修四庫全

書》史部第540冊，上海：上海古籍出版社，2002年3月，卷1，頁15。）晉・陶潛〈歸去來〉：「三逕就荒，松菊猶存。」（收入梁・昭明太子蕭統輯，唐・李善注：《文選》，臺北：藝文印書館，1983年6月，卷45，頁19。）後因以「三逕」指歸隱者的家園、隱士居處；或比喻歸隱、厭官思歸、隱居不出仕。宋・范成大〈再出東郊〉：「昔者開三逕，他時老一龕。」（《全宋詩》第41冊，卷2258，頁25906。）

⑫**及瓜**：瓜熟的時節，指約定的時間。《左傳・莊公八年》：「齊侯使連稱、管至父戍葵丘，瓜時而往，曰：『及瓜而代。』期戍，公問不至，請代，弗許。」（收入清・阮元校刻：《十三經注疏》第6冊，卷8，頁16。）原指兩人輪流戍守一地，而相約每年瓜熟時前往交接，後因以「及瓜」指任職期滿。唐・駱賓王〈晚度天山有懷京邑〉：「旅思徒漂梗，歸期未及瓜。」（《全唐詩》第3冊，卷79，頁854。）

⑬**歸計**：歸鄉的計畫；回家鄉的打算、辦法。

⑭**渾無定**：渾，全、都、皆；仍、還。宋・周紫芝〈瀟湘夜雨〉（樓上寒深）：「似我華顛雪領，渾無定、漂泊孤蹤。」（《全宋詞》第2冊，頁884。）

⑮**羈客**：旅客、旅人；寄居在外的旅客。羈，音ㄐㄧ，同「羈」；寄居、作客、停留。

⑯**奈愁何**：奈，通「奈」；怎樣、如何，常與「何」呼應，表示「拿他怎麼辦」。唐・白居易〈潯陽秋懷贈許明府〉：「共思除醉外，無計奈愁何。」（《全唐詩》第13冊，卷440，頁4907。）

⑰**儘消除**：儘，聽任、隨意、不加限制；力求達到最大限度。消除，排除、除去；使不存在。

⑱**詩魔酒聖**：詩魔，猶如入魔一般的強烈的詩興；或指酷愛做詩

好像著了魔一般的人。酒聖，謂豪飲的人；對善飲之人的美稱。唐・劉禹錫〈春日書懷寄東洛白二十二楊八二庶子〉：「心知洛下閒才子，不作詩魔即酒顛。」（《全唐詩》第11冊，卷360，頁4060。）

⑲ **兒童蠻語**：蠻語，南方少數民族的言語。蠻，中國南方種族的舊稱；也用以泛指四方的少數民族。唐・杜甫〈秋野〉五首之五：「兒童解蠻語，不必作參軍。」（《全唐詩》第7冊，卷229，頁2499。）

⑳ **生怕**：只怕、惟恐。

㉑ **閏黃楊**：閏，應為「閏」字之誤；「閏」為曆法術語，由於曆法中年、月、日的劃分與回歸年（一回歸年等於三百六十五日五小時四十八分四十六秒）的長度不能配合，為調整曆法與天象間的差距，陽曆把所餘的時間約每四年積累成一天，加在二月裡；農曆把所餘的時間，約每三年積累成一個月，加在一年裡；這樣的辦法，在曆法上叫做「閏」。黃楊，常綠灌木或小喬木，葉子對生，披針形或卵形，花黃色而有臭味；木材淡黃色，木質緻密，可以做雕刻的材料。舊時傳說，黃楊木難長，遇到閏年，不但不長，反而會縮短。宋・蘇軾〈監洞霄宮俞康直郎中所居四詠・退圃〉：「園中草木春無數，只有黃楊厄閏年。」（見清・王文誥、馮應榴輯注：《蘇軾詩集》上冊，臺北：學海出版社，1985年9月，卷11，頁546。）公自註：「俗說，黃楊一歲長一寸，遇閏退三寸。」（同上）因以「黃楊厄閏」，比喻境遇困難、時運不濟。宋・楊萬里〈九日菊未花〉：「舊說黃楊厄閏年，今年併厄菊花天。」（《全宋詩》第42冊，卷2315，頁26638。）

㉒ **爭左角，夢南柯**：爭左角，《莊子》第八卷〈雜篇・則陽〉：「有國於蝸之左角者，曰觸氏；有國於蝸之右角者，曰蠻氏。時

相與爭地而戰，伏尸數萬，逐北，旬有五日而後反。」（見晉・
郭象註：《莊子》，臺北：藝文印書館，1983年6月，頁25。）
後以「蝸角鬭爭」、「蠻觸干戈」，比喻為了極小的事物而引起
大的爭執；或比喻所爭者極小。夢南柯，唐・李公佐作〈南柯太
守傳〉（見王夢鷗校釋：《唐人小說校釋》下冊，臺北：正中書
局，1988年11月，頁171-199。）敘述淳于棼醉酒做夢，夢至槐安
國，娶公主，封南柯太守，榮華富貴，顯赫一時；後率師出征戰
敗，公主亦死，遭國王疑忌，被遣歸；醒後，在庭前槐樹下掘得
蟻穴，即夢中之槐安國，南柯郡為槐樹南枝下另一蟻穴；後因以
指夢境，亦比喻空幻，人生如夢，富貴得失無常。宋・蘇軾〈次
韻定慧欽長老見寄〉八首之一：「左角看破楚，南柯聞長滕。」
（《全宋詩》第14冊，卷822，頁9513。）

㉓**萬事從今省**：萬事，一切事情。從今，從現在起。省，ㄒㄧㄥˇ；
　　明瞭、領悟；知覺，覺悟。宋・辛棄疾〈清平樂〉（連雲松竹）：
　　「連雲松竹。萬事從今足。」（《全宋詞》第3冊，頁1885。）

28.〈洞仙歌〉 自為壽①
　　先生老矣，②飽閱人閒世。③磨衲④簪纓⑤等游戲⑥。趁餘生⑦
　　強健，好賦歸歟，⑧收拾簡、⑨經卷藥鑪活計。⑩　　辟寒金翦
　　碎，⑪瀌蠟⑫浮香⑬，恰近重陽好天氣。⑭有荊釵⑮舉案⑯，綵
　　服兒嬉，⑰隨（隨）分⑱地，且貴⑲人生適意⑳。也不願、堆
　　金㉑數中書㉒，願歲歲今朝㉓，對花沈（沉）醉。㉔（頁35）

①**自為壽**：自，己身、本人。為壽，祝頌之辭；向尊長敬酒或餽贈
　　財物，以祈祝健康長壽。
②**先生老矣**：先生，對一般男子的尊稱；可自稱，亦可稱人。宋・

蘇軾〈滿庭芳〉（三十三年）：「居士先生老矣，真夢裡、相對殘釭。」（《全宋詞》第1冊，頁279。）

③**飽閱人閒世**：飽閱，盡情看；此指充分經歷。人閒世：人世、人生；世俗社會。閒，同「間」；在一定空間或時間內。宋‧劉克莊〈水龍吟〉（此翁飽閱人間）：「此翁飽閱人間，三生似是劉賓客。」（《全宋詞》第4冊，頁2622。）

④**磨衲**：袈裟名。磨，消散損耗；今多指因使用或受損而逐漸減少。衲，僧徒的衣服，常用許多碎布補綴而成，因即以為僧衣的代稱；或泛指補綴過的衣服。

⑤**簪纓**：古代顯貴者的冠飾，比喻高官顯宦。簪，插、戴。纓，繫帽的帶子、綵帶；或指用絲、線等做成的穗狀飾物。

⑥**等游戲**：等，表列舉不盡。游戲，游樂嬉戲；玩耍。

⑦**趁餘生**：趁，利用時間、機會。餘生，暮年；指人的晚年。

⑧**好賦歸歟**：好，以便、便於。賦歸，歸鄉、還家；表示告歸，辭官歸里。歟，音ㄩˊ；表示感嘆的語氣，多用於文言文中，相當於「啊」、「吧」。宋‧辛棄疾〈江神子〉（看君人物漢西都）：「一自梅花開了後，長怕說，賦歸歟。」（《全宋詞》第3冊，頁1941。）

⑨**收拾箇**：收拾，整頓、收聚；把散亂的東西加以收集整理。箇，同「個」；語助詞。

⑩**經卷藥鑪活計**：經卷，經書典籍。鑪，通「爐」；供燃燒用的設備、器具。活計，生活用具。宋‧蘇軾〈朝雲詩〉：「經卷藥爐新活計，舞衫歌扇舊因緣。」（《全宋詩》第14冊，卷821，頁9505。）

⑪**辟寒金翦碎**：辟寒，驅除寒氣。辟，音ㄅㄧˋ；驅除、屏除。金翦碎，「翦」，削減、除去；「碎金」，比喻黃菊花瓣。此化用

宋・蘇軾〈次韻子由所居六詠〉其一：「堂後種秋菊，碎金收辟寒。」（《全宋詩》第14冊，卷821，頁9535。）句意。意謂將菊花花瓣剪下以避寒，其實是在賞菊花，菊花傲骨不畏寒冷，作者賞菊當然亦能避寒。

⑫ **漉螘**：或作「綠螘」，一種美酒。漉，音ㄌㄨ丶；液體慢慢地滲下，過濾、濾清。螘，音ㄧ丶，同「蟻」，小蟲；此指酒面泡沫，借指酒。

⑬ **浮香**：飄溢的香氣。

⑭ **恰近重陽好天氣**：恰，剛好、正好。重陽，節日名；古以九為陽數之極，俗稱農曆九月九日為「重陽」或「重九」，習俗多於此日相率登高、飲菊花酒、佩帶茱萸以避凶厄。天氣，氣候、時候；指某一時刻。宋・陸游〈數日秋氣已深，清坐無酒，戲題長句〉：「漸近重陽天氣嘉，數椽茆竹淡生涯。」（《全宋詩》第39冊，卷2180，頁24828。）

⑮ **荊釵**：荊枝製作的髻釵，古代貧家婦女常用之；借指貧家婦女。

⑯ **舉案**：舉起託盤以進奉食品。案，古代盛飯食的短足木盤。南朝宋・范曄《後漢書》卷八十三〈逸民列傳・梁鴻〉：「每歸，妻為具食，不敢於鴻前仰視，舉案齊眉。」（第10冊，北京：中華書局，1973年8月，頁2768。）後形容夫妻互相敬愛。

⑰ **綵服兒嬉**：綵，五彩的絲織品。兒嬉，孩童嬉戲。謂綵衣以娛親。參見前第20闋〈漁家傲〉（前日河梁修禊罷），註⑪。

⑱ **隨分**：依據本性、守本分；隨意、任意。

⑲ **且貴**：且，只。貴，崇尚、注重、重視；以為寶貴。唐・白居易〈郡齋暇日，辱常州陳郎中使君早春晚坐水西館書事詩十六韻見寄，亦以十六韻酬之〉：「敢辭官遠慢，且貴身安妥。」（《全唐詩》第13冊，卷431，頁4760。）

⑳**人生適意**：人生，人的一生，人活在世上；指人的生存和生活。適意，寬心、舒適；自在合意。宋・李曾伯〈水調歌頭〉（敢問遼天月）：「人生適意，封君何似橘千頭。」（《全宋詞》第4冊，頁2827。）

㉑**堆金**：即「堆金積玉」，金玉積聚成堆；形容極其富貴。唐・杜荀鶴〈自遣〉：「糲食粗衣隨分過，堆金積帛欲如何。」（《全唐詩》第20冊，卷693，頁7982。）

㉒**數中書**：中書，宮中所藏的書籍；或指「中書省」，古代掌理國內機要大事的官署。數中書為計算宮中藏書，即指當朝廷大官，如中書令等，掌起草詔令，參與機密，決斷政務。

㉓**歲歲今朝**：歲歲，年年、每年。歲，年，一年為一歲。今朝，今日；指目前、現在。宋・曹勛〈國香〉（紅染芙蓉）：「蟠桃待從此，歲歲今朝，薦酒瑤鍾。」（《全宋詞》第2冊，頁1210。）

㉔**對花沉醉**：沉醉，大醉；喝酒酣醉。宋・曹組〈撲蝴蝶〉（人生一世）：「待得一晌閑時，又卻三春過了，何如對花沈（沉）醉。」（《全宋詞》第2冊，頁802。）

29.〈水調歌頭〉上①南京②留守③
聖世④賢公子⑤，符節⑥鎮名邦⑦。褰帷⑧一見豐表⑨，無語⑩已心降⑪。永日⑫風流高會⑬，佳夕⑭文字清歡⑮，香霧溼蘭缸。⑯四座皆豪逸，⑰一飲百空缸。⑱　　指呼⑲間，談笑⑳裏，鎮淮江。㉑平安㉒千里㉓烽燧㉔，臥聽報㉕雲窗㉖。高帝無憂西顧，㉗姬公累接東征，㉘勳業㉙世無雙㉚。行捧紫泥詔，㉛歸擁碧油幢。㉜（頁36）

①**上**：進獻、送上。

②**南京**：古都名；金初稱北宋故都開封府（今河南省開封市）為
　汴京，海陵王貞元元年（西元1153年）改稱南京。元・脫脫等撰
　《金史》卷六〈海陵本紀〉：「貞元元年……三月……乙卯，以
　遷都詔中外。改元貞元。改燕京為中都，府曰大興，汴京為南
　京，中京為北京。」（第1冊，北京：中華書局，2005年4月，頁
　100。）

③**留守**：職官名；唐太宗時初置京城留守之職，五代時洛陽或開
　封亦置之，宋代沿之，西北南三京皆置此官，專掌宮鑰及京城修
　葺等事，歷代沿用，至清代時廢置。元・脫脫等撰《金史》卷七
　十三〈宗尹傳〉：「宗尹，本名阿里罕。以宗室子充護衛，改牌
　印祗侯，授世襲謀克，為右衛將軍。……大定二年，……宋陷汝
　州，……宗尹遣萬戶孛术魯定方、完顏阿喝懶、夾谷清臣、烏古
　論三合、渠雛訛只將騎四千往攻之，遂復取汝州。除大名尹，副
　統如故。頃之，為河南統軍使，遷元帥左都監，除南京留守。」
　（第5冊，北京：中華書局，2005年4月，頁1674。）故此詞應是
　獻給當時留駐南京之地方長官完顏宗尹。

④**聖世**：猶聖代；古人對自己所處時代的美稱。

⑤**賢公子**：賢，多才也；良善的、有才能德行的。公子，尊稱有
　權勢地位的人；或稱富貴人家的子弟。宋・李彌遜〈水調歌頭〉
　（白髮閩江上）：「賢公子，追樂事，占鼇頭。」（《全宋詞》
　第2冊，頁1050。）

⑥**符節**：古代出入城門關卡的一種憑證；用竹、木、玉、銅等製
　成，刻上文字，分成兩半，各取其一，使用時相合以為憑；後指
　朝廷派遣使者或調兵時用為憑證。

⑦**鎮名邦**：鎮，安定、安撫；壓制，用武力限制；古代在邊境

駐兵戍守稱為鎮，鎮將管理軍務，有的也兼理民政；引申為統轄管理。名邦，著名的地區。邦，古時諸侯的封土，大的稱為「邦」，小的稱為「國」；泛指地方、國家。

⑧褰帷：撩起帷幔。褰，音ㄑㄧㄢ；揭起，用手提起。帷，帳幕；以布帛製作的環繞四周的遮蔽物。南朝宋・范曄《後漢書》卷三十一〈賈琮傳〉：「時黃巾新破，……乃以琮為冀州刺史。舊典，傳車驂駕，垂赤帷裳，迎於州界。及琮之部，升車言曰：『刺史當遠視廣聽，糾察美惡，何有反垂帷裳以自掩塞乎？』乃命御者褰之。百城聞風，自然竦震。」（第4冊，北京：中華書局，1965年5月，頁1112。）後因以「褰帷」為官吏接近百姓，實施廉政之典。唐・王維〈奉和聖製暮春送朝集使歸郡應制〉：「祖席傾三省，褰帷向九州。」（《全唐詩》第4冊，卷127，頁1285。）

⑨豐表：風度儀表；美好的容貌和舉止。豐，茂也、盛也；此指體態。表，外貌。

⑩無語：不說話、沒有話語。

⑪心降：猶心服；衷心信服、由衷欽佩。降，音ㄒㄧㄤˊ；屈服、服從。宋・葛勝仲〈滿庭霜〉（百不為多）：「歲月音容遠矣，風流在、遐想心降。」（《全宋詞》第2冊，頁718。）

⑫永日：整天、終日；長日，漫長的白天。唐・張說〈李工部挽歌〉三首之三：「常時好賓客，永日對弦歌。」（《全唐詩》第3冊，卷87，頁960。）

⑬風流高會：風流，灑脫放逸、風雅瀟灑。高會，盛大宴會。泛指大規模地聚會。宋・黃庭堅〈雨中花〉（政樂中和）：「念畫樓朱閣，風流高會，頓冷談席。」（《全宋詞》第1冊，頁387。）

⑭佳夕：猶良夜；美好的夜晚。夕，傍晚、日落時分；泛指夜晚。

⑮**文字清歡**：文字，連綴單字而成的詩文；指詩文中的文辭、詞句。清歡，清雅恬適之樂。宋・郭應祥〈踏莎行〉（明月清風）：「雖然文字有餘歡，也須閒把笙歌奏。」（《全宋詞》第4冊，頁2232。）

⑯**香霧溼蘭缸**：香霧，香氣；此指霧氣。霧，空氣中接近地面的水蒸氣，遇冷凝結後飄浮在空氣中的小水點。蘭缸，用蘭膏（以蘭脂煉成的香膏）所燃的燈；亦用以指精緻的燈具。缸，音ㄍㄤ；燈。宋・張鎡〈夢遊仙〉（飛夢去）：「五色光中瞻帝所，方知碧落勝炎洲。香霧溼簾鉤。」（《全宋詞》第3冊，頁2127。）

⑰**四座皆豪逸**：四座，四周座位；指四周座位上的人。豪逸，猶言奔放灑脫；指才智傑出、豪放灑脫的人。宋・蘇軾〈滿江紅〉（東武城南）：「君不見、蘭亭修禊事，當時坐上皆豪逸。」（《全宋詞》第1冊，頁281。）

⑱**一飲百空缸**：一飲，一口氣喝完。一，表示動作一次或短暫。百，概數；言其多，許多的、眾多的。缸，一種盛裝、儲藏東西的容器；圓形、寬口、腹大、底小，舊時用陶、瓷、玻璃等製成。宋・蘇軾〈滿庭芳〉（三十三年）：「疏雨過，風林舞破，煙蓋雲幢。願持此邀君，一飲空缸。」（《全宋詞》第1冊，頁279。）

⑲**指呼**：指揮、使喚。宋・李廌〈作塞上射獵行〉：「將軍指呼令鼓鼙，旌旆悠悠動堅壁。」（《全宋詩》第20冊，卷1202，頁13606。）

⑳**談笑**：談天說笑；形容態度從容。宋・蘇軾〈念奴嬌〉（大江東去）：「羽扇綸巾。談笑間，強虜灰飛煙滅。」（《全宋詞》第1冊，頁282。）

㉑**鎮淮江**：鎮，安定、安撫；壓制，用武力限制。淮江，淮河和長江；泛指淮河與長江之間的地區。

㉒**平安**：沒有事故、沒有危險、平穩安全；指心境平靜安定。

㉓**千里**：指路途遙遠或面積廣闊。

㉔**烽燧**：古代邊防報警的信號，夜間舉火叫烽，白天放煙叫燧。宋・蘇軾〈次韻滕大夫三首・雪浪石〉：「承平百年烽燧冷，此物僵臥枯榆根。」（《全宋詩》第14冊，卷820，頁9489。）

㉕**報**：傳達，告知。

㉖**雲窗**：華美的窗戶；泛指房屋中用來透光通氣的洞孔。

㉗**高帝無憂西顧**：高帝，指漢高祖劉邦。無憂，沒有憂患、不用擔心。顧，關注、照應；照管，注意。漢・司馬遷《史記》卷五十五〈留侯世家〉：「良說項王曰：『漢王燒絕棧道，無還心矣。』乃以齊王田榮反，書告項王。項王以此無西憂漢心，而發兵北擊齊。」（第6冊，北京：中華書局，1963年6月，頁2039。）宋・晁補之〈送外舅杜侍御使陝西自徐州移作〉：「王師頃縛山西酋，朝廷卻懷西顧憂。」（《全宋詩》第19冊，卷1131，頁12825。）

㉘**姬公累接東征**：姬公，指周公，西周初期政治家，姓姬名旦，也稱叔旦；文王子，武王弟，成王叔。累接，連續、多次。東征，向東討伐。漢・司馬遷《史記》卷三十三〈魯周公世家〉：「武王九年，東伐至盟津，周公輔行。十一年，伐紂，至牧野，周公佐武王，作〈牧誓〉。破殷，入商宮。……其後武王既崩，成王少，在強葆之中。周公恐天下聞武王崩而畔，周公乃踐阼代成王攝行政當國。……管、蔡、武庚等果率淮夷而反。周公乃奉成王命，興師東伐，作〈大誥〉。遂誅管叔，殺武庚，放蔡叔。收殷餘民，以封康叔於衞，封微子於宋，以奉殷祀。寧淮夷東土，二年而畢定。諸侯咸服宗周。」（第5冊，北京：中華書局，1963年6月，頁1515-1518。）

㉙勳業：功業，功勞事業。勳，同「勛」；功績、功勞。

㉚世無雙：冠絕當代，獨一無二；形容出類拔萃，卓越出眾，不同一般。唐・張祜〈投常州從兄中丞〉：「史材誰是伍，經術世無雙。」（《全唐詩》第15冊，卷511，頁5831。）

㉛行捧紫泥詔：行，走、行動；做、從事。捧，用兩手托物；用以表示敬意。紫泥詔，即紫泥書，指皇帝詔書；古人以泥封書信，泥上蓋印，漢代帝王用紫泥，故紫泥亦指詔書。詔，音ㄓㄠˋ；告也，古時皇帝所頒發的命令。宋・無名氏〈水調歌〉（雪霽萬山出）：「行奉紫泥詔，帷幄佐中興。」（《全宋詞》第5冊，頁3784。）

㉜歸擁碧油幢：歸，返回、回來；回到本處。擁，佔有、據有。碧油幢，青綠色的油布車帷，南齊時公主所用，唐以後御史及其他大臣多用之。油，油布，塗有桐油的布，可用以蔽物防溼。幢，音ㄓㄨㄤˋ；張掛在舟、車上，形狀像車蓋的帷幔。唐・張仲素〈塞下曲〉五首之二：「獵馬千行雁幾雙，燕然山下碧油幢。」（《全唐詩》第11冊，卷367，頁4138。）

30.又 戊申①季秋②月十有九日，賞芙蓉③於汝南④佑德觀⑤，酒酣，⑥為賦⑦明月幾時有⑧，蓋暮年⑨游宦⑩之情不能已⑪也

岸柳飄疏翠，⑫籬菊⑬減幽香⑭。蝶愁蜂嫩⑮無賴⑯，冷落過重陽。⑰應為百花開盡⑱，天公著意⑲留與，尤物⑳殿秋光㉑。霽月㉒炯疏影㉓，晨露㉔浥紅妝㉕。　　奈（奈）無情，㉖風共雨，送新霜。嫁晚還驚衰早，㉗容易度年芳。㉘祇恐㉙韶顏難駐㉚，擬倩㉛丹青寫照㉜，誰喚劍南昌。㉝我亦傷流落㉞，老淚不成行。㉟（頁36）

①**戊申**：為金世宗大定28年（西元1188年）。

②**季秋**：秋季的第三個月（最後一個月），即農曆九月。

③**芙蓉**：木蓮，即木芙蓉；落葉大灌木，高約五公尺，葉大掌狀淺裂，表面有薄毛，秋季開花，花大有柄；晚秋的清晨開白、紅、黃各色花，黃昏時變為深紅色，大而美豔，可插枝蕃植，供觀賞，葉和花均可入藥。

④**汝南**：河南省汝南縣。

⑤**觀**：音ㄍㄨㄢˋ；道教的廟宇。

⑥**酒酣**：謂酒喝得盡興、暢快而呈半醉狀態。酣，音ㄏㄢ；酒樂也；暢快、盡興，喝醉酒。

⑦**賦**：吟詠、寫作。

⑧**明月幾時有**：為宋・蘇軾〈水調歌頭〉詞，詞序：「丙辰中秋，歡飲達旦，大醉。作此篇，兼懷子由。」詞云：「明月幾時有，把酒問青天。不知天上宮闕，今夕是何年。我欲乘風歸去，又恐瓊樓玉宇，高處不勝寒。起舞弄清影，何似在人間。　　轉朱閣，低綺戶，照無眠。不應有恨，何事長向別時圓。人有悲歡離合，月有陰晴圓缺，此事古難全。但願人長久，千里共嬋娟。」（《全宋詞》第1冊，頁280。）此以「明月幾時有」句，代指〈水調歌頭〉詞牌。

⑨**暮年**：晚年、老年。

⑩**游宦**：舊謂外出求官或做官。游，飄蕩不定。宦，音ㄏㄨㄢˋ；仕也，為官、做官；亦指官吏。

⑪**已**：停止、罷了。

⑫**岸柳飄疏翠**：岸，水邊高起之地；泛指靠近水邊的陸地。飄，隨風搖曳、隨風飛動。疏翠，疏朗明亮的青綠色。唐・杜甫〈雨晴〉：「岸柳行疏翠，山梨結小紅。」（《全唐詩》第7冊，卷

225，頁2420。）

⑬**籬菊**：謂籬下的菊花。語本晉‧陶潛〈飲酒〉詩之五：「採菊
　東籬下，悠然見南山。」（見龔斌校箋：《陶淵明集校箋》，
　上海：上海古籍出版社，1999年12月，卷3，頁219。）籬，以竹
　或樹枝編成的柵欄。宋‧李曾伯〈水調歌頭〉（驟雨送行色）：
　「籬菊漸秋色，杜甕有新醅。」（《全宋詞》第4冊，頁2797。）

⑭**幽香**：清淡的香氣。

⑮**蝶愁蜂嬾**：嬾，同「懶」；怠惰、不勤快。宋‧趙善扛〈賀新
　郎〉（晝永重簾捲）：「竹引新梢半含粉，綠蔭扶疏滿院。過花
　絮、蝶稀蜂懶。」（《全宋詞》第3冊，頁1980。）

⑯**無賴**：無所倚靠、無可奈何。宋‧李昴英〈摸魚兒〉（曉風癡、
　繡簾低舞）：「燕忙鶯懶春無賴，懶為好花遮護。」（《全宋
　詞》第4冊，頁2867。）

⑰**冷落過重陽**：冷落，冷清、不熱鬧；冷淡、冷淡地對待。重陽，
　節日名；古以九為陽數之極，俗稱農曆九月九日為「重陽」或
　「重九」，習俗多於此日相率登高、飲菊花酒、佩帶茱萸以避凶
　厄。宋‧陸游〈送范西叔赴召〉二首之一：「天涯流落過重陽，
　楓葉搖丹已著霜。」（《全宋詩》第39冊，卷2156，頁24308。）

⑱**百花開盡**：百花，各種花卉。宋‧晁補之〈青玉案〉（彩雲易
　散琉璃脆）：「百花開盡，丁香獨自。結恨春風裡。」（《全宋
　詞》第1冊，頁576。）

⑲**天公著意**：天公，泛稱天；以天擬人，故稱。著意，用心、刻
　意。宋‧郭居安〈木蘭花慢〉（聽都人共語）：「千歲人間福
　本，天公著意看承。」（《全宋詞》第5冊，頁3317。）

⑳**尤物**：珍奇的物品。

㉑**殿秋光**：殿，最後、收尾、結束；居後而出眾。秋光，秋日的風

光景色。

㉒霽月：雨後的明月。霽，音ㄐㄧˋ；雨後或霜雪過後轉晴；晴朗的。

㉓炯疏影：炯，音ㄐㄩㄥˇ；光明的、明亮的。疏影，物影稀疏；疏朗清亮的影子。

㉔晨露：朝露；早上的露水。

㉕浥紅妝：浥，音ㄧˋ；潤溼、沾溼。紅妝，比喻豔麗的花卉等；此指芙蓉花。宋‧趙長卿〈蝶戀花〉（憶昔臨平山下過）：「雨浥紅妝嬌娜娜。脈脈含情，欲向風前破。」（《全宋詞》第3冊，頁1791。）

㉖奈無情：奈，怎奈、無奈；無可如何，沒有別的辦法。無情，沒有情義；不留情面。宋‧仇遠〈瑣窗寒〉（小袖啼紅）：「奈無情、風雨做愁，帳鐙閃閃春寂寂。」（《全宋詞》第5冊，頁3405。）

㉗嫁晚還驚衰早：此句出自宋‧蘇軾〈王伯敫所藏趙昌花四首‧芙蓉〉：「淒涼似貧女，嫁晚驚衰早。」（《全宋詩》第14冊，卷808，頁9360。）謂芙蓉花晚開卻早衰。

㉘容易度年芳：容易，輕易、隨便；謂某種事物發展變化的進程快。度，過、經歷、越過。年芳，指美好的春色。宋‧吳潛〈青玉案〉（十年三過蘇臺路）：「十年三過蘇臺路。還又是、匆匆去。迅景流光容易度。」（《全宋詞》第4冊，頁2744。）

㉙祇恐：只怕。祇：音ㄓˇ；正、恰、只。恐，害怕、畏懼。

㉚韶顏難駐：韶顏，美好的容貌；比喻青春年少。韶，音ㄕㄠˊ；美好的。駐，留住、保持。五代‧歐陽炯〈賀明朝〉（憶昔花間相見後）：「想韶顏非久。終是為伊，只恁偷瘦。」（《全唐五代詞》上冊，正編卷3，頁455。）

㉛**擬倩**：擬，打算、想要、準備。倩，請、央求；請人代為做事。

㉜**丹青寫照**：丹青，丹砂和青臒，繪畫時所用的顏料；或為畫工的代稱。寫照：寫真，直接以實物或風景為對象進行描繪的作畫方式，此指摹畫人像。宋・蘇軾〈和陶影答形〉：「丹青寫君容，常恐畫師拙。」（《全宋詩》第14冊，卷825，頁9554。）

㉝**誰喚劍南昌**：此句化用宋・蘇軾〈王伯敭所藏趙昌花四首・芙蓉〉：「誰寫少年容，樵人劍南老。」（《全宋詩》第14冊，卷808，頁9360。）劍南昌，應指北宋畫家趙昌，字昌之，劍南（今四川劍閣之南）人，工畫花果，時稱絕倫，而趙昌自題其畫云：「劍南樵叟」。（參見清・王文誥、馮應榴輯注：《蘇軾詩集》中冊，臺北：學海出版社，1985年9月，卷25，頁1334-1336。）喚，喊、叫；招之使來。

㉞**傷流落**：傷，憂心、悲痛。流落，漂泊外地，窮困失意。宋・劉辰翁〈虞美人〉（娟娟二八清明了）：「此花地望元非薄。回首傷流落。」（《全宋詞》第5冊，頁3219。）

㉟**老淚不成行**：老淚，老人因悲傷而流的眼淚。成行，形成行列。宋・辛棄疾〈玉樓春〉（往年龍從堂前路）：「尊前老淚不成行，明日送君天上去。」（《全宋詞》第3冊，頁1907。）

31.〈紅袖扶〉酌酒①

　　風拂②冰檐③，鎮犀④動、翠簾珠落。⑤祕壺暖、⑥宮黃⑦破萼⑧。寶薰⑨閒卻⑩。玻璃⑪甕頭⑫，漉⑬雪擘新橙⑭，秀色⑮浮杯杓⑯。雙蛾小，⑰驪珠一串，⑱梁塵驚落。⑲　　俗事何時了，⑳便可㉑束置之高閣㉒。笑半紙㉓功名㉔，何物被人拘縛㉕。青春等閒背我，㉖趁良時、㉗莫惜追行樂。㉘玉山倒，㉙從教㉚喚起㉛，紅袖扶著。（頁36）

①**酌酒**：斟酒、喝酒。

②**拂**：掠過、輕輕擦過。

③**檐**：同「簷」；屋頂邊緣突出牆壁的部分。

④**鎮犀**：指用犀牛角製的用具。

⑤**翠簾珠箔**：翠簾，綠色的簾幕。珠箔，即珠簾，珍珠綴成的簾子。箔，音ㄅㄛˊ；簾子，多以蘆葦或秫秸等織成。宋・辛棄疾〈一絡索〉（羞見鑑鸞孤卻）：「行遶翠簾珠箔。錦牋誰託。」（《全宋詞》第3冊，頁1883。）

⑥**祕壺暖**：此「祕壺」應為舊日以藤竹為套，內團綿絮，置壺其中以保暖，又稱為「暖壺」。暖，使冷的變溫熱。

⑦**宮黃**：古代婦女的面部妝飾；南北朝時，佛教盛行，一些婦女由塗金的佛像上得到靈感，而形成了額部飾黃的風氣；初始是以畫筆沾黃色染料塗抹於額上，而後亦有以黃色花瓣飾物黏貼於額上，亦稱為「花黃」。

⑧**破萼**：猶破蕾；花蕾綻放、開花。萼，音ㄜˋ；包在花瓣外面的一圈綠色葉狀薄片，花開時托著花瓣。

⑨**寶薰**：即「熏爐」，用來熏香、取暖用的火爐。薰，通「熏」；以火灼炙、燒灼。

⑩**閒卻**：閒，房屋、器物等放著不用。卻，助詞，多置於動詞後，表動作的完成，相當於「掉」、「去」、「了」。宋・陳允平〈解連環〉（寸心誰訴）：「悵畫閣、塵滿妝臺，但玉佩依然，寶箏閒卻。」（《全宋詞》第5冊，頁3123。）

⑪**玻瓈**：古為玉名，亦稱水玉，或以為即水晶；今指一種質地硬而脆的透明物體。瓈，同「璃」。

⑫**甕頭**：酒甕的口。甕，音ㄨㄥˋ；一種口小腹大，用來盛東西的陶器；即一種盛水或酒等的罈。唐・曹松〈哭胡處士〉：「無

爾向潭上，為吾傾甕頭。」（《全唐詩》第21冊，卷716，頁8226。）

⑬澽：音ㄌㄨˋ；水慢慢的下滲；過濾、濾清。

⑭擘新橙：擘，音ㄅㄛˋ；分開、剖裂。橙，果木名，亦指它的果實；常綠喬木或灌木，葉長卵形，初夏開白花，果實稱「橙子」、「柳丁」，經霜早熟，形狀為圓形而色黃，多汁，果肉酸性極強，富含維他命C，皮黃赤色，香氣甚烈，可供藥用。宋·陳恕可〈桂枝香〉（西風故國）：「正香擘新橙，清泛佳菊。」（《全宋詞》第5冊，頁3530。）

⑮秀色：秀美的容色；優美的景色。

⑯浮杯杓：浮，顯現、呈現、湧現。杯杓，酒杯與杓子；借指飲酒。杓，音ㄕㄠˊ，同「勺」；一種有柄的可以取水、舀東西的器具。宋·趙善括〈醉落魄〉（梯橫畫閣）：「梯橫畫閣。碧欄干外江風惡。笑聲歡意浮杯酌。」（《全宋詞》第3冊，頁1985。）

⑰雙蛾小：雙蛾，指美女的兩眉；借指美女。蛾，蛾眉；美人細長而彎曲的眉毛，如蠶蛾的觸鬚，故稱為「蛾眉」。小，年輕、幼稚的。

⑱驪珠一串：形容歌喉如一串驪珠一般的圓潤清亮又連貫。串，把東西連貫在一起。驪珠，古代傳說中驪龍頷下的寶珠，欲取驪珠，須潛入深淵中，待驪龍睡時，才能竊得，為極珍貴的寶物。《莊子》卷十〈雜篇·列御寇〉：「夫千金之珠，必在九重之淵，而驪龍頷下。」（見晉·郭象註：《莊子》，臺北：藝文印書館，1983年6月，頁13。）後比喻為珍貴的事物或事物的精華、文章的要旨。

⑲梁塵驚落：比喻嘹亮動聽的歌聲；亦形容歌曲高妙動人。梁，架在牆上或柱子上支撐房頂的橫木，泛指水平方向的長條形承重

構件。塵，飛揚的細小灰土。驚，震動、震撼。漢・劉向、劉歆《七略別錄佚文》：「漢興以來，善歌者魯人虞公，發聲清哀，遠動梁塵，受學者莫能及也。」（上海：上海古籍出版社，2008年12月，頁30。）宋・王千秋〈水調歌頭〉（遲日江山好）：「畫樓十二，梁塵驚墜綵雲留。」（《全宋詞》第3冊，頁1467。）

⑳**俗事何時了**：俗事，人世間的日常事務、日常生活裡的雜事；泛指世事。何時，什麼時候，表示疑問。了，完結、完畢、結束。宋・王詵〈蝶戀花〉（鐘送黃昏雞報曉）：「鐘送黃昏雞報曉。昏曉相催，世事何時了。」（《全宋詞》第1冊，頁274。）

㉑**便可**：即可、就可。

㉒**束置之高閣**：把東西捆起來，放置於高架子上面，比喻棄置不用，不再過問。唐・房玄齡《晉書》卷七十三〈庾翼傳〉：「京兆杜乂、陳郡殷浩並才名冠世，而翼弗之重也，每語人曰：『此輩宜束之高閣，俟天下太平，然後議其任耳。』」（第6冊，北京：中華書局，1974年11月，頁1931。）束，捆縛、捆紮。置，放、擺、擱；放在一邊。高閣，放置書籍、器物的高架；即插架，以斑竹作之，高懸於壁間。宋・華岳〈念奴嬌〉（倚藤臨水）：「李杜文章，良平事業，且束之高閣。」（《全宋詞補輯》，頁74。）

㉓**半紙**：片紙；一小張紙，指零星的書件或文字。。

㉔**功名**：科舉時代稱科第和官職；泛指功業和名聲。

㉕**拘縛**：束縛、拘束。拘，限定、限制。縛，音ㄈㄨˊ；用繩捆綁。

㉖**青春等閒背我**：青春，年齡、年歲；指青年時期，年紀輕；喻美好的時光、珍貴的年華。等閒，輕易、隨便；無端、平白地。背：離開、拋棄。唐・薛能〈春日使府寓懷〉二首之一：「青春背我堂堂去，白髮欺人故故生。」（《全唐詩》第17冊，卷

559，頁6482。）

㉗**趁良時**：趁，利用時間、機會。良時，美好的時光；吉時。宋‧方千里〈解連環〉（素封誰託）：「趁良時，按歌喚舞，舊家院落。」（《全宋詞》第4冊，頁2490。）

㉘**莫惜追行樂**：惜，愛憐、珍視、捨不得。追，尋求、索還。行樂，作樂、享受歡樂；消遣娛樂、遊戲取樂。宋‧陸游〈醉鄉〉：「莫惜傾家供作樂，古人白骨有蒼苔。」（《全宋詩》第39冊，卷2157，頁24330。）

㉙**玉山倒**：形容人酒醉欲倒之態。南朝宋‧劉義慶《世說新語》卷下〈容止〉第十四：「嵇康身長七尺八寸，風姿特秀。……山公曰：『嵇叔夜之為人也，巖巖若孤松之獨立；其醉也，傀俄若玉山之將崩。』」（見徐震堮著：《世說新語校箋》，臺北：文史哲出版社，1985年7月，頁335。）後用以形容男子風姿挺秀，酒後醉倒的風采。宋‧范成大〈滿江紅〉（天氣新晴）：「誰勸我，玉山倒。催細抹，翻新調。」（《全宋詞補輯》，頁43。）

㉚**從教**：從此使得、從而使；聽任、任憑。

㉛**喚起**：叫醒，引申為使之覺醒奮起。

㉜**紅袖扶著**：紅袖，女子的紅色衣袖；指美女。扶，攙扶、挽著；用手支持，使人、物或自己不倒。唐‧白居易〈對酒吟〉：「今夜還先醉，應煩紅袖扶。」（《全唐詩》第13冊，卷447，頁5023。）

32.〈大江東去〉弔①舍弟②

長堤千里，③過睢陽、④隱約⑤江山如故⑥。憶昔斑衣為壽日⑦，伯仲塤篪⑧歌舞⑨。博勝香囊，⑩笑爭瓜葛，⑪膝上王文度。⑫西城南浦，⑬月明⑭扶醉歸路⑮。　重來⑯華髮蒼

顏⑰，故人應怪我，⑱平生羈（羇）旅。⑲仲也⑳風流㉑今已矣㉒，俯仰人間今古。㉓閼伯㉔層臺㉕，六王㉖雙廟㉗，盡是經行處。㉘感時懷舊，㉙一襟清淚如雨。㉚（頁36）

①弔：哀傷、悲憫；祭奠死者或對遭到喪事的人家、團體給予慰問。

②舍弟：對別人謙稱自己的弟弟。此為王寂的二弟王寀，字元輔，道號曲全子，卒於金世宗大定20年（西元1180年），約四十四歲。據王慶生《金代文學家年譜》第三卷〈王寂〉載：「本集卷六〈曲全子詩集序〉：『大定己酉，予被命提點遼東等路刑獄，事閱再歲，……偶於稠人中得故人李仲佐，握臂道舊，且復謂余曰："元輔不幸，今十年矣。"』己酉大定二十九年，『再歲』為明昌元年，前推十年，乃大定二十年，為其弟卒年。」（上冊，南京：鳳凰出版社，2005年3月，頁158。）

③長堤千里：長堤，在江、河、湖、海邊修築的防水建築物，以阻止水患，多用土或石修砌而成。千里，指路途遙遠或形容面積遼闊。宋‧楊炎正〈水調歌頭〉（買得一航月）：「平堤千里過盡，楊柳綠陰間。」（《全宋詞》第3冊，頁2112。）

④過睢陽：睢陽，地名；故城在今河南省商邱縣境，唐朝張巡、許遠曾死守此，以抗安祿山，屏蔽江淮。宋‧梅堯臣〈送淮南轉運李學士君錫〉：「今日發大梁，明朝過睢陽。」（《全宋詩》第5冊，卷254，頁3087。）

⑤隱約：依稀不明貌。

⑥江山如故：江河山岳的面貌如昔，常對喻人事的變遷快速。江山，江河山岳；借指國家的疆土、政權。如故，仍舊；跟原來一樣。宋‧岳飛〈滿江紅〉（遙望中原）：「歎江山如故，千村寥落。」（《全宋詞》第2冊，頁1246。）

⑦**斑衣為壽日**：斑衣，彩衣；謂身穿彩衣，作嬰兒戲要以娛父母。唐・虞世南撰，明・陳禹謨補註《北堂書鈔》卷一百二十九〈衣冠部三・衣二十〉：「老萊常服斑斕。」（收入《文淵閣四庫全書電子版》【內聯網版】，頁4。）註曰：「《孝子傳》云：老萊子年七十，父母猶在，萊子常服斑衣，為嬰兒戲。」（同上）斑，雜色的點或花紋；燦爛多彩的。為壽，祝頌之辭；向尊長敬酒或饋贈財物，以祈祝健康長壽。宋・吳季子〈醉蓬萊〉（正淡煙疏雨）：「褐寢開祥，斑衣祝壽，一種靈椿，兩枝仙桂。」（《全宋詞》第5冊，頁3145。）

⑧**伯仲塤篪**：伯仲，兄弟間排行的次序；亦代稱兄弟。塤，音ㄒㄩㄣ，同「壎」，樂器名；一種古代吹奏樂器，多為平底卵形，頂部稍尖，中空，大小不一，吹孔在頂端，音孔或五或六，雙手捧之而吹，有石製、骨製，然以陶製為主，相傳為伏羲所創。篪，音ㄔ／，同「箎」，樂器名；一種形狀像笛的竹管樂器，橫吹，有八孔。塤為土制樂器，篪為竹制樂器，塤、篪合奏聲音和諧；後用以表示兄弟友善和睦，相親相愛；也代指兄弟。語本《詩經・小雅・何人斯》：「伯氏吹壎，仲氏吹篪。」（收入清・阮元校刻：《十三經注疏》第2冊，卷12-3，頁10。）句下唐・孔穎達《正義》：「其恩亦當如伯仲之為兄弟，其情志亦當如壎篪之相應和，不當有怨惡也。」（同上）宋・菊翁〈朝中措〉（桂花庭院是蓬壺）：「塤篪伯仲，翁前再拜，綵袖嬉娛。」（《全宋詞》第5冊，頁3584。）

⑨**歌舞**：歌唱和舞蹈；謂且歌且舞予以頌揚。

⑩**博勝香囊**：博，古代的一種棋戲；後泛指賭錢，或以物賭輸贏、角勝負。香囊，裝香料的小布口袋；用帶子繫在身上，作為裝飾品，或懸掛屋內除臭。囊，有底的口袋、袋子。唐・韓翊〈送

崔秀才赴上元兼省叔父〉：「行樂遠誇紅布旆，風流近賭紫香
囊。」（《全唐詩》第8冊，卷243，頁2735。）

⑪**笑爭瓜葛**：瓜葛，瓜和葛都是蔓生的植物，比喻輾轉相連的親
戚關係或社會關係；也泛指兩件事情互相牽連的關係。唐·房玄
齡《晉書》卷六十五〈王導傳·子悅〉：「悅字長豫，弱冠有高
名，事親色養，導甚愛之。導嘗共悅弈棊，爭道，導笑曰：『相
與有瓜葛，那得為爾邪！』」（第6冊，北京：中華書局，1974
年11月，頁1754。）又南朝宋·劉義慶《世說新語》卷下〈排
調〉第二十五：「王長豫幼便和令，丞相愛恣甚篤。每共圍棋，
丞相欲舉行，長豫按指不聽。丞相曰：『詎得爾，相與似有瓜
葛。』」（見徐震堮著：《世說新語校箋》，臺北：文史哲出版
社，1985年7月，頁426。）宋·蘇軾〈虞美人〉（歸心正似三春
草）：「笑論瓜葛一枰同。看取靈光新賦、有家風。」（《全宋
詞》第1冊，頁306。）

⑫**膝上王文度**：王坦之字文度，東晉尚書令王述之子，深受父親
喜愛，長大居官後還家省親，父親仍將他抱至膝上論事。唐·房
玄齡《晉書》卷七十五〈王湛傳·承子述〉：「述字懷祖。……
坦之（述子）為桓溫長史。溫欲為子求婚於坦之。及還家省父，
而述愛坦之，雖長大，猶抱置膝上。坦之因言溫意。述大怒，遽
排下，曰：『汝竟癡邪！詎可畏溫面而以女妻兵也。』坦之乃辭
以他故。溫曰：『此尊君不肯耳。』遂止。」（第7冊，北京：
中華書局，1974年11月，頁1961-1963。）又南朝宋·劉義慶《世
說新語》卷中〈方正〉第五亦載。（見徐震堮著：《世說新語校
箋》，臺北：文史哲出版社，1985年7月，頁189。）詩詞中因用
以喻指子女得父母喜愛，或子女娛親；常用作愛子省親的典故。
宋·蘇軾〈蝶戀花〉（泛泛東風初破五）：「一琖壽觴誰與舉。

三箇明珠，膝上王文度。」（《全宋詞》第1冊，頁321。）

⑬ **西城南浦**：南浦，南面的水邊；後常用稱送別之地。《楚辭・九歌・河伯》：「子交手兮東行，送美人兮南浦。」（見漢・劉向編輯，傅錫壬註譯：《新譯楚辭讀本》，臺北：三民書局，1987年12月，卷2，頁71。）浦，音ㄆㄨˇ；河岸、水邊。宋・楊萬里〈寄題張縣尉敬之南昌官寺重新子真祠堂〉：「西山南浦作賀賓，野梅官柳俱驩聲。」（《全宋詩》第42冊，卷2314，頁26630。）

⑭ **月明**：月光明朗；指月亮、月光。

⑮ **歸路**：回去的路；往回走的道路。

⑯ **重來**：再來、復來。

⑰ **華髮蒼顏**：頭髮斑白，面孔蒼老；形容老人的容貌。華髮，花白的頭髮；指年老、老年人。蒼顏，蒼老的容顏，（面貌、聲音等）顯出老態；形容人年紀很老。宋・辛棄疾〈清平樂〉（遶牀飢鼠）：「平生塞北江南。歸來華髮蒼顏。」（《全宋詞》第3冊，頁1885。）

⑱ **故人應怪我**：故人，舊交、老友；已死去的人。怪，責備、埋怨。宋・陳允平〈滿路花〉（寒輕菊未殘）：「故人應怪我。怪我無書，有書還倩誰呵。」（《全宋詞》第5冊，頁3127。）

⑲ **平生羈旅**：平生，一生；此生；有生以來。羈旅，寄居他鄉、寄身外鄉作客；指客居異鄉的人。羈，音ㄐㄧ，同「羇」；寄居、作客、停留。宋・范成大〈三登樂〉（一碧鱗鱗）：「對青燈、獨自歎，一生羈旅。」（《全宋詞》第3冊，頁1620。）

⑳ **仲也**：仲，兄弟排行次序二；兄弟排行，常用伯、仲、叔、季為序。宋・楊萬里〈得壽仁、壽俊二子中塗家書〉三首之二：「伯也恐我愁，願留不忍辭。仲也慘不釋，飛鳴思及時。」（《全宋詩》第42冊，卷2289，頁26274。）

㉑**風流**：灑脫放逸、風雅瀟灑；或謂傑出不凡。

㉒**今已矣**：已矣，表示絕望的語詞，有完了、逝去；罷了、算了的意思。宋・蘇洵〈送王吏部知徐州〉：「霸王事業今已矣，但有太守朱兩輪。」（《全宋詩》第7冊，卷351，頁4365。）

㉓**俯仰人間今古**：俯仰，低頭與抬頭；比喻時間短暫。人間，世間、塵世；指整個人類社會。今古，現時與往昔；亦借指消逝的人事、時間。宋・蘇軾〈西江月〉（點點樓頭細雨）：「酒闌不必看茱萸。俯仰人間今古。」（《全宋詞》第1冊，頁284。）

㉔**閼伯**：古代人名；生卒年不詳，為高辛氏長子，因與弟實沈不合，遷徙至商丘；後用為商星的別稱，位於東方，神話傳說中為高辛氏長子閼伯所化。《左傳・昭公元年》：「昔高辛氏有二子，伯曰閼伯，季曰實沈，居于曠林，不相能也，日尋干戈，以相征討。后帝不臧，遷閼伯于商丘，主辰。商人是因，故辰為商星。遷實沈于大夏，主參。唐人是因，以服事夏商。」（收入清・阮元校刻：《十三經注疏》第6冊，卷41，頁20。）閼，音ㄜˋ。唐・高適〈宋中〉十首之十：「閼伯去已久，高丘臨道傍。人皆有兄弟，爾獨為參商。」（《全唐詩》第6冊，卷212，頁2210。）

㉕**層臺**：重臺、高臺；重疊的高臺。

㉖**六王**：上古六王。《左傳・昭公四年》：「夫六王二公之事，皆所以示諸侯禮也」。（收入清・阮元校刻：《十三經注疏》第6冊，卷42，頁28。）晉・杜預注：「六王，啟、湯、武、成、康、穆也。二公，齊桓、晉文。」（同上）故六王指夏啟、商湯、周武王、周成王、周康王、周穆王。另秦・呂不韋撰，漢・高誘注《呂氏春秋》則曰：「六王，謂堯、舜、禹、湯、文、武也。」（收入《文淵閣四庫全書電子版》【內聯網版】，卷11，頁9。）

㉗**雙廟**：奉祀唐朝張巡、許遠兩位功臣在睢陽立的廟。安祿山叛亂時，張巡、許遠分別任真源令和睢陽太守；唐肅宗至德2年（西元757年），二人共同據守睢陽（今河南省商邱），抵抗安祿山軍，在內無糧草、外無援兵的情況下，依靠人民堅守數月，睢陽失陷，遭殺害，英勇抗敵而犧牲，後來人民為其立廟以紀念。宋・張表臣《珊瑚鈎詩話》：「睢陽雙廟，俗謂之五侯廟。雙廟者，為張、許忠烈而始建廟也。」（收入《文淵閣四庫全書電子版》【內聯網版】，卷1，頁12。）宋・蘇軾〈清平樂〉（清淮濁汴）：「雙廟遺風尚在，漆園傲吏應無。」（《全宋詞》第1冊，頁296。）

㉘**盡是經行處**：盡是，全部都是、到處是。經行，行程中經過。宋・戴復古〈鵲橋仙〉（西山巖壑）：「西山巖壑，東湖亭館，盡是經行舊路。」（《全宋詞》第4冊，頁2307。）

㉙**感時懷舊**：感時，感慨時序變遷或時勢變化。懷舊，念舊、懷念往昔；懷念往事或故人。唐・李中〈海上春夕旅懷寄左偓〉：「柳過清明絮亂飛，感時懷舊思悽悽。」（《全唐詩》第21冊，卷749，頁8537。）

㉚**一襟清淚如雨**：一，全、滿、整。襟，古代指衣的交領；亦指衣的前幅，即胸前釘紐扣的地方。清淚，眼淚。如雨，好像下雨一樣；比喻數量很多。宋・蔡伸〈朝中措〉（章臺楊柳月依依）：「唯有一襟清淚，憑闌洒遍殘枝。」（《全宋詞》第2冊，頁1029。）

33.又 美人

破瓜年紀，①黛螺垂、②雙髻③珍珠④羅抹⑤。婭奼⑥吳（吳）音嬌滴滴⑦，風裏啼鶯聲怯。飛燕精神，⑧驚鴻⑨標致⑩，初按

梁州徹。⑪舞裙微褪，⑫汗香融透⑬春雪。　　少陵⑭詞客⑮多情⑯，當年⑰曾爛賞⑱，湖州⑲風月⑳。自恨尋春來已暮，子滿芳枝空結。㉑湘佩輕拋，㉒韓香偷許，㉓空想㉔淩波韈㉕。章臺楊柳，可堪容易攀折。㉖（頁37）

①**破瓜年紀**：破瓜，比喻女子十六歲；因瓜字在隸書及南北朝的魏碑體中，可拆成二個八字，二八一十六，故當時人以「破瓜」表示女子芳齡。宋・謝薖〈江神子〉（破瓜年紀柳腰身）「破瓜年紀柳腰身。懶精神。帶羞瞋」（《全宋詞》第2冊，頁705。）

②**黛螺垂**：黛螺，螺形的黛墨，古時用以畫眉或作畫；亦為婦女眉毛的代稱。黛，青黑色的顏料，古時女子用以畫眉。垂，細長下掛的。五代・李煜〈長相思〉（雲一緺）：「澹澹衫兒薄薄羅。輕颦雙黛螺。」（《全唐五代詞》上冊，正編卷3，頁751。）

③**雙髻**：髻，盤結於頭頂或腦後的頭髮，有各種形狀。宋・秦觀〈滿江紅〉（越豔風流）：「翠綰垂螺雙髻小，柳柔花媚嬌無力。」（《全宋詞》第1冊，頁471。）

④**珍珠**：參見前第24闋〈感皇恩〉（寶髻綰雙螺），註⑦。

⑤**羅抹**：參見前第24闋〈感皇恩〉（寶髻綰雙螺），註⑤。

⑥**婭奼**：音一ㄚˋ　彳ㄚˋ；形容嬌嬈多姿、柔美嫵媚。奼，同「姹」；嬌美、豔麗。五代・和凝〈江城子〉（迎得郎來入繡闈）：「婭奼含情嬌不語，纖玉手，撫郎衣。」（《全唐五代詞》上冊，正編卷3，頁478。）

⑦**吳音嬌滴滴**：吳音，吳語，分布於江蘇南部及浙江大部分的語言；或指吳地的語音、音樂。嬌滴滴，嬌嫩可愛；嬌媚柔嫩貌。滴滴，形容詞語尾，表示「滿量」，含有「很」的意思。宋・蘇軾〈薄命佳人〉：「吳音嬌軟帶兒癡，無限閑愁總未知。」

（《全宋詩》第14冊，卷792，頁9175。）

⑧**飛燕精神**：飛燕，人名；漢成帝之后趙飛燕，善歌舞，因體輕如燕，故稱為「飛燕」。漢・班固《漢書》卷九十七下〈外戚傳・孝成趙皇后〉：「孝成趙皇后，本長安宮人。……學歌舞，號曰飛燕。」（第12冊，北京：中華書局，1964年11月，頁3988。）精神，風采神韻。宋・柳永〈浪淘沙令〉（有箇人人）：「有箇人人。飛燕精神。急鏘環佩上華裀。」（《全宋詞》第1冊，頁27。）

⑨**驚鴻**：因受驚而輕捷飛起的鴻鳥。魏・曹植〈洛神賦〉：「其形也，翩若驚鴻，婉若遊龍。」（收入梁・昭明太子蕭統輯，唐・李善注：《文選》，臺北：藝文印書館，1983年6月，卷19，頁12。）後用以比喻女子的體態輕盈；或形容美女輕盈優美的舞姿。

⑩**標致**：風采、氣韻；形容女子丰姿美麗，出眾動人。

⑪**初按梁州徹**：初按，初次彈奏。按，敲擊、彈奏。梁州，樂曲名；也稱為「涼州曲」，為大曲，用西涼樂，乃以清樂為主，而參合胡樂之聲。宋・王灼《碧雞漫志》卷三〈涼州曲〉：「唐史及傳載，稱天寶樂曲，皆以邊地為名，若涼州、伊州、甘州之類。曲遍聲繁，名入破。又詔道調、法曲，與胡部新聲合作。」（收入唐圭璋編：《詞話叢編》第1冊，臺北：新文豐出版公司，1988年2月，頁99。）徹，貫通、通透；畢盡、停歇。宋・盧炳〈漢宮春〉（向暖南枝）：「人學壽陽妝面，正梁州初按，羯鼓聲催。」（《全宋詞》第3冊，頁2168。）

⑫**舞裙微褪**：褪，音ㄊㄨㄣˋ；衣服、服飾等穿著或套著的東西因寬鬆而脫出。宋・高觀國〈留春令〉（粉綃輕試）：「粉綃輕試，綠裙微褪，吳姬嬌小。」（《全宋詞》第4冊，頁2364。）

⑬**汗香融透**：汗香，形容女子的汗水。融，消溶、溶化。透，形

容澈底而充分的程度。宋・歐陽修〈繫裙腰〉（水軒簷幕透薰風）：「起來意懶含羞態，汗香融。繫裙腰，映酥胸。」（《全宋詞》第1冊，頁152。）

⑭**少陵**：本指唐代詩人杜甫，杜甫常以「杜陵」（今陝西省西安市東南）表示其祖籍郡望，自號少陵野老，世稱杜少陵。惟按詞意，此應指唐代著名詩人杜牧，字牧之，號樊川，京兆萬年（今陝西西安）人；為人剛直有奇節，曾指時弊，深憂藩鎮、吐番的驕縱，後果言中；其詩風骨遒上，豪邁不羈，文尤縱橫奧衍，多切經世之務，在晚唐成就頗高；時人稱其為「小杜」，以別於杜甫。

⑮**詞客**：擅長文詞的人。

⑯**多情**：富於感情，常指對情人感情深摯。

⑰**當年**：從前、昔年；正值有為之年，指少年或壯年。

⑱**爛賞**：隨意欣賞、縱情玩賞。爛，隨便、放蕩；猶極、甚，表示程度高或深。宋・歐陽修〈定風波〉（把酒花前欲問他）：「春到幾人能爛賞。何況。無情風雨等閒多。」（《全宋詞》第1冊，頁141。）

⑲**湖州**：位於浙江省北部、太湖南岸。

⑳**風月**：清風明月，泛指美好的景色；此亦指男女間情愛之事。

㉑**自恨尋春來已暮，子滿芳枝空結**：恨，遺憾、後悔。尋春，游賞春景。暮，遲、晚。子，植物的果實、種子。空，徒然、白白的。結，植物長出果實。此化用唐・杜牧〈悵詩〉：「自是尋春去校遲，不須惆悵怨芳時。狂風落盡深紅色，綠葉成陰子滿枝。」（《全唐詩》第16冊，卷527，頁6033。）案曰：「牧左宣城幕，遊湖州，刺史崔君張水戲，使州人畢觀，令牧閒行閱奇麗，得垂髫者十餘歲。後十四年，牧刺湖州，其人已嫁，生子矣，乃悵而

為詩。」（同上）元・辛文房《唐才子傳》卷五〈杜牧〉亦載其事，參見前第9闋〈採桑子〉（十年塵土湖州夢），註①。

㉒**湘佩輕拋**：湘，湘江也；發源於廣西興安，經過湖南省，注入洞庭湖，長江的主要支流之一，也稱為「湘水」。佩，古人繫在衣帶上的一種裝飾品。湘佩，湘妃所戴的玉佩；喻情侶的信物。拋，投、扔；捨棄、丟下。漢・劉向《列仙傳》卷上〈江妃二女〉：「江妃二女者，不知何所人也。出遊於江漢之湄，逢鄭交甫。見而悅之，不知其神人也，謂其僕曰：『我欲下請其佩。』……遂手解佩與交甫。交甫悅，受而懷之中當心；趨去數十步，視佩，空懷無佩。顧二女，忽然不見。」（收入《文淵閣四庫全書電子版》【內聯網版】，頁11-12。）此指自己喜悅、鍾情的女子。

㉓**韓香偷許**：參見前第5闋〈菩薩蠻〉（鎮犀不動紅鑪窄），註⑩。後以此典為男女暗中通情的典故；而以「韓香」指異香或男女定情之物。許，奉獻、給予。宋・無名氏〈卓牌兒〉（當年早梅芳）：「湘佩笑解，韓香暗傳，幽歡後期難訴。」（《全宋詞》第5冊，頁3657。）

㉔**空想**：徒然思念；不切實際的想法、幻想。

㉕**淩波韤**：淩波，行於水波之上，形容女子步伐輕盈飄逸。韤，同「襪」，穿在腳上，用來保護或保暖的東西。魏・曹植〈洛神賦〉：「體迅飛鳧，飄忽若神。陵波微步，羅韤生塵。」（收入梁・昭明太子蕭統輯，唐・李善注：《文選》，臺北：藝文印書館，1983年6月，卷19，頁14。）曹植筆下的洛神以輕盈的步履行走在水波上，她的羅襪濺起如塵的水沫。後以此典形容仙女、女子美妙的神情體態。宋・趙長卿〈醉落魄〉（淡妝濃抹）：「淩波無限生塵襪。冰肌瑩徹香羅雪。」（《全宋詞》第3冊，頁1787。）

㉖**章臺楊柳，可堪容易攀折**：章臺，漢代長安的一條繁華街道，因位於章臺（戰國時秦王所建的亭臺，位於今陝西省長安故城西南。）之下而得名；後常用為詠長安的典故，亦以代指妓院聚集之地或遊樂場所。可堪，那堪、怎堪；怎能禁受。堪，能夠、可以；能承受。容易，輕易、隨便；猶言輕慢放肆。攀折，拉折、折取。唐‧孟棨《本事詩‧情感第一》：「韓翃少負才名，天寶末，舉進士。孤貞靜默，所與遊皆當時名士。然而蓽門圭竇，室唯四壁。隣有李將失名妓柳氏，李每至，必邀韓同飲。……酒酣，謂韓曰：『秀才當今名士，柳氏當今名色；以名色配名士，不亦可乎！』遂命柳從坐接韓。……俄就柳居。來歲成名，後數千淄青節度侯希逸奏為從事。以世方擾，不敢以柳自隨，置之都下，期至而迓之。連三歲，不果迓，因以良金買練囊中寄之。題詩曰：『章臺柳，章臺柳，往日青青今在否？縱使長條似舊垂，亦應攀折他人手。』柳復書，荅詩曰：『楊柳枝，芳菲節，可恨年年贈離別。一葉隨風忽報秋，縱使君來豈堪折。』柳以色顯獨居，恐不自免，乃欲落髮為尼，居佛寺。後翃隨侯希逸入朝，尋訪不得。已為立功番將沙吒利所劫，寵之專房，翃悵然不能割。」（收入《文淵閣四庫全書電子版》【內聯網版】，頁5-6。）唐代韓翃與其寵姬柳氏因安史之亂而分離，寫詞寄給柳氏，文中提及章臺柳一詞，即喻指柳氏；後以章臺楊柳泛指妓女或比喻別離。宋‧秦觀〈青門飲〉（風起雲間）：「任人攀折，可憐又學，章臺楊柳。」（《全宋詞》第1冊，頁470。）

34. 又

芳姿蕙態，①笑人閒、②脂粉尋常紅白。③大抵風流天也惜，④賦與⑤梅魂蘭魄⑥。元相⑦名妹⑧，謝家⑨尤物⑩，縹緲⑪真

仙格⑫。朝來⑬酒惡⑭，可人⑮一笑冰釋⑯。　　韓郎老矣情懷，⑰鬢絲禪榻，⑱花落茶烟（煙）溼。心字⑲殷勤⑳通一線㉑，千劫㉒消磨不得㉓。被底春溫，㉔尊前風味，㉕回首㉖傷春客㉗。卻愁雲散㉘，等閒㉙好夢難覓㉚。（頁37）

①**芳姿蕙態**：芳姿，美妙的姿容。蕙態，比喻女子姿態高雅。唐‧楊衡〈白紵歌〉二首之二：「輕身起舞紅燭前，芳姿豔態妖且妍。」（《全唐詩》第14冊，卷465，頁5284。）

②**笑人閒**：人閒，世間、塵世；指整個人類社會。閒，同「間」。宋‧范成大〈滿江紅〉（千古東流）：「笑人間、何處似尊前，添銀燭。」（《全宋詞》第3冊，頁1623。）

③**脂粉尋常紅白**：脂粉，婦女化妝用的胭脂與香粉；代指婦女。尋常，平常、普通。紅白，紅的和白的；形容色彩鮮明美麗。唐‧張祜〈集靈臺〉二首之二：「卻嫌脂粉污顏色，淡掃蛾眉朝至尊。」（《全唐詩》第15冊，卷511，頁5843。）【案：此篇一作杜甫詩。】

④**大抵風流天也惜**：大抵，大概、大都、大多數，表示總括一般的情況。風流，謂風韻美好動人。宋‧張元幹〈天仙子〉（樓外輕陰春澹佇）：「情知醉裡惜花深，留春住。聽鶯語。一段風流天賦與。」（《全宋詞》第2冊，頁1100。）

⑤**賦與**：給予、授予。

⑥**梅魂蘭魄**：指梅花、蘭花的精神；梅花堅貞耐寒，蘭花香氣清幽。魂，人的神志、意念。魄，人的精氣。宋‧楊澤民〈水龍吟〉（膩金勻點繁英）：「梅魂蕙魄，素馨□長，酴醾請避。」（《全宋詞》第4冊，頁3014。）

⑦**元相**：指唐朝中期大臣，代宗朝宰相元載；元載（？-777年）字

公輔，鳳翔岐山（今陝西鳳翔縣）人，家本寒微，因先後助代宗殺了李輔國以及後來的魚朝恩兩個掌權宦官而受到皇帝信任，此後營專其私產，大興土木，排除異己，最後因為貪賄被殺抄家。後晉・劉昫《舊唐書》卷一百十八〈元載傳〉：「載在相位多年，權傾四海，外方珍異，皆集其門，資貨不可勝計，故伯和、仲武等得肆其志。輕浮之士，奔其門者，如恐不及。名姝、異樂，禁中無者有之。兄弟各貯妓妾于室，倡優猥褻之戲，天倫同觀，略無愧恥。及得罪，行路無嗟惜者。」（第10冊，北京：中華書局，1975年5月，頁3414。）

⑧**名姝**：著名的美女。姝，音ㄕㄨ；容貌美麗；或稱美女。此指唐朝元載最寵愛的小妾薛瑤英，元載迷戀她的腰肢身段及醉人歌聲。唐・蘇鶚《杜陽雜編》：「載寵姬薛瑤英，攻詩書，善歌舞，儇姿玉質，肌香體輕，雖旋波、搖光、飛燕、綠珠，不能過也。瑤英之母趙娟，亦本岐王之愛妾也，後出為薛氏之妻，生瑤英而幼以香啗之，故肌香也。及載納為姬，處金絲之帳，卻塵之褥。其褥出自勾驪國，一云是卻塵之獸毛所為也。其色殷鮮，光軟無比。衣龍綃之衣，一襲無一二兩，搏之不盈一握。載以瑤英體輕不勝重衣，故於異國以求是服也。唯賈至、楊公南與載友善，故往往得見歌舞。……瑤英善為巧媚，載惑之，怠於庶務。……及載死，瑤英自為俚妻矣。論者以元載喪令德而崇貪名，自一婦人而致也。」（收入《文淵閣四庫全書電子版》【內聯網版】，卷上，頁9-10。）

⑨**謝家**：唐・溫庭筠〈更漏子〉（柳絲長）：「香霧薄，透重幙，惆悵謝家池閣。」（見後蜀・趙崇祚編，華鍾彥校注：《花間集注》，開封：河南大學出版社，2008年4月，卷1，頁13。）華鍾彥注：「唐李太尉德裕有妾謝秋娘，太尉以華屋貯之，眷之甚

　　隆，詞人因用其事，而稱謝家。蓋泛指金閨之意，不必泥於秋娘
　　也。」（同上）唐代詩中已有用「謝家」代指妓家的習慣，未知
　　所本，後常用為妓女所居之所的代稱。

⑩**尤物**：誘人的美貌女子，指絕色美女，有時含有貶抑的意思。

⑪**縹緲**：虛浮、渺茫；高遠隱忽而不明。

⑫**真仙格**：道家謂仙人的品級；借喻清雅高潔的人品。真仙，仙
　　人。格，人品、氣量、風度、情操的泛稱。

⑬**朝來**：早晨。

⑭**酒惡**：飲酒微醺半酣時；就是喝酒到帶醉的時候，又稱「中
　　酒」，指飲酒之中也，不醉不醒，故謂之中。惡，音ㄜˇ；反胃
　　想吐。

⑮**可人**：令人滿意、惹人憐愛；亦指愛人、意中人。

⑯**冰釋**：像冰溶解消散，不留痕跡；比喻嫌隙、懷疑、誤會等完全
　　消失。

⑰**韓郎老矣情懷**：韓郎，參見前第5闋〈菩薩蠻〉（鎮犀不動紅鑪
　　窄），註⑩。情懷，心情、心境；興致、情趣。宋・吳文英〈天
　　香〉（珠絡玲瓏）：「荀令如今老矣。但未減、韓郎舊風味。遠
　　寄相思，餘熏夢裏。」（《全宋詞》第4冊，頁2908。）

⑱**鬢絲禪榻**：鬢絲，鬢髮；近耳旁兩頰上的頭髮。禪榻，禪床；
　　僧侶用具，禪僧的坐床。禪，表示與佛教有關的事物。榻，狹長
　　而較矮的床形坐具；狹長的矮床，亦泛指床。唐・杜牧〈題禪
　　院〉：「今日鬢絲禪榻畔，茶煙輕颺落花風。」（《全唐詩》第
　　16冊，卷522，頁5974。）

⑲**心字**：爐香名，即心字香；香爐裡的香。

⑳**殷勤**：懇切、周到；情意深厚。

㉑**通一線**：謂融通為一；比喻相承或相關事物之間的脈絡，微小的

湊合。宋・淨端〈漁家傲〉（浪靜西溪澄似練）：「浪靜西溪澄
似練。片帆高挂乘風便。始向波心通一線。」（《全宋詞》第2
冊，頁636。）

㉒**千劫**：佛教語。指曠遠的時間與無數的生滅成壞；現多指無數
災難。劫，梵語音譯「劫波」（kalpa）的略稱；一個極為長久的
時間單位，佛教以世界經歷若干萬年即毀滅一次，再重新開始為
「一劫」。

㉓**消磨不得**：消磨，消耗、磨滅。不得，不能；不可。宋・辛棄疾
〈蘭陵王〉（恨之極）：「恨之極。恨極銷磨不得。」（《全宋
詞》第3冊，頁1947。）

㉔**被底春溫**：被，被子；睡眠時蓋在身上的東西。春溫：春天的溫
暖；指春暖之時。宋・張元幹〈柳梢青〉（小樓南陌）：「被底
香濃，尊前燭滅，如今消得。」（《全宋詞》第2冊，頁1086。）

㉕**尊前風味**：尊前，酒樽之前；指酒筵上。尊，古代盛酒的器具。
風味，韻味旨趣；事物特有的色彩和趣味。

㉖**回首**：回頭、回頭看；回想、回憶。

㉗**傷春客**：傷春，因春天到來而引起憂傷、苦悶。客，寄旅於外
的人。宋・張耒〈正月二十五日以小疾在告作三絕是日苦寒〉之
三：「自憐華髮傷春客，兩見飛花未放回。」（《全宋詩》第20
冊，卷1177，頁13285。）

㉘**雲散**：像天空的雲那樣四處散開；比喻曾經在一起的人分散到各
個地方。

㉙**等閒**：一般、尋常；無端、平白地。

㉚**好夢難覓**：好夢，甜美的夢；比喻甜蜜或美好的理想與憧憬。
覓，尋求、尋找。宋・曾覿〈清商怨〉（華燈鬧）：「好夢難
尋，雨蹤雲跡。憶憶憶。」（《全宋詞》第2冊，頁1316。）

35.〈瑞鶴仙〉上①高節度②壽③

　　轅門初射戟。④看氣壓群雄，⑤虹飛千尺。⑥青雲試長翮。⑦擁
　　牙旗金甲，⑧掀髯⑨橫槊⑩。咸行蠻貊。⑪令萬卒、縱橫⑫坐
　　畫⑬，蕩⑭淮夷⑮獻凱⑯，歌來⑰斗印⑱，命之方伯⑲。　　赫
　　赫功名天壤，⑳歷事三朝㉑，許身㉒忠赤㉓。寒陂㉔湛碧㉕。容
　　卿筆、㉖幾千百。㉗看皇家圖舊，㉘紫泥催去，㉙莫忘尊前㉚老
　　客㉛。願年年㉜滿把黃花㉝，壽君大白。㉞（頁37）

①**上**：進獻、送上。

②**高節度**：王寂此詞是為高松節度使祝壽之作，高松「年十九，
　　從軍為蒲輦，有力善戰。宗弼聞其名，召置左右。」（元・脫脫
　　等撰：〈高松傳〉，《金史》第6冊，北京：中華書局，2005年4
　　月，卷82，頁1851。）節度，為「節度使」之省稱，職官名；三
　　國吳孫權始置，掌管軍糧；至唐以後則為領兵之官，當時事權甚
　　重，掌管一道或數州的軍民要政；唐初僅在邊境設置，後遍設於
　　內地，形成藩鎮割據的局面；至北宋初解除了節度使的兵權，成
　　為一種榮銜，遼、金沿置，元廢。

③**壽**：生日；祝人長壽。

④**轅門初射戟**：轅門，古代君王出巡，駐駕於險阻之地，以車作為
　　屏障，翻仰兩車，使兩車之轅相向交接成一半圓形的門，稱為「轅
　　門」；後指將帥的營門或衙署的外門。轅，車前用來套駕牲畜的兩
　　根直木，左右各一；後指軍營之門或行館，即長官戰場司令部或官
　　方的衙署。戟，音ㄐㄧˇ，武器名；戈和矛的合體，兼有勾、
　　啄、撞、刺四種功能，裝於木柄或竹柄上；出現於商、周，盛行
　　於戰國、漢、晉各代，南北朝後漸被槍取代，轉而為儀仗、衛門
　　的器物。此指後漢呂布射戟解救劉備之事。南朝宋・范曄《後漢

書》卷七十五〈呂布傳〉：「時劉備領徐州，居下邳，與袁術相
拒於淮上。術欲引布擊備，……術遣將紀靈等步騎三萬以攻備，
備求救於布。……便率步騎千餘，馳往赴之。靈等聞布至，皆斂
兵而止。布屯沛城外，遣人招備，並請靈等與共饗飲。布謂靈
曰：『玄德，布弟也，為諸君所困，故來救之。布性不喜合鬭，
但喜解鬭耳。』乃令軍候植戟於營門，布彎弓顧曰：『諸君觀布
射〔戟〕小支，中者當各解兵，不中可留決鬭。』布即一發，正
中戟支。靈等皆驚，言『將軍天威也』。明日復歡會，然後各
罷。」（第9冊，北京：中華書局，1973年8月，頁2447-2448。）

⑤**看氣壓群雄**：氣，人內在的才華或表現於行為作風；特指勇氣、
豪氣。壓，鎮住、鎮服；用武力或威勢制止、驅策他人。群雄，
舊時多指據地稱雄的豪強；今指英雄人物。唐・李華〈寄趙七侍
御〉：「勢排昊蒼上，氣壓吳越雄。」（《全唐詩》第5冊，卷
153，頁1588。）

⑥**虹飛千尺**：形容氣勢壯盛，可以上貫長虹。虹，指彩虹；大氣中
的水氣受日光照射時，由於折射及反射作用，而於天空中形成弧
形的帶狀景觀，由外圈到內圈呈紅、橙、黃、綠、藍、靛、紫七
種顏色。飛，淩空；高入空中的。千尺，極言其深、高、長。

⑦**青雲試長翮**：青雲，青色的雲，指天空；喻遠大的抱負和志向。
試，探測、刺探。翮，音ㄏㄜˊ；羽莖也，尾羽或翼羽中那些大
而硬的角質空心的羽軸；泛指鳥的翅膀。唐・沈佺期〈答甯處州
書〉：「九泉開白日，六翮起青雲。」（《全唐詩》第4冊，卷
96，頁1036。）

⑧**擁牙旗金甲**：擁，圍著、聚集、護衛。牙旗，天子或將軍所立
於軍營前的大旗，因竿上以象牙為飾，故稱為「牙旗」。金甲，
鎧甲；古代的戰服，多用金屬片綴成，以抵禦兵器穿刺。宋・劉

過〈水調歌頭〉（弓劍出榆塞）：「達則牙旗金甲，窮則塞驢破帽，莫作兩般看。」（《全宋詞》第3冊，頁2146。）

⑨掀髯：笑時捋鬚愉快的樣子。掀，撩起、揭開。髯，音ㄖㄢˊ；兩頰上的鬍鬚。

⑩橫策：橫，自左到右或自右到左；將物體橫向拿著。策，馬鞭；引申為駕馭馬匹的工具，包括韁繩之類。

⑪威行蠻貊：威行，武力行為；指威勢推行於某一對象或地方。威，權勢，能壓服別人的力量。蠻貊，本指南蠻、北狄；後比喻四方未開化的民族。蠻，中國南方種族的舊稱；我國古代對長江中游及其以南地區少數民族的泛稱。貊，音ㄇㄛˋ；古代中國北方的一支民族。唐·岑參〈陪狄員外早秋登府西樓，因呈院中諸公〉：「威聲振蠻貊，惠化鍾華陽。」（《全唐詩》第6冊，卷198，頁2025。）

⑫縱橫：肆意橫行，無所顧忌；亦謂雄健奔放。

⑬坐畫：指坐運籌策，謂坐在軍帳內策劃軍事方略。

⑭蕩：清除、洗除、使殆盡。

⑮淮夷：古代居於淮河流域的部族。夷，中國古代東部民族之一；殷商時約分布在今大陸地區山東、江蘇一帶，後泛稱東方各族為「夷」；亦為古代對中原以外各族的蔑稱。

⑯獻凱：獻捷；戰勝後進獻所獲的戰果。凱，軍隊戰勝歸來所奏的樂曲。唐·李白〈司馬將軍歌〉：「功成獻凱見明主，丹青畫像麒麟臺。」（《全唐詩》第5冊，卷163，頁1694。）

⑰歌來：歌唱勝利，指演奏或歌唱戰勝的樂章。

⑱斗印：大印，指官印。

⑲方伯：殷周時代一方諸侯之長，後泛稱地方長官；漢以來之刺史，唐之採訪使、觀察使，明清之布政使，均稱「方伯」。

⑳**赫赫功名天壤**：赫赫，顯盛的樣子。功名，科舉時代稱科第和
官職；泛指功業和名聲。天壤，天地；天地之間。宋・張榘〈滿
江紅〉（玉壘澄秋）：「赫赫勛名俱向上，綿綿福壽宜無極。」
（《全宋詞》第4冊，頁2686。）

㉑**三朝**：三個朝代或三個帝王，指前後三代君主統治的時期；此為
金朝熙宗、海陵王、世宗三代君王。

㉒**許身**：猶自許；對於自身的期許。

㉓**忠赤**：忠心赤膽；忠誠的心，赤誠的膽，形容極為忠誠不二。
忠，誠心盡力。赤，熱烈、真純。唐・吳融〈敷水有丐者云是
馬侍中諸孫，憫而有贈〉：「一心忠赤山河見，百戰功名日月
知。」（《全唐詩》第20冊，卷684，頁7859。）

㉔**寒陂**：陂，音ㄆㄧˊ；池塘、湖泊。宋・王安石〈上南岡〉：
「暮塢屋荒涼，寒陂水清淺。」（《全宋詩》第10冊，卷541，
頁6497。）

㉕**湛碧**：水清綠之色。湛，音ㄓㄢˋ，清澈透明。碧，青綠色的。

㉖**容卿輩**：容，寬待、原諒；對人度量大。卿，對人的尊稱；古代
上級稱下級、長輩稱晚輩。輩，同類、同等級的人；引申為某物
之類。宋・方岳〈沁園春〉（蠢彼甊覷）：「帝曰不然，政須卿
輩，作我長城惟汝諧。」（《全宋詞》第4冊，頁2837。）

㉗**幾千百**：幾，表示不定的數目。千百，極言其多。

㉘**看皇家圖舊**：皇家，皇室；皇帝的家族。圖舊，謀劃任用舊
臣。圖，策劃、考慮。舊，舊家；指世族，世家望族。宋・朱敦
儒〈念奴嬌〉（臘回春近）：「君王圖舊，看公歸覲京國。」
（《全宋詞》第2冊，頁836。）

㉙**紫泥催去**：紫泥，印泥；古人書函用泥封，並戳印以為憑信，
漢天子用紫泥，故紫泥亦指詔書。催，促使行動開始，或加速進

行。宋‧姚勉〈水調歌頭〉（桃李河陽縣）：「朝天近也，紫泥催起烏𩿗飛。」（《全宋詞》第5冊，頁3092。）

㉚**尊前**：酒樽之前；指酒筵上。尊，古代盛酒的器具。

㉛**老客**：對人的敬稱，猶今對人稱「先生」。

㉜**年年**：每年。

㉝**滿把黃花**：滿把，一整把。滿，全、遍、整個。把，量詞；用於一手握持的數量；或用於某些較抽象的事物。黃花，泛指黃色的花；此指菊花，秋季開花，花色豐富，有紅、黃、白、紫等，一般為黃色，供觀賞，有的品種可入藥，也稱為「延齡客」、「九花」。宋‧晁補之〈八六子〉（喜秋晴）：「難相見，賴有黃花滿把，從教渌酒深傾。」（《全宋詞》第1冊，頁565。）

㉞**壽君大白**：壽，祝壽、祝福；多指奉酒祝人長壽。大白，大酒杯。白，古時罰酒的杯子；也泛指一般酒杯。宋‧葛立方〈夜行船〉（百尺雕堂懸蜀繡）：「銀葉添香香滿袖。滿金盃、壽君芳酒。」（《全宋詞》第2冊，頁1346。）

36.〈好事近〉贈妓①

玉帝②掌書仙，謫向世間③初識。一種可人情味，④肖江梅標格。⑤　　眉尖⑥多樣⑦惜關山⑧，無語淚偷拭。⑨別後錦城風月⑩，記⑪河東⑫詞客⑬。（金‧王寂撰：《拙軒集》，收入《文淵閣四庫全書電子版》【內聯網版】卷4，頁4。）

①**妓**：古代以歌舞娛樂賓客的女子。

②**玉帝**：即玉皇大帝；道教稱天界最高主宰之神為「玉皇大帝」，上掌三十六天，下握七十二地，掌管一切神、佛、仙、聖和人間、地府之事，也稱為「天公」。

③**謫向世間**：謫，音ㄓㄜˊ；譴責，因罪受罰或被貶。世間，人世間、世界上。宋・趙令畤〈蝶戀花〉（麗質仙娥生月殿）：「麗質仙娥生月殿。謫向人間，未免凡情亂。」（《全宋詞》第1冊，頁492。）

④**一種可人情味**：一種，一個種類；事物的類別。可人，令人滿意、惹人憐愛。情味，情趣、意味。宋・楊无咎〈殢人嬌〉（惱亂東君）：「妬雪凝霜，凌紅掩翠。看不足、可人情味。」（《全宋詞》第2冊，頁1184。）

⑤**肖江梅標格**：肖，音ㄒㄧㄠˋ；相似、相像。江梅，一種野生梅花；開白色或淡紅色花，果實為球形核果，我國各地普遍栽種，而生長在野地的梅，通常花小而香，果實亦稱為江梅，形小而堅硬。標格，氣度、風範、品格。宋・無名氏〈如夢令〉（韻似江梅標致）：「韻似江梅標致。美似江梅多麗。」（《全宋詞》第5冊，頁3745。）

⑥**眉尖**：眉頭；眉毛的前端。

⑦**多樣**：多種樣子、形式。宋・向子諲〈南鄉子〉（梅與雪爭姝）：「除卻箇人多樣態，誰如。細把冰姿比玉膚。」（《全宋詞》第2冊，頁959。）

⑧**惜關山**：惜，悲痛、哀傷。關山，關隘與山峰；比喻路途遙遠或行路的困難。宋・張孝祥〈鷓鴣天〉（月地雲堦歡意闌）：「情脈脈，淚珊珊。梅花音信隔關山。」（《全宋詞》第3冊，頁1694。）

⑨**無語淚偷拭**：無語，不說話、沒有話語。偷，私下、暗地裡。拭，揩、擦抹。唐・杜荀鶴〈別舍弟〉：「惟知偷拭淚，不忍更回頭。」（《全唐詩》第20冊，卷691，頁7931。）

⑩**錦城風月**：錦城，城池的美稱。風月，清風明月，泛指美好的景

色；此亦指男女間情愛之事。宋・周紫芝〈好事近〉（簾外一聲歌）：「簾外一聲歌，傾盡滿城風月。」（《全宋詞》第2冊，頁889。）

⑪記：將事物印象留在腦海中。

⑫**河東**：地名；山西省境內，黃河以東的地區；秦漢曾於此設河東郡，其後唐置道，宋置路，亦皆稱為「河東」。

⑬**詞客**：擅長文詞的人。

二、【趙可詞箋注】

1.〈雨中花慢〉代州①南樓②

雲朔③南陲④，全趙幕府⑤，河山襟帶名藩。⑥有朱樓縹緲，⑦
千雉回旋。⑧雲度⑨飛狐⑩絕險⑪，天圍⑫紫塞⑬高寒⑭。弔
興亡遺迹，⑮咫尺⑯西陵⑰，烟（煙）樹⑱蒼然⑲。　　時移事
改，⑳極目傷心，㉑不堪㉒獨倚危闌㉓。惟是年年飛雁，霜雪㉔
知還。樓上四時長好，人生一世誰閒。故人有酒，㉕一尊高
興，㉖不減㉗東山㉘。（頁30）

①**代州**：戰國時趙地，今山西北部皆其地。隋唐均曾置代州，又
改為雁門郡；代州北三十五里有雁門山，依山立關，雙闕陡起，
雁欲過者必由此徑，故名；形勝雄險，自古為軍事重地。清・和
珅等奉敕撰《欽定大清一統志》載：「（代州）形勢三面臨邊，
最稱險要。天下九塞，雁門關為首。雁門障其西北，滹沱經於東
南，外繞群山，中開平壤。」（收入《文淵閣四庫全書電子版》
【內聯網版】，卷114，頁3-4。）

②**南樓**：在南面的城樓。清・和珅等奉敕撰《欽定大清一統志》
載：「即（代州）城南門樓，下為蓮花池，面鳳凰山，一名看花
樓，金・趙秉文嘗遊賞於此。」（收入《文淵閣四庫全書電子
版》【內聯網版】，卷114，頁18。）

③**雲朔**：雲，指雲中，古郡名；原為戰國趙地，秦置；今山西省境
內長城以外及內蒙古東南部地區，即今內蒙古托克托縣；或泛指
邊關。朔，音ㄕㄨㄛˋ；指朔方，古郡名，轄地約在今山西省朔
縣一帶；漢武帝驅逐匈奴，收復河南時所設，即今內蒙古河套附

近；或泛指北方。

④陲：音ㄔㄨㄟˊ；邊界、邊境、邊緣。

⑤幕府：本指將帥在外的營帳；後亦泛指軍政大吏的府署，即古代軍中將帥治事的地方。

⑥河山襟帶名藩：河山，河流與山嶽；代指疆域，國土。襟帶，衣襟和腰帶；謂山川屏障環繞，如襟似帶，比喻險要的地理形勢。名藩，指地方重鎮。藩，音ㄈㄢˊ；封建時代稱屬國、屬地或分封的土地，借指邊防重鎮。宋‧賀鑄〈歷陽十詠‧遏胡城〉：「時平一登望，江山互襟帶。」（《全宋詩》第19冊，卷1104，頁11531。）

⑦有朱樓縹緲：朱樓，謂富麗華美的樓閣。縹緲，高遠隱忽而不明。宋‧李光〈臨江仙〉（畫棟朱樓淩縹緲）：「畫棟朱樓淩縹緲，全家住在層城。中秋風露助淒清。」（《全宋詞》第2冊，頁786。）

⑧千雉迴旋：千雉，形容城牆高大。雉，音ㄓˋ；量詞，古代計算城牆面積的單位，長三丈高一丈為一雉。迴旋，旋轉、盤旋；指回環旋繞。宋‧范成大〈賞心亭再題〉：「拂雲千雉繞，截水萬崖奔。」（《全宋詩》第41冊，卷2243，頁25755。）

⑨度：同「渡」；過、跨越；用於空間或時間。

⑩飛狐：要隘名，在今河北省淶源縣北蔚縣南。兩崖峭立，一線微通，迤邐蜿蜒，百有餘里；為古代河北平原與北方邊郡間的交通咽喉。

⑪絕險：猶極險；亦指極險之處。

⑫圍：環繞；從四周攔擋、包攏。

⑬紫塞：北方邊塞。晉‧崔豹《古今注》卷上〈都邑第二〉：「秦築長城，土色皆紫，漢塞亦然，故稱紫塞焉。」（收入《文淵閣四庫全書電子版》【內聯網版】，頁10。）塞，音ㄙㄞˋ；險要

的地方，邊境。

⑭**高寒**：地勢高而寒冷。

⑮**弔興亡遺迹**：弔，哀傷、憐憫、追念。興亡，興盛和衰亡；多指國家局勢的變遷。遺迹，指古代或舊時代的人和事物遺留下來的痕跡。宋‧蘇軾〈漁家傲〉（千古龍蟠並虎踞）：「千古龍蟠並虎踞。從公一弔興亡處。」（《全宋詞》第1冊，頁287。）

⑯**咫尺**：周制八寸為咫，十寸為尺；謂接近或剛滿一尺。形容距離近。

⑰**西陵**：泛指皇帝的陵寢。陵：高大的墳墓。清‧和珅等奉敕撰《欽定大清一統志》載：「南北朝魏拓跋猗盧墓，在州（代州）西北雁門山中。《寰宇記》：雁門縣有拓跋陵。」（收入《文淵閣四庫全書電子版》【內聯網版】，卷114，頁21。）又載：「五代唐李克用墓，在州（代州）西八里栢林寺中。《五代史‧唐莊宗紀》：天佑五年，葬李克用于雁門，其弟克謙、子嗣昭二墓，俱在栢林寺東。」（同上）

⑱**煙樹**：雲氣繚繞的樹木或樹林。

⑲**蒼然**：茂盛、眾多的樣子；或謂茫然無邊際的樣子。蒼，青色。

⑳**時移事改**：時代改變，世事也跟著移易。宋‧蘇軾〈王晉卿作〈煙江疊嶂圖〉，僕賦詩十四韵（韻），晉卿和之，語特奇麗。因復次韵（韻），不獨紀其詩畫之美，亦為道其出處契闊之故，而終之以不忘在莒之戒，亦朋友忠愛之義也〉：「山中舉頭望日邊，長安不見空雲烟（煙）。歸來長安望山上，時移事改應潸然。」（《全宋詩》第14冊，卷813，頁9411。）

㉑**極目傷心**：極目，滿目；充滿視野。傷心，心懷悲痛。唐‧張泌〈所思〉：「依依南浦夢猶在，脈脈高唐雲不歸。江頭日暮多芳草，極目傷心煙悄悄。」（《全唐詩》第21冊，卷742，頁8452。）

㉒**不堪**：無法忍受；不能承當。

㉓**危闌**：危，高的、陡的。闌，欄杆；以竹、木等做成的遮攔物。

㉔**霜雪**：霜與雪；或謂經受霜雪。

㉕**故人有酒**：故人，舊交、老友。有酒，謂喝醉酒。宋‧蘇轍〈上巳〉：「故人有酒未酌，為我班荊舉觴。我雖少飲不醉，未怪遊人若狂。」（《全宋詩》第15冊，卷872，頁10156。）

㉖**一尊高興**：一尊，一杯。尊，古盛酒器。高興，歡喜、愉快；謂高雅的興致。

㉗**不減**：不次於、不少於。

㉘**東山**：唐‧房玄齡等撰《晉書》卷七十九〈謝安傳〉：「（安）少有重名。初辟司徒府，除佐著作郎，並以疾辭。寓居會稽，與王羲之及高陽許詢、桑門支遁遊處，出則漁弋山水，入則言詠屬文，無處世意。……安雖放情丘壑，然每游賞，必以妓女從。」（第7冊，北京：中華書局，1974年11月，頁2072。）謝安（字安石），東晉大臣，早年曾辭官隱居會稽之東山，又臨安、金陵亦有東山，也曾是謝安的游憩之地。後因以「東山」為典，指隱居或游憩之地。

2. 〈驀山溪〉賦①崇福荷花②，崇福在太原晉溪③

雲房④西下，天共滄波遠。⑤走馬⑥記狂游⑦，正芙蕖、⑧平舖鏡面。⑨浮空闌檻，⑩招我倒芳尊，⑪看花醉，把⑫花歸，扶路清香滿。⑬　　水楓舊曲⑭，應逐歌塵散。⑮時節又新涼，⑯料⑰開徧、橫湖清淺⑱。冰姿好在，⑲莫道總無情，⑳殘月下，曉風前，㉑有恨何人見。㉒（頁30）

①**賦**：吟詠。

②**荷花**：植物名。蓮的花，莖為地下莖，有明顯的節，生於淤泥中，葉大而圓，夏日開淡紅、黃色、淡紫或白色的花，花型大，有清香，果實內藏於蓮蓬；可供觀賞，果實與地下莖皆可食用，葉可裹物。亦稱為「芙蕖」、「芙蓉」、「蓮花」、「菡萏」。

③**崇福在太原晉溪**：太原，城市名；山西省省會，位於省中部。山西太原崇福寺，位於同過村西北，占地面積3055.45平方公尺，大殿供奉釋迦牟尼佛。

④**雲房**：僧道或隱者所居住的房屋；也指高處的居室。此或指暮靄，黃昏時的雲霞與霧氣。

⑤**天共滄波遠**：滄波，碧波。宋‧韓淲〈生查子〉（晴色入青山）：「杜宇一聲春，樓下滄波遠。」（《全宋詞》第4冊，頁2261。）

⑥**走馬**：騎馬疾走；馳逐。比喻時間短暫；匆促、快速。

⑦**狂游**：縱情游逛。

⑧**正芙蕖**：正，正好、恰巧；僅、只。芙蕖，亦作「芙渠」；荷花的別名。

⑨**平舖鏡面**：平舖，平坦的攤開、安置。舖，同「鋪」。鏡面，鏡子的表面；此指水面如鏡。宋‧吳則禮〈減字木蘭花〉（淮山清夜）：「淮山清夜。鏡面平舖纖月掛。」（《全宋詞》第2冊，頁736。）

⑩**浮空闌檻**：浮空，浮出於天空。闌檻，欄杆；竹木或金屬條編成的圍欄。檻，音ㄐㄧㄢˋ。

⑪**招我倒芳尊**：招，訪求、邀請。芳尊，亦作「芳樽」、「芳罇」；精緻的酒器，亦借指美酒。唐‧杜甫〈寄高適〉：「定知相見日，爛漫倒芳尊。」（《全唐詩》第7冊，卷234，頁2583。）

⑫**把**：握、執。

⑬**扶路清香滿**：扶路，相攜於路；沿途。清香，氣味清新芳香。

滿，充盈、美好。

⑭**舊曲**：古曲，對「新曲」而言。

⑮**應逐歌塵散**：歌塵，形容歌聲動聽。宋・陳堯佐〈踏莎行〉（二社良辰）：「亂入紅樓，低飛綠岸。畫梁時拂歌塵散。」（《全宋詞》第1冊，頁5。）

⑯**時節又新涼**：時節，季節、節令。新涼，指初秋涼爽的天氣。

⑰**料**：估量；忖度。

⑱**清淺**：水流清澄而不深。

⑲**冰姿好在**：冰姿，淡雅的姿態。好在，表示讚賞的意思。

⑳**莫道總無情**：莫道，休說、不要說、不用說。總，經常，一直。無情，沒有情義、沒有感情。宋・葉夢得〈江城子〉（芙蓉開過雨初晴）：「魚鳥三年，誰道總無情。試遣他年歌此曲，應尚記，別時聲。」（《全宋詞》第1冊，頁5。）

㉑**殘月下，曉風前**：殘月，謂將落的月亮。曉風，清晨的微風。曉風殘月，形容黎明時，晨風吹來，月猶未落的景象；情景冷清，常藉以抒寫離情。

㉒**有恨何人見**：恨，怨、仇視；遺憾、懊悔的事。何人，什麼人。唐・李賀〈昌谷北園新筍〉四首之二：「無情有恨何人見，露壓煙啼千萬枝。」（《全唐詩》第12冊，卷391，頁4409。）

3.〈好事近〉

　　密雪聽窗知，①午醉晚來初覺。②人與膽餅③梅蕊④，共此時蕭索⑤。　　倚窗閒看六花飛，⑥風輕止還作。⑦簡裏⑧有詩誰會，滿疏籬寒雀。（頁30）

①**密雪聽窗知**：密，多、稠密。聽窗，隔窗而聽。唐・韓愈〈喜雪

獻裴尚書〉：「氣嚴當酒換，灑急聽窗知。」（《全唐詩》第10
冊，卷343，頁3841。）

②**午醉晚來初覺**：晚來，傍晚、入夜。初覺，剛醒過來。宋・姚寬
〈菩薩蠻〉（夢中不記江南路）：「午醉晚來醒。暝烟（煙）花
上輕。」（《全宋詞》第3冊，頁1482。）

③**膽缾**：長頸大腹的花瓶，因形如懸膽而名。缾，同「瓶」字。

④**梅蕊**：梅花蓓蕾。蓓蕾，即含苞未放的花。

⑤**蕭索**：蕭條冷落；淒涼。

⑥**倚窗閒看六花飛**：倚，靠、斜靠。閒，空暇無事、安靜悠閒。
六花，雪花；雪花結晶六瓣，故名。宋・無名氏〈西江月〉（撲
撲雲垂四野）：「卷簾獨坐撚髭鬚。待看六花飛舞。」（《全宋
詞》第5冊，頁3687。）

⑦**風輕止還作**：還，再；表示繼續、重複。作，進行某事。宋・
蘇軾〈端午遍遊諸寺得禪字〉「微雨止還作，小窗幽更妍。」
（《全宋詩》第14冊，卷801，頁9282。）

⑧**箇裏**：此中、其中。箇，這、那；俗寫做「個」字。

⑨**滿疏籬寒雀**：滿，全、遍、整個。疏籬，指稀疏的竹籬。寒雀，
指寒天的麻雀。宋・蘇軾〈南鄉子〉（寒雀滿疏籬）：「寒雀滿
疏籬。爭抱寒柯看玉蕤。」（《全宋詞》第1冊，頁290。）

4.〈浣溪沙〉

撞轉鑪熏①自換香。錦衾②收拾③卻（卻）④遮藏⑤。二年塵
暗⑥小鴛鴦⑦。　　落木⑧蕭蕭⑨風似雨，疏櫺皎皎月如霜。⑩
此時此夜最淒涼。⑪（頁30）

①**鑪熏**：即「熏鑪」，用來熏香或取暖的爐子。熏，用火灼物；火

煙上出。

②**錦衾**：錦緞的被子。錦緞，色彩花紋絢麗的絲織品，用來作袍服、帷幛等。

③**收拾**：整理、整頓；把散亂的東西加以收集整理。

④**郤**：但，表示轉折相承；「卻」之異體。

⑤**遮藏**：遮蔽掩藏，使不外露。

⑥**暗**：猶遮蔽；不公開的、隱藏不露的。

⑦**鴛鴦**：鳥名，似野鴨，體形較小，嘴扁，頸長，趾間有蹼，善游泳，翼長，能飛；雄的羽色絢麗，頭後有銅赤、紫、綠等色羽冠，嘴紅色，腳黃色；雌的體稍小，羽毛蒼褐色，嘴灰黑色，棲息於內陸湖泊和溪流邊；雄曰鴛，雌曰鴦，舊傳雌雄偶居不離，古稱「匹鳥」。此指飾物上的鴛鴦圖案。

⑧**落木**：落葉。

⑨**蕭蕭**：狀聲詞，常形容馬叫聲、風雨聲、流水聲、草木搖落聲、樂器聲等；亦形容淒清、寒冷。

⑩**疏櫺皎皎月如霜**：疏，稀疏、稀少，不密。櫺，音ㄌㄧㄥˊ；門或窗櫺、欄杆上雕花的格子。皎皎，明亮貌。唐・李建勳〈獨夜作〉：「空庭悄悄月如霜，獨倚闌干伴花立。」（《全唐詩》第21冊，卷739，頁8435。）

⑪**此時此夜最淒涼**：淒涼，孤寂冷落。唐・李白〈三五七言〉：「相思相見知何日，此時此夜難為情。」（《全唐詩》第6冊，卷184，頁1878。）

5.又

火冷熏鑪香漸消。①更闌②撥火③更重燒。愁心心字兩俱焦。④半世⑤清狂⑥無限事⑦，一窗風月可憐宵。⑧燈殘花落夢無

聊。⑨（頁30）

①**火冷熏鑪香漸消**：熏鑪，熏香、取暖用的火爐；或作「薰爐」、「燻爐」。宋・毛滂〈玉樓春〉（當日嶺頭相見處）：「生羅衣褪為誰羞，香冷熏鑪都不覷。」（《全宋詞》第2冊，頁684。）

②**更闌**：更漏已殘，指夜已深。闌，將盡、將完；晚、殘。

③**撥火**：撥弄火種、撥旺爐火。

④**愁心心字兩俱焦**：愁心，憂愁之心。心字，爐香名，即心字香。明・楊慎《詞品・心字香》：「詞家多用心字香，……范石湖《驂鸞錄》云：『番禺人作心字香，用素馨茉莉半開者，著淨器中。以沉香薄劈，層層相間，密封之。日一易，不待花蔫。花過香成。』所謂心字香者，以香末縈篆成心字也。」（收入唐圭璋編：《詞話叢編》第1冊，臺北：新文豐出版公司，1988年2月，卷2，頁464。）焦，物體經火燒而致枯黑、脆硬；此有煩惱、煩躁、著急、擔憂之意。

⑤**半世**：半生、半輩子。

⑥**清狂**：癡顛；放逸不羈。

⑦**無限事**：無限，猶無數，謂數量極多；或指沒有窮盡，謂程度極深，範圍極廣。宋・晏幾道〈南鄉子〉（小蕊受春風）：「醒去醉來無限事，誰同。說著西池滿面紅。」（《全宋詞》第1冊，頁230。）

⑧**一窗風月可憐宵**：風月，清風明月，泛指美好的景色，眼前景色閒適；或喻指男女間情愛之事。可憐宵，可愛的夜晚。宋・蔡伸〈御街行〉（東君不鎖尋芳路）：「有情風月可憐宵，猶記綠窗朱戶。」（《全宋詞》第2冊，頁1025。）

⑨**燈殘花落夢無聊**：無聊，猶無可奈何；指精神空虛、愁悶。唐・

司空圖〈下方〉：「雨微吟思足，花落夢無聊。」（《全唐詩》
第19冊，卷632，頁7244。）

6.〈望海潮〉發高麗作①

雲垂餘髮，②霞拖廣袂，③人閒自有飛瓊。④三館⑤俊游⑥，百
衙⑦高選⑧，翩翩⑨老阮⑩才名⑪。銀漢會雙星。⑫尚相看脈
脈，似隔盈盈。⑬醉玉⑭添春，夢雲⑮同夜惜卿卿⑯。　　離
觴⑰草草⑱同傾。記靈犀舊曲，⑲曉枕餘酲⑳。海外九州，㉑
郵亭㉒一別，此生未卜他生。㉓江上數峰青。㉔悵斷雲殘雨，㉕
不見高城。㉖二月遼陽芳草，㉗千里路旁情。㉘（頁30）

①**發高麗作**：發，出發、起程、派遣。高麗，音ㄍㄠ ㄌㄧˊ；即朝
鮮，歷史上的王朝（西元918－1392年），今為「大韓民國」，
介於黃海、日本海之間；漢、唐以來，久為中國藩屬，或稱為
「高句麗」、「句驪」。元・脫脫等撰《金史》卷八〈世宗本紀
下〉載：「（大定27年，西元1187年）十二月庚午，以翰林待制
趙可為高麗生日史。」（第1冊，北京：中華書局，2005年4月，
頁199。）另金・劉祁《歸潛志》亦載：「趙翰林可獻之，……
晚年奉使高麗。高麗故事，上國使來，館中有侍妓，獻之作〈望
海潮〉以贈，為世所傳。其詞云：（詞略；其中『人間』、『夢
魂』，唐圭璋編《全金元詞・金詞》作『人閒』、『夢雲』。）
歸而下世，人以為『此生未卜他生』之讖云。」（北京：中華
書局，1997年12月，卷10，頁117。）又清・葉申薌《本事詞》
載：「蔡伯堅在翰林日，奉使高麗。東夷故事，每上國使來，館
有侍妓。伯堅于使還日，為賦〈石州慢〉云：『雲海蓬萊，風霧
鬒鬟，不假梳掠。仙衣捲盡霓裳，方見宮腰纖弱。心期得處，世

間言語非真，海犀一點通寥廓。無物比情濃，覓無情相博。

離索。曉來一枕餘香，酒病賴花醫却（卻）。瀲灩金尊，收拾新愁重酌。片帆雲影，載將無際關山，夢魂應被楊花覺。梅子雨絲絲，滿江干樓閣。』迨後，內翰趙可獻之使高麗，歸時亦賦〈望海潮〉以贈館妓云：（詞略）。」（收入唐圭璋編：《詞話叢編》第3冊，臺北：新文豐出版公司，1988年2月，頁2374-2375。）故此詞應作於金世宗大定28年（西元1188年）2月，趙可自高麗使還時。

②**雲垂餘髮**：雲，比喻輕柔舒卷如雲之物；亦比喻盛多。垂，由上往下掉落。餘，多出的、剩下的。雲髮，形容女子頭髮盛美如雲。

③**霞拖廣袂**：霞，日出或日落時天空雲層因受日光斜射而呈現的光彩。拖，牽拉。廣，寬大、寬闊。袂，衣袖。霞袂，華麗的衣著。

④**人間自有飛瓊**：人間，世間、塵世；世俗社會。自，自然、當然；本是、本來。飛瓊，即古神話中西王母之侍女許飛瓊，善鼓簧；後以此典指仙女，或指能彈善舞的女子，常借以喻指歌姬舞女。舊題漢・班固《漢武帝內傳》：「王母乃命諸侍女王子登彈八琅之璈，又命侍女董雙成吹雲和之笙，石公子擊昆庭之金，許飛瓊鼓震靈之簧。」（收入《文淵閣四庫全書電子版》【內聯網版】，頁4。）

⑤**三館**：唐有弘文（亦稱昭文）、集賢、史館三館，負責藏書、校讎、修史等事項。宋因之，三館合一，並在崇文院中。

⑥**俊游**：快意的游賞。

⑦**百銜**：指百官。銜，職務和級別的名號；官階、職稱。

⑧**高選**：謂用高標準選拔官吏。

⑨**翩翩**：形容風度或文采的優美。

⑩**老阮**：指阮瑀（？～西元212年），字元瑜，三國魏陳留（今河

南省陳留縣）人；少受學於蔡邕，善於章表書記，為建安七子之
一。後事曹操，為司空軍謀祭酒，管記室，軍國書檄，多出瑀之
手。後世詩文中常用以泛指執掌文書、擅長書檄的文章作手。

⑪**才名**：因才學出眾而有名氣，指兼有才華與名望。

⑫**銀漢會雙星**：銀漢，天空聯亙如帶的星群；晴天夜晚，天空呈
現的銀白色的光帶；銀河由大量恒星構成，古亦稱「雲漢」，又
名「天河」、「天漢」、「星河」。雙星，指牽牛、織女二星；
明・馮應京撰，明・戴任注《月令廣義》卷十四〈七月令〉引
《小說》：「天河之東有織女，天帝之子也，年年機杼勞役，織
成雲錦天衣，容貌不暇整。帝憐其獨處，許嫁河西牽牛郎。嫁後
遂廢織紝。天帝怒，責令歸河東，許一年一度相會。」（臺北：
國家圖書館藏，明萬曆壬寅（30年，西元1602年）秣陵陳邦泰刊
聚文堂印本，頁11。）會雙星，指牛、女相會事。唐・杜甫〈奉
酬薛十二丈判官見贈〉：「相如才調逸，銀漢會雙星。」（《全
唐詩》第7冊，卷222，頁2366。）

⑬**尚相看脈脈，似隔盈盈**：相看，互相注視，彼此對看。脈脈，凝
視貌；形容藏在內心的思想感情，有默默地用眼睛表達情意的意
思；亦即眼神含情，相視不語的樣子。盈盈，清澈貌、晶瑩貌；
水清澈的樣子。似隔盈盈，隔著清澈的河水，形容可望而不可即
的樣子。《古詩十九首・迢迢牽牛星》：「盈盈一水間，脉脉
（脈脈）不得語。」（收入梁・昭明太子蕭統輯，唐・李善注：
《文選》，臺北：藝文印書館，1983年6月，卷29，頁5。）

⑭**醉玉**：南朝宋・劉義慶《世說新語》卷下〈容止〉第十四：「嵇
康身長七尺八寸，風姿特秀。……山公曰：『嵇叔夜之為人也，
巖巖若孤松之獨立；其醉也，傀俄若玉山之將崩。』」（見徐震
堮著：《世說新語校箋》，臺北：文史哲出版社，1985年7月，

頁335。）後用以形容男子風姿挺秀，酒後醉倒的風采。

⑮夢雲：戰國楚・宋玉〈高唐賦・序〉：「昔者先王嘗遊高唐，
怠而畫寢，夢見一婦人，曰：『妾，巫山之女也，為高唐之客，
聞君遊高唐，願薦枕席。』王因幸之。去而辭曰：『妾在巫山之
陽，高丘之阻，旦為朝雲，暮為行雨，朝朝暮暮，陽臺之下。』
旦朝視之，如言，故為立廟，號曰朝雲。」（收入梁・昭明太子
蕭統輯，唐・李善注：《文選》，臺北：藝文印書館，1983年6
月，卷19，頁2。）後因以「夢雲」指美女，或作為詠男女幽會
歡愛之事。

⑯卿卿：古人對妻子或朋友的稱呼。南朝宋・劉義慶《世說新
語》卷下〈惑溺〉第三十五：「王安豐婦常卿安豐。安豐曰：
『婦人卿壻，於禮為不敬，後勿復爾。』婦曰：『親卿愛卿，
是以卿卿。我不卿卿，誰當卿卿！』遂恒聽之。」（見徐震堮
著：《世說新語校箋》，臺北：文史哲出版社，1985年7月，頁
492。）上「卿」字為動詞，謂以卿稱之；下「卿」字為代詞，
猶言你。後兩「卿」字連用，作為相互親昵之稱；有時亦含有戲
謔、嘲弄之意。

⑰離觴：離杯。觴，酒杯、酒器；飲、喝，或勸人飲酒、敬酒。

⑱草草：草率、苟簡；憂慮勞神的樣子。

⑲記靈犀舊曲：靈犀，相傳犀牛是一種神奇異獸，犀角有如線般的
白紋，可相通兩端感應靈異；後比喻不須透過言語表達，便能讓
彼此情意相投，兩心相通；唐・李商隱〈無題〉二首之一：「身
無綵鳳雙飛翼，心有靈犀一點通。」（《全唐詩》第16冊，卷
539，頁6163。）舊曲，古曲，對「新曲」而言。

⑳餘醒：猶宿醉，謂經宿尚未全醒的餘醉。醒，音ㄒㄧㄥˇ；病酒
也，醉未覺也；飲酒後身體不舒服，或酒後神智不清的樣子。

㉑**海外九州**：海外，四海之外，泛指邊遠之地；今特指國外。九
州，其義有二：（1）我國古代分天下為九個行政區，稱為「九
州」；歷來說法不一，有「禹貢九州」、「爾雅九州」、「周
禮九州」等分別；一般乃指「周禮九州」，為揚、荊、豫、青、
兗、雍、幽、冀、並；後以「九州」泛指天下，全中國。（2）
指大九州，中國僅其中之一州；戰國時鄒衍稱中國為「赤縣神
州」，謂中國外如赤縣神州者九，乃所謂九州也。宋‧王質〈泛
蘭舟〉（蕭蕭烏帽黃衫）：「四海九州，茫茫東北，渺渺西
南。」（《全宋詞》第3冊，頁1648。）

㉒**郵亭**：驛館；古時供傳遞文書、官員來往及運輸等中途暫息、住
宿的地方；旅店。

㉓**此生未卜他生**：此生，這一生、這輩子。未卜，沒有卜占；引
申為不知，難料。他生，來世、來生，人死亡後再轉生在人世間
的那一輩子；亦稱為「下輩子」、「下一世」。唐‧李商隱〈馬
嵬〉二首之二：「海外徒聞更九州，他生未卜此生休。」（《全
唐詩》第16冊，卷539，頁6177。）

㉔**江上數峰青**：江上，江岸上。數，幾，為約舉之詞。峰，高而尖
的山頭。青，綠色的；或指綠色的草木、山脈。唐‧錢起〈省試
湘靈鼓瑟〉：「曲終人不見，江上數峯青。」（《全唐詩》第8
冊，卷238，頁2651。）

㉕**悵斷雲殘雨**：悵，失意、不痛快。斷雲，片雲；極少的雲。殘
雨，將止的雨。宋‧蔡伸〈臨江仙〉（琪樹鶯棲花露重）：「斷
雲殘雨，何處認高唐。」（《全宋詞》第2冊，頁1026。）

㉖**不見高城**：城，古時環繞京師或圍繞某一區域以供防守的大圍
牆。唐‧歐陽詹〈初發太原，途中寄太原所思〉：「高城已不
見，況復城中人。」（《全唐詩》第11冊，卷349，頁3903。）

宋・賀鑄〈擁鼻吟〉（別酒初銷）：「回首不見高城，青樓更何
許。」（《全宋詞》第1冊，頁526。）

㉗**二月遼陽芳草**：遼陽，曾為縣名、府名、路名、行省名；今為市
名，泛指今遼寧省遼陽市一帶地方。芳草，香草；泛稱有香氣的
草。宋・梅堯臣〈送周衍長官知遼州〉：「二月遼陽去，遼陽草
未生。」（《全宋詩》第5冊，卷249，頁2940。）

㉘**千里路旁情**：千里，指路途遙遠或面積廣闊。宋・晏幾道〈浣
溪沙〉（午醉西橋夕未醒）：「衣化客塵今古道，柳含春意短長
亭。鳳樓爭見路旁情。」（《全宋詞》第1冊，頁240。）

7.〈卜算子〉譜太白詩語①

明月在青天，借問②今時幾③。但④見宵⑤從海上來，不覺雲開
墜。⑥　　流水⑦古今人，共看皆如此。惟願當歌對酒⑧時，長
照金尊⑨裏。（頁31）

①**譜太白詩語**：譜，陳述，列其事也；按照事物的類別或系統編排
記錄。太白，即唐朝大詩人李白（字太白，號青蓮居士）。趙可
譜李白〈把酒問月〉詩入詞：「青天有月來幾時，我今停杯一問
之。人攀明月不可得，月行卻與人相隨。皎如飛鏡臨丹闕，綠煙
滅盡清輝發。但見宵從海上來，寧知曉向雲間沒。白兔擣藥秋復
春，嫦娥孤棲與誰鄰。今人不見古時月，今月曾經照古人。古人
今人若流水，共看明月皆如此。唯願當歌對酒時，月光長照金樽
裏。」（《全唐詩》第5冊，卷179，頁1827。）

②**借問**：猶詢問；古詩中常見的假設性問語。

③**時幾**：時期；時日。

④**但**：只、僅。

⑤宵：夜晚；從天黑到天亮之間的一段時間。

⑥不覺雲閒墜：不覺，沒有察覺、感覺不到；想不到、無意之間。雲閒，指天上；很高很遠的地方。墜，落、掉下；往下沉。

⑦流水：像流水一樣接連不斷；形容流逝的歲月。

⑧當歌對酒：面對著酒應當高歌。東漢‧曹操〈短歌行〉：「對酒當歌，人生幾何？譬如朝露，去日苦多。」（收入宋‧郭茂倩編：《樂府詩集》第2冊，北京：中華書局，1998年11月，卷30，頁447。）原意是人生短暫，應當及時有所作為；後指沉湎於酒色之中及時行樂。

⑨金尊：酒尊的美稱。尊，古盛酒器，用作祭祀或宴享的禮器，鼓腹侈口，高圈足，常見的有圓形及方形；字亦作「樽」、「罇」。

8.〈鷓鴣天〉

金絡①閒穿御路②楊。青旗③遙（遙）認醉中香。可人自有迎門笑，④下馬何妨索酒嘗。⑤　　春正好⑥，日初長。一尊容我駐風光。⑦歸來想像⑧行雲處⑨，薄雨霏霏洒（灑）面涼。⑩（頁31）

①金絡：即金絡頭，金飾的馬籠頭；套在馬、驢等牲畜頭上，以便控禦牲畜的器具。借指良馬或騎馬的人。

②御路：即御道，供帝王車駕通行的道路。

③青旗：青色的旗幟；指酒旗。宋‧辛棄疾〈鷓鴣天〉（陌上柔條初破芽）：「山遠近，路橫斜。青旗沽酒有人家。」（《全宋詞》第3冊，頁1898。）

④可人自有迎門笑：可人，性情可取或有才德的人；引申為可愛的

人、稱心如意的人、愛人、意中人。自，自然、當然；本來。迎門，當門；迎候於門，謂在門前迎候貴客，表示對賓客的敬意。宋‧呂勝己〈蝶戀花〉（屈指瓜期猶渺渺）：「到得故園春正好。桃腮杏臉迎門笑。」（《全宋詞》第3冊，頁1753。）

⑤**下馬何妨索酒嘗**：下馬，從馬上下來。何妨，無礙、不妨，有什麼妨礙；反問語氣，表示可以、沒有關係。索，討取、要。嘗，辨別滋味；通「嚐」。唐‧杜甫〈少年行〉：「不通姓字粗豪甚，指點銀瓶索酒嘗。」（《全唐詩》第7冊，卷226，頁2447。）

⑥**正好**：恰好、剛好；正宜、正應，謂時間、位置不前不後，體積不大不小，數量不多不少，程度不高不低等。

⑦**一尊容我駐風光**：一尊，一杯。容，讓、可、允許。駐，車馬停止；留住、保持。風光，光景；時光景物。

⑧**歸來想像**：歸來，回去；回來。想像，緬懷、回憶、思念、懷想。宋‧晁補之〈次韻（韻）文潛瞻啟聖院旃檀像〉：「歸來想像發光影，一洗百慮無餘塵。」（《全宋詩》第19冊，卷1131，頁12824。）

⑨**行雲處**：用巫山神女之典。語本戰國楚‧宋玉〈高唐賦‧序〉：「旦為朝雲，暮為行雨。」比喻所愛悅的女子；或指男女歡會。參見前第6闋〈望海潮〉（雲垂餘髮），註⑮。宋‧曾覿〈蝶戀花〉（翠箔垂雲香噴霧）：「舊事而今誰共語。畫樓空指行雲處。」（《全宋詞》第2冊，頁1317。）

⑩**薄雨霏霏灑面涼**：霏霏，飄灑、飛揚；形容雨雪煙雲盛密的樣子。灑，散也；撒、潑。宋‧黃庭堅〈次韻（韻）答和甫盧泉水〉三首之二：「蘋風荷雨洒（灑）面涼，倒影搖蕩天滄浪。」（《全宋詩》第17冊，卷1012，頁11560。）

9.又①

　　十頃平波溢岸清。②草香沙煖水雲晴。③輕衫短帽垂楊裏，④
　　楚潤相看別有情。⑤　　　揮彩筆，⑥倒銀缾。⑦花枝照眼句還
　　成。⑧老來漸減金釵興⑨，回施春光與後生。⑩（頁31）

①趙可此詞為「集句詞」，乃雜集前人詩句以成篇什。

②**十頃平波溢岸清**：此句出自唐・李商隱〈病中早訪招國李十將
　　軍，遇挈家遊曲江〉：「十頃平波溢岸清，病來惟夢此中行。」
　　（《全唐詩》第16冊，卷540，頁6203。）十頃，量詞；計算面
　　積的單位，百畝為頃。溢，水滿而流出。岸，水邊高起之地。
　　清，水明澈。

③**草香沙煖水雲晴**：此句出自唐・白居易〈寒食江畔〉：「草香沙
　　暖水雲晴，風景令人憶帝京。」（《全唐詩》第13冊，卷439，
　　頁4889。）煖，同「暖」字；溫和，不冷。水雲，水和雲；多指
　　水雲相接之景。晴，雨雪停止，天空中無雲或雲很少。

④**輕衫短帽垂楊裏**：宋・王安石集句詞〈菩薩蠻〉（數家茅屋閒臨
　　水）中，有相類字句：「數家茅屋閒臨水。單衫短帽垂楊裏。」
　　（《全宋詞》第1冊，頁205。）短帽，輕便小帽。垂楊，柳樹的
　　別名；高十至十二公尺，枝條細長，柔軟下垂，呈紅褐色或紫
　　色，我國原產，各地均有栽培，因柳枝柔軟下垂，故亦稱為「垂
　　柳」、「垂楊」、「垂楊柳」。

⑤**楚潤相看別有情**：此句出自唐・鄭合〈及第後宿平康里詩〉：
　　「春來無處不閒行，楚潤相看別有情。」（《全唐詩》第19冊，
　　卷667，頁7636。）楚潤，指唐名妓楚兒，因其字潤娘，故稱；
　　後亦借指名妓。相看，互相注視、共同觀看；指對待、看待。
　　別，格外、特別。有情，有情義；指男女間互相有愛戀之情。

⑥**揮彩筆**：此句出自唐・李白〈當塗趙炎少府粉圖山水歌〉：「名公繹思揮彩筆，驅山走海置眼前。」（《全唐詩》第5冊，卷167，頁1724。）揮，舞動、搖動；謂揮毫書寫。彩筆，畫筆；唐・李延壽《南史・江淹傳》：「（淹）又嘗宿於冶亭，楚一大夫自稱郭璞，謂淹曰：『吾有筆在卿處多年，可以見還。』淹乃探懷中得五色彩筆一以授之。爾後為詩絕無美句，時人謂之才盡。」（第5冊，北京：中華書局，1975年6月，卷59，頁1451。）後人因以「彩筆」指詞藻富麗的文筆。

⑦**倒銀缾**：此句出自宋・蘇軾〈人日獵城南，會者十人，以身輕一鳥過槍急萬人呼為韻，得鳥字〉：「馬上倒銀瓶，得兔不暇燎。」（《全宋詩》第14冊，卷801，頁9274。）倒，把容器反轉或傾斜使裏面的東西出來。銀缾，銀質的瓶，酒器。缾，口小腹大的容器，可用以裝酒或其他東西；通「瓶」。

⑧**花枝照眼句還成**：此句出自唐・杜甫〈酬郭十五受判官〉：「藥裹關心詩總廢，花枝照眼句還成。」（《全唐詩》第7冊，卷233，頁2579。）花枝，花的枝幹，開有花的枝條；比喻美女。照眼，形容物體明亮或光度強；猶耀眼，引人注目。

⑨**老來漸減金釵興**：此句出自宋・蘇軾〈夜飲次韵（韻）畢推官〉：「老來漸減金釵興，醉後空驚玉筋工。」（《全宋詩》第14冊，卷799，頁9251。）老來，年老之後。金釵，古代婦女的首飾，以金製成，狀似簪，尾端分叉為二股，可用來固定髮型；代指婦女、侍妾。

⑩**回施春光與後生**：此句出自宋・黃庭堅〈病來十日不舉酒〉二首之一：「病來十日不舉酒，回施青春與後生。」（《全宋詩》第17冊，卷996，頁11429。）回施，猶報效，為報答對方恩情而效力。春光，春天的風光、景致；指歲月、青春。後生，後輩、下

一代；年輕人、晚輩。

10.〈鳳棲梧〉

霜樹①重重②青嶂③小。高棟④飛雲⑤，正在⑥霜林⑦杪⑧。九
日黃花纔過了。⑨一尊⑩聊⑪慰秋容⑫老。　　翠色有無眉淡
掃。⑬身在西山，⑭卻（卻）愛東山⑮好。流水⑯極天⑰橫⑱晚
照⑲。酒闌⑳望斷㉑西河道㉒。（頁31）

①**霜樹**：經霜的樹木。
②**重重**：猶層層；形容事物繁多、濃密。
③**青嶂**：如屏障的青山。嶂，形容高險像屏風的山。
④**高棟**：高大的屋梁；借指廣廈。
⑤**飛雲**：隨風飛行的雲。
⑥**正在**：表示動作在進行中；恰在某個位置。
⑦**霜林**：帶霜或經霜的林木。
⑧**杪**：音ㄇㄧㄠˇ；樹梢，樹枝末端。
⑨**九日黃花纔過了**：九日，指農曆九月九日重陽節。黃花，指菊
花。纔，方、始、剛剛。宋・晏幾道〈武陵春〉（九日黃花如
有意）：「九日黃花如有意，依舊滿珍叢。」（《全宋詞》第1
冊，頁256。）
⑩**一尊**：一杯。尊，古盛酒器。
⑪**聊**：姑且、暫且、勉強、略微。
⑫**秋容**：猶秋色；秋日的景色、氣象。
⑬**翠色有無眉淡掃**：翠色，青綠色。有無，有或無；或有所見，
或復無也。眉淡掃，清淡的畫眉，指婦女淡雅的化妝。宋・陳著
〈漁家傲〉（山弄夕輝眉淡掃）：「山弄夕輝眉淡掃。溪分新水

支流小。」（《全宋詞》第4冊，頁3053。）

⑭**身在西山**：西山，西方的山；或指首陽山，在今山西省永濟縣南，相傳伯夷、叔齊隱居於此。漢·司馬遷《史記》卷六十一〈伯夷列傳〉：「武王已平殷亂，天下宗周，而伯夷、叔齊恥之，義不食周粟。隱於首陽山，采薇而食之。……遂餓死於首陽山。」（第7冊，北京：中華書局，1963年6月，頁2123。）宋·陸游〈連日至梅僊塢及花涇觀桃花抵暮乃歸〉二首之一：「舟行十里畫屏上，身在西山紅雨中。」（《全宋詩》第40冊，卷2189，頁24975。）

⑮**東山**：參見前第1闋〈雨中花慢〉（雲朔南陲），註㉘。

⑯**流水**：流動的水；活水。

⑰**極天**：至天，達於天；指天之極遠處，遠處。

⑱**橫**：瀰漫、籠罩；渡過、跨越。

⑲**晚照**：夕照、夕陽；夕陽的餘暉。

⑳**酒闌**：謂酒筵將盡，飲宴過半，即將結束之時。闌，殘、盡、晚。

㉑**望斷**：向遠處望直至看不見。斷，截開；隔絕、不延續。

㉒**西河道**：河川名；古稱黃河在西部地方南北流向的一段為「西河」，指流經今山西、陝西間的一段。道，河水流經的路線，指黃河水道；後多泛指能通航的河流水路。

11.□□□**席屋①上戲書②**

趙可可。肚裏③文章④可可⑤。三場⑥捱⑦了兩場過。只有⑧這番⑨解火⑩。　　恰如⑪合眼⑫跳黃河⑬。知他是過也不過⑭。試官道、⑮王業艱難，⑯好交⑰你知我⑱。（頁31）

①**席屋**：用竹席搭蓋的簡陋房子。席，用草莖、竹篾等編成的墊

子，可坐臥。

②**戲書**：隨意戲作的詩文書畫。

③**肚裏**：心中、胸中。

④**文章**：文辭或泛指獨立成篇的文字；才學。

⑤**可可**：些微貌、少許貌。

⑥**三場**：科舉時代考試須經三次，叫初場、二場、三場，亦總稱三場。元・脫脫等撰《宋史》卷一百五十六〈選舉志二〉：「高宗建炎初，……二年，定詩賦、經義取士，第一場詩賦各一首，習經義者本經義三道，《語》、《孟》義各一道；第二場並論一道；第三場並策三道。」（第11冊，北京：中華書局，1977年11月，頁3625。）元・脫脫等撰《金史》卷五十一〈選舉一〉：「金承遼後，凡事欲軼遼世，故進士科目兼採唐、宋之法而增損之。」（第4冊，北京：中華書局，2005年4月，頁1129-1130。）

⑦**捱**：承受、遭受、忍受，困難地度過或走過；通「挨」。

⑧**只有**：唯有、僅有。

⑨**番**：量詞；計算次數、遍數的單位，相當於「回」、「次」。

⑩**解火**：解，免除、消除。火，燃燒，物質燃燒時所發出的光和焰；喻強烈的感覺或欲望。

⑪**恰如**：正如、就好像。

⑫**合眼**：閉目；睡眠。

⑬**黃河**：河川名。源出於青海省巴顏喀喇山北麓噶達素齊老峰，流經甘肅、寧夏、綏遠、山西、陝西、河南、河北、山東等九省，注入渤海。全長約5464公里，流域面積75.24萬平方公里，為中國第二大河。因多沙而色黃，故稱為「黃河」；雖然氾濫頻繁，卻是中華文化孕育的搖籃。

⑭**不過**：無法超越、凌駕；不能通過，有阻礙。

⑮**試官道**：試官，主持考試的官吏。道，說、講、談。

⑯**王業艱難**：王業，帝王之事業；謂統一天下，建立王朝。艱難，困苦、困難，猶勞苦。唐・白居易〈新樂府：七德舞。美撥亂，陳王業也〉：「豈徒誇聖文，太宗意在陳王業。王業艱難示子孫。」（《全唐詩》第13冊，卷426，頁4689。）

⑰**好交**：好，以便、便於。交，使得、使令；通「教」。唐・白居易〈玩半開花贈皇甫郎中〉：「好教郎作伴，合共酒相隨。」（《全唐詩》第14冊，卷454，頁5144。）

⑱**知我**：深切瞭解我、器重我。

三、【劉仲尹詞箋注】

1.〈鷓鴣天〉

滿樹西風①鎖②建章③。官黃未裹貢前霜。④誰能載酒陪花
使，⑤終日⑥尋香⑦過苑⑧牆。　　修月客，⑨弄⑩雲娘。三吳
（吳）⑪清興⑫入淋浪⑬。草堂⑭人病風流減⑮，自洗銅鋗煮蜜
嘗。⑯（頁39）

①**西風**：西面吹來的風；多指秋風。
②**鎖**：幽禁、封閉；遮住、籠罩。
③**建章**：即「建章宮」，有二處：（1）漢代長安宮殿名。何清谷
撰《三輔黃圖校釋》卷之二〈漢宮〉：「武帝太初元年，柏梁
殿災。粵巫勇之曰：『粵俗有火災，即復起大屋以厭勝之。』
帝於是作建章宮，度為千門萬戶，宮在未央宮西長安城外。」
（北京：中華書局，2005年6月，頁122。）（2）南朝宋時以京
城建康（今江蘇省南京市）北邸為建章宮。梁・沈約撰《宋書》
卷七〈前廢帝本紀〉：「（永光元年秋八月）甲申，以北邸為
建章宮，南第為長楊宮。」（第1冊，北京：中華書局，1974年
10月，頁144。）後世以此泛指宮闕。宋・蘇軾〈上元侍飲樓上
三首呈同列〉其一：「澹月疏星遶建章，仙風吹下御爐香。」
（《全宋詩》第14冊，卷819，頁9481。）
④**官黃未裹貢前霜**：黃花未停止呈獻給眼前下的霜；意指眼前秋霜
中黃花仍然在開放。官黃，正黃色；亦借指正黃色的花。宋・蘇
軾〈遊太平寺淨土院觀牡丹中有淡黃一朵特奇為作小詩〉：「一
朵淡^{類本、外集作官}黃微拂掠，輕紅魏紫不須看。」（《全宋詩》第

14冊，卷794，頁9199。）裏，包羅、籠罩；停止。貢，獻東西給上級，古代臣下或屬國把物品進獻給帝王；此泛指呈獻。霜，附著在地面或植物上面的微細冰粒，是接近地面的水蒸氣冷至攝氏零度以下凝結而成的白色結晶。

⑤**誰能載酒陪花使**：誰能載著酒陪著主管花開的使者；意指誰能帶著酒到處去賞花呢？載酒，備酒。載，陳設；攜帶、帶著。唐‧杜甫〈江畔獨步尋花七絕句〉七首之四：「誰能載酒開金盞，喚取佳人舞繡筵。」（《全唐詩》第7冊，卷227，頁2452。）陪花，舊時指陪吃花酒的妓女。使，使者；受命出使的人，泛指奉命辦事的人。陪花使，此應指主管花開的使者。

⑥**終日**：整天。

⑦**尋香**：尋覓香氣、追逐香氣；游賞勝景。

⑧**苑**：音ㄩㄢˋ；畜養禽獸或種植草木果蔬的地方，古代多指帝王遊樂狩獵的園林；亦泛指一般園林、花園。

⑨**修月客**：修月，古代傳說月由七寶合成，人間常有八萬二千戶給它修治。唐‧段成式《酉陽雜俎》前集卷之一〈天咫〉：「太和中，鄭仁本表弟，不記姓名，嘗與一王秀才遊嵩山，捫蘿越澗，境極幽夐，遂迷歸路。將暮，不知所之。徙倚間，忽覺叢中鼾睡聲，披榛窺之，見一人布衣甚潔白，枕一襆物，方眠熟。即呼之，曰：『某偶入此徑，迷路，君知向官道否？』其人舉首略視，不應，復寢。又再三呼之，乃起坐，顧曰：『來此！』二人因就之，且問其所自。其人笑曰：『君知月乃七寶合成乎？月勢如丸，其影，日爍其凸處也。常有八萬二千戶修之，予即一數。』因開襆，有斤鑿數事，玉屑飯兩裹，授與二人，曰：『分食此，雖不足長生，可一生無疾耳！』乃起，與二人指一支徑：『但由此，自合官道矣！』言已不見。」（北京：中華書局，

1981年12月，頁11。）客，泛稱從事某種活動或具有某類特長的人；泛稱人。

⑩**弄**：把玩、玩賞；撩撥、逗引。

⑪**三吳**：地名，歷代所指不一；宋指蘇州（在今江蘇省）、常州（在今江蘇省）、湖州（在今浙江省），泛指長江下游一帶。

⑫**清興**：清雅的興致。

⑬**淋浪**：酣飲貌；盡情、暢快。

⑭**草堂**：茅草蓋的堂屋；舊時文人常以「草堂」名其所居，以標風操之高雅。

⑮**風流減**：風流，灑脫放逸、風雅瀟瀟；謂風韻美好動人。宋・沈端節〈採桑子〉（昔年曾記尋芳處）：「而今老大風流減，百事心闌。」（《全宋詞》第3冊，頁1684。）

⑯**自洗銅缾煮蜜嘗**：缾，口小腹大的容器，可用以裝酒或其他東西；通「瓶」。蜜，蜜蜂採取花中甘液所釀成濃稠的物質，黃白色，有甜味，儲藏在巢內，冬天充作幼蟲或整個蜂群的食物；主要成分是葡萄糖和果糖，富含營養，可供食用和藥用，主治便秘、咳嗽等症。嘗，通「嚐」，辨別滋味；食、吃。宋・黃庭堅〈寄新茶與南禪師〉：「石鉢收雲液，銅缾煮露華。」（《全宋詩》第17冊，卷1020，頁11649。）

2.又

騎鶴①峰前第一人②。不應著意③怨王孫④。當時⑤豔（豔）態⑥題詩處⑦，好在⑧香痕⑨與淚痕⑩。　　調雁柱，⑪引蛾鬟。⑫綠窗⑬絃索⑭合箏（箏）篸⑮。砑臺⑯歌舞陽春⑰後，明月朱扉⑱幾斷魂⑲。（頁39）

①**騎鶴**：謂仙家、道士乘鶴雲游。舊題漢‧劉向《列仙傳‧王子喬》載：「王子喬者，周靈王太子晉也。好吹笙，作鳳凰鳴。游伊、洛之間，道士浮丘公接以上嵩高山。三十餘年，後求之於山上，見栢良曰：『告我家，七月七日待我於緱氏山巔。』至時，果乘白鶴駐山頭，望之不得到，舉手謝時人，數日而去。」（收入《文淵閣四庫全書電子版》【內聯網版】，卷上，頁13-14。）

②**第一人**：最優秀的人，指才能、德行、姿容等方面最好的人。

③**不應著意**：不應，不須、不該。著意，用心、刻意；著，音ㄓㄨㄛˊ。宋‧周紫芝〈木蘭花〉（嫦娥天上人誰識）：「嫦娥天上人誰識。家在蓬山煙水隔。不應著意眼前人，便是登瀛當日客。」（《全宋詞》第2冊，頁872。）

④**怨王孫**：怨，責備、怪罪、痛恨。王孫，泛指貴族子孫，古時也用來尊稱一般青年男子。宋‧蘇軾〈雅安人日次舊韻〉二首其一：「人日滯留江上村，定知芳草怨王孫。」（《全宋詩》第14冊，卷831，頁9624。）

⑤**當時**：指過去發生某件事情的時候；昔時、從前、那時候。

⑥**豔態**：豔美的姿態。

⑦**題詩處**：題詩，就一事一物或一書一畫等，抒發感受，題寫詩句，多寫於柱壁、書畫、器皿之上；或指所題寫的詩句。唐‧詹敦仁〈遣子訪劉乙〉：「石崖壁立題詩處，知是當年鳳閣人。」（《全唐詩》第22冊，卷761，頁8643。）

⑧**好在**：表示讚賞的意思；亦有依舊，如故之意。

⑨**香痕**：香，舊時用以形容女子事物或作女子的代稱。痕，事物留下的印跡。

⑩**淚痕**：眼淚留下的痕跡。

⑪**調雁柱**：調，音ㄊㄧㄠˊ；撥弄、彈奏。雁柱，樂器箏上整齊排

列的弦柱，形似雁之行列，故稱為「雁柱」。宋・歐陽修〈生查子〉（含羞整翠鬟）：「雁柱十三弦，一一春鶯語。」（《全宋詞》第1冊，頁124。）

⑫**引蛾顰**：引，招致、招惹。蛾，「蛾眉」的簡稱；蠶蛾的觸鬚細長而彎曲，因以比喻女子美麗的眉毛。顰，皺眉；皺著眉頭，憂愁不樂的樣子。

⑬**綠窗**：綠色紗窗；泛指一般婦女的居室。

⑭**絃索**：弦樂器上的絲弦；指弦樂器，彈奏弦樂。

⑮**合箏篴**：合，調和；謂對應互協。箏，樂器名；弦樂器，木制長形，形似瑟，戰國時已流行於秦地，古為五弦，秦・蒙恬改為十二弦，唐以後加十三弦，現已增至十八弦、二十一弦、二十五弦等。篴，古樂器名；如箏，有七弦，明・宋濂等撰《元史》卷七十一〈禮樂志五・宴樂之器〉：「篴，制如箏而七弦，有柱，用竹軋之。」（北京：中華書局，2005年4月，第6冊，頁1773。）

⑯**砌臺**：古代王侯家用以登臨觀賞之臺。砌，音くㄧ丶；臺階。

⑰**陽春**：戰國時楚國的高雅歌曲名，後因用以泛指高雅的曲子。

⑱**朱扉**：紅漆門。扉，門扇、屋舍。

⑲**幾斷魂**：幾，音ㄐㄧ；將近、相去不遠。斷魂，常惆悵、悲哀，好像失去魂魄的樣子；形容銷魂神往，一往情深或哀傷。宋・陸遊〈青村寺〉：「十年淹泊望修門，臨水登山幾斷魂。」（《全宋詩》第39冊，卷2156，頁24316。）

3.又

樓宇①沈沈（沉沉）②翠幾重③。轆轤④亭下落梧桐⑤。川光⑥帶晚⑦虹垂雨⑧，樹影涵⑨秋鵲⑩喚⑪風。　　人不見，思何窮。⑫斷腸⑬今古⑭夕陽⑮中。碧雲⑯猶⑰作山頭⑱恨，一片西

飛一片東。⑲（頁40）

①**樓宇**：高大華麗的房屋或住所；亦泛指房屋。
②**沉沉**：宮室深邃的樣子。
③**翠幾重**：翠，青綠色的。此指翠色的簾幕重重疊疊。
④**轆轤**：音ㄌㄨˋ ㄌㄨˊ；利用輪軸原理製成的井上汲水的起重
　裝置。古人常於井上立架置軸，貫以長木，上面嵌上曲木，纏綆
　其上，下懸汲水用斗，用手轉之汲水。
⑤**落梧桐**：落，掉下、凋墜。梧桐，木名，落葉喬木，樹皮平滑，
　幹端直，葉闊大，夏開黃色小花，木質輕而韌，可製樂器或家
　具，樹皮製紙及繩索，種子可食用及榨油；古代以為是鳳凰棲
　止之木。唐‧白居易〈新秋病起〉：「一葉落梧桐，年光半又
　空。」（《全唐詩》第13冊，卷443，頁4961。）
⑥**川光**：波光水色。
⑦**帶晚**：向暮、傍晚。
⑧**虹垂雨**：指「虹雨」，夏日的陣雨；乍雨乍晴，雨後常見彩虹，
　故稱。
⑨**涵**：包容、容納；沉浸。
⑩**鵲**：動物名，形似烏鴉，尾長六、七寸，背黑，肩、腹、翼皆
　白，叫聲吵雜；古時以鵲噪為喜兆，故稱為「喜鵲」。今為燕雀
　類鴉科大型鳥類的通稱。
⑪**喚**：啼鳴。
⑫**思何窮**：何窮，無窮、無數。宋‧蘇軾〈宿餘杭法喜寺後綠野
　堂，望吳興諸山，懷孫莘老學士〉：「水流天不盡，人遠思何
　窮。」（《全宋詩》第14冊，卷790，頁9155。）
⑬**斷腸**：形容極度思念或悲痛。

⑭**今古**：從古到今，謂過去、往昔；亦借指消逝的人事、時間。

⑮**夕陽**：傍晚時將西下的太陽；或比喻晚年、晚景，言己之老也。

⑯**碧雲**：青雲，碧空中的雲；喻遠方或天邊，多用以表達離情別緒。

⑰**猶**：還、仍。

⑱**山頭**：山的上部；山巔、山頂。

⑲**一片西飛一片東**：一片，數量詞；用於平而薄的東西。唐・王建〈宮詞〉一百○二首之九十：「樹頭樹底覓殘紅，一片西飛一片東。」（《全唐詩》第10冊，卷302，頁3445。）

4.又

璧月①池南翦②木棲③。六朝④宮袖⑤窄中宜⑥。新聲⑦瘮⑧巧蛾顰黛⑨，纖指⑩移箏⑪雁著絲⑫。　　朱戶小，⑬畫簾低。⑭細香⑮輕夢⑯隔洧溪⑰。西風⑱只道⑲悲秋⑳瘦㉑，卻是㉒西風未得知㉓。（頁40）

①**璧月**：月圓如璧；對月亮的美稱。璧，古代一種玉器，扁平，圓形，中央有圓孔；美玉的通稱。

②**翦**：同「剪」；割截、斬斷、除去。

③**棲**：居住、停留；亦指居處歇息的地方。

④**六朝**：三國吳、東晉和南北朝的宋、齊、梁、陳，相繼建都於建康（吳名建業，今南京），史稱為「六朝」。亦即三國至隋統一前後三百餘年的歷史時期，稱為「六朝」。

⑤**宮袖**：舞女的長袖。

⑥**窄中宜**：金朝人的衣裝習慣穿窄袖。朱瑞熙等著《宋遼西夏金社會生活史》曰：「章宗李元妃畫像為金人手筆，妃貌端研，小領窄袖，乃金人國服。」（北京：中國社會科學出版社，2005年8

　月），頁30。

⑦**新聲**：新作的樂曲；新穎美妙的樂音。

⑧**蟹**：接近、迫近；成、成就。

⑨**蛾顰黛**：蛾，「蛾眉」的簡稱，指美人的秀眉；也喻指美女、美好的姿色。顰，皺眉；皺著眉頭，憂愁不樂的樣子。黛，青黑色的顏料，古時女子用以畫眉；女子眉毛的代稱。

⑩**纖指**：柔細的手指，多指女子的手。

⑪**篆**：參見前第2闋〈鷓鴣天〉（騎鶴峰前第一人），註⑮。

⑫**雁著絲**：雁，指雁柱，參見前第2闋〈鷓鴣天〉（騎鶴峰前第一人），註⑪。著，音ㄓㄨㄛˊ；依附、附著。絲，琴瑟也。

⑬**朱戶小**：朱戶，指富貴人家；此泛指朱紅色大門。宋‧趙長卿〈夏雲峰〉（露華清）：「朱戶小窗，坐來低按秦箏。」（《全宋詞》第3冊，頁1794。）

⑭**畫簾低**：畫簾，有畫飾的簾子。簾，用竹片、布帛等編製成遮蔽門窗的用具。宋‧杜安世〈惜春令〉（春夢無憑猶懶起）：「春夢無憑猶懶起。銀燭盡、畫簾低垂。」（《全宋詞》第1冊，頁173。）

⑮**細香**：淡香；清淡的香氣。

⑯**輕夢**：猶淺夢，謂睡得不沉。宋‧李從周〈鷓鴣天〉（綠色吳箋覆古苔）：「倚玉枕，墜瑤釵。午窗輕夢繞秦淮。」（《全宋詞》第4冊，頁2404。）

⑰**涪溪**：水名，在中國四川省中部，注入嘉陵江。涪，音ㄈㄨˊ。

⑱**西風**：西面吹來的風，多指秋風。

⑲**只道**：只說；只以為。

⑳**悲秋**：感傷秋氣蕭瑟悲涼。

㉑**瘦**：消損、減少。

㉒**卻是**：還是、正是。

㉓**未得知**：不曾獲知，不知曉。

5.〈**南歌子**〉

　　榴①破猩肌血②，萱開③鳳尾黃④。舊閒⑤風簟⑥雪肌涼⑦。
一枕濃香。⑧魂夢到巫陽。⑨　　雲紵⑩描⑪瑤（瑤）草⑫，
蓮顋⑬洗玉漿⑭。碧梧深院⑮小藤牀⑯。此意一江春水⑰正難
量⑱。（頁40）

①**榴**：植物名；五月開紅色花，果實為球形，呈深黃色，熟時會自
　　行裂開，種子多漿，可食，根和皮可做驅蟲藥；種子為漢・張騫
　　出使西域時自安石國帶回，故名「安石榴」，後略稱「石榴」，
　　也簡稱「榴」。

②**猩肌血**：色紅如猩血；借指鮮紅色。

③**萱開**：萱，植物名；葉狹長而細，花漏斗狀，紅黃或橙黃色，可
　　採食或供觀賞，根可入藥，俗稱「金針菜」、「金針花」，古人
　　以為種植此草，可以使人忘憂，故又稱「忘憂草」。開，舒張、
　　綻放。宋・曹宰〈喜遷鶯〉（梅含春信）：「月上初弦，萱開九
　　葉，嵩嶽誕生英俊。」（《全宋詞補輯》，頁20。）

④**鳳尾黃**：鳳尾，此應指萱草所開之花的尾部，羽狀分裂如鳳凰
　　的尾羽。黃，黃熟；穀類作物成熟時，子實內部變硬，植株大部
　　分變成黃色，不再生長，叫「黃熟」；亦泛稱果實的成熟和葉子
　　黃落。宋・陸游〈喜雨〉：「芭蕉抽心鳳尾長，薜荔引蔓龍鱗
　　蒼。」（《全宋詩》第39冊，卷2180，頁24821。）

⑤**舊閒**：舊，長久。閒，謂房屋、器物等不在使用中。

⑥**風簟**：遮風的竹席。簟，音ㄉㄧㄢˋ；此指日常用來作障蔽和墊

物的竹席。

⑦**雪肌涼**：雪肌，雪白的肌膚。宋・蘇軾〈阮郎歸〉（暗香浮動月黃昏）：「雪肌冷，玉容真。香腮粉未勻。」（《全宋詞》第1冊，頁298。）

⑧**一枕濃香**：一枕，猶言一臥；臥必以枕，故稱。濃香，香氣濃烈。宋・賀鑄〈醉夢迷〉（深坊別館蘭閨小）：「燈映玻璃。一枕濃香醉夢迷。」（《全宋詞》第1冊，頁510。）

⑨**魂夢到巫陽**：魂夢，心裡有所思念，精誠入於夢中；古人以為人的靈魂在睡夢中會離開肉體，故稱。巫陽，即巫山。戰國楚・宋玉〈高唐賦・序〉：「昔者先王嘗遊高唐，怠而晝寢，夢見一婦人，曰：『妾，巫山之女也，為高唐之客，聞君遊高唐，願薦枕席。』王因幸之。去而辭曰：『妾在巫山之陽，高丘之阻，旦為朝雲，暮為行雨，朝朝暮暮，陽臺之下。』旦朝視之，如言，故為立廟，號曰朝雲。」（收入梁・昭明太子蕭統輯，唐・李善注：《文選》，臺北：藝文印書館，1983年6月，卷19，頁2。）後遂用為男女幽會的典實。宋・杜安世〈浣溪沙〉（模樣偏宜掌上憐）：「幽會未成雙悵望，深情欲訴兩艱難。空教魂夢到巫山。」（《全宋詞》第1冊，頁173。）

⑩**雲紵**：有雲形圖案的布。紵，音ㄓㄨˋ；一種麻料纖維，亦指用苧麻為原料織成的粗布，同「苧」。

⑪**描**：依樣摹畫。

⑫**瑤草**：仙草；傳說中的香草，泛指珍美的草。宋・范成大〈題金牛洞〉：「從渠弱水隔蓬萊，雲山何處無瑤草。」（《全宋詩》第41冊，卷2245，頁25781。）

⑬**蓮顋**：猶蓮花顋，形容美麗的面頰。顋，音ㄙㄞ，一作「腮」；兩頰的下半部。宋・劉過〈小桃紅〉（晚入紗窗靜）：「暖借蓮

靨，碧雲微透，暈眉斜印。」（《全宋詞》第3冊，頁2156。）

⑭**玉漿**：比喻甜美的清泉或美酒。唐・施肩吾〈贈仙子〉：「欲令雪貌帶紅芳，更取金瓶瀉玉漿。」（《全唐詩》第15冊，卷494，頁5608。）

⑮**碧梧深院**：碧梧，綠色的梧桐樹。梧，植物名；樹皮平滑，幹端直，葉闊大，夏開黃色小花，木質輕而堅韌，可制樂器和各種器具，樹皮製紙及繩索，種子可食用及榨油；古代以為是鳳凰棲止之木。深，濃密貌。院，庭院；圍牆內房屋四周的空地。五代・歐陽炯〈賀明朝〉（憶昔花間初識面）：「碧梧桐鎖深深院。誰料得兩情，何日教繾綣。」（《全唐五代詞》上冊，正編卷3，頁454。）

⑯**小藤牀**：藤，植物名；莖細長有節，光滑，加工煙燻，為藤工原料，可編製各種家具。宋・無名氏〈擣練子〉（林下路）：「涼吹水面散餘醒。小藤牀、隨意橫。」（《全宋詞》第5冊，頁3837。）

⑰**一江春水**：一，全、滿。春水，春天的河水；春天江水上漲，比喻水盛。五代・李煜〈虞美人〉（春花秋月何時了）：「問君都有幾多愁。恰似一江春水向東流。」（《全唐五代詞》上冊，正編卷3，頁741。）

⑱**正難量**：正，的確、實在。量，音ㄌㄧㄤˊ；以工具來計算物體的長短、大小或其他性質。宋・辛棄疾〈添字浣溪紗〉（楊柳溫柔是故鄉）：「大率一春風雨事，最難量。」（《全宋詞》第3冊，頁1969。）

6. 〈琴調相思引〉 原誤作〈攤破浣溪沙〉，茲據《詞律》改

蠶欲眠時①日已曛②。柔桑③葉大綠團雲④。羅敷⑤猶小，陌上⑥

看行人⑦。　　翠實⑧低條梅弄色⑨，輕花吹壠⑩麥初勻⑪。鳴鳩⑫聲裏，過盡太平⑬村。（頁40）

①**蠶欲眠時**：蠶蛻皮前不動不食的狀態，俗稱「眠」；六、七日眠一次，經四眠後蛻皮即上簇結繭。唐・許渾〈寄房千里博士〉：「春風白馬紫絲韁，正值蠶眠未採桑。」（《全唐詩》第16冊，卷536，頁6127。）

②**日已曛**：日曛，日色黃昏，指天色已晚。曛，音ㄒㄩㄣ；黃昏時刻、日落的餘暉；昏暗。唐・孟浩然〈遊精思觀回王白雲在後〉：「出谷未停午，到家日已曛。」（《全唐詩》第5冊，卷160，頁1648。）

③**柔桑**：指嫩桑葉；亦指始發芽的桑樹。唐・杜甫〈絕句漫興〉九首之八：「舍西柔桑葉可拈，江畔細麥復纖纖。」（《全唐詩》第7冊，卷227，頁2451。）

④**團雲**：團，凝聚、凝結。雲，喻指輕柔舒卷如雲之物，亦比喻盛多。

⑤**羅敷**：古代美女名。晉・崔豹《古今注》卷中〈音樂第三〉：「〈陌上桑〉出秦氏女子。秦氏，邯鄲人，有女名羅敷，為邑人千乘王仁妻。王仁後為越王家令，羅敷出採桑於陌上，趙王登臺見而悅之，因飲酒欲奪焉。羅敷乃彈箏，作〈陌上歌〉以自明焉。」（收入《文淵閣四庫全書電子版》【內聯網版】，頁3。）或謂「羅敷」為女子常用之名，不必實有其人。宋・黃庭堅〈觀化〉十五首之九：「柳似羅敷十五餘，宮腰舞罷不勝扶。」（《全宋詩》第17冊，卷1020，頁11652。）漢樂府歌辭〈陌上桑〉：「日出東南隅，照我秦氏樓。秦氏有好女，自名為羅敷。羅敷憙蠶桑，採桑城南隅。青絲為籠係，桂枝為籠鈎。頭

上倭墮髻，耳中明月珠。緗綺為下裙，紫綺為上襦。行者見羅
敷，下擔捋髭鬚；少年見羅敷，脫帽著帩頭。耕者忘其犁，鋤者
忘其鋤。來歸相怨怒，但坐觀羅敷。使君從南來，五馬立踟躕。
使君遣吏往，問是誰家姝？秦氏有好女，自名為羅敷。羅敷年幾
何？二十尚不足，十五頗有餘。使君謝羅敷：『寧可共載不？』
羅敷前置辭：『使君一何愚！使君自有婦，羅敷自有夫。』東方
千餘騎，夫婿居上頭。何用識夫婿，白馬從驪駒。青絲繫馬尾，
黃金絡馬頭。腰中鹿盧劍，可直千萬餘。十五府小史，二十朝大
夫。三十侍中郎，四十專城居。為人潔白晳，鬑鬑頗有鬚。盈
盈公府步，冉冉府中趨。坐中數千人，皆言夫婿殊。」（收入
宋・郭茂倩編：《樂府詩集》第2冊，北京：中華書局，1998年
11月，卷28，頁410。）

⑥**陌上**：陌，田間的道路，南北為阡，東西為陌；泛指田間小
　路。五代・無名氏〈伊州歌〉：「閨中紅粉態，陌上看花人。」
　（《全唐五代詞》下冊，副編卷1，頁1101。）

⑦**行人**：此指在路上走的人。

⑧**翠實**：青綠色的果實。宋・李甲〈擊梧桐〉（杳杳春江闊）：
　「看那梅生翠實，柳飄狂絮，沒箇人共折。」（《全宋詞》第1
　冊，頁490。）

⑨**弄色**：顯現美色。唐・姚合〈迎春〉：「今日柳條全弄色，遊人
　相伴看春來。」（《全唐詩》第15冊，卷498，頁5663。）

⑩**壠**：音ㄌㄨㄥˇ；田埂、田界，田中成行種植作物的條形土堆；
　同「壟」。

⑪**勻**：平均、使平均；遍、普遍。

⑫**鳴鳩**：即斑鳩；體色灰褐，頸後有黃褐或白色斑點，常成群，對
　農作物有害；因其善鳴，故稱為「鳴鳩」。

⑬**太平**：謂時世安寧和平，泛指平靜無事。

7.〈浣溪沙〉

　　貼體①宮羅②試袂衣③。冰藍④嬌⑤淺染⑥東池。春風一把⑦瘦
腰支⑧。　　　戲鏤⑨寶鈿⑩呈⑪翡翠⑫，笑拈金翦⑬下酴醾⑭。
最宜京兆畫新眉⑮。（頁40）

①**貼體**：緊貼膚體；合身。

②**宮羅**：一種質地較薄的絲織品。

③**試袂衣**：試，嘗試；指初次使用，泛指初、始。袂衣，有面有
　裏，中間不襯墊絮類的衣服。袂，音ㄐㄧㄚˊ。宋・黃昇〈南柯
　子〉（天上傳新火）：「天上傳新火，人間試袂衣。」（《全宋
　詞》第4冊，頁2994。）

④**冰藍**：清冷的藍色。冰，冷、涼。藍，深青色。

⑤**嬌**：輕柔。

⑥**染**：把東西放在顏料裏使著色。

⑦**一把**：量詞；用於一手握持的數量，如一把筷子；或用於某些較抽
　象的事物，如加一把勁。宋・周邦彥〈解語花〉（風銷焰蠟）「衣
　裳淡雅。看楚女、纖腰一把。」（《全宋詞》第2冊，頁608。）

⑧**腰支**：軀幹的腰部，常指婦女而言；或謂腰身、身段、體態。
　宋・向子諲〈水調歌頭〉（天公深藏巧）：「獨立水邊林下，蕭
　蕭冰容孤豔，清瘦玉腰支。」（《全宋詞》第2冊，頁969。）

⑨**戲鏤**：戲，游戲、逸樂。鏤，音ㄌㄡˋ；雕刻。

⑩**寶鈿**：以珠寶鑲嵌；亦指花鈿，以金翠珠玉製成的花朵形婦女首
　飾。鈿，音ㄉㄧㄢˋ；以珠玉貝殼等鑲嵌器物。唐・戎昱〈送零
　陵妓〉：「寶鈿香蛾翡翠裙，裝成掩泣欲行雲。」（《全唐詩》

第8冊，卷270，頁3022。）

⑪**呈**：顯現、顯露。

⑫**翡翠**：硬玉中含鉻而呈翠綠色者，為色彩鮮豔的天然礦石，光澤如脂，半透明，可作珍貴飾品，也稱為「翠玉」。

⑬**笑拈金鬛**：拈，音ㄋㄧㄢˊ；用兩三個手指頭夾、捏取物，亦指拿、持、提。鬛，同「剪」；剪刀。五代·毛熙震〈後庭花〉（輕盈舞妓含芳豔）：「時將纖手勻紅臉。笑拈金鬛。」（《全唐五代詞》上冊，正編卷3，頁592。）

⑭**酴醿**：音ㄊㄨˊ ㄇㄧˊ；植物名，薔薇科，葉為羽狀複葉，柄上多刺，夏初開黃白色重瓣花，亦作「荼蘼」。宋·陳克〈菩薩蠻〉（池塘淡淡浮鷗鷉）：「綠窗描繡罷。笑語酴醿下。」（《全宋詞》第2冊，頁828。）

⑮**京兆畫新眉**：京兆，官名；漢代轄治京兆地區的行政長官，職權與俸祿與郡守相當，後亦借指京師地區的行政長官。漢京兆尹張敞為婦畫眉甚美，長安中傳「張京兆眉嫵」，後用以稱女子眉樣美好。漢·班固《漢書》卷七十六〈張敞傳〉：「（敞）又為婦畫眉，長安中傳張京兆眉嫵。有司以奏敞。上問之，對曰：『臣聞閨房之內，夫婦之私，有過於畫眉者。』上愛其能，弗備責也。」（第10冊，北京：中華書局，1964年11月，頁3222。）後亦用為夫婦或男女相愛的典實。宋·賀鑄〈最多宜〉（半解香綃撲粉肌）：「不學壽陽窺曉鏡，何煩京兆畫新眉。可人風調最多宜。」（《全宋詞》第1冊，頁508。）

8.又

萬疊（疊）春山①一寸心②。章臺③西去柳陰陰④。藍橋⑤特為⑥好花尋。　別後魚封⑦煙⑧漲闊⑨，夢回⑩鴛翼⑪海雲⑫

深。情知⑬頓著⑭有如今⑮。（頁40）

①**萬疊春山**：萬，極言其多。疊，堆聚、累積；一層一層的。春山，春天的山；亦指春日山中。宋・歐陽修〈寄徐巽秀才〉：「千重錦浪翻如箭，萬疊春山翠入樓。」（《全宋詩》第6冊，卷300，頁3770。）

②**一寸心**：微薄心意；指一片誠心。宋・韓玉〈鷓鴣天〉（披拂芝蘭便斷金）：「三年尊酒半生話，千里雲山一寸心。」（《全宋詞》第3冊，頁2058。）

③**章臺**：漢長安街名；泛指妓院聚集之地。

④**柳陰陰**：柳下的陰影，指枝葉茂密的柳林。柳，植物名，樹枝細長，柔軟下垂，一般供作觀賞、行道樹；此或比喻美女，多用以指歌姬、娼妓。陰陰，光線陰暗，樹木枝葉蔽覆的樣子；深邃貌。宋・趙鼎〈浣溪沙〉（惜別懷歸老不禁）：「惜別懷歸老不禁。一年春事柳陰陰。」（《全宋詞》第2冊，頁944。）

⑤**藍橋**：橋名；位於今陝西省藍田縣東南藍溪上的一座橋，相傳其地有仙窟，唐代裴航落第，經藍橋驛，在此遇仙女雲英，求得玉杵臼擣藥，後來兩人結為仙侶。見宋・李昉等編《太平廣記》卷五十〈裴航〉：「唐長慶中，有裴航秀才，因下第遊於鄂渚。⋯⋯因僱巨舟，載於湘漢。同載有樊夫人，乃國色也。⋯⋯夫人後使裊煙持詩一章曰：『一飲瓊漿百感生，玄霜擣盡見雲英。藍橋便是神仙窟，何必崎嶇上玉清。』航覽之。空愧佩而已，然亦不能洞達詩之旨趣，後更不復見。⋯⋯遂飾粧歸輦下，經藍橋驛側近，因渴甚，遂下道求漿而飲。見茅屋三四間，低而復隘，有老嫗緝麻苧。航揖之求漿，嫗咄曰：『雲英擎一甌漿來，郎君要飲。』航訝之，憶樊夫人詩有雲英之句，深不自

會。……良久謂嫗曰：『向睹小娘子，艷麗驚人，姿容擢世，所以躊躕而不能適，願納厚禮而娶之，可乎？』嫗曰：『渠已許嫁一人，但時未就耳。我今老病，只有此女孫，昨有神仙，遺靈丹一刀圭，但須玉杵臼擣之百日，方可就吞，當得後天而老。君約取此女者，得玉杵臼，吾當與之也。其餘金帛，吾無用處耳。』航拜謝曰：『願以百日為期。必攜杵臼而至，更無他許人。』嫗曰：『然。』航恨恨而去。及至京國，殊不以舉事為意，但於坊曲鬧市喧衢，而高聲訪其玉杵臼，曾無影響。或遇朋友，若不相識，眾言為狂人。數月餘日，或遇一貨玉老翁曰：『近得虢州藥鋪卞老書，云有玉杵臼貨之，郎君懇求如此，此君吾當為書導達。』航媿荷珍重，果獲杵臼。卞老曰：『非二百緡不可得。』航乃瀉囊，兼貨僕貨馬，方及其數。遂步驟獨挈而抵藍橋。昔日嫗大笑曰：『有如是信士乎？吾豈愛惜女子，而不酬其勞哉。』女亦微笑曰：『雖然，更為吾擣藥百日，方議姻好。』嫗於襟帶間解藥，航即擣之，晝為而夜息，夜則嫗收藥臼於內室。航又聞擣藥聲，因窺之，有玉兔持杵臼，而雪光輝室，可鑒毫芒，於是航之意愈堅。如此日足，嫗持而吞之曰：『吾當入洞而告姻戚，為裴郎具帳幄。』遂挈女入山，謂航曰：『但少留此。』逡巡車馬僕隸，迎航而往。別見一大第連雲。珠扉晃日，內有帳幄屏幃，珠翠珍玩，莫不臻至，愈如貴戚家焉。仙童侍女，引航入帳就禮訖，航拜嫗，悲泣感荷。嫗曰：『裴郎自是清冷裴真人子孫，業當出世，不足深媿老嫗也！』及引見諸賓，多神仙中人也。後有仙女，鬟髻霓衣，云是妻之姊耳。航拜訖，女曰：『裴郎不相識耶？』航曰：『昔非姻好，不醒拜侍。』女曰：『不憶鄂渚同舟回而抵湘漢乎？』航深驚怛，懇悃陳謝。」（收入《文淵閣四庫全書電子版》【內聯網版】，頁7-11。）後以藍橋比喻

為戀人結為美好姻緣的途徑，亦常用作男女約會之處。

⑥**特為**：猶特地、特意。

⑦**魚封**：指書信。

⑧**煙**：山川間像煙一樣的水氣。

⑨**漲闊**：漲，音ㄓㄤˋ；物體擴張，瀰漫。闊，廣、大。宋・黃庭堅〈送張仲謀〉「竹雞相呼泥滑滑，夜雨連明溪漲闊。」（《全宋詩》第17冊，卷1080，頁11612。）

⑩**夢回**：從夢中醒來。

⑪**鸞翼**：鸞鳥的翅翼；鸞鳥為傳說中的一種神鳥、瑞鳥，似鳳凰。翼，翅膀。

⑫**海雲**：俯視時看到的如海濤起伏的雲：泛指海天高遠，蒼茫空闊之境。

⑬**情知**：深知、明知。

⑭**頓著**：猶安置。頓，整頓、放置。著，音ㄓㄨㄛˊ；著落、歸屬。

⑮**如今**：現在。

9.又

繡館①人人倦②踏青③。粉垣④深處⑤簸錢聲⑥。賣花⑦門外綠陰⑧輕。　　簾幕⑨風柔飛燕燕⑩，池塘⑪花煖⑫語鶯鶯⑬。有誰知道一春情⑭。（頁40）

①**繡館**：指繡房、繡閣，女子居住的閨房。

②**倦**：懈怠、疲乏、厭煩；對某種活動失去興趣。

③**踏青**：春日到野外郊遊；古時踏青的日子因各地習俗不同而有差異，後世多以清明節前後出遊為踏青，故清明節也稱為「踏青節」。

④**粉垣**：粉牆、白牆。垣，音ㄩㄢ／；矮牆。

⑤**深處**：很深的地方；內部。

⑥**簸錢聲**：古代一種以擲錢賭輸贏的遊戲。簸，音ㄅㄛ∨；搖動，顛動搖晃。宋・陳克〈菩薩蠻〉（綠蕪牆遶青苔院）：「幾處簸錢聲。綠窗春睡輕。」（《全宋詞》第2冊，頁828。）

⑦**賣花**：出售花卉以得錢財的行為；此應指妓女或歌女以聲色娛人，來獲取錢財，猶賣笑。宋・史達祖〈玲瓏四犯〉（雨入愁邊）：「賣花門館生秋草，悵弓彎、幾時重見。」（《全宋詞》第4冊，頁2339。）

⑧**綠陰**：樹蔭，樹下日光照不到的地方。

⑨**簾幕**：用於門窗處的簾子與帷幕，可用以遮陽或隔絕視線。宋・晏殊〈蝶戀花〉（簾幕風輕雙語燕）：「簾幕風輕雙語燕。午醉醒來，柳絮飛撩亂。」（《全宋詞》第1冊，頁104。）

⑩**燕燕**：燕子；候鳥，體小翼大，飛行力強，尾長，分叉呈剪刀狀，背黑腹白、腳短，不利於步行，常在人家屋內或屋簷下用泥做巢居住，捕食昆蟲，對農作物有益。

⑪**池塘**：蓄水的坑，一般不太大，也不太深。

⑫**花煖**：煖，同「暖」；溫和，不冷；指暖和的氣息。唐・杜牧〈越中〉：「石城花暖鷓鴣飛，征客春帆秋不歸。」（《全唐詩》第16冊，卷526，頁6024。）

⑬**語鶯鶯**：鶯鶯，嚶嚶，鳥鳴聲。唐・毛文錫〈虞美人〉（寶檀金縷鴛鴦枕）：「夕陽低映小窗明。南園綠樹語鶯鶯。夢難成。」（《全唐五代詞》上冊，正編卷3，頁529。）此「鶯鶯」與前句「燕燕」，除代指春光物候外，或喻指眾多的姬妾或妓女。

⑭**一春情**：一，全、滿、整。春情，春天的情景、意興；或指男女互相戀慕的情意。

10.又

　　摩腹椎腰春事非。①樂天②猶恨小樊③歸。多生④餘念⑤向來⑥
癡⑦。　　　往事半隨殘夢⑧轉，飛詞⑨不盡⑩短封⑪題⑫。竹
奴⑬應笑減腰圍⑭。（頁40）

①**摩腹椎腰春事非**：摩腹，撫摸腹部，多形容飽食後怡然自得的
　樣子。椎，音ㄔㄨㄟˊ；捶擊的工具，泛指重力撞擊。春事，春
　意，春天的景象；亦指男女歡愛。宋・陳師道〈酬智叔見戲〉二
　首之一：「槌腰摩腹非春事，割愛投閑覆玉樽。」（《全宋詩》
　第19冊，卷1118，頁12711。）
②**樂天**：人名；白居易，字樂天，號香山居士，下邽人（今陝西
　渭南縣附近），生於唐代宗大歷7年（西元772年），卒於唐武宗
　會昌6年（西元846年）。唐德宗貞元進士，後因宰相武元衡事貶
　江州，唐武宗會昌2年（西元842年），以刑部尚書致仕，最後卒
　於洛陽的香山。居易文章精切，尤工詩，作品平易近人，老嫗能
　解，是新樂府運動的倡導者。晚年放意詩酒，號醉吟先生；初與
　元稹相酬詠，號為「元白」；又與劉禹錫齊名稱為「劉白」，著
　有《白氏長慶集》等。
③**小樊**：指樊素，唐・白居易家的歌妓。白居易〈不能忘情吟・
　序〉：「樂天既老，又病風，乃錄家事。會經費，去長物。妓有
　樊素者，年二十餘，綽綽有歌舞態，善唱〈楊枝〉，人多以曲名
　名之，由是名聞洛下；籍在經費中，將放之。馬有駱者，馴壯駿
　穩，乘之亦有年；籍在經物中，將鬻之。圉人牽馬出門，馬驤首
　反顧一鳴，聲音間似知去而旋戀者。素聞馬嘶，慘然立且拜，婉
　孌有辭，辭畢，泣下。予聞素言，亦憫默不能對，且命迴勒反
　袂，飲素酒，自飲一杯；快吟數十聲，聲成文，文無定句，句隨

吟之短長也，凡二百五十五言。噫，予非聖達，不能忘情，又不
至於不及情者；事來攪情，情動不可柅，因自哂，題其篇曰不能
忘情吟。」（《全唐詩》第14冊，卷461，頁5250。）後以代指
擅歌的女藝人。

④**多生**：通常指多數、大概。佛教以眾生造善惡之業，受輪回之
苦，生死相續，謂之「多生」。生，語助詞。

⑤**餘念**：雜念；其他念頭。

⑥**向來**：從來、一向；猶一味、一意、一直。

⑦**癡**：入迷，極度迷戀；專情的。

⑧**半隨殘夢**：半，部分、不完全的。隨，跟從、順從；亦有聽任、
任憑之意。殘夢，謂零亂不全之夢。宋・方岳〈沁園春〉（鶯帶
春來）：「恨楊花多事，杏花無賴，半隨殘夢，半惹晴絲。」
（《全宋詞》第4冊，頁2837。）

⑨**飛詞**：揮筆成文、寫文章。

⑩**不盡**：未完、無盡；猶不已、不止、繼續不停。

⑪**短封**：簡短的書信。

⑫**題**：書寫、簽署。

⑬**竹奴**：古時消暑的器具。由光滑精細的竹皮編製成長圓形的竹
籠，籠長大約五尺，徑寬五、六寸，一端有底，一端開口，可置
於床席間，可憩臂休膝，作用如今天的抱枕，四周有空隙，可吸
收汗水，亦可加入薄荷葉、梔子花等鮮花香草，具有清神怡情的
效果。或取整段竹中間通空，四周開洞以通風，暑時置床席間。
唐時名「竹夾膝」、「竹几」，宋稱「竹夫人」；另亦稱為「百
花娘子」、「抱節君」、「青奴」、「竹姬」。

⑭**腰圍**：束腰的帶子；腰部周圍的尺寸。宋・方千里〈霜葉飛〉
（塞雲垂地）：「問麗質，從頓頗，消減腰圍，似郎多少。」

（《全宋詞》第4冊，頁2498。）

11.〈謁金門〉

簾半窣①。四座②綠圍紅③簇。歌盡玉臺④連夜⑤燭。歡緣仍恨
促。　　休唱蓮舟新曲。⑥煙水⑦畫船⑧搖（搖）綠⑨。腸斷⑩
鴛鴦三十六⑪。紫蒲⑫相對浴⑬。（頁41）

①**窣**：音ムメ丶；下垂。

②**四座**：四周座位。

③**綠圍紅簇**：綠，借指綠色的樹。圍，周圍、環繞。紅，借指紅色
　的花。簇，叢集、聚集。宋‧趙善括〈滿江紅〉（一雨連春）：
　「湖上路，柳濃花豔，綠圍紅簇。」（《全宋詞》第3冊，頁
　1982。）

④**玉臺**：原為漢朝時所建的臺名，後泛稱宮廷中的樓臺。

⑤**連夜**：夜以繼日；徹夜。

⑥**休唱蓮舟新曲**：休，停止、不要。蓮舟，採蓮的船。宋‧仇遠
　〈金縷曲〉（仙骨清無暑）：「休唱采蓮雙槳曲，老卻鷗朋鷺
　侶。」（《全宋詞》第5冊，頁3397。）

⑦**煙水**：霧靄迷濛的水面。

⑧**畫船**：裝飾華美的遊船。宋‧陸游〈蹋磧〉：「何日畫船搖桂
　檝，西湖却（卻）賦探春詩。」（《全宋詩》第39冊，卷2155，
　頁24292。）

⑨**搖綠**：搖，擺動、晃動。綠，指綠水，清澈澄淨的水。宋‧秦
　觀〈滿江紅〉（風雨蕭蕭）：「山下紛紛梅落粉，渡頭淼淼波搖
　綠。」（《全宋詞》第1冊，頁480。）

⑩**腸斷**：形容極度悲痛。

⑪**鴛鴦三十六**：鴛鴦，鳥名；似野鴨，體形較小，嘴扁，頸長，趾間有蹼，善游泳，翼長，能飛；雄曰鴛，羽色絢麗，頭後有銅赤、紫、綠等色羽冠，嘴紅色，腳黃色；雌曰鴦，體稍小，羽毛蒼褐色，嘴灰黑色；棲息於內陸湖泊和溪流邊，舊傳雌雄偶居不離，古稱「匹鳥」。晉・崔豹《古今注》卷中〈鳥獸第四〉：「鴛鴦，水鳥，鳧類也。雌雄未嘗相離，人得其一，則一思而至死，故曰匹鳥。」（收入《文淵閣四庫全書電子版》【內聯網版】，頁6。）三十六，約計之詞，極言其多。五代・孫光憲〈謁金門〉（留不得）：「卻羨彩鴛三十六，孤鸞還一隻。」（《全唐五代詞》上冊，正編卷3，頁634。）

⑫**紫蒲**：指蒲葦，香蒲和蘆葦。香蒲，植物名；生池沼中，高近兩公尺，根莖長在泥裏，可食，葉長而尖，可編席、制扇，夏天開黃色花。蘆葦，植物名；多生長於溪流兩岸或沼澤、溼地等水分充足的地方，花穗呈紫色，莖細緻光澤，可編織蘆簾、蘆蓆。唐・許渾〈夜歸丁卯橋村舍〉：「紫蒲低水檻，紅葉半江船。」（《全唐詩》第16冊，卷529，頁6050。）

⑬**相對浴**：相對，面對面、相向。浴，洗身、洗澡；浸染、浸泡。唐・杜牧〈齊安郡後池絕句〉：「盡日無人看微雨，鴛鴦相對浴紅衣。」（《全唐詩》第16冊，卷522，頁5966。）

四、【王庭筠詞箋注】

1.〈**大江東去**〉癸巳①暮冬小雪②，家集③作

山堂④晚色⑤，滿疏籬寒雀，⑥煙橫高樹。⑦小雪⑧輕盈⑨如解⑩舞，故故⑪穿簾入戶⑫。掃地燒香，⑬團欒一笑，⑭不道因風絮。⑮冰澌生硯，問誰先得佳句。⑯　　有夢不到長安，⑰此心安穩⑱，只有歸耕去。⑲試問雪溪無恙否，⑳十里淇園㉑佳處㉒。修竹㉓林邊，寒梅㉔樹底，準擬㉕全家住。柴門㉖新月㉗，小橋誰掃歸路㉘。（頁43）

①**癸巳**：王庭筠此詞非作於「癸巳」，有二說：

（1）「癸巳」為「癸卯」（金世宗大定23年，西元1183年）之誤。

王慶生《金代文學家年譜》第四卷〈王庭筠〉曰：「《中州樂府》錄庭筠《大江東去》詞，題曰：『癸巳冬小雪，家集作。』癸巳乃大定十三年。……則詞成於歸隱之初，決不在癸巳。或癸巳乃癸卯之誤。本年庭筠已歸隱，時尚未久。」（上冊，南京：鳳凰出版社，2005年3月，頁226。）

（2）「癸巳」為「丁巳」（金章宗承安2年，西元1197年）之誤。

馬赫〈王庭筠生年及其《大江東去》詞的寫作年代〉曰：「至於《大江東去》一詞，《中州樂府》記為『癸巳暮冬』之作，亦誤。癸巳為金大定十三年（1173），庭筠年方十八，尚未步入仕途，何能有『只有歸耕去』之語。揣度詞意，……此詞只能作於為官而又受挫之後。……所以，筆者推斷，《大江東去》應作於承安二年（1197），

即庭筠被杖責解職南歸之後，而尚未重出為官之前，歲在
丁巳。『癸巳』，當為『丁巳』之誤，時間相去二十有四
年。」（《文史》第28輯，1987年3月，頁264。）

按：馬赫一文對王庭筠〈大江東去〉（山堂晚色）詞意內容，解
析甚詳，故依其說。

②**暮冬小雪**：暮冬，冬末，陰曆12月。小雪，少量的雪；二十四節
氣之一，相當於陽曆11月22日或23日；因此時黃河流域一帶開始
降少量的雪，而農家也開始忙著冬耕的事宜。

③**家集**：家人宴集聚會。

④**山堂**：隱士的山中居所。

⑤**晚色**：傍晚的天色。

⑥**滿疏籬寒雀**：滿，全、遍、整個。疏籬，指稀疏的竹籬。寒雀，
指寒天的麻雀。宋・蘇軾〈南鄉子〉（寒雀滿疏籬）：「寒雀滿
疏籬。爭抱寒柯看玉蕤。」（《全宋詞》第1冊，頁290。）

⑦**煙橫高樹**：雲煙繚繞於樹木、叢林。橫，瀰漫、籠罩。

⑧**小雪**：此指少量的雪。雪，水汽在零度以下所凝結成的六角形白
色晶體。

⑨**輕盈**：形容姿態纖柔，行動輕快。

⑩**解**：會、能夠。

⑪**故故**：屢屢、常常；故意、特意。

⑫**入戶**：進入門戶。

⑬**掃地燒香**：掃地，打掃地面。燒香，為取其香氣或清雅而燃香。
宋・辛棄疾〈江神子〉（簟鋪湘竹帳垂紗）：「心空喧靜不爭
多。病維摩。意雲何。掃地燒香，且看散天花。」（《全宋詞》
第3冊，頁1934。）

⑭**團欒一笑**：團欒，圓貌、團聚。欒，音ㄌㄨㄢˊ。宋・李曾

伯〈賀新郎〉（滿酌荊州酒）：「想親朋、團欒一笑，從容觴豆。」（《全宋詞》第4冊，頁2803。）

⑮**不道因風絮**：不道，有不顧、不管之義。因，憑藉。風絮，隨風飄悠的絮花；多指柳絮。絮，附在植物上的茸毛，稱白色易揚而輕柔似絮者。此用晉代才女謝韜元（字道蘊）詠雪典，南朝宋・劉義慶《世說新語》卷上〈言語〉第二：「謝太傅（安）寒雪日內集，與兒女講論文義，俄而雪驟，公欣然曰：『白雪紛紛何所似？』兄子胡兒曰：『撒鹽空中差可擬。』兄女曰：『未若柳絮因風起。』公大笑樂。即公大兄無奕女，左將軍王凝之妻也。」（見徐震堮著：《世說新語校箋》，臺北：文史哲出版社，1985年7月，頁72。）宋・張孝忠〈菩薩蠻〉（嬌紅隱映花稍霧）：「醉當春好處。不道因風絮。」（《全宋詞》第3冊，頁1828。）

⑯**冰澌生硯，問誰先得佳句**：澌，音ㄙ；細碎的薄冰。硯，硯臺，磨墨的用具，通常用石頭製成。佳句，詩文中精采的語句；借指美妙的詩文。宋・蘇軾〈蝶戀花〉（簾外東風交雨霰）：「今夜何人吟古怨。清詩未就冰生硯。」（《全宋詞》第1冊，頁301。）

⑰**有夢不到長安**：不到，不至、不及。長安，縣名，位於陝西省西安市南部；唐以後詩文中常用作都城的通稱；長安路，指功名之路。宋・韓淲〈浣溪沙〉（宋玉悲秋合反騷）：「夢不到時詩自在，興難忘處恨全消」。（《全宋詞》第4冊，頁2262。）

⑱**安穩**：安詳穩重。

⑲**只有歸耕去**：只有，除此之外就沒有了。歸耕，回家耕田，謂辭官回鄉。宋・辛棄疾〈鷓鴣天〉（不向長安路上行）：「寧作我，豈其卿。人間走遍卻歸耕。一松一竹真朋有，山鳥山花好弟兄。」（《全宋詞》第3冊，頁1924。）

⑳**試問雪溪無恙否**：試問，請問，為懷疑之詞；試著提出問題，試探性地問。雪溪，南朝宋・劉義慶《世說新語》卷下〈任誕〉第二十三：「王子猷居山陰，夜大雪，眠覺，開室命酌酒，四望皎然。因起傍偟，詠左思〈招隱詩〉，忽憶戴安道。時戴在剡，即便夜乘小船就之。經宿方至，造門不前而返。人問其故，王曰：『吾本乘興而行，興盡而返，何必見戴！』」（見徐震堮著：《世說新語校箋》，臺北：文史哲出版社，1985年7月，頁408。）王庭筠（號雪溪翁）借用晉人王徽之（字子猷）雪夜泛舟，前往剡溪（位於浙江省嵊縣南，為曹娥江的上游；又稱戴溪、雪溪）訪戴逵（字安道）事，言己悠閒適興之隱居生活。恙，憂慮、疾病、禍患。

㉑**淇園**：古代衞國園林名，在今河南省淇縣西北，以產竹著名。

㉒**佳處**：優美之處；謂勝境。

㉓**修竹**：高高的竹子。

㉔**寒梅**：梅花，因其凌寒開放，故稱。

㉕**準擬**：準備、打算。唐・白居易〈吾廬〉：「眼下營求容足地，心中準擬掛冠時。」（《全唐詩》第13冊，卷446，頁5013。）

㉖**柴門**：用柴木做的門，言其簡陋。

㉗**新月**：謂農曆每月初出的彎形的月亮；或謂農曆月逢十五日新滿的月亮。

㉘**歸路**：歸途，往回走的道路。

2. 〈謁金門〉

雙喜鵲。幾報歸期渾錯。①儘做②舊愁都忘卻③。新愁何處著。④瘦雪一痕牆角。⑤青子⑥已妝殘萼⑦。不道枝頭無可落。⑧東風猶作惡。⑨（頁43）

①**雙喜鵲，幾報歸期渾錯**：五代・王任裕《開元天寶遺事》卷下〈天寶下・靈鵲報喜〉：「時人之家聞鵲聲，皆為喜兆，故謂靈鵲報喜。」（見五代・王仁裕等撰、丁如月輯校：《開元天寶遺事十種》，上海：上海古籍出版社，1985年，頁103。）任半塘編著《敦煌歌辭總編》卷二〈鵲踏枝〉：「叵奈靈鵲多瞞語。送喜何曾有憑據。」（上冊，上海：上海古籍出版社，1987年12月，頁315。）喜鵲，嘴尖、尾長，身體大部分為黑色，腰、體側、腹、肩及翼尖為白色，雜食性，其性好晴，其聲清亮；舊時民間傳說鵲能報喜，故稱喜鵲。歸期，歸來的日期。渾，簡直、全。

②**儘做**：儘管、雖然。

③**忘卻**：忘記掉。卻，動詞後面的語助詞，相當於了、掉、去等。

④**新愁何處著**：新愁，新添的憂愁。何處，那裡；什麼地方。著，音ㄓㄨㄛˊ；安置、依附。

⑤**瘦雪一痕牆角**：瘦雪，謂殘雪，此指梅花。宋・王安石〈梅花〉：「牆角數枝梅，淩寒獨自開。遙知不是雪，為有暗香來。」（《全宋詩》第10冊，卷563，頁6682。）宋・呂本中〈踏莎行〉（雪似梅花）：「雪似梅花，梅花似雪。似和不似都奇絕。」（《全宋詞》第2冊，頁937。）瘦，消損、減少。痕，量詞，猶道、條，用於某些輕淡的東西。牆角，兩堵牆相連轉折處。

⑥**青子**：指梅實，或泛指尚未黃熟的果實。

⑦**萼**：位於花的外輪，呈綠色，在花芽期有保護花芽的作用。

⑧**不道枝頭無可落**：不道，不顧、不管。枝頭，樹梢；樹枝上。無可，猶言沒有可以。

⑨**東風猶作惡**：東風，指春風。猶，仍舊、還。作惡，作亂；為非作歹。宋・葛長庚〈賀新郎〉（銀漢千絲雨）：「被東風作惡，吹落滿空柳絮。」（《全宋詞》第4冊，頁2580。）

3.〈鳳棲梧〉

衰柳疏疏①苔滿地。十二闌干，②故國三千里。③南去北來人老
矣。④短亭依舊殘陽裏。⑤　　紫蟹黃柑⑥真解事⑦。似情⑧西
風⑨，勸我歸歟⑩未⑪。王粲登臨⑫寥落⑬際。雁飛不斷⑭天連
水。（頁43）

①**疏疏**：稀疏貌。

②**十二闌干**：曲曲折折的欄杆。十二，言其曲折之多。闌干，竹木
　或金屬條編成的柵欄，常置於陽臺前或通道間。宋・郭茂倩《樂
　府詩集》卷七十二〈雜曲歌辭十二・西洲曲〉：「……憶郎郎不
　至，仰首望飛鴻。鴻飛滿西洲，望郎上青樓。樓高望不見，盡日
　欄干頭。欄干十二曲，垂手明如玉。卷簾天自高，海水搖空綠。
　海水夢悠悠，君愁我亦愁。南風知我意，吹夢到西洲。」（第3
　冊，北京：中華書局，1998年11月，頁1027。）宋・張先〈蝶戀
　花〉（臨水人家深宅院）：「樓上東風春不淺。十二闌干，盡日
　珠簾捲。」（《全宋詞》第1冊，頁67。）

③**故國三千里**：故國，本國、祖國；故鄉、家鄉。三千，泛言數
　目之多。唐・張祜〈宮詞〉二首之一：「故國三千里，深宮二
　十年。一聲河滿子，雙淚落君前。」（《全唐詩》第15冊，卷
　511，頁5834。）南唐・李煜〈破陣子〉（四十年來家國）：
　「四十年來家國，三千里地山河。」（《全唐五代詞》上冊，正
　編卷3，頁764。）

④**南去北來人老矣**：南去北來，指來來往往。宋・賀鑄〈釣船歸〉
　（綠淨春深好染衣）：「南去北來徒自老，故人稀。」（《全宋
　詞》第1冊，頁504。）

⑤**短亭依舊殘陽裏**：短亭，舊時城外大道旁，五里設短亭，十里設

長亭，為行人休憩或送行餞別之所。依舊，照舊；與原來一樣，
沒有改變。殘陽，猶夕陽，傍晚時將西下的太陽；夕陽餘暉。

⑥**紫蟹黃柑**：黃柑，果名，柑的一種，果肉多汁，味甜；或指酒。
清・王文誥、馮應榴輯注《蘇軾詩集》卷三十七〈立春日小集戲
李端叔〉：「辛盤得青韭，臘酒是黃柑。」（下冊，臺北：學海
出版社，1985年9月，頁2014。）王註次公曰：「……立春日作
五辛盤，……黃柑以釀酒，乃洞庭春色也。」（同上）。又唐・
歐陽詢《藝文類聚》卷四十八引南朝宋・何法盛〈晉中興書〉
曰：「（畢）卓嘗謂人曰：『右手持酒巵，左手持蟹螯，拍浮酒
船中，便足了一生。』」（收入《文淵閣四庫全書電子版》【內
聯網版】，頁26。）後則以「持螯把酒」，形容縱酒放情，沉湎
不問世事。宋・陸淞〈念奴嬌〉（黃橙紫蟹）：「黃橙紫蟹，映
金壺瀲灩，新醅浮綠。」（《全宋詞》第3冊，頁1515。）

⑦**解事**：通曉事理。

⑧**倩**：請、懇求。宋・辛棄疾〈賀新郎〉（路入門前柳）：「倩西
風、為君喚起，翁能來否。」（《全宋詞》第3冊，頁1929。）

⑨**西風**：西面吹來的風，多指秋風。

⑩**歟**：表示疑問語氣。

⑪**未**：用在句末，表示詢問。

⑫**王粲登臨**：晉・陳壽《三國志》卷二十一〈魏書・王粲傳〉：
「王粲字仲宣，……年十七，司徒辟，詔除黃門侍郎，以西京擾
亂，皆不就。乃之荊州依劉表。表以粲貌寢而體弱通侻，不甚重
也。」（第3冊，北京：中華書局，1964年10月，頁597-598。）
王粲失意懷歸，登當陽縣（今湖北省當陽縣）城樓，眺望傷嘆，
遂作〈登樓賦〉，曰：「登茲樓以四望兮，聊暇日以銷憂。……
情眷眷而懷歸兮，孰憂思之可任。」（收入梁・昭明太子蕭統

輯，唐・李善注：《文選》，臺北：藝文印書館，1983年6月，
卷11，頁1-2。）詞中常用作登臨賦愁的典故，藉以抒寫羈旅懷
歸、不得志而懷故土的情思。登臨，登山臨水；也指遊覽。宋・
周密〈一萼紅〉（步深幽）：「故國山川，故園心眼，還似王粲
登樓。」（《全宋詞》第5冊，頁3290。）

⑬**寥落**：冷落、冷清；謂孤單、寂寞。

⑭**不斷**：不絕，接連；持續不間斷。

4.〈菩薩蠻〉回文①

斷腸②人恨餘香③換。換香餘恨④人腸斷。塵暗⑤鎖窗⑥春。
春窗鎖暗塵⑦。　　小花簷⑧月曉。曉月⑨簷花⑩小。屏⑪掩半
山⑫青。青山⑬半掩屏。（頁43）

①**回文**：句子的上下兩句，詞彙相同而詞序相反的修辭法。

②**斷腸**：形容極度思念或悲痛。

③**餘香**：殘留的香氣。

④**餘恨**：不盡的恨怒、遺憾。

⑤**暗**：猶遮蔽。

⑥**鎖窗**：雕刻或繪有連環形花飾的窗子。

⑦**暗塵**：積累的塵埃。

⑧**簷**：屋頂的邊往下罩出的部分。

⑨**曉月**：拂曉的殘月。曉，明亮，特指天亮。

⑩**簷花**：靠近屋簷下邊開的花。

⑪**屏**：當門的小牆，即照壁，廳堂前與正門相對的短牆，作為遮
　　蔽、裝飾之用，多飾有圖案和文字；泛指像牆的遮蔽物，室內用
　　來擋風或遮蔽、隔間的器具。

⑫**半山**：山半腰。

⑬**青山**：青蔥的山嶺。

5.又

客愁①楓葉②秋江隔。隔江秋葉③楓愁客④。行遠⑤望高城。城高望遠行。　　故人⑥新恨⑦苦。苦恨⑧新人⑨故⑩。斜日⑪晚啼鴉⑫。鴉啼晚日⑬斜。（頁43）

①**客愁**：行旅懷鄉的愁思。

②**楓葉**：楓樹葉；亦泛指秋令變紅的其他植物的葉子，詩文中常用以形容秋色。

③**秋葉**：秋季的樹葉，亦指落葉。

④**愁客**：指旅人；旅人多鄉愁，故稱。

⑤**行遠**：行長途，走遠路。

⑥**故人**：舊交、老友。

⑦**新恨**：新產生的悵惘之情。

⑧**苦恨**：苦惱；甚恨、深恨。

⑨**新人**：新出現的人物。

⑩**故**：緣故、原因。

⑪**斜日**：傍晚時西斜的太陽。

⑫**啼鴉**：啼，鳥獸的鳴叫。鴉，其嘴大，翼長，腳有力，純黑者稱為「烏」，背灰者稱為「鴉」。

⑬**晚日**：夕陽。晚，日暮、黃昏。

6.又

白雲孤映遙（遙）山碧。①碧山②遙（遙）映孤雲③白。樓倚一

天秋。④秋天一倚樓。⑤　　斷腸隨雁斷。⑥斷雁隨腸斷。⑦來雁與書回。回書⑧與雁來。（頁43）

①**白雲孤映遙山碧**：映，照射、照耀。遙，遠、長。碧，青綠色。

②**碧山**：青山，青綠色的山脈。

③**孤雲**：單獨飄浮的雲片。

④**樓倚一天秋**：倚，靠、斜靠。一天，滿天。一，全、滿。秋，破敗、蕭條。

⑤**秋天一倚樓**：秋天，秋日的天空；秋季。一，表示動作一次或短暫。倚樓，倚靠在樓窗或樓頭欄杆上。

⑥**斷腸隨雁斷**：斷腸，形容極度思念或悲痛；斷，截開。雁斷，雁，形狀似鵝，頸和翼較長，嘴長微黃，羽淡紫褐色，鳴聲嘹亮，飛時自成行列，每年春分後往北飛，秋分後往南飛，為一種季節性的候鳥；斷，絕也，隔絕。

⑦**斷雁隨腸斷**：斷雁：失群的雁、孤雁；斷，孤單。腸斷：形容極度悲痛；斷，截開。

⑧**回書**：回復的書信。

7.〈清平樂〉賦杏花①

今年春早。到處花開了。只有此枝春恰②到。月底③輕顰④淺笑⑤。　　風流⑥全似梅花⑦。承當疏影橫斜。⑧夢想雙溪南北，⑨竹籬茅舍⑩人家⑪。（頁43）

①**賦杏花**：賦，吟詠。杏花，杏樹所開的花。杏，植物名，三月開淡紅色花朵，亦稱為「及第花」；果實扁圓、肥厚、味稍酸，核裡有仁，可食、可入藥；花與果實亦稱為「杏」。

②**恰**：才、剛剛。

③**月底**：月光之下。

④**輕顰**：微微皺眉。顰，皺眉。

⑤**淺笑**：猶微笑。

⑥**風流**：風韻、韻味。

⑦**梅花**：梅樹的花。花五瓣，色白或紅，臘月開花者稱臘梅，早春開花者稱春梅，因其堅貞耐寒，是有名的觀賞植物。

⑧**承當疏影橫斜**：承當，承擔、擔當。宋・王直方撰，郭信和、蔣凡點校《王直方詩話・林逋詠梅》載：「王君卿在揚州同孫巨源、蘇子瞻適相會。君卿置酒曰：『"疏影橫斜水清淺，暗香浮動月黃昏"，此林和靖〈梅花詩〉，然而為詠杏與桃李皆可（用也）。』東坡曰：『可則可，只是杏花不敢承當。』一座大笑。」（收入吳文治主編：《宋詩話全編》第2冊，南京：江蘇古籍出版社，1998年12月，頁1147。）疏影，疏朗的影子。橫斜，或橫或斜，多以狀梅竹之類花木枝條及其影子。

⑨**夢想雙溪南北**：夢想，夢中懷想；空想、妄想。雙溪，水名，在浙江，附近風景幽美；此泛指溪流。南北，從南到北；南北之間。

⑩**竹籬茅舍**：常指鄉村中因陋就簡的屋舍。

⑪**人家**：民家、民宅；住戶。

8. 〈烏夜啼〉

　　淡煙①疏雨新秋②。不禁③愁。記得青簾④江上⑤、酒家⑥樓。

　　　　人不住⑦，花無語⑧，水空流。只有一雙檣燕⑨、肯相留。⑩

　　（頁43）

①**淡煙**：輕煙。煙，物質燃燒時所產生的氣狀物；此指煙狀物，如

雲、霧等。

②**新秋**：初秋。

③**不禁**：抑制不住、不由自主。禁，音ㄐㄧㄣ；忍耐、擔當。

④**青簾**：舊時酒店掛在店鋪門外，用來招徠顧客的招牌，多用青布製成；借指酒家、酒店。

⑤**江上**：江岸上。

⑥**酒家**：酒肆，酒店。賣酒或供人飲酒的地方，今用作飯館、旅館的通稱。

⑦**不住**：不停、不斷。住，停留、長期居留。

⑧**無語**：不說話、沒有話語；形容寂靜無聲。

⑨**檣燕**：檣，音ㄑㄧㄤˊ；本指船桅杆，船上掛帆的柱杆；此應作「邊」、「壁」解。燕，體小翼大，飛行力強，尾長，分叉呈剪刀狀，背黑腹白、腳短，不利於步行，屬候鳥，常見的有家燕。

⑩**肯相留**：肯，表示樂意、願意。相留，挽留。

9.〈訴衷情〉

夜涼清露①滴梧桐②。庭樹又西風③。熏籠④舊香猶在，曉帳煖芙蓉。⑤　　雲淡薄⑥，月朦朧⑦。小簾櫳⑧。江湖⑨殘夢⑩，半在南樓⑪，畫角聲中。⑫（頁44）

①**清露**：潔淨的露水。

②**梧桐**：木名；幹端直，葉闊大，夏開黃色小花，種子可食用及榨油，古代以為是鳳凰棲止之木。

③**西風**：西面吹來的風，多指秋風。

④**熏籠**：亦作「燻籠」；一種覆蓋於火爐上供熏香、烘物和取暖用的器物。

⑤**曉帳煖芙蓉**：曉，明亮，特指天亮。帳，一種張掛或支架起來作為遮蔽用的器物，通常用布帛氈革製成；用途不同，質料亦異；此指牀帳。煖，同「暖」；溫暖、暖和。芙蓉：秋季開花，花大有柄，色有紅白，晚上變深紅，大而美豔，可供觀賞，葉和花均可入藥，或稱為「木芙蓉」，或為「荷花」的別名。此應是指「芙蓉帳」，為用芙蓉花染繪製成的帳子，泛指華麗的帳子。

⑥**淡薄**：稀薄，謂密度小。

⑦**朦朧**：微明貌。

⑧**簾櫳**：窗簾和窗牖，也泛指門窗的簾子，或指閨閣。櫳，窗戶、窗牖。

⑨**江湖**：泛指四方各地；舊時指隱士的居處。

⑩**殘夢**：謂零亂不全之夢。

⑪**南樓**：在南面的樓。晉人庾亮任江、荊、豫三州刺史時，曾與屬吏秋夜登武昌南樓詠吟賞月。南朝宋・劉義慶《世說新語》卷下〈容止〉第十四：「庾太尉在武昌，秋夜氣佳景清，使吏殷浩、王胡之之徒登南樓理詠，音調始遒，聞函道中有屐聲甚厲，定是庾公。俄而率左右十許人步來，諸賢欲起避之，公徐云：『諸君少住，老子於此處興復不淺。』因便據胡牀與諸人詠謔，竟坐甚得任樂。」（見徐震堮著：《世說新語校箋》，臺北：文史哲出版社，1985年7月，頁339。）後遂將「南樓」用作詠月夜，或長官屬吏宴集歡會的典故。而此或為「林慮南樓」；林慮，又名隆慮，指隆慮山，在今河南省安陽縣西。王庭筠有〈登林慮南樓〉詩二首，其一：「殿閣偏宜落照間，倚天無數玉㠭㠭。黃華墨竈知名寺，荊浩關仝得意山。遊子也如紅樹老，殘僧偶與白鷗還。人生見說功名好，不博南樓半日閒。」（見金・王庭筠撰，金毓黻輯錄：《黃華集》，收入《叢書集成續編》第133冊，臺北：

新文豐出版社，1989年7月，卷2，頁5。）其二：「戶牖憑高可散愁，石田碁布青林稠。西山萬古礙新月，南風六月生涼秋。見說官閒百無事，不妨客至一登樓。揚州騎鶴亦何有，誠哉不負三年留。」（同上，頁6。）

⑫**畫角聲中**：畫角，古管樂器；傳自西羌，形如竹筒，本細末大，以竹木或皮革等製成，因表面有彩繪，故稱；發聲哀厲高亢，古時軍中多用以警昏曉，振士氣，肅軍容；帝王出巡，亦用以報警戒嚴，宋・丘崈〈西江月〉（明日又還重九）：「寒意梧桐葉上，客愁畫角聲中。」（《全宋詞》第3冊，頁1748。）

10.〈清平樂〉應制①

瓊枝②瑤（瑶）月③。簾捲黃金闕④。宮鬢⑤蛾兒⑥雙翠葉⑦。點綴⑧離南⑨鬧⑩雪。　　東風⑪扇影⑫低還⑬。紅雲⑭不隔⑮天顏⑯。夜夜華燈⑰萬樹，年年碧海⑱三山⑲。（頁44）

①**應制**：應詔，應皇帝之命；特指應皇帝之命寫作詩文，亦以稱其所作。

②**瓊枝**：神話傳說中的仙樹；喻嘉樹美卉。

③**瑤月**：月亮的美稱。

④**黃金闕**：喻月宮。黃金，比喻寶貴。闕，宮門，城門兩側的高臺，中間有道路，臺上起樓觀；借指宮廷，帝王所居之處。

⑤**宮鬢**：宮中女子的鬢髮式樣。鬢，近耳旁兩頰上的頭髮。

⑥**蛾兒**：古代婦女於元宵節前後插戴在頭上的剪綵而成的應時節物。

⑦**翠葉**：翡翠制的葉形飾物。

⑧**點綴**：加以襯托或裝飾，使原有事物更加美好。

⑨**離南**：南方。

⑩闌：繁盛、旺盛。

⑪東風：東方刮來的風，此指春風。

⑫扇影：指女子歌舞時搖扇的風姿韻態。

⑬低還：猶低回，旋轉、迴旋。低，俯、向下彎。還，音ㄒㄩㄢˊ，通「旋」；旋轉。

⑭紅雲：紅色的雲。傳說仙人所居之處，常有紅雲盤繞。

⑮隔：阻隔、分開。

⑯天顏：天子的容顏。顏，臉色、面容。

⑰華燈：雕飾精美的燈、彩燈。

⑱碧海：傳說中的海名。舊題漢・東方朔《海內十洲記》：「扶桑在東海之東岸。岸直，陸行登岸一萬里，東復有碧海。海廣狹浩汗，與東海等。水既不鹹苦，正作碧色，甘香味美。」（收入《文淵閣四庫全書電子版》【內聯網版】，頁10。）

⑲三山：傳說中的海上三神山。晉・王嘉《拾遺記》：「三壺，則海中三山也。一曰方壺，則方丈也；二曰蓬壺，則蓬萊也；三曰瀛壺，則瀛洲也。」（收入《文淵閣四庫全書電子版》【內聯網版】，卷1，頁9。）

11.〈水調歌頭〉

秋風禿林葉，卻與鬢①生華②。十年③長短亭④裏，落日冷邊笳。⑤飛雁白雲千里，⑥況⑦是登山臨水⑧，無賴⑨客思家。獨鶴歸何晚，⑩已後⑪滿林鴉。　　望蓬山⑫，雲海⑬闊，浩無涯。⑭安期玉舄何處，⑮袖有棗如瓜。⑯一笑那知許事⑰，且看尊前故態，⑱耳熱眼生花。⑲肝肺⑳出芒角㉑，漱墨㉒作枯槎㉓。（頁44）

①**鬢**：臉旁靠近耳朵的頭髮。

②**華**：頭髮花白。

③**十年**：形容時間長久。

④**長短亭**：舊時城外大道旁，五里設短亭，十里設長亭，為行人休憩或送行餞別之所。

⑤**落日冷邊笳**：落日，夕陽，亦指夕照。冷，冷落；冷清，不熱鬧。邊笳，即胡笳，我國古代北方邊地少數民族的一種樂器，類似笛子。

⑥**飛雁白雲千里**：雁，動物名，形狀似鵝，頸和翼較長，羽淡紫褐色，鳴聲嘹亮，飛時自成行列；每年春分後往北飛，秋分後往南飛，為一種季節性的候鳥。白雲，白色的雲。千里，指路途遙遠或面積廣闊。

⑦**況**：何況，用反問的語氣表達更進一層的意思。

⑧**登山臨水**：攀登山嶺，瀕臨江河；形容遊覽山水名勝或指長途跋涉。

⑨**無賴**：謂情緒因無依託而煩悶。

⑩**獨鶴歸何晚**：舊題晉・陶潛《搜神後記》：「丁令威，本遼東人，學道於靈虛山。後化鶴歸遼，集城門華表柱。時有少年，舉弓欲射之。鶴乃飛，徘徊空中而言曰：『有鳥有鳥丁令威，去家千年今始歸。城郭如故人民非，何不學仙塚纍纍。』遂高上沖天。」（收入《文淵閣四庫全書電子版》【內聯網版】，卷1，頁1。）後以此典形容久別家鄉重歸，感慨人世變遷；或形容久居異地，思念家鄉。宋・張炎〈新雁過妝樓〉（風雨不來）：「寒香應徧故里，想鶴怨山空猶未歸。歸何晚，問徑松不語，只有花知。」（《全宋詞》第5冊，頁3473。）獨鶴，孤鶴；離群之鶴。獨，僅、唯、只。何，多麼；表示程度。晚，遲；比規定

的或合適的時間靠後。

⑪已後：同「以後」；之後、此後。

⑫蓬山：即蓬萊山，相傳為仙人所居。

⑬雲海：廣闊無垠的大海。

⑭浩無涯：浩，大、廣大。無涯，無窮盡、無邊際。

⑮安期玉舄何處：舊題漢‧劉向《列仙傳》卷上〈安期先生〉：「安期先生者，瑯琊阜鄉人也。賣藥於東海邊，時人皆言千歲翁。秦始皇東遊，請見，與語三日三夜。賜金璧，度數千萬，出於阜鄉亭，皆置去。留書，以赤玉舄一雙為報，曰：『後數年，求我於蓬萊山。』始皇即遣使者徐市、盧生等數百人入海，未至蓬萊山，輒逢風波而還。」（收入《文淵閣四庫全書電子版》【內聯網版】，頁14。）舄，音ㄒㄧˋ；古代一種以木為複底的鞋；亦為鞋的通稱。何處，那裡；什麼地方。

⑯袖有棗如瓜：漢‧司馬遷《史記》卷十二〈孝武本紀〉：「（李）少君言於上曰：『……臣嘗遊海上，見安期生，食臣（巨）棗，大如瓜。安期生僊者，通蓬萊中，合則見人，不合則隱。』」（第2冊，北京：中華書局，1963年6月，頁455。）

⑰許事：這樣的事情。

⑱且看尊前故態：且看，試看，試著看看。尊前，在酒樽之前；指酒筵上。尊，泛指一般盛酒器；亦作「樽」、「罇」。故態，老脾氣，舊日或平素的舉止神態。

⑲耳熱眼生花：耳熱，耳部發熱，形容人興奮的狀態；此謂酒酣耳熱，形容酒喝得意興正濃的暢快神態。眼生花，眼昏花，視力模糊不清。

⑳肝肺：肝與肺，比喻內心。

㉑芒角：稜角，物體邊沿相接的地方。指人的鋒芒或銳氣。

㉒**漱墨**：汲墨。漱，音ㄕㄨㄟˋ；吮吸。墨，書畫用的黑色顏料。

㉓**枯槎**：老樹的枝杈。槎，音ㄔㄚˊ；樹的杈枝。宋・蘇軾〈郭祥正家，醉畫竹石壁上，郭作詩為謝，且遺二古銅劍〉：「空腸得酒芒角出，肝肺槎牙生竹石。」（《全宋詩》第14冊，卷806，頁9342。）

12.〈謁金門〉賦玉簪①

秋蕭索②。燈火新涼簾幕。③翠被④不禁⑤臨曉⑥薄。南樓⑦聞畫角⑧。　想見⑨玉壺⑩冰萼⑪。一夜西風⑫開卻⑬。夢覺烏啼殘月落。⑭幽香無處著。⑮（頁44）

①**賦玉簪**：賦，吟詠。玉簪，植物名，六、七月開白色或淡紫色花，含蕊如簪頭，有香味。

②**蕭索**：蕭條冷落、寂寞淒涼。

③**燈火新涼簾幕**：燈火，燃燒著的燈燭等照明物，亦指照明物的火光。新涼，指初秋涼爽的天氣。簾幕，用於門窗處的簾子與帷幕，可用以遮陽或隔絕視線。

④**翠被**：翡翠羽製成的背帔；或織（繡）有翡翠紋飾的被子。翡翠，一種鳥，羽毛有藍、綠、赤、棕等色，可做裝飾品。

⑤**不禁**：經受不住。

⑥**臨曉**：臨，靠近、來到。曉，明亮，特指天亮。

⑦**南樓**：參見前第9闋〈訴衷情〉（夜涼清露滴梧桐），註⑪。

⑧**畫角**：參見前第9闋〈訴衷情〉（夜涼清露滴梧桐），註⑫。

⑨**想見**：推想而知。

⑩**玉壺**：壺水成冰，形容寒冷；喻高潔清廉。

⑪**冰萼**：冰，形容詞，清高的、純潔的。萼，位於花的外輪，呈綠

色，在花芽期有保護花芽的作用。

⑫**西風**：西面吹來的風，多指秋風。

⑬**卻**：動詞後面的語助詞，相當於了、掉、得、著，隨文意而定。

⑭**夢覺烏啼殘月落**：形容天色將明時的景象。夢覺，猶夢醒。殘月，謂將落的月亮。

⑮**幽香無處著**：幽香，清淡的香氣。無處，無一處，沒有任何地方。著，音ㄓㄨㄛˊ；安置、依附。宋・袁去華〈減字木蘭花〉（微紅嫩白）：「黃昏院落。細細清香無處著。」（《全宋詞》第3冊，頁1507。）

五、【趙秉文詞箋注】

1.〈水調歌頭〉

四明有狂客，①呼我謫仙人②。俗緣千劫不盡，③回首④落紅塵⑤。我欲騎鯨歸去，只恐神仙官府，嫌我醉時真。笑拍群仙手，幾度夢中身。⑥　　倚長松，⑦聊拂石，⑧坐看雲。忽然黑霓⑨落手⑩，醉舞紫毫春。⑪寄語⑫滄浪⑬流水⑭，曾識閑閑⑮居士⑯，好為濯⑰冠巾⑱。卻返⑲天台⑳去，華髮散麒麟。㉑（頁46）

昔擬栩仙人王雲鶴㉒贈予詩云，寄與閑閑傲浪仙。枉㉓隨詩酒墮凡緣㉔。黃塵㉕遮斷來時路，不到蓬山㉖五百年。其後玉龜㉗山人㉘云，子前身赤城子㉙也。予因以詩記之云，玉龜山下古仙真㉚。許㉛我天台一化身㉜。擬折玉蓮㉝騎白鶴㉞，他年㉟滄海看揚塵㊱。吾友趙禮部庭玉㊲說，丹陽子㊳謂予再世蘇子美㊴也，赤城子則吾豈敢㊵，若子美則庶幾㊶焉。尚愧辭翰㊷微㊸不及㊹耳，因作此以寄意焉㊺。

①**四明有狂客**：狂客，狂放不拘禮俗的人。唐・賀知章，字季真，四明（今浙江省寧波市）人。後晉・劉昫等撰《舊唐書・賀知章傳》：「知章性放曠，善談笑，當時賢達皆傾慕之。……知章晚年尤加縱誕，無復規檢，自號四明狂客，又稱『秘書外監』，遨遊里巷。醉後屬詞，動成卷軸，文不加點，咸有可觀。……天寶三載，知章因病恍惚，乃上疏請度為道士，求還鄉里，仍捨本鄉宅為觀。」（第15冊，北京：中華書局，1975年5月，卷190中，頁5034。）

②**謫仙人**：謫，處罰、懲罰。謫仙，謫居世間的仙人，常用以稱譽才學優異的人。後晉・劉昫等撰《舊唐書・李白傳》：「李白字太白，山東人。少有逸才，志氣宏放，飄然有超世之心。……

初賀知章見白，賞之曰：『此天上謫仙人也。』」（第15冊，卷190下，頁5053。）唐‧李白〈對酒憶賀監〉之一：「四明有狂客，風流賀季真。長安一相見，呼我謫先人。昔好杯中物，翻為松下塵。金龜換酒處，卻憶淚沾巾。」（《全唐詩》第6冊，卷182，頁1859。）

③**俗緣千劫不盡**：俗緣，佛教以因緣解釋人事，因稱塵世之事為俗緣。緣，人與人或事物之間遇合的機會。千劫，佛教語；指曠遠的時間與無數的生滅成壞，現多指無數災難。劫，梵語音譯「劫波」（kalpa）的略稱；一個極為長久的時間單位，佛教以世界經歷若干萬年即毀滅一次，再重新開始為「一劫」。不盡，猶不已；無窮盡、無限。

④**回首**：其義有三：（1）回頭。（2）回想、回憶。（3）死亡。

⑤**落紅塵**：落，陷入、掉入。紅塵，佛教、道教等稱人世為「紅塵」。

⑥**我欲騎鯨歸去，……幾度夢中身**：元‧李治《敬齋古今黈》：「東坡〈水調歌頭〉：『我欲乘風歸去，只恐瓊樓玉宇，高處不勝寒，起舞弄清影，何似在人間。』一時詞手多用此格，……近世閒閒老亦云：『我欲騎鯨歸去，只恐神仙官府，嫌我醉時真。笑拍群仙手，幾度夢中身。』」（收入《文淵閣四庫全書電子版》【內聯網版】，卷8，頁14。）騎鯨，其義有二：（1）漢‧楊雄〈羽獵賦〉：「乘巨鱗，騎京魚。」（收入梁‧昭明太子蕭統輯，唐‧李善注：《文選》，臺北：藝文印書館，1983年6月，卷8，頁23。）唐‧李善注：「京魚，大魚也。字或為鯨，鯨亦大魚也。」（同上）誇言出獵聲勢之壯偉。後因借用為詠仙客、豪士的典實；喻指有仙風道骨，亦指隱遁游仙。（2）唐詩人李白氣豪，嘗自署「海上騎鯨客」；唐‧杜甫〈送孔巢父謝

病歸遊江東兼呈李白〉詩：「若逢李白騎鯨魚，道甫問信今何如。」（《全唐詩》第7冊，卷216，頁2259。）後因以「騎鯨」為詠李白的典故。宋・周必大《二老堂雜志》卷五〈記太平州牛渚磯〉：「世傳太白因醉溺江，故有捉月臺。而梅聖俞詩云：『醉中愛月江底懸，以手弄月身翻然；下應暴落饑蛟涎，便當騎鯨上青大。』蓋信此而為之說也。」（收入《叢書集成簡編》第715冊，臺北：臺灣商務印書館，1966年3月，頁95。）後又將「騎鯨」用作詠月夜或悼亡的典故。歸去，回去。恐，害怕、畏懼；常表示大禍將屆，慌亂不知所措。神仙，神話傳說中的人物；有超人的能力，可以超脫塵世，長生不老。官府：謂政府機關；或指長官、官吏。嫌，厭惡、討厭。幾度，經過好幾年。

⑦**倚長松**：倚，憑靠、斜靠。長，高。松，松科植物的總稱；種類極多，一般為常綠喬木，幹聳直，皮粗厚，葉如針，結毬果，木材用途甚廣，可供醫藥和工藝用。

⑧**聊拂石**：聊，藉、依賴、寄託。拂石，極言石之高。拂，觸到、接近。

⑨**黑霓**：此指黑墨。霓，彩雲、雲霞。

⑩**落手**：放手。

⑪**醉舞紫毫春**：醉舞，猶狂舞。紫毫，紫色兔毛；亦指用以製成的筆。春，指草木生長，花開放，常喻生機。

⑫**寄語**：傳話、轉告。

⑬**滄浪**：青蒼色，多指水色。《楚辭・漁父》：「屈原既放，游於江潭，……漁父曰：『聖人不凝滯於物，而能與世推移。世人皆濁，何不淈其泥而揚其波？眾人皆醉，何不餔其糟而歠其醨？何故深思高舉，自令放為？』屈原曰：『吾聞之。新沐者必彈冠，新浴者必振衣。安能以身之察察，受物之汶汶者乎？……』漁父

莞爾而笑，鼓枻而去。歌曰：『滄浪之水清兮，可以濯吾纓，滄浪之水濁兮，可以濯吾足。』遂去不復與言。」（漢・劉向編輯、傅錫壬註譯：《新譯楚辭讀本》，臺北：三民書局，1987年12月，卷7，頁141。）表達因時而易，順應客觀，以隨遇為高。漁父勸屈原避世隱身以遠禍自全，後常用此典表示隱逸江湖，消極處世，和光同塵；或形容人能保持高風潔行，不同流合污。

⑭**流水**：流動的水；活水。

⑮**閑閑**：趙秉文（西元1159-1232年），金朝文學家、理學家。字周臣，號閑閑老人。

⑯**居士**：其義有四：（1）古代稱有德才而隱居不仕或未仕的人。（2）稱道教中人。（3）舊時出家人對在家人的泛稱。（4）文人雅士的自稱。

⑰**濯**：音ㄓㄨㄛˊ，洗滌、清洗。

⑱**冠巾**：冠和巾，古代用以區別士和庶人，亦泛指頭巾。

⑲**卻返**：回轉，返回。卻，又、再。

⑳**天台**：山名，在浙江省天台縣北，多懸崖、峭壁、飛瀑等名勝，自古傳為仙山，道徒多集於此。南朝宋・劉義慶《幽明錄》：「漢明帝永平五年，剡縣劉晨、阮肇共入天台山取穀皮，迷不得返，……便共沒水，逆流二三里，得度山出一大溪，溪邊有二女子，資質妙絕，……問：『來何晚邪？』因邀還家。……十日後，欲求還去。女云：『君已來是，宿福所牽，何復欲還邪？』遂停半年。……更懷悲思，求歸甚苦。……既出，親舊零落，邑屋改異，無復相識。……至晉太元八年，忽復去，不知何所。」（收入王根林等校點：《漢魏六朝筆記小說大觀》，上海：上海古籍出版社，1999年12月，頁697-698。）

㉑**華髮散麒麟**：華髮，頭髮花白，指年老。散，雜亂、沒有規則。

麒麟，古代傳說中的一種動物，形狀像鹿，頭上有角，全身有鱗甲，尾像牛尾，雄曰麒，雌曰麟；古人以為仁獸、瑞獸，拿它象徵祥瑞；或比喻才能傑出的人。唐・韓愈〈雜詩〉：「指摘相告語，雖還今誰親？翛然下大荒，被髮騎麒麟。」（《全唐詩》第10冊，卷340，頁3816。）此借游仙世外，寄託世乏知己的苦悶。

㉒**擬栩仙人王雲鶴**：王中立，字湯臣，岢嵐（今山西省岢嵐縣）人，博學強記，問無不知；晚年易名「雲鶴」，自號「擬栩」。仙人，神話傳說中長生不死，並且有各種神通的人。

㉓**枉**：徒然、白費。

㉔**墮凡緣**：墮，落。凡緣，舊指佛家、道家、神仙等與世俗的緣分。

㉕**黃塵**：黃色的塵土。

㉖**蓬山**：即蓬萊山，相傳為仙人所居。

㉗**玉龜**：指玉龜山，又稱龜山；神話中的仙境，西王母所居之處。

㉘**山人**：其義有三：（1）隱居在山中的士人。（2）舊稱以卜卦、算命為職業的人；指仙家、道士之流。（3）古代學者士人的雅號。

㉙**赤城子**：唐朝道士司馬承禎，博學能文，有道術，隱居天台山，屢徵不起。傳說他名在絳闕而身居赤城，苦心修煉，終於尸解仙去。宋・李昉等編《太平廣記》卷二十一〈司馬承禎〉載：「司馬承禎，字子微，博學能文。……隱於天台山玉霄峰，自號白雲子，有服餌之術。則天累徵之不起。……又蜀女真謝自然泛海，將詣蓬萊求師，船為風飄，到一山，見道人指言：『天台山司馬承禎，名在丹臺，身居赤城，此真良師也。……』自然乃回求承禎受度，後白日上昇而去。承禎居山，修行勤苦，年一百餘歲，童顏輕健，若三十許人。有弟子七十餘人。」（收入《文淵閣四庫全書電子版》【內聯網版】，頁6-8。）赤城，其義有二：

（1）山名，多以稱土石色赤而狀如城堞的山；在浙江省天台縣北，為天台山南門。（2）傳說中的仙境。

㉚**仙真**：道家稱昇仙得道之人。

㉛**許**：答應、應允。

㉜**化身**：指佛、菩薩為化度眾生，在世上現身說法時變化的種種形象。借指人或事物所轉化的種種形象。

㉝**玉蓮**：白蓮。

㉞**騎白鶴**：謂仙家、道士乘鶴雲游。舊題漢・劉向《列仙傳・王子喬》載：「王子喬者，周靈王太子晉也。好吹笙，作鳳凰鳴。游伊、洛之間，道士浮丘公接以上嵩高山。三十餘年，後求之於山上，見栢良曰：『告我家，七月七日待我於緱氏山巔。』至時，果乘白鶴駐山頭，望之不得到，舉手謝時人，數日而去。」（收入《文淵閣四庫全書電子版》【內聯網版】，卷上，頁13-14。）鶴，鳥類，頭小、頸、喙、腳皆細長，高三尺餘，羽毛白色或灰色，翼大善飛，鳴聲高朗，多生活於沼澤或平原水際，以小魚、昆蟲及穀類為食；鶴在傳說中是神仙的坐騎，也是長壽的象徵。

㉟**他年**：猶言將來，以後。

㊱**滄海看揚塵**：晉・葛洪《神仙傳・王遠》載：「麻姑自說：『接待以來，已見東海三為桑田。向到蓬萊，水又淺於往昔，會時略半也，豈將復還為陵陸乎？』方平（王遠）笑曰：『聖人皆言，海中行復揚塵也。』」（收入《文淵閣四庫全書電子版》【內聯網版】，卷3，頁9。）後以此典形容世事翻覆遷改，人事變遷；也形容年代久遠。滄海，大海。揚塵，激起塵土。

㊲**趙禮部庭玉**：趙思文（西元1164-1231年），字廷玉，一作庭玉，永平（今河北省完縣）人。金章宗明昌5年（西元1194年）

進士，哀宗正大末，召為禮部尚書。公事之暇，以詩酒為樂；好
吹笛，多著樂章，為人傳誦。

㊳**丹陽子**：馬鈺（西元1123-1183年），原名從義，字宜甫，寧海
（今山東省牟平縣）人，全真教北七真之一。家豪富，金世宗大
定8年（西元1168年），從王喆出家學道，更名鈺，字玄寶，號
丹陽子，世稱丹陽真人。

㊴**蘇子美**：蘇舜欽（西元1008-1048年），字子美，北宋詩人。
宋‧歐陽修〈湖州長史蘇君墓誌銘并序〉曰：「君諱舜欽，字子
美。……君狀貌奇偉，慷慨有大志。少好古，工為文章，所至皆
有善政。官于京師，位雖卑，數上疏論朝廷大事，敢道人之所難
言。范文正公薦君，召試，得集賢校理。……於是時，范文正公
與今富丞相多所設施，而小人不便，……以君文正公之所薦，而
宰相杜公婿也，乃以事中君，……君名重天下，所會客皆一時賢
俊，悉坐貶逐。……君携妻子居蘇州，買水石作滄浪亭，日益讀
書，大涵肆於六經，而時發其憤悶於歌詩，至其所激，往往驚
絕。」（見洪本健校箋：《歐陽修詩文集校箋》中冊，上海：上
海古籍出版社，2009年8月，居士集卷31，頁835-836。）

㊵**豈敢**：猶言怎麼敢。

㊶**庶幾**：差不多、近似。

㊷**辭翰**：文章、著述。

㊸**微**：稍、略。

㊹**不及**：不如、比不上。

㊺**寄意焉**：寄意，傳達心意。焉，語氣詞，置句末，表示肯定；相
當於「也」、「矣」。

2.〈青杏兒〉

風雨替花愁。①風雨罷、花也應休。②勸君莫惜花前醉，③今年
花謝，明年花謝，白了人頭。④　　乘興兩三甌。⑤揀⑥溪山、
好處⑦追游⑧。但教有酒身無事，⑨有花也好⑩，無花也好，選
甚⑪春秋⑫。（頁47）

①**風雨替花愁**：即「替花愁風雨」句之倒裝。愁，憂慮、悲傷；憂
傷的心緒。宋・申純〈小梁州〉（惜花長是替花愁）：「惜花長
是替花愁。每日到西樓。」（《全宋詞》第5冊，頁3884。）

②**風雨罷、花也應休**：罷，停止。休，了結、結束；凋落盡。唐・
孟浩然〈春曉〉：「夜來風雨聲，花落知多少。」（《全唐詩》
第5冊，卷160，頁1667。）

③**勸君莫惜花前醉**：惜，愛憐、珍視、捨不得。唐・溫庭筠〈醉
歌〉：「勸君莫惜金樽酒，年少須臾如覆手。」（《全唐詩》第
17冊，卷576，頁6705。）

④**今年花謝，明年花謝，白了人頭**：謝，凋零、消逝。宋・歐陽修
〈浪淘沙〉（今日北池遊）：「如此春來春又去，白了人頭。」
（《全宋詞》第1冊，頁141。）

⑤**乘興兩三甌**：乘興，趁一時高興；興會所至。南朝宋・劉義慶
《世說新語》卷下〈任誕〉第二十三：「王子猷居山陰，夜大
雪，眠覺，開室命酌酒，四望皎然。因起傍偟，詠左思〈招隱
詩〉，忽憶戴安道。時戴在剡，即便夜乘小船就之。經宿方至，
造門不前而返。人問其故，王曰：『吾本乘興而行，興盡而返，
何必見戴！』」（見徐震堮著：《世說新語校箋》，臺北：文史
哲出版社，1985年7月，頁408。）兩三，幾個，表示少量。甌，
音ㄡ；杯、碗之類的飲具，亦作量詞。宋・王禹偁〈對雪示嘉

祐〉：「抱瓶自瀉不待勸，乘興一引連十甌。」（《全宋詩》第
2冊，卷68，頁779。）

⑥揀：音ㄐㄧㄢ∨；選擇、挑選。

⑦**好處**：美好的時候，美好的處所。

⑧**追游**：尋勝而游；追隨游覽。

⑨**但教有酒身無事**：但，只、只要。教，使、令、讓。有酒，謂喝
醉酒。身，指人的生命或一生。無事，沒有變故；指無為，道家
主張順乎自然，無為而治。唐・韓愈〈遊青龍寺贈崔大補闕〉：
「何人有酒身無事，誰家多竹門可款。」（《全唐詩》第10冊，
卷339，頁3796。）

⑩**也好**：兩個或幾個連用，表示不論這樣還是那樣都不是條件，用
法跟「也罷」相近。

⑪**選甚**：管甚，論甚；猶言不管、不論。甚，音ㄕㄣˊ；什麼，表
不定或虛指的形容詞。

⑫**春秋**：光陰、歲月；或泛指四時。

3.〈梅花引〉過天門關①作

山如峽②。天如席③。石顛④樹老冰崖坼⑤。雪霏霏。⑥水洄
洄⑦。先生⑧此道，胡為乎來哉。⑨石頭路滑馬蹄蹶。⑩昂頭
貪看山奇絕。⑪短童隨。皺⑫雙眉。休說清寒，⑬形容⑭想更
飢。　□□□。□□□。□□□□□□□□□。□□□。□□□。
□□□□，□□□□□□。杖頭倒挂一壺酒。⑮為問人家何處有。⑯
捋冰髯。⑰煖朝寒。⑱何人畫我，⑲霜天曉過關。⑳（頁47）

①**天門關**：在今山西省陽曲縣西北六十里。

②**峽**：陸塊之間的狹長海道，指兩山之間。

③**席**：坐臥鋪墊用具，由竹篾、葦篾或草編織成的平片狀物。

④**顛**：傾覆。

⑤**冰崖坼**：崖，高地的邊，陡立的山邊。坼，音彳ㄜˋ；裂開、分裂、崩落。

⑥**雪霏霏**：霏霏，雨雪盛貌。唐‧貫休〈讀顧況歌行〉：「花飛飛，雪霏霏，三珠樹曉珠纍纍。」（《全唐詩》第23冊，卷827，頁9316。）

⑦**洄洄**：水旋流貌。

⑧**先生**：一般人之間的通稱。

⑨**胡為乎來哉**：胡為，何為、為什麼。乎，用於句中，緩和語氣或表示語氣的停頓。哉，表示疑問或反問的語氣。唐‧李白〈蜀道難〉：「其險也如此，嗟爾遠道之人，胡為乎來哉！」（《全唐詩》第5冊，卷162，頁1680。）

⑩**石頭路滑馬蹄蹶**：蹄，獸足趾端的角質變形物，後藉以通稱獸足。蹶，音ㄐㄩㄝˊ；顛仆、跌倒。宋‧劉克莊〈一翦梅〉（束縕宵行十里強）：「天寒路滑馬蹄僵。元是王郎。來送劉郎。」（《全宋詞》第4冊，頁2639。）

⑪**昂頭貪看山奇絕**：昂，仰起、高舉。貪，對各種事物不知滿足的追求。奇絕：奇妙非常。

⑫**皺**：擠壓、收縮、緊蹙。

⑬**休說清寒**：休，不要、不可。清寒，寒涼、寒冷。

⑭**形容**：外貌、模樣；指表情、神態。

⑮**杖頭倒挂一壺酒**：杖頭，手杖的頂端。倒掛，倒懸；下垂。倒，反過來、相反的。挂，懸吊，通「掛」。唐‧呂巖〈七言〉六十三首之二：「杖頭春色一壺酒，頂上雲攢五嶽冠。」（《全唐詩》第24冊，卷857，頁9683。）

⑯**為問人家何處有**：人家，住戶、民宅。何處，哪里，什麼地方。唐・楊衡〈送人流雷州〉：「不知荒徼外，何處有人家。」（《全唐詩》第14冊，卷465，頁5287。）

⑰**捋冰髯**：捋，音ㄌㄩˇ；用手指順著抹過去，使物體順溜或乾淨。髯，音ㄖㄢˊ；頰毛，亦泛指鬍鬚。

⑱**煖朝寒**：煖，同「暖」，溫暖、暖和。朝寒，早晨寒冷；早晨的寒冷。

⑲**何人畫我**：何人，什麼人。畫，作圖、描繪。宋・危昂霄〈眼兒媚〉（晴雲十丈跨杉溪）：「何人畫我，倚闌得句，聽水忘歸。」（《全宋詞》第5冊，頁3599。）

⑳**霜天曉過關**：霜天，深秋天氣；嚴寒的天氣。曉，明亮，特指天亮。過關，通過關口。關，國境或邊險要塞的出入口；來往必經的要道。

4. 〈**大江東去**〉用東坡先生韻①

秋光一片，②問蒼蒼桂影，其中何物。③一葉扁舟波萬頃，四顧黏天無壁。④叩枻長歌，嫦娥欲下，⑤萬里揮冰雪⑥。京塵千丈，⑦可能⑧容此人傑⑨。　　回首赤壁磯邊，⑩騎鯨人去，⑪幾度⑫山花⑬發。澹澹長空今古夢，⑭只有歸鴻⑮明滅⑯。我欲從公，乘風歸去，⑰散此麒麟髮。⑱三山安在，⑲玉簫吹斷明月。⑳（頁47）

①**用東坡先生韻**：趙秉文和宋・蘇軾〈念奴嬌・赤壁懷古〉詞：「大江東去，浪淘盡、千古風流人物。故壘西邊人道是，三國周郎赤壁。亂石穿空，驚濤拍岸，捲起千堆雪。江山如畫，一時多少豪傑。　　遙想公瑾當年，小喬初嫁了，雄姿英發。羽扇綸巾

談笑間，強虜灰飛煙滅。故國神遊，多情應笑，我早生華髮。人間如夢，一樽還酹江月。」（《全宋詞》第1冊，頁282。）清·徐師曾《詩體明辯·序說》卷十四〈和韻詩〉：「按和韻詩有三體：一曰依韻，謂同在一韻中，而不必用其字也；二曰次韻，謂和其原韻，而先後次第皆因之也；三曰用韻，謂有其韻而先後不必次也。」（見明·徐師曾纂，明·沈芬、沈騏箋：《詩體明辯》下冊，臺北：廣文書局，1972年4月，頁6。）此闋為次韻之作。

②**秋光一片**：秋光，秋日的風光景色。一片，數量詞；用於彌漫散布的景色、氣象。

③**問蒼蒼桂影，其中何物**：蒼蒼，迷茫。桂影，指月影、月光。其中，這裡面；那裡面。何物，什麼東西；什麼人。唐·段成式《酉陽雜俎》前集卷一〈天咫〉：「舊言月中有桂、有蟾蜍，故異書言月桂高五百丈，下有一人常斫之，樹創隨合。人姓吳名剛，西河人，學仙有過，謫令伐樹。」（北京：中華書局，1981年12月，頁9。）

④**一葉扁舟波萬頃，四顧黏天無壁**：一葉，小舟一艘。扁舟，小船。萬頃，百萬畝，百畝為一頃，亦常用以形容面積廣闊。四顧，環視四周；或指四面。黏天，謂貼近天，彷彿與天相連。無壁，沒有限界或邊際。此二句化用宋·蘇軾〈赤壁賦〉：「白露橫江，水光接天。縱一葦之所如，凌萬頃之茫然。」（見明·茅維編，孔凡禮點校：《蘇軾文集》第1冊，北京：中華書局，1986年3月，卷1，頁6。）宋·楊萬里〈過金沙洋望小海〉：「須臾滿眼賈胡船，萬頃一碧波黏天。」（《全宋詩》第42冊，卷2291，頁26304。）宋·葉夢得〈念奴嬌〉（雲峰橫起）：「倒捲回潮目盡處，秋水黏天無壁。」（《全宋詞》第2冊，頁768。）

⑤**叩枻長歌，嫦娥欲下**：叩枻，謂以槳擊船舷以為歌詠的節拍。

枻，音一ㄝˋ；船舷。長歌，放聲高歌。嫦娥，神話中的月中女
神；后羿的妻子姮娥，相傳因偷吃不死之藥而飛升月宮，成為
仙女；西漢淮南王劉安《淮南子‧覽冥訓》：「羿請不死之藥
於西王母，姮娥竊以奔月。」（見何寧撰：《淮南子集釋》，
上冊，北京：中華書局，1998年10月，卷6，頁501。）漢‧高誘
注：「姮娥，羿妻。羿請不死之藥於西王母，未及服之，姮娥盜
食之，得仙，奔入月中為月精也。」（同上）姮，本作「恒」，
俗作「姮」；漢代因避文帝劉恒諱，改稱「常娥」，通作「嫦
娥」。此二句自蘇軾〈赤壁賦〉：「於是飲酒樂甚，扣舷而歌
之。歌曰：『桂棹兮蘭槳，擊空明兮泝流光。渺渺兮予懷，望
美人兮天一方。』」（見明‧茅維編，孔凡禮點校：《蘇軾文
集》，第1冊，卷1，頁6。）化出。

⑥**揮冰雪**：揮，散、散發。冰雪，形容如冰雪澄澈，水、月交相映
照之秋光；或形容心地純淨潔白，操守清正貞潔。

⑦**京塵千丈**：京塵，亦作「京洛塵」或「京雒塵」；京洛（雒），
洛陽的別稱，因東周、東漢均建都於此，故名。晉‧陸機〈為顧
彥先贈婦〉二首之一：「京洛多風塵，素衣化為緇。」（見金
濤聲點校：《陸機集》，北京：中華書局，1982年1月，卷5，頁
54。）後以「京洛塵」比喻功名利祿等塵俗之事。千丈，極言其
長、高、深。

⑧**可能**：能否。

⑨**人傑**：人中之豪傑，才智出眾的人。

⑩**回首赤壁磯邊**：回首，回頭、回頭看；回想，回憶。赤壁磯，即
赤鼻磯；古地名，在今湖北省黃州市城西北江濱，因山形截然如
壁而有赤色，也稱赤壁；蘇軾以為周瑜敗曹公處，非也。磯，水
邊石灘或突出的岩石。邊，四周、周圍。

⑪**騎鯨人去**：騎鯨，參見前第1闋〈水調歌頭〉（四明有狂客）註⑥；此指蘇軾。宋・張元幹〈浣溪沙〉（燕掠風檣款款飛）：「豔桃穠李鬧長堤。騎鯨人去曉鶯啼。」（《全宋詞》第2冊，頁1085。）

⑫**幾度**：經過好幾年。

⑬**山花**：山間野花。

⑭**澹澹長空今古夢**：澹澹，廣漠貌。長空，指天空；天空遼闊無垠，故稱。今古，過去、往昔；亦借指消逝的人事、時間。趙秉文此句化用唐・杜牧〈登樂游原〉詩：「長空澹澹孤鳥沒，萬古銷沉向此中。」（《全唐詩》第16冊，卷521，頁5954。）

⑮**歸鴻**：歸雁，詩文中多用以寄託歸思；大雁春天北飛，秋天南飛，候時去來，故稱。鴻，大雁；一種群居水邊的候鳥，羽毛呈紫褐色，腹部白色，嘴扁平，腿短，趾間有蹼，食植物種子、蟲、魚以維生。

⑯**明滅**：忽隱忽現。

⑰**我欲從公，乘風歸去**：宋・蘇軾〈水調歌頭〉（明月幾時有）：「我欲乘風歸去，又恐瓊樓玉宇，高處不勝寒」。（《全宋詞》第1冊，頁280。）故秉文乃言「從公」。乘風，駕著風；憑藉風力。歸去，回去。

⑱**散此麒麟髮**：參見前第1闋〈水調歌頭〉（四明有狂客）註㉑。

⑲**三山安在**：三山，傳說中的海上三神山；晉・王嘉《拾遺記》：「三壺，則海中三山也。一曰方壺，則方丈也；二曰蓬壺，則蓬萊也；三曰瀛壺，則瀛洲也。」（收入《文淵閣四庫全書電子版》【內聯網版】，卷1，頁9。）安在，何在；在那裡。唐・高適〈和賀蘭判官望北海作〉：「四牡未遑息，三山安在哉。」（《全唐詩》第6冊，卷211，頁2192。）

⑳**玉簫吹斷明月**：玉簫，玉制的簫或簫的美稱。斷，極、盡。明月，明朗光明的月亮。宋·袁去華〈水調歌頭〉（一葉墮金井）：「嬋娟影裡，玉簫吹斷碧芙蓉。」（《全宋詞》第1冊，頁280。）

5.〈缺月挂疏桐〉_{擬東坡作①}

　　烏鵲不多驚，貼貼風枝靜。②珠貝③橫空④冷不收，半溼秋河⑤影。　　缺月墮幽窗，⑥推枕驚深省⑦。落葉蕭蕭聽雨聲，⑧簾外霜華⑨冷。（頁47）

①**擬東坡作**：秉文此闋擬宋·蘇軾〈卜算子〉（缺月挂疏桐）詞：「缺月挂疏桐，漏斷人初靜。時見幽人獨往來，縹緲孤鴻影。　　驚起卻回頭，有恨無人省。揀盡寒枝不肯棲，楓落吳江冷。」（《全宋詞》第1冊，頁295。）

②**烏鵲不多驚，貼貼風枝靜**：烏鵲，指烏鴉、烏鳥；體長尺餘，有堅嘴，直而且大，全身黑色，有綠光，趾具鉤爪，警覺性高，以穀物、果實、昆蟲、動物腐屍為食物，多棲息於城市近郊或鄉村高樹。驚，被觸動、擾亂。貼貼，安穩、平靜。風枝，風吹拂下的樹枝。靜，止、不動。宋·李劉〈水調歌頭〉（端正九秋月）：「騰騰漸漸，繞枝烏鵲不須驚。」（《全宋詞》第4冊，頁2321。）

③**珠貝**：產珠之貝，泛指珍珠寶貝；此指露珠。

④**橫空**：橫越天空；彌漫天空。

⑤**秋河**：即銀河。

⑥**缺月墮幽窗**：缺月，不圓之月。缺，殘也。墮，落、掉。幽，僻靜的；清新、雅致的。

⑦**深省**：猶深察；深刻地醒悟。

⑧**落葉蕭蕭聽雨聲**：蕭蕭，其義有二：（1）象聲詞；常形容馬叫聲、風雨聲、流水聲、草木搖落聲、樂器聲等。（2）蕭條、寂靜。宋・陸游〈枕上〉二首之一：「殘燈熠熠露螢明，落葉蕭蕭寒雨聲。」（《全宋詩》第40冊，卷2197，頁25093。）

⑨**霜華**：亦作「霜花」。其義有二：（1）即霜，霜為粉末狀結晶；花，指物之微細者；故稱。（2）皎潔的月光。

6.〈秦樓月〉

　　簫聲苦。簫聲吹斷夷山雨。①夷山雨。人空不見，吹臺②歌舞。
　　　　危亭目極傷平楚。③斷霞落日懷千古。④懷千古。一杯還酹，⑤信陵墳土。⑥（頁48）

①**簫聲苦。簫聲吹斷夷山雨**：斷，極、盡。夷山，戰國魏都城的東門曰夷門，故址在今河南開封城內東北隅，因在夷山之上，故名。唐・李白〈憶秦娥〉（簫聲咽）：「簫聲咽。秦娥夢斷秦樓月。」（《全唐五代詞》正編卷1，上冊，頁16。）

②**吹臺**：古跡名，在今河南省開封市東南禹王臺公園內；相傳為春秋時師曠吹樂之臺，漢・梁孝王增築曰「明臺」，因梁孝王常案歌吹於此，故亦稱「吹臺」，又稱「繁臺」。清・錢泳《履園叢話》叢話十八〈古蹟・吹臺〉：「吹臺，漢・梁孝王築，在開封城東南二里許，即師曠繁臺。」（北京：中華書局，1979年12月，頁472。）後魏・酈道元《水經注・渠》：「秦滅魏以為縣，漢文帝封孝王於梁，孝王以土地下溼，東都睢陽，又改曰梁，自是置縣。以大梁城廣，居其東城夷門之東，夷門，即侯嬴抱關處也。《續述征記》以此城為師曠城，言郭緣生曾遊此邑，

踐夷門，升吹臺，終古之跡，緬焉盡在。」（收入《文淵閣四庫
全書電子版》【內聯網版】，卷22，頁36。）

③**危亭目極傷平楚**：危亭，聳立於高處的亭子。目極，用盡目力
遠望。極，盡、至。傷，哀悼、哀憐。平楚，其義有二：（1）
謂從高處遠望，叢林樹梢齊平。明・楊慎《升庵詩話・平楚》：
「楚，叢木也。登高望遠，見木杪如平地，故云平楚。」（見
王仲鏞箋證：《升庵詩話箋證》，上海：上海古籍出版社，1987
年12月，卷2，頁62。）（2）猶平野。宋・廖世美〈燭影搖紅〉
（靄靄春空）：「斷腸何必更殘陽，極目傷平楚。」（《全宋
詞》第2冊，頁915。）

④**斷霞落日懷千古**：斷霞，片段的雲霞。落日，夕陽；亦指夕照。
懷千古，思念久遠年代的人和事。宋・張耒〈予元豐戊午歲，自
楚至宋，由柘城至福昌，年二十有五，後十年，當元祐二年，再
過宋都，追感存歿，悵然有懷〉：「白頭青鬢隔存歿，落日斷霞
無古今。」（《全宋詩》第20冊，卷1171，頁13222。）

⑤**一杯還酹**：一杯，特指一杯酒。酹，音ㄌㄟˋ；以酒澆地，表示
祭奠。宋・蘇軾〈念奴嬌〉（大江東去）：「人間如夢，一樽還
酹江月。」（《全宋詞》第1冊，頁282。）

⑥**信陵墳土**：信陵，漢・司馬遷《史記》卷七十七〈魏公子列
傳〉：「魏公子無忌者，……魏安釐王異母弟也。……安釐王即
位，封公子為信陵君。……公子為人仁而下士，……致食客三千
人。……魏有隱士曰侯嬴，年七十，家貧，為大梁夷門監者，公
子聞之，往請，欲厚遺之。……魏安釐王二十年，秦昭王已破趙
長平軍，又進兵圍邯鄲。公子姊為趙惠文王弟平原君夫人，……
魏王使將軍晉鄙將十萬眾救趙，……實持兩端以觀望。……公子
患之，……行過夷門，見侯生，……侯生乃屏人閒語，曰：『嬴

聞晉鄙之兵符常在王臥內，而如姬最幸，出入王臥內，力能竊
之。……則得虎符奪晉鄙軍，北救趙而西卻秦。……』公子從
其計。……公子留趙十年不歸。秦聞公子在趙，日夜出兵東伐
魏。魏王患之，使使往請公子。……公子率五國之兵破秦軍於河
外。……秦王患之，乃行金萬斤於魏，求晉鄙客，令毀公子於
魏王曰：『公子亡在外十年矣，……諸侯徒聞魏公子，不聞魏
王。……』魏王日聞其毀，不能不信，後果使人代公子將。公
子自知再以毀廢，乃謝病不朝，與賓客為長夜飲，……竟病酒
而卒。」（第7冊，北京：中華書局，1963年6月，卷77，頁2377-
2384。）宋‧樂史《太平寰宇記》卷一〈河南道一‧東京上‧開
封府〉：「信陵君墓在縣南一十二里。」（收入《文淵閣四庫全
書電子版》【內聯網版】，頁8。）唐‧司空圖〈偶詩〉五首之
三：「一掬信陵墳上土，便如碣石累千金。」（《全唐詩》第19
冊，卷634，頁7275。）墳土，指墓葬。

7.〈漁歌子〉

一葉黃飛①一葉舟②。半竿落日半江秋。③青草渡，白蘋洲。④
歸路⑤月明⑥山上頭⑦。（頁48）

①**一葉黃飛**：一葉，一片葉子。
②**一葉舟**：一葉，比喻小船。
③**半竿落日半江秋**：落日，夕陽；亦指夕照。宋‧張孝祥〈眼
　兒媚〉（曉來江上荻花秋）：「半竿殘日，兩行珠淚，一葉扁
　舟。」（《全宋詞》第3冊，頁1714。）
④**青草渡，白蘋洲**：青草，青綠色的草；區別於「枯草」、「乾
　草」。渡，渡口、渡頭；過河的地方。白蘋洲，宋‧樂史《太平

寰宇記》卷九十四〈江南東道六・湖州〉：「白蘋洲在霅溪之東南，去州一里，州上有魯公顏真卿芳亭，內有梁太守柳惲詩云：『江州採白蘋，日晚江南春。』因以為名。」（收入《文淵閣四庫全書電子版》【內聯網版】，頁9。）此泛指長滿白色蘋花的沙洲。白蘋，亦作「白萍」，水中浮草，葉浮水面，夏秋開小白花，故稱白蘋。宋・魏了翁〈水調歌頭〉（牛酒享賓客）：「白蘋洲，芳草渡，玉湖亭。」（《全宋詞》第4冊，頁2395。）

⑤**歸路**：歸途，往回走的道路。

⑥**月明**：指月亮；月光明朗。

⑦**上頭**：指高處。

8.又

　　白頭波上白頭人。①黃葉渡西黃葉村。②山幾朵③，酒盈尊。④落日西風送到門。⑤（頁48）

①**白頭波上白頭人**：白頭波，浪頭有白色泡沫的海浪。白頭人，白髮老人。唐・白居易〈臨江送夏瞻〉詩：「愁見舟行風又起，白頭浪裡白頭人。」（《全唐詩》第13冊，卷436，頁4839。）

②**黃葉渡西黃葉村**：黃葉，枯黃的樹葉；亦借指將落之葉。渡，渡口、渡頭；過河的地方。

③**朵**：量詞，花或雲彩等團狀物的計算單位。

④**酒盈尊**：盈，滿、溢出。尊，古盛酒器，用作祭祀或宴享的禮器。宋・林正大〈括江神子〉（拾遺流落錦宮城）：「園翁溪友總比鄰。酒盈尊。肯相親。」（《全宋詞》第4冊，頁2460。）

⑤**落日西風送到門**：落日，夕陽；亦指夕照。西風，西面吹來的風；多指秋風。宋・黎廷瑞〈祝英臺近〉（彩雲空）：「落日西

風，借問雁來未。」（《全宋詞》第5冊，頁3387。）

9.〈滿庭芳〉①

天上殷韓②，解羈官府，③爛游舞榭歌樓。④開花釀酒，⑤來看帝王州。⑥常見牡丹開候，⑦獨占斷、穀雨風流。⑧仙家好，⑨霜天⑩槁⑪葉，穠艷（豔）⑫破春柔⑬。　　狂僧⑭誰借手⑮，一杯喚起，⑯綠怨紅愁。⑰看天香國色⑱，梅菊替人羞。盡揭紗籠護日，⑲容光動、⑳玉霻㉑瓊舟㉒。都人士，㉓年年十月，㉔常記遇仙游。（頁48）

①〈滿庭芳〉：宋・韋居安《梅磵詩話》曰：「亡金正大四年戊子十月，汴京遇仙樓酒家楊廣道、趙君瑞，皆山後人也。其鄉僧李菩薩者，人以為狂，常就二人借宿。每夜酒客散，乃從外來，臥具有閒剩，則就之，不然，赤地亦寢。一日，天寒甚，楊生憐其羈窮，飲以酒數杯，僧若愧無以報主人者。晨起持酒盎出，同宿者聞噀酒聲，少焉僧來說云：『增明亭前，牡丹花開矣。公等速起往看之。』人熟知其狂，不信也。已而視庭中，果有兩花開。自此僧去不復至。京師人聞之，觀者填咽，醉客相枕籍，酒壚為之一空，獲利不貲，蓋僧以是報楊也。元裕之賦〈滿庭芳〉詞云：『天上殷韓，解羈官府，爛遊舞榭歌樓。開元釀酒，來看帝王州。常見牡丹開候，獨占斷、穀雨風流。仙家好，霜天槁葉，穠豔破春柔。　　狂僧誰借手，一杯喚起，綠怨紅愁。天香國豔，梅菊替人羞。盡揭紗籠護日，容光動、玉霻瓊舟。都人士，年年十月，常記遇仙游。』（按：此詞應為趙秉文作。）余考其時，亡金末帝完顏守緒即位於甲申歲，乙酉改元，正大四年戊子，則宋紹定元年也。此僧能開花於頃刻之間，真可與殷七七、

韓湘同日語矣。」（收入清・阮元輯：《宛委別藏》第116冊，
南京：江蘇古籍出版社，1988年2月，卷下，頁14-15。）
②**殷韓**：殷，指殷七七，南唐・沈汾《續仙傳》卷下〈殷文祥〉：
「殷七七，名文祥，又名道筌。常自稱七七，俗多呼之。不知
何所人也，游行天下。……周寶舊於長安識之，……及寶移鎮
浙西，後數年，七七忽到，復賣藥。寶聞之驚喜，召之，師敬
益甚。每自醉歌曰：『琴彈碧玉調，藥鍊白玉砂。解醞逡巡酒，
能開頃刻花。』寶常試之，悉有驗。……寶一日謂七七曰：『鶴
林之花，天下奇花，常聞能開頃刻花，此花可開否？』七七曰：
『可也。』寶曰：『今重九將近，能副此日乎？』七七乃前二日
往鶴林寺宿焉。中夜，女子來謂七七曰：『道者欲開此花耶？』
七七乃問女子何人，深夜到此？女子曰：『妾為上玄所命，下司
此花，然此花在人間已逾百年，非久即開闐苑去，今與道者共開
之，非道者無以感妾。』於是女子瞥然不見。來日晨起，寺僧忽
訝花漸開藥，及九日，爛漫如春，乃以聞。寶一城士庶驚異之，
遊賞復如春夏間。數日，花俄不見，亦無花落在地。」（收入
《文淵閣四庫全書電子版》【內聯網版】，頁15-16。）韓，指
韓湘子，宋・劉斧《青瑣高議・前集・韓湘子》：「韓湘，字清
夫，唐韓文公之姪也。幼養於文公門下。文公諸子皆力學，惟湘
落魄不羈，見書則擲，對酒則醉，醉則高歌。公呼而教之曰：
『……汝堂堂七尺之軀，未嘗讀一行書，久遠何以立身，不思之
甚也！』湘笑曰：『湘之所學，非公所知。』……公曰：『子安
能奪造化開花乎？』湘曰：『此事甚易。』公適開宴，湘預末
坐，取土聚於盆，用籠覆之。巡酌間，湘曰：『花已開矣。』舉
籠見巖花二朵，類世之牡丹，差大而豔美，葉幹翠軟，合座驚
異，公細視之，花朵上有小金字，分明可辨。其詩曰：『雲橫秦

嶺家何在，雪擁藍關馬不前。』公亦莫曉其意。……湘曰：『事久乃驗。』不久，湘告去，不可留。公以言佛骨事，貶潮州。一日途中，公方悽倦，俄有一人冒雪而來。既見，乃湘也。……湘曰：『公憶向日花上之句乎？乃今日之驗也。』」（上海：上海古籍出版社，1983年5月，卷9，頁85-86。）

③**解覊官府**：解，免除、消除。覊，束縛、拘束，被牽制。官府，謂政府機關；或指長官、官吏。

④**爛游舞榭歌樓**：爛游，漫游，隨意游玩。舞榭歌樓，唱歌跳舞的場所；泛指尋歡作樂的地方，多指妓院。榭，建築在臺上的房屋，多為游觀之所。樓，重屋，兩層以上的房屋。宋・沈唐〈望海潮〉（山光凝翠）：「追思昔日風流。有儒將醉吟，才子狂遊。松偃舊亭，城高故國，空餘舞榭歌樓。」（《全宋詞》第1冊，頁171。）

⑤**開花釀酒**：開花，花朵開放。釀酒，製酒、造酒。唐・劉禹錫〈和令狐相公初歸京國賦詩言懷〉：「口不言功心自適，吟詩釀酒待花開。」（《全唐詩》第11冊，卷360，頁4063。）

⑥**來看帝王州**：帝王州，帝王居住的地方，亦用指京都。唐・劉禹錫〈和浙西李大夫晚下北固山，喜徑松成陰，悵然懷古，偶題臨江亭並浙東元相公所和依本韻〉：「目覽帝王州，心存股肱守。」（《全唐詩》第11冊，卷355，頁3994。）

⑦**常見牡丹開候**：常，通「嘗」；曾經。牡丹，著名的觀賞植物，夏初開花，色有紅、白、黃、紫等種，古無牡丹之名，統稱芍藥，後以木芍藥稱牡丹；群花品中，牡丹第一，芍藥第二，故世謂牡丹為花王，芍藥為花相。開，花朵開放。候，時令、節候。

⑧**獨占斷、穀雨風流**：占斷，全部占有，占盡。穀雨，二十四節氣之一，在四月十九、二十或二十一日，穀雨前後，我國大部分

地區降雨量比前增加，有利作物生長。宋·歐陽修《洛陽牡丹記·花釋名第二》：「洛花（按：洛陽花的省稱，特指牡丹，因唐宋時洛陽牡丹最盛，故稱），以穀雨為開候。」（收入《文淵閣四庫全書電子版》【內聯網版】，頁6。）風流，謂風韻美好動人。宋·元絳〈映山紅慢〉（穀雨風前）：「穀雨風前，占淑景、名花獨秀。露國色仙姿，品流第一，春工成就。」（《全宋詞》第1冊，頁189。）

⑨**仙家好**：仙家，仙人所住之處；或指仙人。宋葛長庚〈沁園春〉（且說羅浮）：「仙家好，這許多快活，做甚時官。」（《全宋詞》第4冊，頁2563。）

⑩**霜天**：深秋天氣。

⑪**槁**：乾癟枯瘦的，乾枯。

⑫**穠豔**：花木茂盛而鮮豔；亦指穠豔的花木。

⑬**破春柔**：破春，入春。柔，草木新生，莖葉幼嫩的樣子；此指春日植物柔軟的枝條。

⑭**狂僧**：放誕不羈的出家人，此指鄉僧李菩薩。

⑮**借手**：假他人之手。

⑯**一杯喚起**：一杯，特指一杯酒。喚起，喚醒叫起；觸動、激發。

⑰**綠怨紅愁**：或指婦女的種種愁恨。綠、紅，謂黑鬢紅顏。宋·劉天迪〈鳳棲梧〉（一霎晴波嬌欲溜）：「綠怨紅愁，長為春風瘦。舞罷金杯眉黛皺。背人倦倚晴窗繡。」（《全宋詞》第5冊，頁3562。）此應指綠葉紅花之憂愁怨恨，即花之開謝。

⑱**天香國色**：天香，自天上傳來的香氣；芳香的美稱。國色，舊指姿容極美的女子，贊其容貌冠絕一國，故云；或謂美麗的花，多指牡丹。天香國色，稱讚牡丹之辭，謂其香色不凡，俱非他花可比。唐·李濬《松窗雜錄》：「（唐文宗）大和開成中有程修己

者，以善畫得進謁。……會春暮內殿賞牡丹花，上頗好詩，因問修己曰：『今京邑傳唱牡丹花詩誰為首出？』修己對曰：『臣嘗聞公卿間多吟賞中書舍人李正封詩，曰："天香夜染衣，國色朝酣酒"。』」（收入《文淵閣四庫全書電子版》【內聯網版】，頁7。）宋・趙以夫〈芙蓉月〉（黃葉舞碧空）：「記天香國色，曾占春暮。」（《全宋詞》第4冊，頁2662。）後多用以形容女子之美。

⑲**盡揭紗籠護日**：盡，全部用出、達到極限。揭，拉開、高舉。紗籠，紗罩。護，掩蔽。

⑳**容光動**：容光，猶光彩、光輝；此指景物的風貌。動，使起作用或變化。

㉑**玉斝**：玉制的酒器，或為酒杯的美稱；或指酒。斝，音ㄐㄧㄚˇ；古代青銅制的酒器，形狀像爵而較大，圓口，三足，用以溫酒，盛行於商代和西周初期。

㉒**瓊舟**：玉制的托盤，亦借指酒器。

㉓**都人士**：指居於京師有士行的人。士行，士大夫的操行，多含褒義。

㉔**年年十月**：年年，每年。宋・何夢桂〈水龍吟〉（倚窗閒嗅梅花）：「吾年如此，年年十月，見梅如舊。」（《全宋詞》第5冊，頁3149。）

10. 〈滿江紅〉上清宮①蠟梅②

傑觀雄樓，③相照映④、此花幽獨。⑤誰解識⑥、蕊珠仙子，⑦道家裝束。⑧蠟蒂⑨紫苞⑩融燭淚⑪，檀心淺暈⑫團金粟⑬。漸蜂兒、展翅上南枝，⑭風掀綠。⑮　　落落伴，湖心玉。⑯蕭蕭映，壇邊竹。⑰記月痕⑱、曾上小闌干⑲曲⑳。輸與能詩潘

道士，㉑夢為蝴蝶㉒花間宿。向夜深、㉓霜重不勝寒，㉔騎黃
鵠。㉕（頁46）

①**上清宮**：道教正一道著名道觀之一，在江西貴溪縣上清鎮。唐
　代名「真仙觀」，宋真宗大中祥符時改「上清觀」，宋徽宗政和
　中改「上清正一宮」，元改「正一萬壽宮」，清改稱「大上清
　宮」，簡稱「上清宮」。「上清」為道家所稱的神仙居處，故其
　他道觀亦多用「上清」命名者。
②**蠟梅**：冬末開花，芳香甚烈，花瓣的形狀、香氣與梅花相近，且
　色如黃蠟，故稱為「蠟梅」或「黃梅花」。宋・范成大《范村梅
　譜》：「蠟梅本非梅類，以其與梅同時，香又相近，色酷似蜜脾
　（按：蜜蜂營造的釀蜜的房，其形如脾），故名蠟梅。」（收入
　《文淵閣四庫全書電子版》【內聯網版】，頁5。）蠟，動、植
　物或礦物所分泌的油質，不溶於水，易熔化，具可塑性，可用來
　防水或製作蠟燭。
③**傑觀雄樓**：傑觀，高聳的樓臺。觀，音ㄍㄨㄢˋ；樓臺，道教
　的廟宇。雄樓，雄偉的樓觀。宋・王安石〈送程公闢守洪州〉：
　「下視城塹真金湯，雄樓傑屋鬱相望。」（《全宋詩》第10冊，
　卷543，頁6515。）
④**照映**：照耀輝映，映襯。
⑤**此花幽獨**：幽獨，靜寂孤獨，獨處於僻靜之地。宋・姜夔〈疏
　影〉（苔枝綴玉）：「想佩環、月夜歸來，化作此花幽獨。」
　（《全宋詞》第3冊，頁2182。）
⑥**解識**：知曉；熟悉。
⑦**蕊珠仙子**：蕊珠，即蕊珠宮，亦省稱「蕊宮」；道家傳說天上上
　清宮有蕊珠宮，為神仙所居，是道教經典中所說的仙宮。仙子，

仙人；亦用以尊稱修道或隱居的人，常用以借稱道士。

⑧**道家裝束**：道家，煉丹服藥、修道求仙之士。裝束，衣著穿戴；
打扮出來的樣子。宋·吳潛〈賀新郎〉（可意人如玉）：「小簾
櫳、輕勻淡泞，道家裝束。」（《全宋詞》第4冊，頁2730。）

⑨**蠟蒂**：黃蠟色的花蒂。蒂，花、葉或瓜、果與枝莖連結的部分。

⑩**紫苞**：紫色的花苞。苞，花蒂上包著未開花朵的小葉片。宋·范
成大《范村梅譜》：「蠟梅……凡三種，……最先開，色深黃如
紫檀，花密香穠，名『檀香梅』，此品最佳。」（收入《文淵閣
四庫全書電子版》【內聯網版】，頁5。）

⑪**融燭淚**：融，消溶、溶化。燭淚，蠟燭燃燒時所滴下的蠟油，
如淚一般，稱為「燭淚」；此應藉以形容花朵中心細鬚上端的囊
狀部分（即「花藥」，內含花粉）。宋·歐陽修〈滿路花〉（銅
荷融燭淚）：「銅荷融燭淚，金獸齧扉環。」（《全宋詞》第1
冊，頁154。）

⑫**檀心淺暈**：檀心，淺紅色的花蕊。檀，淺紅色的。心，花心，
即花蕊；亦泛指花之中部。淺，略微。暈，音ㄩㄣˋ；擴散；光
影、色澤四周模糊的部分。宋·蘇軾〈王伯敭所藏趙昌花四首·
黃葵〉：「檀心自成暈，翠葉森有芒。」（《全宋詩》第14冊，
卷808，頁9360。）

⑬**團金粟**：團，凝聚、凝結。金粟，比喻燈花、燭花；此用以形容
黃色花蕊。金，顏色澄黃；金黃色。粟，穀實的總稱；顆粒如粟
狀的東西，比喻微小。

⑭**漸蜂兒、展翅上南枝**：漸，正、正當。展翅，張開翅膀而飛。
上，去、到。南枝，借指梅花。清·王文誥、馮應榴輯注《蘇軾
詩集》卷三十五〈次韻蘇伯固遊蜀岡，送李孝博奉使嶺表〉：
「願及南枝謝，早隨北雁翩。」（中冊，臺北：學海出版社，

1985年9月，頁1895。）王註次公曰：「南枝，梅也。」（同
上）宋・王十朋《梅溪集・前集・蠟梅》：「非蠟復非梅，梅將
蠟染腮。游蜂見還訝，疑是蜜中來。」（收入《文淵閣四庫全書
電子版》【內聯網版】，卷6，頁6。）

⑮**風掀綠**：掀，揭起、撩起。綠，此指樹之枝條。

⑯**落落伴，湖心玉**：落落，猶磊落，形容舉止蕭灑自然，心胸曠達
率真；此借指蠟梅姿態。伴，陪同、依隨。湖心玉，此應指倒映
在湖水中之月影。

⑰**蕭蕭映，壇邊竹**：蕭蕭，猶蕭灑，清高絕俗、灑脫不羈；亦借指
蠟梅姿態。映，映襯，映照烘托。壇，高臺，多用土石等建成。
宋・梅堯臣〈送潘士方建昌〉：「送君想君遊，星斗壇邊竹。」
（《全宋詩》第5冊，卷259，頁3277。）

⑱**月痕**：月影、月光。

⑲**闌干**：欄杆，用竹、木、磚石或金屬等構制而成，設於亭臺樓閣
或路邊、水邊等處作遮攔用。

⑳**曲**：彎曲的地方，亦指幽深之處。

㉑**輸與能詩潘道士**：輸與，比不上。道士，方士、仙人；煉丹服
藥、修道求仙之士；或為信奉道教的人，道教為我國主要宗教之
一，東漢張道陵根據傳統的民間信仰而創立，到南北朝時盛行起
來，奉元始天尊、太上老君為教祖，初時，入道者須交五斗米，
故又稱「五斗米道」，金元以後分正一、全真二派。潘道士，應
是指宋朝潘閬。唐圭璋《全宋詞・詞人小傳》曰：「閬字逍遙，
大名（今屬河北）人，或云錢塘（今屬浙江）人。賣藥京師，好
友結貴近，有言其能詩者。」（第1冊，北京：中華書局，1988
年3月，頁5。）宋・沈括《夢溪筆談》卷二十五〈雜誌二〉載：
「潘閬，字逍遙，咸平間有詩名，與錢易、許洞為友，狂放不

羈。……後坐盧多遜黨，亡命，捕跡甚急。閬乃變姓名，僧服入中條山。」（收入《文淵閣四庫全書電子版》【內聯網版】，頁7。）清・王弈清《歷代詞話》曰：「潘逍遙狂逸不羈，往往有出塵之語，自製〈憶餘杭〉詞三首，一時盛傳。東坡愛之，畫於玉堂屏風。石曼卿使畫工繪之作圖。」（收入唐圭璋編：《詞話叢編》第2冊，臺北：新文豐出版公司，1988年2月，卷4，頁1140。）又曰：「潘閬〈憶孤山〉詞，句法清古，語帶煙霞，近時罕及。」（同上，頁1141。）是以趙秉文謂之「能詩」。宋・黃庭堅〈觀王主簿家酴醾〉：「輸與能詩王主簿，瑤臺影裏據胡床。」（《全宋詩》第17冊，卷1010，頁11543。）

㉒夢為蝴蝶：《莊子・內篇・齊物論》：「昔者莊周夢為胡蝶，栩栩然胡蝶也，自喻適志與！不知周也。俄然覺，則蘧蘧然周也。不知周之夢為胡蝶與，胡蝶之夢為周與？周與胡蝶，則必有分矣。此之謂物化。」（郭慶藩輯：《莊子集釋》，臺北：華正書局，1985年8月，卷1下，頁112。）後因以「蝶夢」喻迷離惝恍的夢境。唐・魚玄機〈江行〉二首之一：「畫舸春眠朝未足，夢為蝴蝶也尋花。」（《全唐詩》第23冊，卷804，頁9051。）

㉓向夜深：向，到、近。夜深，猶深夜；深更半夜，入夜已久的時候。宋・姜夔〈滿江紅〉（仙姥來時）：「向夜深、風定悄無人，聞佩環。」（《全宋詞》第1冊，頁154。）

㉔霜重不勝寒：霜，接近地面的水蒸氣，遇冷而凝結成白色的結晶顆粒。不勝，無法承擔；承受不了。勝，音ㄕㄥ；禁得起、承受得了。宋・蘇軾〈水調歌頭〉（明月幾時有）：「我欲乘風歸去，又恐瓊樓玉宇，高處不勝寒。」（《全宋詞》第1冊，頁280。）

㉕騎黃鵠：鵠，音ㄏㄨˊ；動物名，體形似雁而較大，頸長，腳短，行走不便，但在水中能迅速划行，姿態優雅，能高飛，且鳴

聲洪亮，俗稱為「天鵝」。黃鵠，神話傳說中的大鳥，極善於高
飛，能一舉千里。惟古人常把「黃鵠」與「黃鶴」混而為一。南
朝梁・任昉《述異記》：「荀瓌字叔偉，潛棲即粃，嘗東遊，憩
江夏黃鶴樓上，望西南有物，飄然降自霄漢，俄頃已至，乃駕鶴
之賓也。鶴止戶側，仙者就席，羽衣虹裳，賓主歡對，已而辭
去。跨鶴騰空，眇然而滅。」（收入《文淵閣四庫全書電子版》
【內聯網版】，卷上，頁16。）宋・石孝友〈滿江紅〉（簾捲南
薰）：「願朱顏、長伴赤松遊，騎黃鵠。」（《全宋詞補輯》，
頁65。）

11.〈水龍吟〉寄友

半生浮宦京華，①夢中猶記經行處。②燕南趙北，③風亭雪館，
幾年羈旅。④廣武山前，⑤武昌⑥城下，昔人懷古。⑦到而
今⑧、把酒⑨中原⑩北望，人空老，關河阻。⑪　　回首秦宮
漢苑，⑫悵傷心、⑬野煙⑭生樹。天涯地角，⑮干戈搖（搖）
蕩，⑯故人何許。⑰撫劍悲歌，⑱倚樓⑲長嘯⑳，有時㉑凝
佇㉒。但憑高、㉓一掬英雄老淚，㉔付長河去。㉕（頁1342）

①**半生浮宦京華**：半生，半輩子、半世。浮，暫時的、不固定。
宦，做官。京華，京城之美稱，因京城是文物、人才匯集之地，
故稱。

②**夢中猶記經行處**：經行，行程中經過。宋・張炎〈臺城路〉（桃
花零落玄都觀）：「錦瑟年華，夢中猶記豔游處。」（《全宋
詞》第1冊，頁280。）

③**燕南趙北**：泛指黃河以北地區。燕趙，指戰國時燕、趙兩國；亦
泛指其所在地區，即今河北省北部，及山西省西部一帶。宋・劉

克莊〈沁園春〉（何處相逢）：「車千兩，載燕南趙北，劍客奇才。」（《全宋詞》第4冊，頁2594。）

④**幾年羈旅**：羈旅，寄居異鄉。羈，停留。旅，出行的，在外作客的。宋・謝懋〈石州引〉（日腳斜明）：「京洛紅塵，因念幾年羈旅。」（《全宋詞》第3冊，頁1633。）

⑤**廣武山前**：廣武，古城名，故址在今河南省鄭州滎陽縣東北廣武山上；有東西二城，隔澗相對，秦末楚漢相爭時，劉項兩軍各占一城，互相對峙。唐・韓偓〈秋郊閒望有感〉：「可憐廣武山前語，楚漢寧教作戰場。」（《全唐詩》第20冊，卷681，頁7800。）

⑥**武昌**：城市名，湖北省省會，位於長江東岸，在漢陽縣隔江之東，與漢口、漢陽成鼎足之勢；城西南「蛇山」崷立市區，一名「黃鶴山」，上有「黃鶴樓」為古蹟名勝。傳說仙人子安，曾乘黃鶴經過黃鶴樓。一說指三國蜀・費禕，他在黃鶴樓乘鶴登仙。唐・崔顥〈黃鶴樓〉：「昔人已乘白雲去，此地空餘黃鶴樓。黃鶴一去不復返，白雲千載空悠悠。晴川歷歷漢陽樹，春草萋萋鸚鵡洲。日暮鄉關何處是，煙波江上使人愁。」（《全唐詩》第4冊，卷130，頁1329。）

⑦**昔人懷古**：昔人，古人，從前的人。懷古，追念古代的人和事。

⑧**而今**：如今、現在。

⑨**把酒**：手執酒杯，謂飲酒。

⑩**中原**：地區名；廣義指整個黃河流域，包括河南的大部分、山東的西部，河北、山西的南部及陝西的東部。狹義指今河南一帶。

⑪**人空老，關河阻**：空，徒然、白白地。關河阻，關山河阻，比喻艱難的旅途。關河，指函谷等關與黃河；亦泛指山河。宋・陸游〈夏日〉：「朋儕零落關河阻，疾病沉綿歲月遒。」（《全宋詩》第40冊，卷2185，頁24907。）

⑫**回首秦宮漢苑**：回首，回想、回憶。秦宮，指秦朝宮殿。漢苑，指漢朝帝王園林。苑，音ㄩㄢˋ；畜養禽獸或種植草木果蔬的地方，古代多指帝王游樂狩獵的園林。宋・辛棄疾〈浪淘沙〉（身世酒杯中）：「雨打風吹何處是，漢殿秦宮。」（《全宋詞》第3冊，頁1919。）

⑬**悵傷心**：悵，失意、不痛快。傷心，心靈受傷，形容極其悲痛。

⑭**野煙**：指荒僻處的靄靄霧氣。

⑮**天涯地角**：原指偏僻遙遠的地方。語本南朝陳・徐陵〈武皇帝作相時與嶺南酋豪書〉：「（陳霸先代梁立陳，號武帝）年號武平，國即清晏，君之聞此，寧不欣躍？但昔緣王事，遊踐貴鄉，日想山川，依然舊識。吾既忝荷明私，位逾台袞，身持帝王之柄，手握天下之圖，故鄉如此，誠為衣繡，故人不見，還同宵錦，天涯藐藐，地角悠悠，言面無由（一作因），但以情企。今者王猷帝載，化被無垠，浮海窮山，罔不咸格，投竿負鼎，馳步蒼龍，崖穴丘園，爭趨金馬；君之才具，信美登朝，如戀本鄉，不能遊宦，門中子弟，望遣來儀，當為申聞。」（見宋・李昉等奉敕編：《文苑英華》，收入《文淵閣四庫全書電子版》【內聯網版】，卷682，頁3-4。）後用以形容相距遙遠的兩地。宋・万俟詠〈春草碧〉（又隨芳緒生）：「天涯地角，意不盡、消沈萬古。」（《全宋詞》第2冊，頁809。）

⑯**干戈搖蕩**：干，用來阻擋刀箭、護衛身軀的盾牌。戈，橫刃，用青銅或鐵製成，裝有長柄。干戈，干與戈，古代常用兵器；比喻兵事、戰亂。搖蕩，動蕩；比喻局勢、情況不安定，不太平。

⑰**故人何許**：故人，舊交、老友。何許，何處；或謂如何，怎樣。宋・劉辰翁〈金縷曲〉（攜手登高賦）：「斜陽日日長亭路。倚秋風、洞庭一劍，故人何許。」（《全宋詞》第5冊，頁3246。）

⑱**撫劍悲歌**：撫劍，按劍；或指從戎。悲歌，悲壯地歌唱；或淒涼悲傷的歌吟。宋‧陳人傑〈沁園春〉（撫劍悲歌）：「撫劍悲歌，縱有杜康，可能解憂。」（《全宋詞》第5冊，頁3083。）

⑲**倚樓**：倚靠在樓窗或樓頭欄干上。

⑳**長嘯**：撮口發出悠長清越的聲音；古人常以此述志。

㉑**有時**：偶爾、有時候，表示間或不定。

㉒**凝佇**：凝神佇立，停滯不動。凝，停止、靜止。佇，久立。

㉓**但憑高**：但，只有、唯有。憑高，登臨高處、憑藉高處。憑，依託、依仗。

㉔**一掬英雄老淚**：一掬，兩手所捧（的東西），亦表示少而不定的數量。掬，用兩手捧取。英雄，非凡出眾的人物，見解、才能超群出眾或領袖群眾的人；此指才能勇武過人的人。老淚，老人因悲傷而流的眼淚。宋‧汪夢斗〈摸魚兒〉（憶舊時）：「吟情苦。滴盡英雄老淚。淒酸非是兒女。」（《全宋詞》第5冊，頁3312。）

㉕**付長河去**：付，交給、託付。長河，大河；特指黃河。

12.又

　　燕秦草木知名，①漢家自有中興將。②龍韜豹略，③金符④熊斾⑤，元戎⑥虎帳⑦。羽檄星馳，⑧貔貅⑨勇倍，犬羊心喪。⑩望黃塵、⑪一騎甘泉奏捷，⑫天顏喜，⑬謀猷壯。⑭　　詔賜飛龍八尺，⑮晉康侯、⑯寵光⑰千丈⑱。輕裘緩帶，⑲綸巾羽扇，⑳投壺雅唱。㉑了卻㉒功名㉓事，歸來到鳳凰池上。㉔且等閑、莫遣髭鬚白了，㉕認凌煙像。㉖（頁1342）

①**燕秦草木知名**：燕，周代諸侯國名，在今河北省北部和遼寧省南

部。秦，周代諸侯國名，在今陝西省和甘肅省一帶。草木知名，
連草木都知道他的威名，比喻聲威顯赫，威名遠播；語本宋・歐
陽修、宋祁撰《新唐書》卷一百七十〈張萬福傳〉：「朕謂江淮
草木亦知爾威名，若從所改，恐賊不曉是卿也。」（第16冊，北
京：中華書局，1975年2月，頁5179。）知名，聞知其名聲或名
字；謂聲名很大，為人所知。

②**漢家自有中興將**：漢家，漢代以來，各個朝代的統稱；或指漢
族。自，自然、當然。中興，由衰復盛，重新振作。將，泛指高
級軍官。

③**龍韜豹略**：比喻作戰用兵有謀略膽識。龍韜，原是《六韜》的篇
名，《六韜》一書，分文韜、武韜、龍韜、虎韜、豹韜、犬韜六
卷，相傳為周・呂望（姜姓，字子牙，尊稱為太公望）所撰，為
談兵者所稱道，其中述殷周情事，多奇聞異說；後泛指兵書、兵
法。韜，音ㄊㄠ；兵法，用兵的謀略。豹略，古代兵書《六韜》
中有《豹韜》篇，後因以「豹略」指用兵的韜略。略，計謀、計
劃，稱人善用兵；或指「三略」一書，相傳為漢初黃石公作，全
書分上略、中略、下略，為圯上老人授以張良之兵書，已佚，今
本凡三卷，為後人依託成篇；亦以泛指兵書及作戰的謀略。宋・
無名氏〈滿江紅〉（綠鬢將軍）：「最奇處、虎頭燕頷，龍韜豹
略。」（《全宋詞》第5冊，頁3780。）

④**金符**：古代帝王授予臣屬的信物，包括銅虎符、金魚符、金符牌
等。符，古代朝廷傳達命令或徵調兵將用的憑證。

⑤**熊旆**：熊旗，以熊虎為徽識的旗，古代軍中所用，軍將之所建，
象其猛如熊虎也。旆，音ㄆㄟˋ；旗幟的通稱。

⑥**元戎**：大的兵車；大軍。元，大也。戎，戎車也，古代稱兵車。

⑦**虎帳**：軍營，舊時指將軍的營帳。

⑧**羽檄星馳**：迅速傳遞插有鳥羽的緊急軍事文書，比喻軍情緊急。羽檄，古代軍中緊急的文書；古時徵兵、徵召的文書，上插鳥羽以示緊急，必須迅速傳遞。檄，音ㄒㄧˊ；古代用於徵召、曉喻、聲討等的官方文書。星馳，連夜奔走，或疾走、奔馳如流星；形容速度很快。

⑨**貔貅**：音ㄆㄧˊ ㄒㄧㄡ；古籍中的兩種猛獸；比喻勇猛的將士、軍隊。徐珂《清稗類鈔‧動物類‧貔貅》：「貔貅，形似虎，或曰似熊，毛色灰白，遼東人謂之白羆。雄者曰貔，雌者曰貅，故古人多連舉之。」（第12冊，北京：中華書局，1986年7月，頁5509。）

⑩**犬羊心喪**：犬羊，狗和羊；舊時對外敵的蔑稱。喪，音ㄙㄤˋ；失去、丟掉。

⑪**望黃塵**：望，看，往遠處看。黃塵，黃色的塵土。

⑫**一騎甘泉奏捷**：騎，音ㄐㄧˋ；量詞，計算人馬的單位。甘泉，東漢揚雄所作賦名，記孝成帝祀於甘泉宮的威儀；甘泉宮故址在今陝西淳化西北甘泉山，本秦宮，漢武帝增築擴建，在此朝諸侯王，饗外國客，夏日亦作避暑之處；漢‧班固撰《漢書》卷八十七上〈揚雄傳〉：「孝成帝時，客有薦雄文似相如者，上方郊祀甘泉泰畤、汾陰后土，以求繼嗣，召雄待詔承明之庭。正月，從上甘泉，還奏〈甘泉賦〉以風。……賦成奏之，天子異焉。」（第11冊，北京：中華書局，1964年11月，頁3522-3535。）後因以「甘泉」喻指進獻主上而受到賞識的文章。奏捷，取得勝利，獲得成功；報告戰勝的消息。奏，古代臣下向皇帝上書或進言。捷，戰勝、勝利。宋‧吳潛〈二郎神〉（近時厭雨）：「不用辟兵符，從今去也，管定千祥萬吉。已報甘泉新捷到，況更是、年豐埫必。」（《全宋詞》第4冊，頁2753。）

⑬**天顏喜**：天顏，帝王的容顏。宋・王義山〈樂語・唱〉（金闕深深）：「天顏喜，向東朝長樂，獻九霞觥。」（《全宋詞》第4冊，頁3061。）

⑭**謀猷壯**：偉大的謀略。謀猷，計謀、謀略。猷，音一ㄡˊ；打算、謀劃；或謂功業、功績。壯，強盛、強健；贊許、欽服。唐・柳宗元〈樂府雜曲・鼓吹鐃歌・苞枿〉：「有臣勇智，奮不以眾。投跡死地，謀猷縱。」（《全唐詩》第1冊，卷17，頁177。）

⑮**詔賜飛龍八尺**：詔，古時皇帝所頒發的命令。賜，給予，上級賞給下級。飛龍八尺，即「八尺龍」，稱駿馬。《周禮・夏官・廋人》：「馬，八尺以上為龍，七尺以上為騋，六尺以上為馬。」（收入清・阮元校刻：《十三經注疏》第3冊，卷33，頁8。）

⑯**晉康侯**：晉，進、升。康侯，即周武王弟姬封，初封於康，故稱。此應代指加封官階，晉升爵位。

⑰**寵光**：謂恩寵光耀，特殊的榮寵。寵，恩惠。

⑱**千丈**：極言其長、高、深。

⑲**輕裘緩帶**：本指穿著輕暖的皮衣，繫著寬大的衣帶；後常用以形容態度閒適從容。裘，皮衣。緩，寬鬆。宋・辛棄疾〈滿江紅〉（老子當年）：「行樂處，輕裘緩帶，繡鞍金絡。」（《全宋詞》第3冊，頁1972。）

⑳**綸巾羽扇**：頭戴青絲便巾，手持鳥羽做成的扇子；形容態度從容不迫、瀟灑閒適。綸巾，以青絲帶做成的頭巾，相傳為諸葛亮所製，亦稱為「諸葛巾」。綸，音ㄍㄨㄢ。唐・呂巖〈雨中花〉（三百年間）：「岳陽樓上，綸巾羽扇，誰識天人。」（《全唐五代詞》下冊，副編卷3，頁1300。）

㉑**投壺雅唱**：吟雅詩及作投壺游戲，後常指武將之儒雅行為。投

壺，古代宴會禮制，亦為娛樂活動；賓主依次用矢投向盛酒的壺口，以投中多少決勝負，負者飲酒。宋・趙才卿〈燕歸梁〉（細柳營中有亞夫）：「雅歌長許佐投壺。無一日、不歡娛。」（《全宋詞》第2冊，頁1046。）

㉒**了卻**：猶言澈底瞭解；亦指事情結束，辦完。

㉓**功名**：功業、名聲。

㉔**歸來到鳳凰池上**：歸來，回來；返回原來的地方。鳳凰池，古代禁苑（帝王的苑囿、林園）中池沼（蓄水的凹地），為中書省所在地。魏晉南北朝時設中書省（古代掌理國內機要大事的官署）於禁苑，掌管機要，接近皇帝，故稱中書省為「鳳凰池」。宋・張先〈勸金船〉（流泉宛轉雙開竇）：「翰閣遲歸來，傳騎恨、留住難久。異日鳳凰池上，為誰思舊。」（《全宋詞》第1冊，頁82。）

㉕**且等閑、莫遣髭鬚白了**：且，文言發語詞，用在句首，與「夫」相似。等閑，隨便、輕易、不留意。遣，使、令、讓。髭鬚，生在嘴邊的短毛，鬍子；脣上曰髭，脣下為鬚。髭，音ㄗ。宋・岳飛〈滿江紅〉（怒髮衝冠）：「莫等閑、白了少年頭，空悲切。」（《全宋詞》第2冊，頁1246。）

㉖**認凌煙像**：認，分辨，識別。凌煙像，指凌煙閣中功臣畫像。凌煙閣，封建王朝為表彰功臣勛績而建築的繪有功臣圖像的高閣；唐太宗貞觀十七年（西元643年）畫功臣像於凌煙閣之事最著名，位於今陝西省長安縣內，內懸掛太原倡義及秦府功臣趙公長孫無忌、……胡公秦叔寶等二十四名功臣的畫像，由閻立本繪，唐太宗親自作贊，褚遂良題閣。宋・歐陽修、宋祁撰《新唐書》卷二〈太宗皇帝本紀〉：「戊申，圖功臣于凌煙閣。」（第1冊，北京：中華書局，1975年2月，頁41。）宋・黃庭堅〈鼓笛

慢〉（早秋明月新圓）：「看朱顏綠鬢，封侯萬里，寫淩（凌）煙像。」（《全宋詞》第1冊，頁387。）

秀威經典　　語言文學類　PG1715　新視野35

金代中期詞研究：
國朝文人之情感意涵及創作心態

作　　者/陶子珍
責任編輯/林世玲
圖文排版/楊家齊
封面設計/王嵩賀

出版策劃/秀威經典
發 行 人/宋政坤
法律顧問/毛國樑　律師
印製發行/秀威資訊科技股份有限公司
　　　　114台北市內湖區瑞光路76巷65號1樓
　　　　電話：+886-2-2796-3638　傳真：+886-2-2796-1377
　　　　http://www.showwe.com.tw
劃撥帳號/19563868　戶名：秀威資訊科技股份有限公司
　　　　讀者服務信箱：service@showwe.com.tw
展售門市/國家書店（松江門市）
　　　　104台北市中山區松江路209號1樓
　　　　電話：+886-2-2518-0207　傳真：+886-2-2518-0778
網路訂購/秀威網路書店：http://www.bodbooks.com.tw
　　　　國家網路書店：http://www.govbooks.com.tw

2017年6月　BOD一版
定價：550元
版權所有　翻印必究
本書如有缺頁、破損或裝訂錯誤，請寄回更換

國家圖書館出版品預行編目

金代中期詞研究：國朝文人之情感意涵及創作心
態 / 陶子珍著. -- 一版. -- 臺北市：秀威經
典, 2017.06
　　面；　　公分. -- (語言文學類；PG1715) (新
視野；35)
　BOD版
　ISBN 978-986-94686-1-9(平裝)

　1. 詞論　2. 金代

820.93056　　　　　　　　　　106006053

讀者回函卡

感謝您購買本書，為提升服務品質，請填妥以下資料，將讀者回函卡直接寄回或傳真本公司，收到您的寶貴意見後，我們會收藏記錄及檢討，謝謝！
如您需要了解本公司最新出版書目、購書優惠或企劃活動，歡迎您上網查詢或下載相關資料：http:// www.showwe.com.tw

您購買的書名：＿＿＿＿＿＿＿＿＿＿＿＿＿＿＿＿＿＿＿＿＿＿＿＿

出生日期：＿＿＿＿＿年＿＿＿＿＿月＿＿＿＿＿日

學歷：□高中 (含) 以下　　□大專　　□研究所 (含) 以上

職業：□製造業　□金融業　□資訊業　□軍警　□傳播業　□自由業
　　　□服務業　□公務員　□教職　　□學生　□家管　　□其它＿＿＿

購書地點：□網路書店　□實體書店　□書展　□郵購　□贈閱　□其他

您從何得知本書的消息？

　□網路書店　□實體書店　□網路搜尋　□電子報　□書訊　□雜誌
　□傳播媒體　□親友推薦　□網站推薦　□部落格　□其他＿＿＿＿＿

您對本書的評價：（請填代號　1.非常滿意　2.滿意　3.尚可　4.再改進）

　封面設計＿＿＿　版面編排＿＿＿　內容＿＿＿　文／譯筆＿＿＿　價格＿＿＿

讀完書後您覺得：

　□很有收穫　□有收穫　□收穫不多　□沒收穫

對我們的建議：＿＿＿＿＿＿＿＿＿＿＿＿＿＿＿＿＿＿＿＿＿＿＿＿

＿＿＿＿＿＿＿＿＿＿＿＿＿＿＿＿＿＿＿＿＿＿＿＿＿＿＿＿＿＿＿＿

＿＿＿＿＿＿＿＿＿＿＿＿＿＿＿＿＿＿＿＿＿＿＿＿＿＿＿＿＿＿＿＿

＿＿＿＿＿＿＿＿＿＿＿＿＿＿＿＿＿＿＿＿＿＿＿＿＿＿＿＿＿＿＿＿

11466
台北市內湖區瑞光路 76 巷 65 號 1 樓

秀威資訊科技股份有限公司 收
BOD 數位出版事業部

....

（請沿線對折寄回，謝謝！）

姓　　名：＿＿＿＿＿＿＿＿＿　年齡：＿＿＿＿　性別：□女　□男

郵遞區號：□□□□□

地　　址：＿＿＿＿＿＿＿＿＿＿＿＿＿＿＿＿＿＿＿＿＿＿

聯絡電話：(日) ＿＿＿＿＿＿＿＿＿＿　(夜) ＿＿＿＿＿＿＿＿＿＿

E-mail：＿＿＿＿＿＿＿＿＿＿＿＿＿＿＿＿＿＿＿＿＿＿